d

Patricia Highsmith

Carol

Roman einer ungewöhnlichen Liebe

Aus dem Amerikanischen von Kyra Stromberg

Diogenes

Titel der Originalausgabe:
›The Price of Salt‹
The Naiad Press, Tallahassee, Florida

Die Erstausgabe erschien 1952
unter dem Pseudonym Claire Morgan

Umschlagillustration: Henri Toulouse-Lautrec,
›L'Abandon, les Deux Amies (Die Hingabe,
die beiden Freundinnen‹; Ausschnitt)

Für Edna, Jordy und Jeff

300/90/42/1
ISBN 3 257 01843 6

I

Die Mittagspause in der Angestellten-Kantine bei Frankenberg hatte ihre Spitzenzeit erreicht.

An keinem der langen Tische war noch Platz, und immer mehr Menschen kamen und warteten hinter der hölzernden Absperrung an der Kasse. Diejenigen, die ihr Essens-Tablett schon erhalten hatten, wanderten zwischen den Tischen herum und hielten nach einer Lücke Ausschau, in die sie sich quetschen konnten, oder nach einem Platz, von dem gerade jemand aufstand. Aber es gab nirgends Platz. Der Lärm von Geschirr, Stühlen, Stimmen, scharrenden Füßen und dem Knarren der Drehkreuze war wie das Dröhnen einer einzigen riesigen Maschine.

Therese aß nervös, vor sich den Leitfaden »Willkommen bei Frankenberg«, gegen eine Zuckerdose gelehnt. Sie hatte die dicke Broschüre schon in der vergangenen Woche durchgelesen, am ersten Tag des Einführungskurses, aber sie hatte nichts anderes zum Lesen bei sich. Und hier in der Kantine brauchte sie irgend etwas, auf das sie sich konzentrieren konnte. Also las sie nochmals von Urlaubsvergünstigungen, vom Dreiwochenurlaub, den die Mitarbeiter erhielten, die schon fünfzehn Jahre bei Frankenberg waren, und aß dabei das warme Tagesgericht – eine leicht graue Scheibe Roastbeef mit einer Kugel Kartoffelbrei, die von brauner Bratensauce bedeckt war, dazu eine Portion Erbsen und in einem winzigen Pappbecher etwas Meerrettich. Sie versuchte sich vorzustellen, wie es wohl war, wenn man fünfzehn Jahre im Kaufhaus Frankenberg gearbeitet hatte, und sie stellte fest, daß sie dazu nicht imstande war. Die »Fünfundzwanziger« erhielten vier Wochen Urlaub, teilte die Broschüre mit. Frankenberg stellte auch ein Ferienlager für Sommer- wie Winterurlauber zur Verfügung. Sie sollten auch noch eine Kirche haben, dachte sie, und eine Geburtsklinik. Das Warenhaus war so durchorganisiert wie ein Gefängnis, es erschreckte sie hin und wieder, wenn sie sich klarmachte, daß sie da dazugehörte.

Sie blätterte rasch um und las in dicken schwarzen Lettern quer über einer Doppelseite: »Sind Sie unser Mann? Sind Sie unsere Frau?«

Sie blickte zu den Fenstern hinüber und versuchte, an etwas anderes zu denken. An den schönen schwarzroten Norweger-Pullover, den sie bei Saks gesehen hatte und vielleicht für Richard zu Weihnachten kaufen wollte, wenn sie nicht eine hübschere Brieftasche fand, als die für zwanzig Dollar, die sie gesehen hatte. An die Möglichkeit, nächsten Sonntag mit den Kellys nach West Point zu fahren, um sich ein Hockeyspiel anzuschauen. Das große quadratische Fenster am anderen Ende des Raumes wirkte wie ein Bild von – wie hieß er noch gleich? – Mondrian. Das kleine Teilfenster in der Ecke öffnete sich gegen einen weißen Himmel. Und kein Vogel, der herein- oder hinausflog. Was für ein Bühnenbild würde man entwerfen für ein Stück, das in einem Warenhaus spielte? Sie war wieder da.

Aber mit dir ist es doch ganz was anderes, Terry, hatte

Richard zu ihr gesagt. Du hast doch die Gewißheit, in ein paar Wochen wieder draußen zu sein, das haben die anderen nicht. Richard sagte, sie könnte in Frankreich sein im nächsten Sommer. Schon möglich. Richard wollte, daß sie ihn begleitete, und eigentlich stand dem nichts im Wege. Und Richards Freund Phil McElroy hatte ihm geschrieben, daß er ihr vielleicht im nächsten Monat einen Job bei einer Theatergruppe besorgen könnte. Therese hatte Phil noch nicht kennengelernt, aber sie glaubte nicht recht daran, daß er ihr einen Job besorgen konnte. Sie hatte seit September in ganz New York nach einem Job gesucht, hatte nochmal von vorn angefangen und weitergesucht und nichts gefunden. Wer gab schon einem Bühnenbildnerlehrling, der die Lehre gerade erst anfing, mitten im Winter einen Job? Und es schien ebenso unwirklich, daß sie im nächsten Sommer mit Richard in Europa sein, mit ihm in kleinen Straßencafés sitzen, durch Arles wandern und all die Plätze aufsuchen würde, die Van Gogh gemalt hatte; daß sie und Richard in der einen oder anderen Stadt für eine Weile anhalten und malen würden. Das alles war noch unwirklicher geworden in den letzten paar Tagen, seit sie im Warenhaus arbeitete.

Sie wußte, was sie am Warenhaus beunruhigte. Es war etwas, das sie gar nicht erst versuchen würde, Richard auseinanderzusetzen. Das Warenhaus verstärkte nur gewisse Dinge, die ihr, solange sie denken konnte, angst gemacht hatten. Es waren die überflüssigen Handlungen, die sinnlosen Verrichtungen, die sie von dem abzuhalten schienen, was sie eigentlich tun wollte, getan haben könnte, und hier waren es die komplizierten Prozeduren mit Geldbeuteln, Mantelkontrollen und Stechuhren, die die Leute sogar davon abhielten, ihren Pflichten im Warenhaus so gut nachzukommen, wie es ihnen eigentlich möglich gewesen wäre. Es war dieses Gefühl, daß jeder von allen anderen isoliert war und auf einer völlig falschen Ebene lebte, so daß der Sinn, die Botschaft, die Liebe oder was immer es war, das ein Leben enthielt, niemals zum Ausdruck kommen konnte. Es erinnerte sie an Tisch- und Salongespräche mit Leuten, deren Worte über tote, unbewegliche Dinge hinwegglitten, die niemals eine Saite anschlugen, die klang. Und die, wenn man versuchte, eine lebendige Saite anzuschlagen, einen mit den immer gleichen maskenhaften Gesichtern ansahen und eine Bemerkung von so vollkommener Banalität von sich gaben, daß man nicht einmal annehmen konnte, sie versteckten sich dahinter. Und die Einsamkeit verstärkte sich noch durch die Tatsache, daß man im Warenhaus Tag für Tag die gleichen Gesichter sah, die wenigen Gesichter, zu denen man etwas hätte sagen können, und man tat es nie oder konnte es nicht tun. Es war etwas anderes als ein Gesicht im vorüberfahrenden Bus, das einem etwas zu sagen scheint, das man nur einmal sieht und das dann für immer verschwunden ist.

Jeden Morgen, wenn sie vor der Stechuhr im Untergeschoß des Warenhauses Schlange stand und ihr Blick unbewußt die fest Angestellten von den Arbeitskräften auf Zeit schied, fragte sie sich, wie es kam, daß sie hier gelandet war – sie hatte natürlich auf ein Inserat hin geschrieben, aber das erklärte ja das Schicksal nicht – und was wohl das nächste sein würde anstelle einer Arbeit als Bühnenbildnerin. Ihr Leben war eine einzige Zickzacklinie. Sie war neunzehn, und sie war voller Unruhe.

»Du mußt lernen, den Menschen zu vertrauen, Therese. Denk daran«, hatte Schwester Alicia ihr oft gesagt. Und oft, ziemlich oft sogar, hatte Therese versucht, diesem Rat zu folgen.

»Schwester Alicia«, wisperte Therese, und die Zischlaute wirkten tröstlich auf sie.

Therese setzte sich wieder gerade hin und nahm ihre Gabel zur Hand, denn der junge Mann, der abräumte, bewegte sich in ihre Richtung.

Sie konnte Schwester Alicias Gesicht vor sich sehen, hager und rötlich wie ein rosiger Stein, wenn das Sonnenlicht auf ihm ruhte, und auch das gestärkte bauschige Blau ihres Busens. Schwester Alicias große, knochige Gestalt, wie sie in einem Korridor um die Ecke bog, zwischen den weißgestrichenen Tischen im Speisesaal; Schwester Alicia an tausend anderen Orten mit ihren kleinen blauen Augen, die sie immer unter den anderen Mädchen aufspürten, die, wie Therese wußte, sie anders sahen als die übrigen Mädchen, Schwester Alicia mit den blaßrosa Lippen, die immer die gleiche gerade Linie bildeten. Sie sah Schwester Alicia, wie sie ihr die gestrickten grünen Handschuhe, in Seidenpapier gewickelt, übergab, sie ihr ohne zu lächeln, fast ohne ein Wort zu sagen, zu ihrem achten Geburtstag schenkte. Schwester Alicia, wie sie mit dem gleichen strengen Mund sagte, sie, Therese, müsse die Prüfung im Rechnen bestehen. Wen sonst hätte es interessiert, ob sie die Prüfung bestand? Therese hatte die grünen Handschuhe auf dem Boden ihres Blechschrankes in der

Schule aufgehoben, noch Jahre nachdem Schwester Alicia nach Kalifornien gegangen war. Das weiße Seidenpapier war schlaff geworden wie alter Stoff und raschelte nicht mehr, und immer noch hatte sie die Handschuhe nicht getragen. Schließlich waren sie zu klein.

Irgend jemand verschob die Zuckerdose, und die angelehnte Broschüre fiel flach auf den Tisch.

Therese blickte auf das Händepaar ihr gegenüber, die dicklichen alternden Hände einer Frau, die in ihrem Kaffee rührte, mit zittrigem Eifer ein Brötchen entzweibrach und die Hälfte gierig in die braune Bratensauce auf ihrem Teller tunkte, der genauso aussah wie der von Therese. Die Hände waren aufgesprungen, in den parallelen Falten der Fingergelenke war Schmutz, aber die rechte Hand trug einen auffallenden Silberring mit einem leuchtend grünen Stein und die linke einen Ehering, und in den Ecken der Nägel waren Spuren von rotem Nagellack. Therese beobachtete die Hand, wie sie eine Gabel voll Erbsen nach oben führte, und sie brauchte das Gesicht nicht zu sehen, um zu wissen, wie es aussah. Es würde aussehen wie all die Gesichter der Fünfzigjährigen, die bei Frankenberg arbeiteten: gezeichnet von anhaltender Erschöpfung und Angst, die Augen verzerrt hinter Brillengläsern, die entweder vergrößerten oder verkleinerten, die Wangen fleckig von Rouge, das aber das Grau darunter nicht aufzuhellen vermochte. Therese konnte sie nicht ansehen.

»Sie sind neu hier, stimmt's?« Die Stimme klang schrill und deutlich über das Getöse hinweg, und sie klang gütig.

»Ja«, sagte Therese und blickte auf. Sie erinnerte sich an

das Gesicht. Es war das Gesicht, das sie die Erschöpfung in all den anderen hatte erkennen lassen. Es war die Frau, die Therese eines Abends um halb sieben, als das Warenhaus leer war, sehr langsam die Marmorstufen vom Zwischengeschoß hatte herunterkommen sehen. Ihre Hände klammerten sich an das breite Marmorgeländer, damit nicht das ganze Gewicht auf den Füßen mit den entzündeten Ballen lastete. Und Therese hatte gedacht: Sie ist nicht krank, sie ist keine Bettlerin – sie arbeitet einfach hier.

»Kommen Sie gut mit allem zurecht?«

Und da lächelte die Frau sie doch tatsächlich an, mitsamt den schrecklichen Falten um Augen und Mund. Die Augen allerdings waren jetzt ganz lebendig und beinahe liebevoll auf Therese gerichtet.

»Kommen Sie gut zurecht?« wiederholte die Frau, denn der Lärm von Stimmen und Geschirr um sie herum war beträchtlich.

Therese fuhr sich mit der Zunge über die Lippen. »Ja, danke.«

»Gefällt es Ihnen hier?«

Therese nickte.

»Fertig?« Ein junger Mann in weißer Schürze griff energisch nach dem Teller der Frau.

Sie ließ ihn mit zittriger Gebärde gewähren und zog die Schale mit Büchsenpfirsich näher zu sich heran. Die Pfirsichschnitze glitten wie schleimige, kleine, orangefarbene Fische jedesmal über den Rand des Löffels, sobald sie ihn hob – alle bis auf einen, den die Frau dann aß.

»Ich bin auf der dritten Etage in der Pulloverabteilung. Wenn Sie 'ne Frage haben«, meinte die Frau etwas nervös und unsicher, so als wollte sie eine Botschaft überbringen, ehe sie unterbrochen oder getrennt würden, »kommen Sie doch mal 'rauf und reden Sie ein bißchen mit mir. Mein Name ist Robichek, Mrs. Ruby Robichek, fünf-vierundvierzig.«

»Vielen Dank!« sagte Therese. Und plötzlich war die Häßlichkeit der Frau verschwunden, weil die rötlichbraunen Augen sanft und teilnehmend hinter der Brille hervorblickten. Therese spürte, wie ihr Herz klopfte, so als ob es plötzlich lebendig würde. Sie sah zu, wie die Frau vom Tisch aufstand, sah, wie ihre kleine untersetzte Gestalt sich entfernte und dann in der Menge hinter der Schranke verschwand.

Therese besuchte Mrs. Robichek nicht, aber jeden Morgen, wenn die Angestellten einer nach dem andern gegen dreiviertel neun in dem Gebäude eintrudelten, und auch in den Aufzügen und in der Kantine, hielt sie Ausschau nach ihr. Sie sah sie nie, aber es war angenehm, im Warenhaus nach jemandem Ausschau zu halten. Es machte alles erträglicher.

Fast jeden Morgen, wenn sie ihre Arbeit im siebten Stock anfing, blieb Therese einen Augenblick vor einer Spielzeugeisenbahn stehen. Die Eisenbahn hatte einen Tisch für sich in der Nähe der Aufzüge. Sie war nicht so groß und elegant wie die andere, die ganz hinten in der Spielzeugabteilung auf dem Fußboden lief. Aber in ihren winzigen Kolbenstößen lag eine Wut, die den größeren Zügen fehlte. Ihr Zorn und Ihre Frustration, wie sie da auf dem geschlossenen Oval der Schienen entlangfuhr, hielten Therese wie gebannt.

A-Rrr-rrr-rr! machte die Eisenbahn, wenn sie sich blind in den Papptunnel stürzte und Ur-rr-rr! wenn sie wieder herauskam. Die kleine Bahn lief immer – morgens wenn Therese aus dem Aufzug trat und abends bei Arbeitsschluß. Therese hatte das Gefühl, daß sie die Hand verwünschte, die täglich den Schalter betätigte. In dem Ruck, wenn sie die Kurven nahm und dann die geraden Strecken der Geleise entlang raste, erkannte sie das hektische und nutzlose Vorhaben eines tyrannischen Herrn. Die Lokomotive zog drei Personenwagen, in denen winzige menschliche Gestalten ihr scharfes Profil im Fenster zeigten, und hinter diesen einen offenen Güterwagen mit echtem Miniaturbauholz, einen Güterwagen mit Kohle, die nicht echt war, und einen Dienstwagen, der in den Kurven schwankte und sich an den entfliehenden Zug klammerte wie ein Kind an die Röcke der Mutter. Die Eisenbahn war wie jemand, der in der Gefangenschaft verrückt geworden war, jemand, der bereits tot war, aber nie zum Ende kam, so wie die zierlichen Füchse mit den elastischen Beinen im Central-Park-Zoo, die immer und immer die gleichen Bewegungen wiederholten, wenn sie in ihren Käfigen im Kreis liefen.

An diesem Morgen wandte sich Therese rasch von der Eisenbahn ab und ging zu der Puppenabteilung, in der sie arbeitete.

Um fünf nach neun erwachte die Spielzeugabteilung, die einen großen quadratischen Raum des Warenhauses einnahm, allmählich zum Leben. Grüne Tücher wurden überall von den langen Tischen weggezogen. Mechanische Spielzeuge warfen Bälle in die Luft und fingen sie wieder auf. Schützen, gerade ausgerichtet, knallten los, und ihre Ziele drehten sich. Auf dem Tisch mit den Haustieren quakte, gackerte und wieherte es. Hinter Therese hatte ein müdes Rattata begonnen, das Trommeln des riesigen Zinnsoldaten, der den Aufzügen martialisch gegenüberstand und den ganzen Tag trommelte. Von dem Tisch mit Hand- und Bastelarbeiten stieg der Geruch von frischem Modellierton auf und erinnerte sie an den Zeichensaal in der Schule, als sie sehr klein war, und auch an eine Art Gewölbe auf dem Schulgelände, wo sie immer die Nase durch die Eisenstäbe gesteckt hatte und von dem das Gerücht ging, es läge da wirklich jemand begraben.

Mrs. Hendrickson, die Abteilungsleiterin, war dabei, Puppen aus den Lagerregalen zu ziehen und sie mit gespreizten Beinen auf die Glasscheiben der Ladentheke zu setzen.

Therese begrüßte Miss Martucci, die an der Kasse stand und so vertieft die Scheine und Münzen aus ihrem Geldbeutel zählte, daß ihr rhythmisch nickender Kopf den Gruß nur durch ein entschiedeneres Nicken erwidern konnte. Therese zählte achtundzwanzig Dollar fünfzig aus ihrem eigenen Geldbeutel, notierte den Betrag auf einem weißen Zettel für den Umschlag mit den Quittungen und tat das mit ihrem Namen gekennzeichnete Geld in ihr Schubfach in der Registrierkasse.

Inzwischen traten die ersten Kunden aus den Aufzügen, zögerten einen Augenblick mit dem überraschten und aufgeregten Ausdruck, den die Leute immer hatten, wenn sie sich in der Spielwarenabteilung fanden, und bewegten sich dann im Zickzack weiter.

»Haben Sie diese Puppen, die sich naß machen?« fragte eine Frau Therese.

»Ich hätte gern die Puppe da, aber mit einem gelben Kleid«, sagte eine andere Frau und schob ihr eine Puppe zu. Therese wandte sich um und holte die gewünschte Puppe aus dem Regal.

Die Frau hatte einen Mund und Wangen wie ihre Mutter, stellte Therese fest, leicht pockennarbige Wangen unter dunkelrosa Rouge und dazwischen einen dünnlippigen, roten, von kleinen senkrechten Linien durchzogenen Mund.

»Haben diese Puppen alle die gleiche Größe?«

Es bedurfte keiner besonderen Verkaufskünste. Die Leute wollten eine Puppe, irgend eine Puppe, als Weihnachtsgeschenk. Man brauchte sich nur zu bücken und auf der Suche nach einer Puppe mit braunen statt mit blauen Augen Kartons herauszuziehen oder Mrs. Hendrickson zu rufen, damit sie eine Vitrine mit ihrem Schlüssel öffnete, was sie murrend tat, wenn sie davon überzeugt war, daß ausgerechnet die gewünschte Puppe nicht am Lager war. Man brauchte nur hinter der Theke entlangzugehen und eine gekaufte Puppe auf den Berg von Kartons zu legen, der auf dem Packtisch ständig wuchs und ständig umkippte, ganz gleich, wie oft die Leute vom Versand kamen, um die Pakete zu holen. Kinder kamen so gut wie nie an ihren Ladentisch. Sankt Nikolaus brachte ja, so hieß es, die Puppen, Sankt Nikolaus, der hier durch gierige Augen und grapschende Hände vertreten war. Dennoch mußte es so etwas wie einen guten Willen in ihnen allen geben, dachte Therese, sogar hinter den kühlen, gepuderten Gesichtern der Frauen in Nerz und Zobel, im allgemeinen die arrogantesten Kundinnen, die hastig die größten und teuersten Puppen kauften, Puppen mit roten Haaren und Kleidern zum Wechseln. Sicherlich war Liebe im Spiel bei den armen Leuten, die warteten, bis sie drankamen, und ruhig nach dem Preis einer Puppe fragten und dann bedauernd den Kopf schüttelten und weggingen. Dreizehn Dollar fünfzig Cents für eine nur knapp 25 Zentimeter große Puppe!

»Nehmen Sie sie«, hätte Therese gern gesagt, »sie ist wirklich zu teuer, aber ich gebe sie Ihnen, Frankenberg wird sie nicht vermissen.«

Aber die Frauen in den billigen Stoffmänteln, die schüchternen, in etwas schäbige Schals gewickelten Männer waren schon verschwunden, nachdem sie auf dem Weg zu den Aufzügen sehnsüchtige Blicke auf andere Ladentische geworfen hatten. Wenn Leute eine Puppe kaufen wollten, wollten sie eben nichts anderes. Eine Puppe war ein besonderes Weihnachtsgeschenk, sie war fast etwas Lebendiges, beinahe ein Baby.

Es gab kaum Kinder hier, aber hin und wieder kam eins, meist ein kleines Mädchen – sehr selten ein kleiner Junge – an der Hand von Vater oder Mutter. Therese zeigte dem Kind dann die Puppen, die es, wie sie glaubte, vielleicht mögen würde. Sie war geduldig, und zu guter Letzt zauberte dann eine Puppe diesen verwandelten Ausdruck in das Kindergesicht, der den ganzen schönen Schein rechtfertigte, und meistens war das die Puppe, die das Kind dann mitnahm.

Dann, eines Abends nach Arbeitsschluß entdeckte Therese Mrs. Robichek in dem kleinen Kaffee gegenüber. Therese trank dort öfter mal eine Tasse Kaffee vor dem Nachhausegehen. Mrs. Robichek saß ganz hinten am Ende der langen geschwungenen Theke und tauchte einen Krapfen in ihre Kaffeetasse.

Therese stieß und drängte sich durch das Gewühl von Serviererinnen und Kaffeetassen und Krapfen zu ihr durch. Als sie an Mrs. Robicheks Ellbogen angelangt war, keuchte sie »Hallo!« und wandte sich der Theke zu, als hätte sie nur ihre Tasse Kaffee im Sinn. »Hallo«, sagte Mrs. Robichek so gleichgültig, daß Therese ganz niedergeschmettert war.

Sie wagte Mrs. Robichek nicht mehr anzusehen. Aber ihre Schultern wurden buchstäblich aneinandergedrückt. Therese hatte ihren Kaffee zur Hälfte getrunken, als Mrs. Robichek lustlos bemerkte: »Ich nehme die Independance-Subway. Ich frage mich nur, wie wir je hier herauskommen.« Ihre Stimme klang müde, nicht wie an dem Tag in der Kantine. Jetzt erinnerte Therese sich an die gebückte alte Frau, die sich die Treppe hinuntergeschleppt hatte.

»Wir kommen schon 'raus«, sagte Therese aufmunternd.

Sie bahnte sich einen Weg bis zur Tür. Sie nahm auch die Independance-Subway. Sie wurden in die träge Masse im Eingang zur Untergrundbahn hineingeschoben und nach und nach unausweichlich die Treppe hinuntergesogen wie Abfallstückchen in einer Abflußrinne. Sie stellten fest, daß sie beide an der Lexington Avenue ausstiegen, obgleich Mrs. Robichek in der Fifty-fifth Street gleich östlich von der Third Avenue wohnte. Therese begleitete Mrs. Robichek zu dem Feinkostladen, wo sie etwas für ihr Abendbrot einkaufen wollte. Sie hätte auch für sich selbst etwas zum Abendbrot kaufen sollen, aber irgendwie konnte sie es nicht in Mrs. Robicheks Gegenwart.

»Haben Sie denn etwas zu essen zu Hause?«

»Nein, ich hol' es mir später.«

»Warum kommen Sie nicht mit und essen mit mir? Ich bin allein. Los, kommen Sie.« Mrs. Robichek zuckte abschließend die Achseln, als wäre das die geringere Anstrengung als ein Lächeln.

Thereses Impuls, höflich »nein« zu sagen, ging schnell vorüber. »Danke, ich komme gern mit.« Dann sah sie einen in Zellophan eingewickelten Kuchen auf der Theke liegen. Es war ein Fruchtkuchen wie ein großer, brauner Ziegelstein mit roten Kirschen oben drauf, und sie kaufte ihn für Mrs. Robichek.

Das Haus glich dem, in dem Therese wohnte, nur war es aus braunem Sandstein und viel düsterer. Es gab überhaupt kein Licht auf den Treppenabsätzen, und als Mrs. Robichek auf der dritten Etage Licht anmachte, sah Therese, daß das Haus nicht sehr sauber war. Mrs. Robicheks Wohnung war auch nicht ganz sauber, und das Bett war ungemacht. Ob sie wohl ebenso müde aufstand, wie sie schlafenging, fragte sich Therese. Therese wurde mitten im Zimmer stehen gelassen, während Mrs. Robichek die Lebensmitteltüte, die sie Therese abgenommen hatte, mit schleppenden Schritten zur Kochnische trug. Jetzt, zuhause, wo niemand sie sehen kann, erlaubte sie sich so müde auszusehen, wie sie wirklich ist, dachte Therese.

Therese konnte sich nie erinnern, wie es angefangen

hatte. Sie konnte sich nicht an die Unterhaltung kurz zuvor erinnern, und auf diese Unterhaltung kam es natürlich auch gar nicht an. Jedenfalls wankte Mrs. Robichek von Thereses Seite und wie in Trance murmelte sie plötzlich vor sich hin statt zu sprechen und legte sich flach auf das ungemachte Bett. Es lag an diesem fortgesetzten Gemurmel, an dem entschuldigenden schwachen Lächeln und an der entsetzlichen Häßlichkeit dieses kurzen, schweren Körpers mit dem vorgewölbten Bauch und dem seitwärts geneigten Kopf, der sie immer noch wie um Entschuldigung bittend anblickte, daß sie sich nicht überwinden konnte zuzuhören.

»Ich hatte mal ein eigenes Kleidergeschäft in Queens. O ja, ein schönes, großes«, sagte Mrs. Robichek, und Therese nahm den leicht prahlerischen Ton wahr und hörte nun doch widerwillig zu. »Sie wissen vielleicht, diese Kleider mit der ›V‹-förmigen Taille und den vielen kleinen Knöpfen. Vor drei oder fünf Jahren...« Mrs. Robichek spreizte ihre steifen Hände schwerfällig über ihrer Taille; die kurzfingerigen Hände bedeckten nicht einmal die Hälfte ihrer Vorderseite. Sie wirkte sehr alt im Lampenlicht, das die Schatten unter ihren Augen schwarz erscheinen ließ. »Sie hießen Caterina-Kleider. Erinnern Sie sich? Ich hab' sie entworfen. Sie kamen aus meinem Geschäft in Queens. Berühmt halt.«

Mrs. Robichek stand vom Bett auf und ging zu der kleinen Truhe, die an der Wand stand. Während sie noch weiterredete, öffnete sie sie und zog Kleider aus dunklem, schwerem Stoff heraus. Sie ließ sie zu Boden fallen, außer einem granatroten Samtkleid mit weißem Kragen und winzigen weißen Knöpfen, die vorn auf dem schmalen Oberteil ein V bildeten.

»Sie sehen, ich hab' 'ne Menge davon. Ich hab' sie gemacht. Andere Läden haben sie kopiert.« Mrs. Robichek verrenkte ihren Kopf, um den weißen Kragen des Kleides mit dem Kinn festzuhalten. »Mögen Sie dies? Ich schenk' Ihnen eins. Kommen Sie, probieren Sie eins an.«

Therese stieß der Gedanke, eins der Kleider anzuprobieren, ab. Sie wünschte, Mrs. Robichek würde sich wieder hinlegen und sich ausruhen, aber gehorsam, so als hätte sie keinen freien Willen, stand sie auf und ging auf Mrs. Robichek zu.

Mit zitternden, aber hartnäckigen Händen drängte Mrs. Robichek Therese ein schwarzes Samtkleid auf, und Therese wußte mit einem Male, wie sie die Leute im Warenhaus bediente, wie sie Ihnen die Pullover hastig überwarf, denn sie war offenbar außerstande, diese Handlung anders auszuführen. Seit vier Jahren arbeitete sie bei Frankenberg, hatte Mrs. Robichek, wie Therese sich erinnerte, gesagt.

»Mögen Sie das grüne lieber? Probieren Sie's mal an.« Und als Therese einen Augenblick lang zögerte, ließ sie es fallen und hob ein anderes auf, ein dunkelrotes. »Ich hab' fünf davon an Mädchen im Warenhaus verkauft, aber Ihnen schenk' ich eins. Nicht mehr die letzte Mode, aber zeitlos. Gefällt Ihnen dieses besser?«

Therese gefiel das rote besser. Sie liebte Rot, besonders Granatrot, und sie liebte roten Samt. Mrs. Robichek drängte sie in eine Ecke, wo sie ihre Kleider ausziehen und auf einen Armsessel legen konnte. Aber sie wollte das

Kleid nicht, sie wollte es nicht geschenkt bekommen. Es erinnerte sie daran, daß sie im Heim Kleider bekommen hatte, abgelegte Kleider, denn sie galt praktisch als eines der Waisenmädchen, aus denen die Schule zur Hälfte bestand und die keine Pakete bekamen. Therese zog ihren Pullover aus und fühlte sich vollkommen nackt. Sie verschränkte die Arme, und ihr Fleisch fühlte sich kalt und empfindungslos an.

»Ich habe genäht«, sagte Mrs. Robichek ganz verzückt zu sich selbst, »und wie ich genäht habe, von morgens bis abends! Ich hatte vier Mädchen. Aber meine Augen ließen nach. Eins erblindete – das hier. Ziehen Sie das Kleid an.« Sie erzählte Therese von der Augenoperation. Das Auge war nicht ganz, nur zum Teil blind. Aber es hatte sehr weh getan. Grüner Star. Sie hatte immer noch Schmerzen. Das Auge und ihr Rücken. Und ihre Füße. Die entzündeten Ballen.

Therese wurde klar, daß sie ihr alle ihre Sorgen und ihr Pech erzählte, damit sie, Therese, verstand, warum sie so tief gesunken war, in einem Warenhaus zu arbeiten.

»Es paßt, ja?« fragte Mrs. Robichek zuversichtlich. Therese blickte in den Spiegel an der Schranktür. Er zeigte ihr eine lange dünne Gestalt mit einem schmalen Kopf, dessen Kontur in Flammen zu stehen schien, hellgelbes Feuer umfloß sie bis zu der breiten roten Spange auf jeder Schulter. Das Kleid hing in geraden drapierten Falten bis fast zu den Knöcheln. Es war ein Kleid, wie es Feenköniginnen in Märchen tragen, von einem Rot, das röter ist als Blut. Sie trat zurück und hielt das zu weite Kleid hinten zusammen, so daß es für ihren Brustkorb und ihre Taille paßte, und sie blickte in ihre eigenen haselnußbraunen Augen im Spiegel. Sie begegnete sich selbst. Das war sie – nicht das Mädchen in dem langweiligen karierten Rock und dem beigefarbenen Pullover, nicht das Mädchen, das in der Puppenabteilung bei Frankenberg arbeitete.

»Gefällt es Ihnen?« fragte Mrs. Robichek.

Therese betrachtete aufmerksam ihren eigenen überraschend gelassenen Mund, dessen Schnitt sie deutlich wahrnahm, obgleich nicht mehr Lippenstift darauf war, als wenn jemand sie geküßt hätte. Sie wünschte, sie hätte die Person im Spiegel küssen und zum Leben erwecken können, aber sie stand vollkommen still da, wie ein Gemälde.

»Wenn Sie es mögen, behalten Sie's«, drängte Mrs. Robichek ungeduldig, während sie sie, an die Schrankwand gelehnt, belauerte, so wie Verkäuferinnen die Frauen belauern, wenn sie Mäntel oder Kleider vor den Spiegeln eines Warenhauses anprobieren.

Aber Therese wußte, es würde nicht andauern. Sie würde sich bewegen, und das Bild wäre verschwunden. Selbst wenn sie das Kleid behielte, bliebe es verschwunden, weil es die Sache eines Augenblicks, dieses Augenblicks war. Sie wollte das Kleid nicht. Sie versuchte es sich in ihrem Schrank unter ihren anderen Kleidern vorzustellen – und es gelang ihr nicht. Sie begann, das Kleid aufzuknöpfen, den Kragen zu öffnen.

»Sie mögen es, ja?« fragte Mrs. Robichek, immer noch ganz zuversichtlich.

»Ja«, sagte Therese fest und zustimmend.

Sie konnte den Haken nicht aus der Öse hinter dem Kragen lösen. Mrs. Robichek mußte ihr helfen, sie konnte es kaum erwarten. Sie hatte das Gefühl zu ersticken. Was tat sie hier? Wie kam es, daß sie dieses Kleid angezogen hatte? Plötzlich waren Mrs. Robichek und ihre Wohnung eine Art Alptraum, den sie gerade träumte. Mrs. Robichek war der bucklige Wärter des Verließes. Und sie war hierher gebracht worden, um gefoltert zu werden.

»Was ist los? Hat 'ne Nadel Sie gestochen?«

Therese öffnete den Mund, um etwas zu sagen, aber ihr Verstand war zu weit weg. Er war weit weg in einem weit entfernten Strudel, der sich auf die Szene in dem dämmrig beleuchteten, schrecklichen Raum zubewegte, wo sie beide in einem verzweifelten Kampf einander gegenüberstanden. Und an dem Punkt des Strudels, wo sich ihr Verstand befand, wußte sie, daß es die Hoffnungslosigkeit war, die sie mit solchem Schrecken erfüllte, und nichts anderes. Es war die Hoffnungslosigkeit von Mrs. Robicheks kränkelndem Körper und ihrem Job im Warenhaus, von diesem Kleiderlager in der Truhe und ihrer Häßlichkeit, die Hoffnungslosigkeit, aus der ihr Lebensende ganz und gar bestand. Und es war auch ihre eigene Hoffnungslosigkeit, jemals die Person zu sein, die sie sein wollte, und die Dinge zu tun, die diese Person tun würde. War ihr ganzes Leben nichts als ein Traum gewesen, und war *das* hier nun *wirklich?* Der Schrecken dieser Hoffnungslosigkeit gab ihr den Wunsch ein, dieses Kleid einfach fallen zu lassen und zu fliehen, bevor es zu spät war, ehe die Ketten sich fest um sie schlossen.

Vielleicht war es bereits zu spät. Wie in einem Alptraum gefangen, stand Therese mitten im Zimmer, in ihrem weißen Slip, fröstelnd, unfähig, sich zu bewegen.

»Was ist? Ist Ihnen kalt? Es ist heiß hier.«

Es war heiß. Die Heizung zischte. Das Zimmer roch nach Knoblauch, modrig nach Alter, Medizin und etwas Metallischem – dem spezifischen Geruch von Mrs. Robichek. Therese wäre gern ohnmächtig geworden in dem Sessel, auf dem ihre Kleider lagen. Wenn sie auf ihre eigenen Kleider zu liegen kam, wer weiß, vielleicht war es dann nicht so schlimm. Aber sie sollte sich überhaupt nicht hinlegen. Wenn sie das tat, war sie verloren. Die Ketten würden sich um sie schließen, und sie wäre eins mit der Buckligen.

Therese zitterte heftig. Plötzlich hatte sie alle Beherrschung verloren. Schüttelfrost, nicht nur Angst und Müdigkeit.

»Setzen Sie sich«, sagte Mrs. Robicheks Stimme aus großer Entfernung und in einem beängstigend unbeteiligten und gelangweilten Ton, so als sei sie es gewöhnt, daß junge Mädchen in ihrem Zimmer ohnmächtig wurden, und gleichfalls aus weiter Ferne faßten ihre trockenen Finger mit den rauhen Fingerspitzen nach Thereses Arm.

Therese kämpfte gegen den Sessel, wohl wissend, daß sie ihm erliegen würde, und sie war sich sogar bewußt, daß er sie eben aus diesem Grunde anzog. Sie ließ sich in den Sessel fallen, spürte, wie Mrs. Robichek an ihrem Rock zerrte, um ihn unter ihr hervorzuziehen, aber sie war unfähig, sich zu bewegen.

Sie war jedoch immer noch am gleichen Punkt ihres Bewußtseins, war noch imstande zu denken, auch wenn sich die dunklen Armes des Sessels um sie schlossen.

»Sie stehen zu viel im Laden. Diese Weihnachtszeiten

sind hart. Ich hab' vier mitgemacht. Sie müssen lernen, sich ein bißchen zu schonen.«

Indem man die Treppen hinunterschlurft und sich an das Geländer klammert. Indem man sein Mittagsbrot in der Kantine ißt. Mit den geschwollenen Füßen aus den Schuhen schlüpft, wie die Frauen, die im Aufenthaltsraum nebeneinander auf der Heizung sitzen. Indem man um ein Stück Heizung kämpft, eine Zeitung drauflegt und sich für fünf Minuten hinzusetzt.

Thereses Verstand arbeitete sehr klar. Es war erstaunlich, wie genau er arbeitete, obgleich sie wußte, daß sie einfach so in den Raum vor sich starrte und daß sie sich nicht hätte bewegen können, selbst wenn sie gewollt hätte.

»Sie sind ganz einfach erschöpft, Kind«, sagte Mrs. Robichek und legte ihr eine wollene Decke über die Schultern. »Sie brauchen Ruhe, nachdem sie den ganzen Tag und auch jetzt noch gestanden haben.«

Eine Zeile aus Richards T. S. Eliot kam Therese in den Sinn. *Das ist nicht, was ich gemeint habe. Das ist es ganz und gar nicht.* Sie wollte die Worte aussprechen, aber sie brachte ihren Mund nicht auf. Irgend etwas Süßes und Brennendes war in ihrem Mund. Mrs. Robichek stand vor ihr und füllte etwas aus einer Flasche auf einen Löffel und schob ihr den Löffel zwischen die Lippen. Therese schluckte gehorsam, es war ihr gleich, ob es Gift war. Sie hätte jetzt ihren Mund aufmachen, aus dem Stuhl aufstehen können, aber sie wollte sich nicht bewegen. Schließlich lehnte sie sich in den Armsessel zurück, ließ es zu, daß Mrs. Robichek sie mit einer Decke zudeckte, und gab vor einzuschlafen. Aber die ganze Zeit beobachtete sie die bucklige Gestalt, die sich im Zimmer hin und her bewegte, die Sachen vom Tisch räumte, sich auszog, um zu Bett zu gehen. Sie sah, wie Mrs. Robichek ein schweres, spitzenverziertes Korsett abnahm und dann eine Art Träger, die um ihre Schultern und über den Rücken führten, abstreifte. Therese schloß erschrocken die Augen, drückte sie fest zusammen, bis das Quietschen einer Sprungfeder und ein langes Stöhnen, das wie ein Schrei klang, ihr ankündigten, daß Mrs. Robichek zu Bett gegangen war. Aber das war noch nicht alles. Mrs. Robichek langte nach dem Wecker, zog ihn auf und suchte mit dem Wecker nach dem Stuhl neben dem Bett, ohne auch nur den Kopf vom Kissen zu heben. In der Dunkelheit konnte Therese gerade noch wahrnehmen, wie ihr Arm sich viermal hob und wieder ins Leere fiel, ehe sie mit der Uhr den Stuhl gefunden hatte.

Ich werde fünfzehn Minuten warten und dann weggehen, dachte Therese.

Und da sie müde war, hielt sie angespannt dieses plötzliche, krampfartige Gefühl zurück, das wie Fallen war, das jede Nacht da war, noch lange ehe der Schlaf kam, das aber den Schlaf ankündigte. Es blieb aus. Also zog sie sich nach ungefähr fünfzehn Minuten an und ging leise zur Tür. Es war letztlich ganz leicht, die Tür aufzumachen und zu entkommen. Es war leicht, dachte sie, weil es keine wirkliche Flucht war.

2

Terry, erinnerst du dich an diesen Burschen, Phil McElroy, von dem ich dir erzählt habe? Den mit der Aktiengesellschaft? Also, er ist hier, und er sagt, in wenigen Wochen hast du einen Job.«

»Einen richtigen Job? Wo?«

»Bei einer Show im Village. Phil möchte uns heute abend treffen. Ich erzähl' dir alles, wenn wir uns sehen. Ich bin in circa zwanzig Minuten bei dir, bin gerade fertig mit der Schule.«

Therese rannte die drei Treppen zu ihrem Zimmer hinauf. Sie war gerade dabei gewesen, sich zu waschen, und die Seife war auf ihrem Gesicht eingetrocknet. Sie starrte auf den orangefarbenen Waschlappen im Becken.

»Einen Job!« flüsterte sie vor sich hin. Das magische Wort.

Sie zog ein Kleid an, legte eine kurze Silberkette mit einem Christophorus-Anhänger, ein Geburtstagsgeschenk von Richard, um den Hals und kämmte sich das Haar mit etwas Wasser, damit es ordentlich aussah. Dann legte sie ein paar lose Skizzenblätter und ein Pappmodell vorn in den Schrank, wo sie leicht drankommen konnte, wenn McElroy sie sehen wollte. Nein, ich habe eigentlich nicht viel praktische Erfahrung, würde sie zugeben müssen, und ihr sank das Herz. Sie hatte nicht einmal ein Praktikum, abgesehen von dem Job in Montclair, als sie zwei Tage über einem Modell gesessen hatte, das die Laiengruppe dann schließlich verwendet hatte – sofern man das einen Job nennen konnte. Sie hatte an zwei Kursen für Bühnenbildentwurf in New York teilgenommen, und sie hatte eine Menge gelesen. Sie hörte McElroy – wahrscheinlich ein dynamischer und tüchtiger junger Mann – ärgerlich, daß er umsonst vorbeigekommen war – schon bedauernd sagen, mit ihr sei es wohl doch nichts. Aber wenn Richard dabeisaß, würde es nicht ganz so vernichtend sein, wie wenn sie allein wäre, dachte Therese. Seit sie ihn kannte, hatte Richard bereits fünfmal den Job gewechselt, freiwillig und unfreiwillig. Nichts bekümmerte Richard weniger, als Jobs zu verlieren und neue zu suchen. Wenn Therese daran dachte, daß man ihr vor einem Monat bei der Pelican Press gekündigt hatte, zuckte sie noch zusammen. Sie hatten es ihr nicht einmal vorher mitgeteilt, und der einzige Grund, warum man sie entlassen hatte, war, wie sie annahm, daß die Recherchen, mit denen sie betraut war, abgeschlossen waren. Als sie mit dem Direktor, Dr. Nussbaum, darüber sprechen wollte, daß man ihr nicht fristgerecht gekündigt hatte, wußte er von nichts oder gab vor, nichts zu wissen. Was sie damit sagen wolle: »Kunde? Wovon denn?« hatte er gleichgültig gesagt, und sie hatte auf dem Absatz kehrtgemacht und war aus dem Büro gestürmt – aus Angst, vor ihm in Tränen auszubrechen. Richard hatte es leicht, er wohnte zu Hause bei seiner Familie, die ihn aufheitern konnte. Es war auch leichter für ihn, Geld zu sparen. Er hatte in seinen zwei Jahren bei der Marine an die zweitausend Dollar gespart und noch weitere tausend im Jahr danach. Und wie lange würde sie brauchen, um die tausendfünfhundert Dollar zu sparen, die eine Junioren-Mitgliedschaft beim Verband für Bühnenbildner kostete? Nach beinahe zwei Jahren in New York hatte sie erst fünfhundert Dollar dafür beisammen.

»Bete für mich«, sagte sie zu der hölzernen Madonna auf dem Bücherbord. Die Madonna war der einzige schöne Gegenstand in ihrer Wohnung. Sie hatte sie im ersten Monat ihres New-York-Aufenthalts gekauft, und sie hätte sich einen besseren Platz für sie gewünscht als auf dem häßlichen Bücherbord. Es sah aus wie übereinander gestapelte, rotgestrichene Obstkisten. Sie sehnte sich nach einem Regal aus Naturholz, fein gewachst und spiegelglatt anzufassen.

Sie ging hinunter in den Lebensmittelladen und kaufte sechs Büchsen Bier und etwas Blauschimmelkäse. Dann, auf der Treppe nach oben, fiel ihr ein, daß sie eigentlich in den Laden gegangen war, um etwas zum Abendbrot für sich und Richard zu kaufen. Sie hatten vorgehabt, zusammen zu essen. Das konnte sich inzwischen geändert haben, aber sie disponierte nicht gern von sich aus um, ohne Richard vorher zu fragen. Und sie war gerade im Begriff, noch einmal nach unten zu gehen, um noch Fleisch zu kaufen, als Richard, wie immer, sturmklingelte. Sie drückte auf den Türöffner.

Richard kam lächelnd die Treppen heraufgelaufen. »Hat Phil angerufen?«

»Nein«, sagte sie.

»Gut. Dann kommt er also.«

»Wann?«

»In wenigen Minuten, nehme ich an. Er wird vermutlich nicht lange bleiben.«

»Meint er wirklich einen regelrechten Job?«

»Wenn Phil es doch sagt.«

»Weißt du, was das für ein Stück ist?«

»Ich weiß gar nichts, außer, daß die da jemanden für das Bühnenbild brauchen – und warum nicht dich?« Richard musterte sie von oben bis unten und lächelte. »Du siehst prima aus heute abend. Werd' mir bloß nicht nervös. Es ist bloß eine kleine Theatergruppe im Village, und du hast vermutlich mehr Talent als all die anderen zusammen.«

Sie ergriff den Mantel, den er auf einen Stuhl hatte fallen lassen, und hängte ihn in den Schrank. Unter dem Mantel lag eine Rolle Zeichenpapier, die er aus der Kunstschule mitgebracht hatte. »Ist dir heute was Gutes gelungen?« fragte sie.

»Solala. Ich will zu Hause noch daran arbeiten«, sagte er unbekümmert. »Wir hatten das rothaarige Modell heute, das ich mag.«

Therese hätte sich seine Skizze gern angesehen, aber sie wußte, daß Richard sie vermutlich nicht gut genug fand. Einige seiner ersten Bilder waren gut, wie zum Beispiel der Leuchtturm in Blau- und Schwarztönen, der über ihrem Bett hing und den er gemalt hatte, als er bei der Marine war und gerade mit Malen angefangen hatte. Aber im figürlichen Zeichnen war er noch nicht besonders gut, und Therese bezweifelte, daß er es darin jemals weit bringen würde. Auf dem Knie seiner hellbraunen Baumwollhose war ein neuer schwarzer Fleck von Zeichenkohle hinzugekommen. Er trug ein T-Shirt unter dem schwarz-rot karierten Hemd und Wildledermokassins, in denen seine großen Füße aussahen wie formlose Bärentatzen. Er wirkt eher wie ein Holzfäller oder Berufsathlet, dachte Therese. Sie konnte sich ihn besser mit einer Axt in der Hand vorstellen als mit einem Malpinsel. Und sie hatte ihn einmal mit einer Axt gesehen, als er hinter dem Haus seiner Familie in Brooklyn Holz schlug. Wenn er denen nicht beweisen konnte, daß er mit seiner Malerei vorankam, würde er vermutlich noch in diesem Sommer in das Geschäft seines Vaters, der mit Flaschengas handelte, eintreten und die Filiale in Long Island eröffnen, wie es sein Vater von ihm wünschte.

»Mußt du Sonnabend arbeiten?« fragte sie und vermied ängstlich, über den Job zu sprechen.

»Ich hoffe nicht. Hast du frei?«

Es fiel ihr ein, daß sie nicht konnte. »Ich hab am Freitag frei«, sagte sie resigniert. »Samstag ist Abendverkauf.«

Richard lächelte. »Alles hat sich gegen uns verschworen.« Er hörte auf, ruhelos im Zimmer auf und ab zu gehen, nahm ihre Hände und zog ihre Arme um seine Taille. »Vielleicht Sonntag? Die Familie läßt fragen, ob du nicht zum Mittagessen kommen willst, aber wir müssen ja nicht lange bleiben. Ich könnte mir einen Laster ausleihen, und wir könnten am Nachmittag irgendwohin fahren.«

»Gut.« Sie mochte das und Richard auch, vorn auf dem großen leeren Gastanklaster sitzen und irgendwohin fahren – so frei wie auf Schmetterlingsflügeln. Sie befreite sich aus der Umarmung. Es gab ihr immer ein unsicheres und törichtes Gefühl, ihre Arme so um Richard zu schlingen, so als umarme sie einen Baumstamm. »Ich hatte uns ein

Steak zum Abendessen gekauft, aber es ist im Kaufhaus gestohlen worden.«

»Gestohlen? Wo?«

»Aus dem Regal, wo wir unsere Handtaschen aufbewahren. Die Aushilfen vor Weihnachten bekommen keine richtigen Schließfächer.« Sie konnte jetzt darüber lächeln, aber am Nachmittag hätte sie fast geweint. Wölfe, hatte sie gedacht, ein Rudel Wölfe, die einem so eine blöde Tüte mit Fleisch stehlen, nur weil es etwas zu essen ist, eine kostenlose Mahlzeit. Sie hatte alle Verkäuferinnen gefragt, ob sie sie gesehen hätten, und alle hatten es verneint. Fleisch ins Warenhaus mitzubringen sei nicht erlaubt, hatte sich Mrs. Hendrickson entrüstet. Aber was sollte man machen, wenn alle Fleischerläden um sechs Uhr schlossen?

Richard streckte sich auf der Couch aus. Sein Mund war schmal und von unklarer Kontur, etwas nach unten gezogen, was seinem Gesicht einen zwiespältigen Ausdruck gab, manchmal einen humorvollen und manchmal einen bitteren, ein Widerspruch, den seine sehr glänzenden, sehr offenen blauen Augen nicht aufzuheben vermochten. Zögernd und spöttisch meinte er: »Bist du nicht zur Fundstelle gegangen? ›Verloren ein Pfund Beefsteak, hört auf den Namen Frikadelle.‹«

Therese lächelte, während sie die Regale in der Kochnische musterte. »Du glaubst wohl, du machst einen Witz? Mrs. Hendrickson hat mir tatsächlich gesagt, ich sollte bei der Fundstelle nachfragen.«

Richard lachte höhnisch und stand auf.

»Ich hab' eine Dose Mais und grünen Salat. Und es gibt

Brot und Butter. Soll ich uns ein paar tiefgefrorene Lammkoteletts holen?«

Richard langte mit dem Arm über ihre Schulter und holte ein Paket Pumpernickel vom Regal herunter. »Das nennst du Brot? Nichts als Schimmel, sieh's dir mal an – so blau wie der Hintern eines Mandrills. Warum ißt du das Brot nicht, wenn du es doch kaufst?«

»Das da benutze ich, um im Dunkeln besser sehen zu können. Aber da du es nicht magst...« Sie nahm ihm das Brot ab und ließ es in den Mülleimer fallen. »Das war natürlich nicht das Brot, das ich meinte.«

»Zeig mir das Brot, das du gemeint hast.«

Die Türglocke schrillte genau neben dem Kühlschrank, und sie stürzte zum Türöffner.

»Das sind sie«, sagte Richard.

Es waren zwei junge Männer. Richard stellte sie als Phil McElroy und seinen Bruder Dannie vor. Phil war ganz anders, als Therese erwartet hatte. Er sah nicht dynamisch oder ernsthaft aus, nicht einmal besonders intelligent. Und er sah sie kaum an, als sie miteinander bekannt gemacht wurden.

Dannie stand da, seinen Mantel über dem Arm, bis Therese ihn ihm abnahm. Sie konnte keinen Bügel für Phils Mantel finden, und Phil nahm ihn wieder an sich und warf ihn über einen Stuhl, so daß er halb auf den Boden hing. Es war ein alter schmutziger Kamelhaarmantel. Therese stellte Bier, Käse und Crackers auf den Tisch und wartete darauf, daß Phil und Richard auf den Job zu sprechen kamen. Aber sie redeten darüber, was sich alles ereignet hatte, seit sie sich zuletzt in Kingston, New York, gesehen hatten. Richard hatte dort zwei Wochen lang an einigen Wandbildern in einer Gaststätte gearbeitet, in dem Phil Kellner war.

»Hast du auch mit Theater zu tun?« fragte Therese.

»Nein«, sagte Dannie. Er schien schüchtern oder vielleicht auch gelangweilt und konnte es nicht erwarten, bald wieder zu gehen. Er war älter als Phil und etwas kräftiger gebaut. Seine dunkelbraunen Augen wanderten nachdenklich von einem Gegenstand im Zimmer zum nächsten.

»Sie haben bisher nur den Regisseur und drei Schauspieler«, sagte Phil zu Richard und lehnte sich auf der Couch zurück. Ein Bursche, mit dem ich einmal in Philadelphia zusammengearbeitet habe, Raymond Cortes, führt Regie. Wenn ich dich empfehle, kommst du todsicher 'rein«, sagte er mit einem Blick auf Therese. »Er hat mir die Rolle des zweiten Bruders in dem Stück versprochen. Es heißt ›Kleiner Regen‹.«

»Eine Komödie?« fragte Therese.

»Ja, eine Komödie in drei Akten. Hast du schon mal selbständig ein Bühnenbild gemacht?«

»Wieviel Bilder werden gebraucht?« fragte Richard, als sie gerade antworten wollte.

»Höchstens zwei, und vielleicht kommen sie mit einem aus. Georgia Halloran hat die Hauptrolle. Habt Ihr vielleicht dieses Sartre-Stück letzten Herbst hier gesehen? Da hat sie mitgespielt.«

»Georgia?« Richard lächelte. »Was ist aus ihr und Rudy geworden?«

Zu ihrer Enttäuschung merkte Therese, wie die Unterhaltung sich auf Georgia und Rudy konzentrierte und auf andere Leute, die sie nicht kannte. Georgia konnte eins von den Mädchen sein, mit denen Richard mal ein Verhältnis gehabt hatte, vermutete Therese. Er hatte mal was von fünf Mädchen gesagt. Außer Celia konnte sie sich an keinen Namen erinnern.

»Ist das einer deiner Entwürfe?« fragte Dannie, während er das Pappmodell betrachtete, das an der Wand hing, und als sie nickte, stand er auf, um es sich anzusehen.

Inzwischen sprachen Richard und Phil von einem Mann, der Richard Geld schuldete. Phil sagte, er habe ihn am Abend zuvor in der San Remo Bar gesehen. Phils längliches Gesicht mit dem kurzgeschnittenen Haar sah wie ein Bild von El Greco aus, fand Therese, aber die gleichen Gesichtszüge erinnerten bei seinem Bruder an einen Indianer. Und die Art, wie Phil redete, zerstörte jede Illusion von El Greco vollständig. Er redete wie alle Leute, die in den Bars im Village unten 'rumhockten, junge Leute, die als Schriftsteller oder Schauspieler galten und in der Regel gar nichts taten.

»Es ist sehr gut gelungen«, sagte Dannie und schaute hinter eine der kleinen darauf befestigten Figuren.

»Es ist ein Entwurf für ›Petruschka‹, die Jahrmarktsszene«, sagte sie und fragte sich, ob er das Ballett wohl kannte. Er hätte Rechtsanwalt sein können, fand sie, oder sogar Arzt. Er hatte gelbe Flecken an seinen Fingern, die nicht von Zigaretten herrührten.

Richard deutete an, daß er hungrig sei, und Phil sagte, er sterbe vor Hunger, aber beide rührten den Käse vor sich auf dem Tisch nicht an.

»Wir müssen in einer halben Stunde da sein«, wiederholte Dannie.

Im nächsten Augenblick standen sie alle und zogen ihre Mäntel an.

»Laß uns irgendwo auswärts essen, Terry«, sagte Richard. »Wie wär's mit diesem tschechischen Restaurant auf der Second Street?«

»Einverstanden«, sagte sie und versuchte nett zu klingen. Das war's also gewesen, nichts war entschieden. Sie war drauf und dran, Phil direkt zu konfrontieren, ließ es dann aber.

Und dann gingen sie zum Stadtzentrum statt in die andere Richtung. Richard ging neben Phil und sah sich nur ab und zu nach ihr um, wie um sich zu vergewissern, daß sie noch da war. An den Bordsteinen und bei schmutzigen, glatten Stellen, die, nicht Schnee nicht Eis, vom letzten Schneefall vor drei Wochen übriggeblieben waren, nahm Dannie sie beim Arm.

»Bist du Arzt?« fragte sie ihn.

»Nein, Physiker«, erwiderte er. »Ich bereite mich gerade an der New York University auf mein Examen vor.« Er lächelte ihr zu, aber damit hatte die Unterhaltung für eine Weile ihr Bewenden.

Dann sagte er: »Ziemlich was anderes als Bühnenbildnerei, was?«

Sie nickte. »Ja, doch, ziemlich.« Sie war im Begriff, ihn zu fragen, ob er auch eine Arbeit übernehmen würde, die mit der Atombombe zu tun hätte, ließ es dann aber, denn was machte es schon aus, ob er's tat oder nicht? »Weißt du, wohin wir gehen?« fragte sie.

Er grinste breit und ließ dabei kräftige weiße Zähne sehen.

»Ja, zur Untergrundbahn. Aber Phil möchte vorher 'ne Kleinigkeit essen.«

Sie gingen die Third Avenue hinunter, und Richard erzählte Phil davon, daß sie im nächsten Sommer nach Europa gingen. Therese empfand plötzlich eine gewisse Verlegenheit, wie sie da so als loses Anhängsel hinter Richard herzog, denn natürlich würden Phil und Dannie annehmen, daß sie Richards feste Freundin war. Das war sie nicht, und Richard nahm wohl auch nicht an, daß sie es in Europa sein würde. Es war vermutlich eine seltsame Beziehung – wer würde es glauben? Denn was sie so in New York mitbekommen hatte, schlief jede mit jedem, den sie mehr als ein- oder zweimal getroffen hatte. Und die beiden, mit denen sie vor Richard ausgegangen war – Angelo und Harry –, hatten sie offensichtlich fallengelassen, als sie entdeckten, daß ihr an einem Verhältnis mit ihnen nichts lag. Seit sie Richard kannte, hatte sie drei- oder viermal versucht, mit ihm zu schlafen, aber mit negativem Ergebnis. Richard hatte gesagt, er wolle lieber warten, womit er meinte, warten, daß sie ihn mehr liebte. Richard wollte sie heiraten, sie war das erste Mädchen, dem er je einen Heiratsantrag gemacht hatte, sagte er. Sie wußte, er würde sie noch einmal fragen, ehe sie nach Europa aufbrachen, aber sie liebte ihn nicht genug, um ihn zu heiraten. Und dennoch würde sie den größten Teil des für die Reise nötigen Geldes von ihm annehmen, dachte sie mit bereits vertrautem Schuldgefühl. Und dann tauchte das Bild von Mrs. Semco, Richards Mutter, vor ihr auf, die ihnen beiden zulächelte und ihre Heirat billigte, und Therese schüttelte unwillkürlich den Kopf.

»Was ist?« fragte Dannie.

»Nichts.«

»Frierst du?«

»Nein, überhaupt nicht.«

Aber er drückte ihren Arm für alle Fälle fester. Sie fror und fühlte sich rundum elend. Und sie wußte, es war diese halb lockere, halb fest zementierte Beziehung zu Richard. Sie sahen sich immer häufiger, ohne sich eigentlich näher zu kommen. Sie war immer noch nicht in ihn verliebt nach diesen zehn Monaten, und vielleicht würde sie es nie sein. Obgleich sie ihn tatsächlich lieber mochte als irgendeinen Menschen, den sie kannte, jedenfalls irgendeinen Mann. Manchmal meinte sie, in ihn verliebt zu sein, wenn sie morgens aufwachte und mit leerem Blick an die Decke starrte und sich an sein vor Zuneigung strahlendes Gesicht erinnerte, vielleicht weil sie ihm auch mit einer Geste gezeigt hatte, daß sie ihn mochte. Das war meist noch ehe sich in dieser schläfrigen Leere die Frage einstellte, wie spät es war, was für ein Tag, was zu tun war, kurz diese ganze militärische Ordnung, aus der das Leben bestand. Aber dieses Gefühl hatte keinerlei Ähnlichkeit mit dem, was sie über die Liebe gelesen hatte. Liebe, so hieß es, war eine Art glückseligen Irreseins. Aber auch Richard handelte ja nicht wirklich in einem glückseligen Wahn.

»Ach, alles heißt da Saint-Germain-des-Prés!« rief Phil mit einer wegwerfenden Handbewegung aus. »Ich werde euch ein paar Adressen geben, ehe ihr abreist. Wie lange glaubt ihr, werdet ihr dableiben?«

Ein Laster mit schleppenden, ratternden Schneeketten bog vor ihnen ab, und Therese konnte nicht verstehen, was Richard antwortete. Phil betrat Riker's Shop an der Ecke der dreiundfünfzigsten Straße.

»Wir müssen hier nicht essen. Phil wollte nur ganz kurz mal hier haltmachen.« Richard drückte ihre Schulter, als sie durch die Tür gingen. »Ein großer Tag, was, Terry? Ist dir das auch klar? Dein erster richtiger Job!«

Richard war überzeugt, und Therese gab sich große Mühe, sich klar zu machen, daß es vielleicht ein großer Augenblick war. Aber sie war ihrer Sache nicht mehr so sicher wie vorhin, als sie nach Richards Anruf den orangefarbenen Waschlappen im Becken betrachtet hatte. Sie lehnte sich gegen den Barhocker neben dem Phils, der dasaß und weiter auf Richard einredete, welcher sich neben Therese gestellt hatte. Das grelle weiße Licht auf den weißen Fliesenwänden und auf dem Boden gleißte heller als Sonnenlicht, denn hier gab es keine Schatten. Sie konnte jedes glänzende schwarze Haar in Phils Augenbrauen erkennen und die rauhen und die glatten Stellen an der Pfeife, die Dannie unangezündet in der Hand hielt. Sie sah jede Einzelheit von Richards Hand, die schlaff aus dem Ärmel seines Mantels hing, und es fiel ihr erneut auf, wie wenig sie zu seinem geschmeidigen, langknochigen Körper paßte. Es waren kräftige, nahezu plumpe Hände, und sie bewegten sich immer in der gleichen, tolpatschigen, fast blinden Art, ob sie nun einen Salzstreuer ergriffen oder den Griff eines Koffers. Oder ihr über das Haar strichen, dachte sie. Die Innenflächen seiner Hände waren äußerst weich, fast wie die eines Mädchens, und ein wenig feucht. Das Schlimmste aber war: Er vergaß fast immer, sich die Nägel sauberzumachen, auch wenn er sich die Mühe nahm, sich gut anzuziehen. Therese hatte es ihm mehrmals gesagt, aber jetzt meinte sie, könnte sie es ihm nicht noch einmal sagen, ohne ihn zu reizen.

Dannie beobachtete sie. Einen Augenblick hielt sie seinen nachdenklichen Augen stand, dann senkte sie den Blick. Jetzt war ihr klar, warum das Gefühl von vorhin sich nicht wiederbeleben ließ; sie glaubte einfach nicht daran, daß Phil McElroy ihr auf seine Empfehlung hin einen Job besorgen konnte.

»Machst du dir Sorgen wegen des Jobs?« Dannie stand neben ihr.

»Nein.«

»Das solltest du auch nicht. Phil kann dir einige Tips geben.« Er steckte das Mundstück seiner Pfeife zwischen die Lippen und schien noch etwas sagen zu wollen, wandte sich dann aber ab.

Sie hörte mit halbem Ohr der Unterhaltung zu, die Phil mit Richard führte. Sie sprachen über Platzreservierungen für das Schiff.

»Übrigens, das Black Cat Theatre ist nur ein paar Häuserblocks von der Morton Street entfernt, wo ich wohne. Phil wohnt bei mir. Komm doch einmal zum Lunch zu uns.«

»Gern.« Es würde wahrscheinlich nicht dazu kommen, aber es war nett von ihm, sie einzuladen.

»Was meinst du, Terry, ist März zu früh für Europa?« fragte Richard. »Es ist besser, zeitig zu fahren, statt zu warten, bis da drüben alles so überfüllt ist.«

»März klingt gut«, sagte sie.

»Nichts kann uns daran hindern – oder? Mir ist es egal, ob das Wintersemester an der Kunstschule dann um ist oder nicht.«

»Nein, nichts kann uns hindern.« Es sagte sich so leicht. Es war leicht, das alles zu glauben, und ebenso leicht, es nicht zu tun. Aber wenn alles wahr wurde, wenn es den Job wirklich gab und das Stück ein Erfolg wurde und sie immerhin eine gute Leistung aufzuweisen hatte, wenn sie nach Frankreich fuhren... Spontan faßte Therese nach Richards Arm und ließ ihre Hand bis zu seinen Fingern gleiten. Richard war so überrascht, daß er sich mitten im Satz unterbrach.

Am nächsten Nachmittag rief Therese die Nummer von Watkins an, die Phil ihr gegeben hatte. Es meldete sich eine tüchtig klingende Frauenstimme. Mr. Cortes sei nicht da, aber Phil McElroy hätte ihnen von ihr erzählt. Sie könne den Job haben und am 28. Dezember anfangen, für fünfzig Dollar die Woche. Sie könne auch vorher vorbeikommen und Mr. Cortes etwas von ihren Arbeiten zeigen, wenn sie wolle, aber es sei nicht nötig, wo sie doch Phil McElroy so nachdrücklich empfohlen habe.

Therese rief bei Phil an, um sich bei ihm zu bedanken, aber niemand meldete sich. Sie schrieb ihm ein paar Zeilen ins Black Cat Theatre.

3

Roberta Walls, die jüngste Substitutin bei den Spielwaren, blieb in ihrer spätmorgendlichen Hektik gerade lange genug stehen, um Therese zuzuflüstern: »Wenn wir diesen Koffer zu vierundzwanzig Dollar fünfundneunzig nicht heute verkaufen, muß er herabgesetzt werden, und das ist ein Verlust von zwei Dollar für die Abteilung!« Roberta wies mit dem Kinn zum braunen Pappkoffer auf der Ladentheke, drückte ihre Last grauer Kartons Miss Martucci in die Hände und eilte weiter.

Therese beobachtete, wie die Verkäuferinnen den ganzen Gang hinunter vor Roberta auswichen. Roberta flog buchstäblich die Tische rauf und runter, von einer Ecke des Stockwerkes in die andere, und das von morgens um neun bis abends um sechs! Therese hatte gehört, daß Roberta eine weitere Beförderung anstrebte. Sie trug eine auffällige, rotgeränderte Brille und schob wie keine der anderen Frauen immer die Ärmel ihres grünen Kittels bis über die Ellbogen hoch. Therese sah, wie sie einen Gang entlangflitzte und Mrs. Hendrickson aufhielt, um ihr heftig gestikulierend eine aufregende Nachricht zu übermitteln. Mrs. Hendrickson nickte zustimmend, Roberta faßte sie vertraulich an der Schulter, und Therese verspürte einen Anflug von Eifersucht. Eifersucht, obgleich sie für Mrs. Hendrickson nichts übrighatte, ja, sie eigentlich gar nicht mochte.

»Haben Sie eine Stoffpuppe, die weint?«

Therese wußte nichts von einer derartigen Puppe am Lager, aber die Frau war ganz sicher, daß Frankenberg sie führte, weil sie eine Werbeanzeige gesehen hatte. Therese zog an der letzten Stelle, wo sie hätte sein können, einen weiteren Karton heraus, aber es war keine da.

»Was suchst du denn?« näselte Miss Santini. Miss Santini war erkältet.

»Eine Stoffpuppe, die weint«, sagte Therese. Miss Santini war in letzter Zeit ihr gegenüber besonders höflich gewesen. Therese dachte an das gestohlene Fleisch. Aber heute zog Miss Santini nur eine Augenbraue hoch, schob ihre leuchtend rote Unterlippe vor, zuckte die Achseln und ging weiter.

»Aus Stoff, mit Zöpfchen?« Miss Martucci, ein mageres italienisches Mädchen mit widerspenstigen Haaren und einer langen Wolfsnase, blickte Therese an. »Sag's nicht Roberta weiter«, sie warf einen Blick in die Runde, »sag's überhaupt nicht weiter, aber diese Puppen sind unten im Erdgeschoß.«

»Ach.« Die Spielwarenabteilung im Obergeschoß lag mit der Spielwarenabteilung im Erdgeschoß im Streit. Die Taktik des Hauses war, die Kunden dazu zu bringen, im 7. Stock zu kaufen, wo alles teurer war. Therese sagte der Kundin, die Puppen seien im Erdgeschoß.

»Versuchen Sie, dies heute noch zu verkaufen«, sagte Miss Davis, als sie sich hinter ihr vorbeischob, und ihre Hand mit den rotlackierten Nägeln gab einem verbeulten Koffer in Alligatorimitat einen Klaps. Therese nickte.

»Haben Sie vielleicht eine von diesen Puppen mit steifen Beinen, die stehen kann?«

Therese blickte auf die Frau mittleren Alters mit Krükken, die ihr die Schultern hochschoben. Ihr Gesicht war anders als all die übrigen Gesichter vor der Theke, es war freundlich, und ihre Augen schienen tatsächlich wahrzunehmen, was sie sahen.

»Diese ist etwas größer, als ich sie gern hätte«, sagte die Frau, als Therese ihr eine Puppe zeigte, »es tut mir leid, aber haben sie keine kleinere?«

»Ich glaube schon.« Therese ging den Gang entlang und merkte, daß die Frau auf Krücken ihr folgte, indem sie einen Bogen um das Gedränge von Leuten vor dem Ladentisch machte, um zu vermeiden, daß Therese mit der Puppe zurückgehen mußte. Mit einem Mal hatte Therese den Wunsch, sich alle erdenkliche Mühe zu geben, um genau die Puppe zu finden, die die Frau haben wollte. Aber auch die nächste Puppe war nicht ganz das Richtige. Sie hatte kein echtes Haar. Therese versuchte es woanders und fand die gleiche Puppe mit echtem Haar. Sie weinte sogar, wenn man sie nach vorn beugte. Es war genau das, was die Frau wollte. Therese wickelte die Puppe behutsam in Seidenpapier und legte sie in einen neuen Karton.

»Das ist es genau«, wiederholte die Frau. »Ich schicke die Puppe einer Freundin in Australien, die Krankenschwester ist. Sie hat mit mir zusammen die Ausbildung abgeschlossen, drum hab' ich eine kleine Uniform wie unsere damals für eine Puppe genäht. Vielen Dank! Und ich wünsche Ihnen frohe Weihnachten!«

»Frohe Weihnachten«, erwiderte Therese und lächelte. Es war das erste Mal, daß ihr eine Kundin frohe Weihnachten wünschte.

»Haben Sie schon Pause gemacht, Miss Belivet?« Mrs. Hendricksons Frage klang so scharf wie ein Vorwurf.

Therese hatte noch keine Pause gehabt. Sie nahm ihr Notizbuch und den Roman, den sie gerade las, aus dem Regal unter dem Verpackungstisch. Es war James Joyce' *Porträt des Künstlers als junger Mann*, das sie auf Richards dringenden Wunsch lesen sollte. Wie jemand Gertrude Stein lesen konnte, ohne Joyce zu kennen, konnte er nicht verstehen. Sie fühlte sich immer etwas unterlegen, wenn Richard über Bücher sprach. Sie hatte zwar in den Büchern der Schule herumgeschmökert, aber die Bibliothek, die der Orden der heiligen Margarete zusammengestellt hatte, war alles andere als umfassend gewesen, wie ihr jetzt klar wurde, wenn sie auch Schriftstellerinnen wie Gertrude Stein einschloß, die man dort nicht erwartete. Der Flur vor dem Aufenthaltsraum für Frauen war blockiert durch große Versandwagen, vollbeladen mit Kartons. Therese wartete, bis sie durchkam.

»Elfchen!« rief ihr einer der jungen Leute vom Versand zu. Therese lächelte leicht, weil es so töricht war. Sogar unten in der Garderobe schrien sie ihr morgens wie abends »Elfchen« nach.

»Elfchen, wartest du auf mich?« Eine ungehobelte Stimme dröhnte erneut durch den Krach der zusammenstoßenden Versandwagen.

Sie schlängelte sich durch und wich einem Wagen aus, der auf sie zuraste und auf dem ein Angestellter stand.

»Hier wird nicht geraucht!« schalt eine Männerstimme, die sehr ungehaltene Stimme eines leitenden Angestellten, und die Mädchen vor Therese, die Zigaretten angezündet hatten, bliesen den Rauch in die Luft und erwiderten im Chor – ehe sie Zuflucht in dem Aufenthaltsraum für Frauen suchten: »Wer glaubt er eigentlich, daß er ist – Mr. Frankenberg persönlich?«

»Juhuu, Elfchen!«

»Bei dir verschwend' ich wohl meine Zeit, Elfchen!« tönte es von einem Versandwagen vor ihr herunter. Er kam ins Schleudern, und sie stieß sich das Bein an einer Metallecke. Sie ging weiter, ohne auf ihr Bein hinunterzublicken, obgleich sich der Schmerz an der Stelle wie eine langsame Explosion ausbreitete. Sie ging weiter hinein in den Hexenkessel von weiblichen Stimmen, weiblichen Körpern und dem Geruch nach Desinfektionsmitteln. Das Blut lief ihr in den Schuh, und ihr Strumpf hatte ein ausgefranstes Loch. Sie drückte ein Stück Haut zurecht, und ihr wurde übel. Sie lehnte sich an die Wand und hielt sich an einem Wasserrohr fest. So stand sie ein paar Sekunden und lauschte auf das Stimmengewirr der Mädchen vor dem Spiegel. Dann feuchtete sie Toilettenpapier an und tupfte so lange, bis das Rot aus dem Strumpf verschwand, aber es sickerte wieder durch.

»Ist schon in Ordnung, danke«, sagte sie zu einem Mädchen, das sich kurz über sie gebeugt hatte, und das Mädchen ging.

Schließlich blieb ihr nichts übrig, als eine Monatsbinde aus dem Automaten zu kaufen. Sie nahm etwas Watte aus dem Innern und band sie mit der Mullgaze an ihrem Bein fest. Und dann war es auch schon Zeit, an ihren Ladentisch zurückzukehren.

Ihre Blicke trafen sich im gleichen Augenblick, als Therese den Blick von einem Karton hob, den sie gerade öffnete, und die Frau wandte den Kopf, so daß sie Therese direkt ansah. Die Frau war groß und blond, ihre schlanke Gestalt wirkte elegant in dem weiten Pelzmantel, den sie mit einer Hand in der Taille offenhielt. Ihre Augen waren von einem durchsichtigen Grau, die aber wie Licht und Feuer alles andere überstrahlten und unwiderstehlich in ihren Bann zogen, und Therese konnte nicht wegsehen. Sie hörte, wie eine Kundin vor ihr ihre Frage wiederholte, aber Therese stand stumm da. Die andere Frau sah auch zu Therese hin, mit einem zerstreuten Ausdruck, so als sei sie nur halb mit dem beschäftigt, was sie eigentlich kaufen wollte; und obgleich eine Reihe von Verkäuferinnen zwischen ihnen waren, hatte Therese das sichere Gefühl, daß die Frau zu ihr kommen würde. Dann sah sie, wie sie langsam auf den Verkaufstisch zukam, hörte, wie ihr Herz schneller schlug, wie um den verronnenen Augenblick einzuholen, und spürte, wie ihr Gesicht zu glühen anfing, als die Frau immer näher kam.

»Kann ich einmal diesen Koffer da sehen?« fragte sie, lehnte sich auf die Theke und blickte durch die Glasscheibe.

Der verbeulte Koffer lag nur wenige Zentimeter entfernt. Therese wandte sich um und griff nach einem Karton zuunterst in einem Stapel, einem Karton, der noch nie aufgemacht worden war. Als sie sich wieder aufrichtete, blickte die Frau sie mit ihren ruhigen, grauen Augen an, denen sie nicht ganz standzuhalten, von denen sie aber auch nicht wegzublicken vermochte.

»Den da hätte ich gern, aber wahrscheinlich kann ich

ihn nicht haben – oder doch?« fragte die Frau und wies kopfnickend auf den braunen Koffer hinter Therese.

Ihre Augenbrauen waren blond und folgten dem Bogen ihrer Stirn. Ihr Mund war klug wie ihre Augen, dachte Therese, und ihre Stimme war voll und geschmeidig wie ihr Mantel und irgendwie voller Geheimnisse.

»Doch«, sagte Therese.

Sie ging zum Lagerraum, um den Schlüssel zu holen. Er hing innen an der Tür an einem Nagel, und niemand außer Mrs. Hendrickson durfte ihn anfassen.

Miss Davis sah sie, und ihr blieb die Luft weg, aber Therese sagte: »Ich brauche ihn«, und ging hinaus.

Sie schloß die Vitrine auf, nahm den Koffer heraus und stellte ihn auf den Tisch.

»Sie geben mir das Ausstellungsstück?« Die Frau lächelte verständnisvoll. Und während sie sich mit beiden Ellbogen auf den Ladentisch stützte und den Inhalt des Koffers betrachtete, meinte sie beiläufig: »Die werden außer sich sein – stimmt's?«

»Das macht nichts«, sagte Therese.

»Gut. Ich möchte diesen hier ... Und was ist mit den Kleidern – gehören die dazu?«

Im Deckel des Koffers befanden sich in Zellophan gehüllte Puppenkleider mit Preisschildchen daran.

»Nein«, sagte Therese, »die kommen extra hinzu. Aber wenn Sie Puppenkleider wollen – diese sind ebensogut wie die in der Abteilung für Puppenkleider da schräg gegenüber.«

»Ach ja. Kommt das noch vor Weihnachten in New Jersey an?«

»Ja, es wird Montag da sein.« Und wenn nicht, dachte Therese, würde sie es selber hinbringen.

»Mrs. H. F. Aird«, sagte die sanfte, klare Stimme der Frau, und Therese schrieb den Namen in Druckbuchstaben auf den grünen Versandschein.

Der Name, die Adresse, die Stadt, die aus der Spitze ihres Schreibstiftes kamen, erschienen ihr wie ein Geheimnis, das Therese niemals vergessen würde, wie etwas, das für immer in ihr Gedächtnis eingegraben war.

»Es kann keinen Irrtum geben, nicht wahr?« fragte die Stimme.

Zum ersten Mal nahm sie das Parfüm der Frau wahr, und statt etwas zu erwidern, konnte sie nur den Kopf schütteln. Sie blickte auf den Schein hinunter, auf den sie sorgfältig alles Nötige notierte, und wünschte sich mit aller Kraft, daß die Frau einfach nach ihren letzten Worten fortfahren und sagen würde: »Sind Sie wirklich so froh darüber, mich kennengelernt zu haben? Warum sollten wir uns denn nicht wiedersehen? Warum können wir nicht heute zusammen essen?« Ihre Stimme war so selbstverständlich, und sie hätte es so leicht sagen können. Aber nichts kam nach dem »nicht wahr?«, nichts, was Thereses Beschämung hätte mildern können, als neue Verkäuferin durchschaut zu sein, eine unerfahrene Aushilfe für das Weihnachtsgeschäft, die sicherlich Fehler machte. Therese schob ihr das Bestellbuch für die Unterschrift zu.

Dann griff die Frau nach ihren Handschuhen auf der Theke, drehte sich um und ging langsam fort, und Therese sah, wie die Entfernung größer und größer wurde. Ihre Fußgelenke unterhalb des Pelzmantels waren blaß und schmal. Sie trug schlichte Wildlederschuhe mit hohen Absätzen.

»Ist das eine Versandorder?«

Therese blickte in Mrs. Hendricksons häßliches, bedeutungsloses Gesicht. »Ja, Mrs. Hendrickson.«

»Wissen Sie denn nicht, daß sie dem Kunden den oberen Abschnitt geben müssen? Wie soll er denn den Kauf bestätigen, wenn geliefert wird? Wo ist die Kundin? Können Sie sie noch erreichen?«

»Ja.« Sie war nur drei Meter von ihr entfernt, gegenüber in der Abteilung für Puppenkleider. Den grünen Abschnitt in der Hand, zögerte sie einen Augenblick, dann zwang sie sich weiterzugehen, denn plötzlich schämte sie sich ihres Aufzugs, des alten, blauen Rocks und der Baumwollbluse – diejenige, die für die grünen Kittel verantwortlich war, hatte sie übergangen – und dieser erniedrigenden Schuhe mit flachem Absatz. Und dazu noch der gräßliche Verband, durch den man vermutlich schon wieder das Blut sah.

»Ich vergaß, Ihnen dies hier zu geben«, sagte sie, legte den elenden kleinen Abschnitt neben die Hand auf der Kante des Ladentisches und machte kehrt.

Als sie wieder hinter dem Ladentisch stand, betrachtete Therese die Vorratsschubladen, ließ sie nachdenklich heraus- und wieder hineingleiten, als suche sie nach etwas. Therese wartete, bis die Frau vermutlich an der anderen Theke fertig war und ging. Sie war sich bewußt, daß die Augenblicke verrannen, unwiderrufliche Zeit, ein unwiderrufliches Glück, denn in diesen letzten Sekunden hätte sie sich umdrehen und das Gesicht ansehen können, das sie nie wiedersehen würde. Undeutlich und mit gelindem Grausen vernahm sie die unermüdlichen alten Stimmen der Kundinnen am Ladentisch, die Auskunft verlangten, die nach ihr verlangten, und das Surren der kleinen Eisenbahn – alles war Teil des Orkans, der sie immer mehr einschloß und von der Frau trennte.

Aber als sie sich endlich umdrehte, blickte sie wieder direkt in die grauen Augen. Die Frau kam auf sie zu und lehnte sich, als liefe die Zeit rückwärts, wieder auf die Ladentheke, wies auf eine Puppe und wollte sie sehen.

Therese holte die Puppe heraus und ließ sie geräuschvoll auf den Ladentisch fallen. Die Frau blickte sie an.

»Klingt unzerbrechlich«, sagte sie.

Therese lächelte.

»Ja, ich nehme diese auch«, sagte die Frau mit ihrer gelassenen, langsamen Stimme, die Ruhe inmitten des Tumults verbreitete. Sie nannte nochmals Namen und Adresse, und Therese las sie ihr langsam von den Lippen, als kennte sie nicht alles schon auswendig. »Und das kommt bestimmt vor dem Fest an?«

»Es ist spätestens am Montag da, also zwei Tage vor Weihnachten.«

»Gut. Ich will Sie nicht nervös machen.«

Therese zog den Knoten in der Schnur um den Karton mit der Puppe fest, aber auf geheimnisvolle Weise löste er sich wieder. »Nein«, sagte sie. In einer Verwirrung, die so tief ging, daß es gar nichts mehr zu verbergen gab, gelang es ihr schließlich, unter den Augen der Frau den Knoten festzuziehen.

»Eine scheußliche Arbeit, nicht wahr?«

»Ja.« Therese faltete die Versandorder um die weiße Schnur und steckte sie mit einer Stecknadel fest.

»Entschuldigen Sie, daß ich insistiert habe.«

Therese warf ihr einen raschen Blick zu, und schon war die Empfindung wieder da, daß sie die Frau irgendwoher kannte, daß sie sich gleich zu erkennen geben würde, und sie beide lachen und sich wieder erinnern würden. »Sie insistieren gar nicht. Aber ich weiß, daß es ankommen wird.« Therese blickte über den Flur, wo die Frau zuvor gestanden hatte, und sah den kleinen grünen Abschnitt auf der Ladentheke liegen. »Sie sollten diese Versandbestätigung wirklich aufbewahren.«

Ihre Augen waren ganz anders, als sie jetzt lächelte, und sie strahlten wie ein durchsichtig-graues Feuer, das Therese schon fast vertraut war. »Ich hab schon häufig Sachen ohne so was bekommen. Ich verlier' sie immer.« Aber sie neigte den Kopf, um die zweite Versandorder zu unterschreiben.

Therese sah ihr nach, wie sie fortging mit dem gleichen langsamen Schritt, mit dem sie gekommen war, sah, wie sie auf einen anderen Ladentisch schaute, mit ihren schwarzen Handschuhen zwei, drei Mal in ihre Handfläche schlug und dann im Aufzug verschwand.

Und dann wandte sich Therese der nächsten Kundin zu. Sie arbeitete mit unermüdlicher Geduld, aber die Ziffern auf den Versandabschnitten hatten kleine Haken, da wo ihr der Stift heftig ausgerutscht war. Sie ging ins Büro von Mr. Logan, was Stunden zu dauern schien, aber als sie auf die Uhr sah, waren nur fünfzehn Minuten vergangen, und schon war es Zeit, sich für das Mittagessen frisch zu machen. Sie stand steif vor dem Handtuchautomaten und trocknete sich die Hände. Sie hatte das Gefühl, mit nichts und niemandem verbunden, ganz isoliert zu sein. Mr. Logan hatte sie gefragt, ob sie nach Weihnachten weiterarbeiten wolle, und ihr eine Stelle unten in der Kosmetikabteilung angeboten. Therese hatte abgelehnt.

Mitten am Nachmittag ging sie in den ersten Stock hinunter und kaufte eine Karte in der Glückwunschabteilung. Die Karte war nichts Besonderes, aber wenigstens war sie einfach, in schlichtem Blau und Gold. Sie stand da, den Federhalter schreibbereit über der Karte und dachte daran, was sie hätte schreiben können – »Sie sind großartig!« oder sogar »Ich liebe Sie« –, und dann schrieb sie rasch, quälend langweilig und unpersönlich: »Frankenberg grüßt, mit den besten Empfehlungen.« Statt einer Unterschrift fügte sie ihre Nummer, 645-A, hinzu. Dann ging sie zur Postabteilung im Erdgeschoß, zögerte vor dem Briefkasten und verlor plötzlich die Nerven, als sie ihre Hand mit dem Briefumschlag schon halb im Briefschlitz sah. Was würde es Mrs. H. F. Aird kümmern? Sie würde vielleicht die blonden Augenbrauen leicht hochziehen, würde einen Blick auf die Karte werfen und sie dann vergessen. Therese ließ den Brief in den Schlitz fallen.

Auf dem Heimweg kam ihr eine Idee für ein Bühnenbild: das Innere eines Hauses, das tiefer als breit war mit einer kreisrunden Stelle in der Mitte, von der rings Zimmer abgingen. Sie wollte das Pappmodell noch am gleichen Abend anfangen, arbeitete dann aber doch nur ihre Bleistiftskizze aus. Sie wollte jemanden sehen – nicht Richard und auch nicht Jack oder Alice Kelly, die unter ihr wohnten. Vielleicht Stella, Stella Overton, die Bühnenbildnerin, die sie in ihren ersten Wochen in New York kennengelernt hatte. Sie hatte sie nicht mehr gesehen seit der Cocktailparty, die sie damals gegeben hatte, ehe sie aus ihrer alten Wohnung auszog. Stella war eine von denen, die nicht wußten, wo Therese jetzt wohnte. Therese war gerade auf dem Weg nach unten zum Telefon, als sie das dreimalige kurze Läuten an ihrer Wohnungstür hörte, was hieß, daß ein Anruf für sie da war.

»Danke«, rief Therese zu Mrs. Osborne nach unten. Es war Richards üblicher Anruf gegen neun Uhr. Richard wollte wissen, ob sie Lust hätte, am nächsten Abend ins Kino zu gehen. Es war ein Film im Sutton, den sie immer noch nicht gesehen hatten. Therese sagte, sie hätte nichts vor, aber sie wollte einen Kissenbezug fertignähen. Alice Kelly hatte ihr angeboten, morgen zu ihr 'runterzukommen und ihre Nähmaschine zu benutzen. Und außerdem mußte sie sich die Haare waschen.

»Wasch sie dir heute abend und komm morgen mit mir ins Kino.«

»Es ist zu spät. Ich kann nicht mit nassen Haaren schlafen.«

»Ich werde sie dir morgen waschen. Wir werden diesmal nicht die Badewanne dazu benutzen, nur ein paar Eimer.«

Sie lächelte. »Ich denk' auch, besser nicht.« Sie war in die Badewanne gefallen, als Richard ihr einmal die Haare gewaschen hatte. Richard hatte den Abfluß mit allem Geschlinge und Gegurgel nachgemacht, und sie hatte so lachen müssen, daß ihr die Füße auf dem Boden wegrutschten.

»Wie wär's denn mit dieser Bilderausstellung? Sie ist Samstagnachmittag offen.«

»Aber Samstag ist der Tag, an dem ich bis neun Uhr arbeiten muß. Ich komme vor neun Uhr dreißig nicht weg.«

»Auch gut, dann bleibe ich in der Schule und treff' dich gegen halb zehn an der Ecke. Fünfundvierzigste Straße und Fifth Avenue. In Ordnung?«

»In Ordnung.«

»Gab's was Neues heute?«

»Nein. Und bei dir?«

»Nein. Morgen schau ich mal wegen der Schiffreservierungen. Ich ruf dich morgen abend an.«

Therese rief Stella nicht an.

Der nächste Tag war ein Freitag, der letzte Freitag vor Weihnachten und der geschäftigste Tag, seit sie bei Frankenberg arbeitete, obgleich alle sagten, morgen würde es noch schlimmer werden. Die Leute wurden auf beängstigende Weise gegen die gläsernen Theken gedrückt, Kundinnen, die sie gerade zu bedienen angefangen hatte, wurden einfach weggeschwemmt und gingen in dem zähen Fluß unter, der den Gang füllte. Man konnte sich unmöglich vorstellen, daß noch mehr Leute in die Etage hereindrängen würden, aber die Aufzüge spuckten immer weiter Menschen aus.

»Ich verstehe nicht, warum sie unten die Türen nicht schließen«, bemerkte Therese zu Miss Martucci, als sie sich nebeneinander vor einem Lagerregal bückten.

»Was?« entgegnete Miss Martucci, die nichts verstehen konnte.

»Miss Belivet«, schrie irgend jemand, und eine Pfeife schrillte.

Es war Mrs. Hendrickson. Sie bediente sich an diesem Tag einer Pfeife, um sich Aufmerksamkeit zu verschaffen. Therese bahnte sich den Weg zu ihr, vorbei an Verkäuferinnen und leeren Kartons auf dem Boden.

»Sie werden am Telefon verlangt«, teilte ihr Mrs. Hendrickson mit und wies auf das Telefon auf dem Packtisch.

Therese machte eine hilflose Geste, die Mrs. Hendrickson aus Zeitmangel nicht wahrnahm. Es war unmöglich, irgend etwas am Telefon zu verstehen. Und sie dachte sich, daß es Richard war, der sich einen Spaß erlaubte. Er hatte sie schon einmal angerufen.

»Hallo?« sagte sie.

»Hallo, ist das die Mitarbeiterin Sechs-fünfundvierzig-A, Therese Belivet?« fragte die Stimme der Telefonistin durch das Klicken und Surren hindurch. »Sprechen Sie.«

»Hallo?« wiederholte Therese und verstand die Antwort kaum. Sie zog das Telefon vom Packtisch ein paar Meter weiter in den Lagerraum. Die Telefonschnur reichte kaum, und sie mußte sich auf den Boden hocken. »Hallo?«

»Hallo«, sagte die Stimme. »Ich wollte Ihnen für die Weihnachtskarte danken.«

»Ach – ach, Sie sind ...«

»Hier spricht Mrs. Aird«, sagte sie. »Sind Sie es, die sie geschickt hat oder nicht?«

»Ja«, sagte Therese, plötzlich ganz starr vor Schuldgefühl, als hätte man sie bei einem Vergehen ertappt. Sie schloß die Augen und verhedderte sich in der Telefonschnur, während sie wie tags zuvor die intelligenten, lächelnden Augen vor sich sah. »Es tut mir leid, wenn es Sie geärgert hat«, sagte Therese mechanisch und in dem Tonfall, wie sie mit Kunden sprach.

Die Frau lachte. »Das ist sehr komisch«, sagte sie beiläufig, und Therese fing wieder diese leichte, lässige Sprechweise auf, die sie gestern gleich so geliebt hatte, und auch sie lächelte.

»Warum?«

»Sie müssen das Mädchen in der Spielwarenabteilung sein.«

»Ja.«

»Es war ganz besonders lieb von Ihnen, mir die Karte zu schicken«, sagte die Frau höflich.

Dann verstand Therese. Die Frau hatte geglaubt, die Karte sei von einem Mann, irgendeinem Angestellten, der sie ebenfalls bedient hatte. »Es war schön, Sie zu bedienen«, sagte Therese.

»Ja? Warum?« Vielleicht machte sie sich über Therese lustig. »Nun – da ja Weihnachten ist, warum treffen wir uns nicht wenigstens zu einer Tasse Kaffee oder zu einem Drink?«

Therese zuckte zusammen, als die Tür aufgerissen wurde und eine Verkäuferin hereinkam, die sich genau vor ihr aufpflanzte. »Ja, das wäre schön.«

»Wann?« fragte die Frau. »Ich komme morgen vormittag nach New York. Könnten wir uns nicht zum Mittagessen treffen? Haben Sie morgen etwas Zeit?«

»Natürlich. Ich habe eine Stunde Mittagspause von zwölf bis eins«, sagte Therese und starrte auf die Füße der Verkäuferin vor ihr in den ausgetretenen flachen Mokassins und auf die plumpen Gelenke und Waden in den dicken Baumwollstrümpfen; wie ein Elefant trat sie von einem Bein aufs andere.

»Soll ich Sie um zwölf unten in der Vierunddreißigsten am Eingang erwarten?«

»Ja, bitte. Ich ...« Jetzt fiel es Therese ein, daß sie am nächsten Tag um Punkt ein Uhr anfing. Sie hatte den Vormittag frei. Sie hob den Arm, um sich gegen die Lawine von Kartons zu schützen, die die Verkäuferin vor ihr aus dem Regal gezogen hatte. Nun schwankte auch noch die Verkäuferin auf sie zu.

»Hallo?« rief sie durch den Lärm der herunterpurzelnden Kartons ins Telefon.

»Entschuldigung«, raunzte Mrs. Zabriskie und bahnte sich einen Weg durch die Tür.

»Hallo?« wiederholte Therese.

Das Telefon blieb stumm.

4

Hallo«, sagte die Frau.

»Hallo.«

»Was ist?«

»Nichts.« Zumindest hatte sie sie wiedererkannt, dachte Therese.

»Kennen Sie irgendein Restaurant, das Sie besonders mögen?« fragte sie, als sie nebeneinander auf dem Gehsteig entlanggingen.

»Nein. Es wäre schön, wenn wir eins fänden, das ruhig ist, aber hier in der Gegend gibt es keins.«

»Ihre Zeit reicht wohl nicht für einen Sprung 'rüber zur East Side? Nein, natürlich nicht, wenn Sie nur eine Stunde Mittagspause haben. Ich glaube, ich kenne da eins ein paar Blocks weiter westlich auf dieser Straße. Glauben Sie, Ihre Zeit reicht dafür?«

»Ja, sicherlich.« Es war bereits viertel nach zwölf. Therese wußte, daß sie sich entsetzlich verspäten würde, aber es war ihr egal.

Auf dem Weg dorthin gaben sie sich gar keine Mühe, miteinander zu reden. Ab und zu wurden sie durch die Menge getrennt, und einmal warf die Frau Therese einen Blick über einen mit Kleidern vollgehängten Zug zu und lächelte. Sie betraten ein Restaurant mit Holzbalkendecke und weißgedeckten Tischen, das nicht einmal zur Hälfte besetzt war. Sie nahmen in einer großen Nische Platz, und die Frau bestellte sich einen »Old-Fashioned« ohne Zukker und forderte Therese auf, ebenfalls einen zu bestellen. Als diese zögerte, ließ sie sich kurzerhand vom Kellner einen zweiten bringen.

Sie nahm den Hut ab, fuhr sich mit den Fingern durch ihr blondes Haar und blickte Therese an. »Wie kamen Sie denn auf die hübsche Idee, mir eine Weihnachtskarte zu schicken?«

»Ich habe an Sie gedacht«, sagte Therese. Sie betrachtete die kleinen Perlohrstecker, die fast die Farbe ihres Haares oder auch ihrer Augen hatten. Therese fand sie schön, obgleich sie ihr Gesicht nur verschwommen wahrnahm, denn sie konnte es nicht ertragen, sie direkt anzusehen. Die Frau kramte in ihrer Handtasche und holte eine Puderdose und eine wie ein Schiffsrumpf geformte Lippenstifthülle hervor. Sie war aus Gold wie ein Schmuckstück. Therese hätte sich gern den Mund der Frau eingehender angeschaut, aber die grauen Augen so nah vor ihr, deren Blicke sie wie Feuer durchzuckten, hielten sie zurück.

»Sie arbeiten noch nicht lange da, nicht wahr?«

»Nein, erst seit etwa zwei Wochen.«

»Und Sie werden auch nicht viel länger bleiben, nehme ich an.«

Sie bot Therese eine Zigarette an.

Therese nahm eine. »Nein, ich habe dann einen anderen Job.« Sie beugte sich über das Feuerzeug, das die Frau ihr hinhielt, über die schmale Hand mit den ovalen, rotlakkierten Nägeln und dem Hauch von Sommersprossen auf dem Handrücken.

»Passiert Ihnen das häufig, daß Sie Postkarten verschikken?«

»Postkarten?«

»Weihnachtskarten.« Die Frau lächelte in sich hinein.

»Bestimmt nicht«, sagte Therese.

»Frohe Weihnachten.« Sie stieß leicht an Thereses Glas und trank.

»Wo wohnen Sie? In Manhattan?«

Therese gab Auskunft. Dreiundsechzigste Straße. Ihre Eltern seien tot, sagte sie. Sie sei seit zwei Jahren in New York, und vorher in einer Schule in New Jersey gewesen. Therese erzählte ihr nicht, daß diese Schule halbkirchlich gewesen war. Sie erwähnte auch Schwester Alicia nicht, die sie verehrte und an die sie so oft dachte, Schwester Alicia mit ihren hellblauen Augen, ihrer häßlichen Nase, ihrer liebevollen Strenge. Denn seit dem vorigen Tag war Schwester Alicia weit hinter diese Frau, die ihr gegenübersaß, gerückt.

»Und was machen Sie in Ihrer Freizeit?« Das Lampenlicht auf dem Tisch ließ ihre Augen silbrig schimmern, füllte sie mit flüssigem Licht. Selbst die Perle in ihrem Ohrläppchen wirkte lebendig wie ein Wassertropfen, den die kleinste Berührung zerstören konnte.

»Ich...« Sollte sie ihr sagen, daß sie gewöhnlich an ihren Bühnenmodellen arbeitete? Daß sie manchmal zeichnete oder malte, winzige kleine Katzenköpfe und Figuren für Ballettszenen schnitzte, daß sie aber am liebsten lange Spaziergänge machte, ganz gleich wo, und am allerliebsten sich ihren Träumen überließ? Das war bestimmt überflüssig. Sie hatte das Gefühl, daß die Augen dieser Frau nichts anschauen konnten, ohne es von Grund auf zu begreifen. Therese nahm einen Schluck von ihrem Drink, er schmeckte ihr, obgleich sie fand, daß er wie die Frau war – erschreckend und stark.

Die Frau machte dem Kellner ein Zeichen, und er brachte zwei weitere Drinks.

»Ich mag das.«

»Was?« fragte Therese.

»Ich finde es gut, daß jemand, den ich nicht kenne, mir eine Karte schickt. So sollte es Weihnachten sein. Und dieses Jahr gefällt es mir ganz besonders.«

»Das freut mich.« Therese lächelte und fragte sich, ob das wohl ernstgemeint sei.

»Sie sind sehr hübsch und sehr empfindsam – stimmt's?«

Es klang, als spräche sie über eine Puppe, dachte Therese, so beiläufig hatte sie ihr gesagt, daß sie hübsch sei. »Ich finde Sie fabelhaft«, sagte Therese, vom zweiten Drink ermutigt, und es war ihr gleich, wie das klang, denn sie wußte genau, daß die Frau es ohnehin wußte.

Die Frau lachte und warf den Kopf in den Nacken. Es klang schöner als Musik. Kleine Lachfalten bildeten sich in ihren Augenwinkeln, und die Lippen, mit denen sie an ihrer Zigarette zog, schürzten sich. Sie sah einen Augenblick lang an Therese vorbei, die Ellbogen auf dem Tisch und das Kinn auf die Hand aufgestützt, die die Zigarette hielt. Von der Taille ihres enganliegenden schwarzen Kostüms lief eine lange Linie zu den breiten Schultern, zu dem blonden Kopf mit dem aufgesteckten feinen, widerspenstigen Haar. Therese schätzte sie auf dreißig bis zweiunddreißig, ihre Tochter, für die sie den Koffer und die Puppe gekauft hat, mußte sechs Jahre alt sein oder acht. Therese sah das Kind vor sich: blond, mit einem gebräunten glücklichen Gesicht und einem schlanken, gutproportionierten Körper, und immer mit Spielen beschäftigt. Aber das Gesicht des Kindes war im Gegensatz zu dem nordisch-kräftigen der Mutter nichts Besonderes. Und der Ehemann? Therese konnte sich ihn überhaupt nicht vorstellen.

»Sicher dachten Sie, daß ein Mann Ihnen die Weihnachtskarte geschrieben hat – nicht wahr?« sagte Therese.

»Stimmt«, erwiderte sie mit einem Lächeln. »Ich dachte, es wäre ein Verkäufer aus der Wintersportabteilung.«

»Das tut mir leid.«

»Im Gegenteil, mich freut es.« Sie lehnte sich auf der Bank zurück. »Ich bezweifle, daß ich mit ihm essen gegangen wäre. Nein, es freut mich sehr.«

Der herbe und ein wenig süße Duft ihres Parfüms kam Therese wieder entgegen, ein Duft, der an dunkelgrüne Seide denken ließ, der nur zu ihr gehörte, wie der Duft zu einer bestimmten Blume. Therese beugte sich ihm entgegen und blickte dabei in ihr Glas. Sie hätte am liebsten den Tisch umgestoßen, sich in ihre Arme geworfen, ihr Gesicht in dem grüngoldenen Schal vergraben, der fest in ihrem Nacken verknotet war. Einmal berührten sich ihre Handrücken auf dem Tisch, und Therese fühlte, wie ihre Haut an dieser Stelle lebendig und brennend heiß wurde. Therese wußte nicht, wie ihr geschah. Sie blickte auf das ein wenig zur Seite gewandte Gesicht der Frau, und da war erneut der Eindruck, sie schon einmal »gesehen« zu haben. Dabei war sie sich bewußt, daß sie das nicht gelten lassen durfte. Sie hatte diese Frau nie zuvor gesehen. Denn hätte sie sie sonst vergessen können? Da schwiegen sie und warteten beide darauf, daß die andere anfing zu reden. Ihre Teller kamen – sahniger Spinat mit einem Ei oben drauf, dampfend und nach Butter riechend.

»Wie kommt es, daß Sie allein leben?« fragte die Frau. Und ehe sie sich's versah, hatte sie ihr ihre Lebensgeschichte erzählt.

Aber nicht mit langatmigen Details. In sechs Sätzen, so als wäre das alles ihr weniger wichtig als irgendeine andere Geschichte, die sie einmal gelesen hatte. Spielte es denn eine Rolle, ob ihre Mutter nun Französin oder Engländerin oder Ungarin war, ihr Vater ein irischer Maler oder ein tschechischer Rechtsanwalt; ob er erfolgreich war oder nicht oder ob ihre Mutter sie beim Orden der Heiligen Margarete als schwieriges, widerspenstiges Kind oder als melancholische Achtjährige eingeführt hatte. Oder ob sie dort glücklich war. Denn jetzt war sie glücklich, von diesem Tag an. Sie brauchte weder Eltern noch Heimat.

»Nichts ist langweiliger als eine Geschichte, die in der Vergangenheit liegt«, sagte Therese.

»Vielleicht eine Zukunft, die nie eine Geschichte haben wird.«

Therese brauchte nicht darüber nachzudenken. Es stimmte. Sie lächelte immer noch, als hätte sie gerade eben erst lächeln gelernt und könnte nun nicht mehr damit aufhören. Auch die Frau lachte amüsiert, vielleicht lachte sie sie auch aus, dachte Therese.

»Was für ein Name ist Belivet?« fragte die Frau.

»Tschechisch. Aber er ist verändert«, erklärte Therese befangen.

»Ursprünglich...«

»Er ist sehr eigenartig.«

»Was ist Ihr Name, Ihr Vorname?« fragte Therese.

»Mein Vorname? Carol. Aber bitte nennen Sie mich nicht Carola.«

»Und nennen Sie mich bitte nie Therese«, erwiderte Therese und sprach das »The« englisch aus.

»Wie wollen Sie denn gern, daß man ihn ausspricht? Thérèse?«

»Ja. So wie Sie ihn aussprechen«, antwortete sie. Carol sprach ihren Namen auf die französische Weise aus – eben »Thérèse«. Sie war an ein Dutzend Variationen gewöhnt und sprach ihn selbst mal so mal so aus. Sie mochte die Art, wie Carol ihn aussprach, und sie mochte ihre Lippen, wenn sie ihn aussprachen. Ein unbestimmtes Verlangen, dessen sie sich bisher nur manchmal vage bewußt war, wurde zu einem klar erkennbaren Wunsch. Einem Wunsch, der so absurd war, daß Therese ihn sofort aus ihrem Bewußtsein verdrängte.

»Was machen Sie sonntags?« fragte Carol.

»Ich weiß es nicht immer genau. Nichts Besonderes. Was machen Sie?«

»Nichts – seit kurzem. Wenn Sie mich einmal besuchen wollen – jederzeit. Zumindest gibt es ein wenig freies Land da, wo ich wohne. Mögen Sie nächsten Sonntag 'rauskommen?« Die grauen Augen blickten geradewegs in die ihren, und zum ersten Mal hielt Therese ihnen stand.

Sie blickten irgendwie humorvoll, fand Therese. Und was sonst noch? Neugierig, ja, und auch herausfordernd.

»Ja«, sagte Therese.

»Was für ein merkwürdiges Mädchen Sie sind.«

»Wieso?«

»So als hätte man Sie aus Zeit und Raum hinausgeschleudert«, sagte Carol.

5

Richard stand an der Straßenecke und vertrat sich die Füße in der Kälte, während er auf sie wartete. Sie spürte die Kälte an diesem Abend überhaupt nicht, wie sie plötzlich feststellte, obgleich andere Leute auf den Straßen sich in ihre Mäntel verkrochen. Sie nahm Richards Arm und drückte ihn liebevoll.

»Warst du drinnen?« fragte sie. Sie war zehn Minuten zu spät.

»Natürlich nicht. Ich hab' gewartet.« Er drückte seine kalten Lippen und seine Nase gegen ihre Wange. »War der Tag anstrengend?«

»Nein.«

Die Nacht war tiefschwarz trotz der Weihnachtslichter an einigen Laternenpfosten. Sie betrachtete Richards Gesicht im Schein seines Streichholzes: die glatte Stirn wölbte sich über engstehenden Augen, rund und stark, wie die Stirn eines Grindwals, stark genug, um etwas einzuschlagen. Sein Gesicht war wie aus Holz geschnitzt, schlicht und nur oberflächlich geglättet. Er schlug die Augen auf – und sie waren wie Strahlen aus dichtverhangenem Himmel.

Er lächelte ihr zu. »Du bist in guter Stimmung heute abend. Wollen wir um den Block gehen. Hier kannst du nicht rauchen. Möchtest du eine Zigarette?«

»Nein, danke.«

Sie standen direkt vor der Galerie, eine Reihe erleuchteter Fenster im zweiten Stock eines großen Gebäudes, und in jedem ein Adventskranz. Morgen würde sie Carol wiedersehen, dachte Therese, morgen um elf; nur etwa zehn Blocks von hier entfernt in etwas mehr als zwölf Stunden würde sie sie sehen. Sie wollte wieder nach Richards Arm greifen, war aber plötzlich befangen. Im Osten, am Ende der dreiundvierzigsten Straße, hing der Orion, genau in der Mitte des Stücks Himmel zwischen den Gebäuden. Sie hatte ihn früher immer aus den Schulfenstern beobachtet, dann aus dem Fenster ihrer ersten New Yorker Wohnung.

»Ich habe heute unsere Reservierung bestätigt bekommen«, sagte Richard. »Auf der ›Präsident Taylor‹, am 7. März. Ich hab' mit dem Mann geredet, der für die Schiffskarten zuständig ist, und wenn ich ihm genug auf die Pelle rücke, gibt der uns bestimmt Außenkabinen.«

»Siebenter März?« Sie hörte die Erregung in ihrer eigenen Stimme, obgleich sie jetzt überhaupt nicht nach Europa wollte.

»Noch zehn Wochen«, sagte Richard und ergriff ihre Hand.

»Kannst du die Karte zurückgeben, falls ich nicht reisen kann?« Sie könnte ihm genausogut gleich sagen, daß sie nicht mitwollte, dachte sie, aber dann würde er sie bloß wieder überreden, wie schon mal, als sie Bedenken hatte.

»Aber natürlich, Terry!« Und er lachte.

Richard schwang ihre Hand im Gehen vor und zurück. Als wär'n wir ein Liebespaar, dachte Therese. Was sie für Carol empfand, konnte man wohl fast Liebe nennen, nur, daß Carol eben eine Frau war. Es war nicht gerade Tollheit, aber es war ein Gefühl von Glückseligkeit. Ein törichtes Wort, aber wie könnte sie wohl glücklicher sein, als sie es jetzt war, als sie seit Donnerstag war?

»Ich wünschte, wir könnten eine zusammen haben«, sagte Richard.

»Was zusammen haben?«

»Eine Kabine!« prustete Richard lachend heraus, und Therese bemerkte, wie zwei Leute auf dem Bürgersteig sich nach ihnen umdrehten. »Wollen wir nicht irgendwo etwas trinken, nur so, zur Feier des Tages? Wir könnten ins ›Mansfield‹, um die Ecke, gehen.«

»Ich mag noch nicht stillsitzen. Lieber später.« Sie kamen zum halben Preis auf Richards Studentenausweis in die Ausstellung. Die Galerie bestand aus einer Flucht von hohen, mit Velourteppich ausgelegten Räumen – genau der richtige Rahmen für die kommerzielle Werbegrafik, die Zeichnungen, Lithografien, Illustrationen oder was da sonst dichtgedrängt an den Wänden hing. Richard vertiefte sich minutenlang in einige von ihnen, aber Therese fand sie ziemlich erbärmlich.

»Hast du dies hier gesehen?« fragte Richard und wies auf eine komplizierte Zeichnung eines Elektrikers, der ein Telefonkabel reparierte, wie Therese auch schon welche gesehen hatte, und an diesem Abend wollte sie sich das nicht antun.

»Ja«, sagte sie. Sie dachte gerade an etwas ganz anderes. Wenn sie aufhörte, so knauserig zu sein, um Geld für die Europareise zu sparen – was ohnehin dumm genug war, da sie sie ja nicht antrat –, könnte sie sich einen neuen Mantel kaufen. Gleich nach Weihnachten war Ausverkauf. Der Mantel, den sie jetzt hatte, war so eine Art schwarzer Sportmantel, und sie kam sich immer trist darin vor.

Richard nahm sie am Arm. »Du hast nicht den rechten Respekt vor technischem Können, mein Kleines.«

Sie runzelte spöttisch die Stirn und hängte sich bei ihm ein. Plötzlich fühlte sie sich ihm sehr nah, so warm und glücklich wie am ersten Abend, als sie ihn auf der Party in der Christopher Street getroffen hatte, zu der sie Frances Cotten mitgenommen hatte. Richard war ein wenig beschwipst gewesen, wie nie mehr danach, seit sie mit ihm zusammen war, und tat seine Meinung zu Büchern, zur Politik und über einzelne Leute viel unumwundener kund als je seither. Er hatte den ganzen Abend nur mit ihr geredet, und sie hatte ihn sehr gemocht, weil er sich so für etwas begeistern konnte, so hochfliegende Pläne hatte, eindeutige Vorlieben und Abneigungen, und auch weil es ihre erste richtige Party war und er dazu beitrug, daß sie sie so genoß.

»Du schaust ja gar nicht hin«, sagte Richard.

»Es macht mich kaputt. Mir reicht es – wenn du auch genug hast.«

An der Tür trafen sie ein paar Kommilitonen von Richard – einen jungen Mann, ein Mädchen und einen jungen Schwarzen. Richard machte Therese mit ihnen bekannt. Sie hätte wetten können, daß Richard nicht näher mit ihnen befreundet war, und doch erzählte er allen: »Wir reisen im März nach Europa.«

Und sie sahen alle neidisch aus.

Die Fifth Avenue lag wie ausgestorben da, wie ein Bühnenbild vor dem ersten Akt. Therese schritt rasch neben

Richard her, die Hände in den Taschen vergraben. Irgendwo hatte sie heute ihre Handschuhe verloren. Sie dachte an morgen elf Uhr. Ob sie wohl morgen um die gleiche Zeit noch mit Carol zusammen war?

»Was ist mit morgen?« fragte Richard.

»Morgen?«

»Du weißt doch. Die Familie hat dich zum Essen eingeladen.«

Therese zögerte, während es ihr wieder einfiel. Sie hatte die Semcos vier- oder fünfmal sonntags besucht. Gegen zwei würde ein großes Mahl aufgetragen werden, und danach würde Mr. Semco, ein untersetzter Mann mit Glatze, wieder Platten mit Polkas und russischen Volksweisen auflegen und mit ihr tanzen wollen.

»Du weißt doch, daß Mama dir ein Kleid nähen möchte«, fuhr Richard fort. »Sie hat den Stoff bereits. Sie möchte an dir Maß nehmen dafür.«

»Ein Kleid – aber das macht so viel Arbeit.«

Therese hatte Mrs. Semcos gestickte Bluse vor Augen, weiße Blusen mit unzähligen Reihen von Stichen. Mrs. Semco war stolz auf ihre Handarbeit. Therese fand, sie könnte eine solche ungeheure Mühe nicht annehmen.

»Sie macht es gern«, sagte Richard. »Also was ist mit morgen? Magst du so gegen zwölf kommen?«

»Ich glaube lieber nicht an diesem Sonntag. Sie haben doch hoffentlich keine großen Vorbereitungen getroffen?«

»Nein«, sagte Richard enttäuscht. »Du willst wohl lieber arbeiten, was?«

»Ja, schon.«

Sie wollte nicht, daß Richard etwas von Carol erfuhr oder ihr gar irgendwann begegnete.

»Auch nicht irgendwohin fahren?«

»Danke, lieber nicht.«

Therese mochte jetzt nicht mehr, daß er ihre Hand hielt. Seine Hand war feucht und fühlte sich eiskalt an.

»Du meinst nicht, daß du es dir noch anders überlegen wirst?«

Therese schüttelte den Kopf.

»Nein.«

Sie hätte Besänftigendes sagen, sich entschuldigen können, aber sie wollte nicht noch mehr über den morgigen Tag lügen. Richard seufzte hörbar, und sie gingen eine Zeitlang schweigend nebeneinander her.

»Mama möchte dir ein weißes Kleid mit Spitzenbesatz machen. Sie ist ganz frustriert, weil keine Mädchen in der Familie sind außer Esther.«

Das war seine angeheiratete Cousine, die Therese nur ein- oder zweimal gesehen hatte.

»Wie geht es Esther?«

»Immer gleich.«

Therese löste ihre Finger aus Richards Griff. Plötzlich war sie hungrig. Sie hatte ihre Mittagspause dazu benutzt, etwas zu schreiben, eine Art Brief an Carol, den sie nicht abgeschickt hatte, noch je abschicken würde. An der Third Avenue nahmen sie den Bus in nördlicher Richtung und gingen dann von der Haltestelle noch ein Stück bis zu Thereses Wohnung. Therese wollte ihn nicht auffordern, zu ihr hinaufzukommen, aber sie tat es dann doch.

»Nein, danke, ich troll' mich«, sagte Richard. Er stellte

den Fuß auf die erste Stufe. »Du bist in einer seltsamen Stimmung heute abend. Meilenweit weg.«

»Nein, bin ich nicht«, sagte sie, spürte, daß sie sich nicht richtig ausdrücken konnte, und ärgerte sich darüber.

»Eben jetzt. Ich merk' es doch. Schließlich...«

»Schließlich was«, fiel sie ihm ins Wort.

»Wir kommen so nicht recht weiter – oder findest du?« sagte er, plötzlich ganz ernst. »Wenn du nicht einmal sonntags mit mir zusammensein willst, wie wollen wir monatelang in Europa zusammenbleiben?«

»Gut, Richard, wenn du alles rückgängig machen willst...«

»Terry, ich liebe dich doch.« Er fuhr sich aufgebracht mit der Hand über das Haar. »Natürlich will ich nichts rückgängig machen, aber...« Er brach wieder ab.

Sie wußte, was er sagen wollte: daß sie ihm eigentlich nichts an Zuneigung gab, aber er würde es nicht sagen, denn er wußte, daß sie nicht in ihn verliebt war, wieso konnte er also Zärtlichkeit erwarten? Doch just, daß sie nicht in ihn verliebt war, erzeugte bei Therese Schuldgefühle, wenn sie irgendwas von ihm annahm – ein Geburtstagsgeschenk oder eine Einladung zum Essen in seiner Familie oder einfach auch, wenn sie seine Zeit beanspruchte. Therese preßte die Fingerspitzen heftig gegen das Steingeländer. »Gut, ich weiß. Ich bin nicht in dich verliebt«, sagte sie.

»Das meine ich nicht, Terry.«

»Wenn du aufhören willst – ich meine, mich nicht mehr sehen, so tu es, bitte.« Es war keineswegs das erstemal, daß sie das sagte.

»Terry, du weißt es, ich bin mit niemandem auf der Welt lieber zusammen als mit dir. Das eben ist ja die Hölle...«

»Gut, wenn es die Hölle ist...«

»Liebst du mich überhaupt irgendwie, Terry? Wie stehst du zu mir?«

Laß mich alle Möglichkeiten durchgehen, dachte sie. »Ich liebe dich nicht, aber ich mag dich. Gerade heute abend vor ein paar Minuten noch, merkte ich, daß ich mich dir näher fühlte als je zuvor, wirklich.« Sie stieß die Worte hervor, ganz gleich, wie sie klangen, denn es war die Wahrheit.

Richard blickte sie etwas ungläubig an. »Wirklich?«

Er stieg langsam die Treppenstufen hoch und blieb lächelnd genau vor ihr stehen. »Dann – warum läßt du mich nicht heute nacht bei dir bleiben, Terry? Laß es uns doch einfach versuchen, bitte.«

Beim ersten Schritt, den er auf sie zu machte, wußte sie, daß er sie darum bitten würde. Und nun fühlte sie sich elend und beschämt, er tat ihr leid, und sie tat sich selbst leid, weil es so ganz unmöglich war, und peinlich, weil sie doch nicht wollte. Etwas in ihr hatte sich dagegen gesperrt, es auch nur mal zu versuchen, und jedesmal, wenn er sie fragte, empfand sie nichts weiter, als wie jämmerlich peinlich die ganze Sache doch war. Sie dachte an die erste Nacht, als er bei ihr geblieben war, und schon verkrampfte sie sich. Es war alles andere als vergnüglich gewesen, und mittendrin hatte sie gefragt: »Ist es richtig so?« Wie konnte es richtig und so unangenehm sein, hatte sie gedacht. Und Richard hatte lange, laut und herzhaft gelacht, und das hatte sie wütend gemacht. Das zweite Mal war es fast noch schlimmer gewesen, vermutlich, weil Richard glaubte, daß nun alle Hindernisse beseitigt wären. Es war so quälend, daß sie geweint hatte, und Richard hatte sich entschuldigt und gemeint, er müsse sich ja vorkommen wie ein Wüstling. Sie hatte widersprochen. Sie wußte sehr wohl, daß er engelsgleich war im Vergleich zu dem, wie Angelo Rossi gewesen wäre, wenn sie damals, als er hier auf den gleichen Stufen gestanden und sie dasselbe gefragt hatte, mit ihm geschlafen hätte.

»Terry, Liebling...«

»Nein«, sagte Therese, als sie ihre Sprache wieder gefunden hatte, »ich kann einfach nicht heute, und ich kann auch nicht mit dir nach Europa fahren«, beendete sie den Satz mit entmutigender und schonungsloser Offenheit.

Richard blieb vor Verblüffung der Mund offen.

Therese brachte es nicht über sich, in sein verfinstertes Gesicht zu blicken.

»Warum nicht?«

»Darum. Weil ich nicht kann«, sagte sie, und jedes Wort war qualvoll. »Weil ich nicht mit dir schlafen will.«

»Ach, Terry!« Richard lachte. »Tut mir leid, daß ich dich gefragt habe. Vergiß es, mein Schatz, bitte. Und auch in Europa.«

Therese sah weg, entdeckte den Orion wieder, diesmal aus einem leicht veränderten Blickwinkel, und wandte sich wieder zu Richard. Aber ich kann nicht, dachte sie. Ich werde einmal darüber nachdenken müssen, weil es dich beschäftigt. Es schien ihr, als spräche sie die Worte aus und als seien sie so kompakt wie Holzblöcke in der Luft zwischen ihnen, obgleich sie nichts hörte. Sie hatte das gleiche schon früher zu ihm gesagt, einmal oben in ihrem Zimmer, das andere Mal im Prospect Park, als sie zusammen Drachen steigen ließen. Aber damals hatte er es nicht zur Kenntnis genommen. Was sollte sie tun? Dasselbe nochmal sagen? »Magst du dennoch ein wenig nach oben kommen?« fragte sie selbstquälerisch und voller Scham, die sie sich nicht richtig erklären konnte.

»Nein«, sagte Richard mit einem leichten Lachen, das sie noch mehr beschämte, weil es so voller Toleranz und Verständnis war...

»Nein, ich gehe jetzt. Gute Nacht, mein Schatz. Ich liebe dich, Terry.« Und mit einem letzten Blick auf sie war er fort.

6

Therese trat auf die Straße hinaus und sah sich um. Aber die Straßen waren leer, wie sie nur sonntags leer sind. Der Wind fegte mit voller Wucht um die hohe Betonecke von Frankenberg, als sei er wütend, kein menschliches Wesen anzutreffen, mit dem er sich messen konnte. Keins außer ihr, dachte Therese und mußte plötzlich über sich selbst lachen. Sie hätte einen freundlicheren Treffpunkt vorschlagen können. Der Wind war wie Eis auf ihren Zähnen. Carol hatte bereits eine Viertelstunde Verspätung, und sie würde vermutlich den ganzen Tag und bis in die Nacht weiter auf sie warten. Ein Mensch tauchte aus den Tiefen der Untergrundbahn auf, die zerzauste, dünne, eilige Gestalt einer Frau in einem langen schwarzen Mantel, unter dem sich ihre Füße so schnell bewegten, daß es aussah, als wären es vier Füße, die auf einem Rad rotierten.

Dann wandte sich Therese um und sah Carol in einem Wagen, der in der Biegung der Straße hielt. Therese ging auf sie zu.

»Hallo«, rief Carol und beugte sich herüber, um ihr die Tür aufzumachen.

»Hallo, ich dachte schon, Sie kämen nicht.«

»Tut mir schrecklich leid, daß ich mich verspätet habe. Sind Sie arg durchfroren?«

»Nein.« Therese stieg ein und zog die Tür zu. Drinnen war es warm. Es war ein langgestreckter dunkelgrüner

Wagen mit dunkelgrünen Lederpolstern. Carol fuhr langsam in westlicher Richtung.

»Sollen wir zum Haus 'rausfahren, oder wo möchten Sie gern hin?«

»Es ist ganz gleich«, sagte Therese. Sie entdeckte Sommersprossen auf Carols Nasenrücken. Ihr kurzes blondes Haar, das Therese an Parfüm erinnerte, wenn man es gegen das Licht hielt, war mit einem grüngoldenen Schal hochgebunden, der wie ein Band um ihren Kopf lag.

»Fahren wir zum Haus hinaus, es ist hübsch da draußen!«

Sie fuhren stadtaufwärts. Es war, als führe man im Inneren eines rollenden Berges, der alles vor sich wegfegen konnte, aber Carol vollkommen gehorchte.

»Fahren Sie gern?« fragte Carol, ohne Therese anzusehen. Sie hatte eine Zigarette im Mund und fuhr, die Hände leicht auf dem Steuerrad, als wäre es gar nichts, als säße sie entspannt irgendwo in einem Sessel und rauchte. »Warum sind Sie so still?«

Sie fuhren dröhnend in den Lincoln-Tunnel. Eine wilde unerklärliche Erregung stieg in Therese auf, als sie durch die Windschutzscheibe blickte. Sie wünschte, der Tunnel würde sie beide wie eine Höhle einschließen und töten, so daß man ihre Leichen gemeinsam herauszerren mußte. Sie fühlte Carols Blick von Zeit zu Zeit auf sich ruhen.

»Haben Sie gefrühstückt?«

»Nein«, antwortete Therese. Vermutlich sah sie blaß aus. Sie hatte angefangen zu frühstücken, aber dann war ihr die Milchflasche in den Ausguß gefallen, und sie hatte es ganz aufgegeben.

»Sie trinken besser einen Schluck Kaffee. Es ist welcher in der Thermosflasche da.«

Sie waren aus dem Tunnel heraus, und Carol hielt am Straßenrand.

»Hier«, sagte Carol und wies mit dem Kinn auf die Thermosflasche zwischen ihnen auf dem Sitz. Dann nahm sie sie selbst heraus und goß etwas Kaffee in den Becher, dampfend und hellbraun.

Therese sah dankbar in ihren Kaffee. »Wo kommt er mit einmal her?«

Carol lächelte. »Wollen Sie immer wissen, wo alle Dinge herkommen?«

Der Kaffee war sehr stark und leicht gesüßt. Sie fühlte, wie ihre Kräfte zurückkamen. Als sie halb ausgetrunken hatte, fuhr Carol weiter. Therese schwieg. Worüber sollte man reden? Über das goldene vierblättrige Kleeblatt, das vom Autoschlüssel am Armaturenbrett herunterhing? Über den Stand mit Weihnachtsbäumen, an dem sie vorbeifuhren? Den Vogel, der ganz allein über ein morastig aussehendes Gelände flog? Nein. Es gab nur eins, worüber es sich zu sprechen lohnte, das, was Therese in dem unabgeschickten Brief an Carol geschrieben hatte, und das war unmöglich.

»Sind Sie gern auf dem Land?« fragte Carol, als sie in einen schmaleren Weg einbogen.

Sie waren gerade durch eine kleine Stadt gekommen. Nun fuhren sie in eine breite halbkreisförmige Auffahrt ein und auf ein zweistöckiges weißes Haus zu, das mit seinen Seitenflügeln wie auf Löwenpranken ruhte.

Vor dem Haus lag ein Fußabtreter aus Metall; ein glänzender Messingbriefkasten hing an der Mauer; von jenseits des Hauses hörte man das hohle Bellen eines Hundes, von dort, wo hinter einigen Bäumen eine weiße Garage zu sehen war. Das Haus roch nach irgendeinem Gewürz, dachte Therese, in das sich ein anderer Duft von besonderer Süße mischte, der aber auch nicht Carols Parfüm war. Die Tür schloß sich hinter ihr mit einem leisen, entschiedenen Klick. Als sich Therese umdrehte, sah Carol sie verwirrt an, ihr Mund stand wie vor Überraschung ein wenig offen. Im nächsten Augenblick dachte Therese, würde sie fragen: »Was tun *Sie* denn hier?« so als hätte sie vergessen, daß sie selbst sie hergebracht hatte oder als hätte sie nie die Absicht gehabt.

»Niemand ist hier außer dem Hausmädchen, und das ist weit weg«, sagte Carol, so, als beantworte sie eine Frage von Therese.

»Ein schönes Haus«, sagte Therese und bemerkte Carols kleines, eine Spur verärgertes Lächeln.

»Legen Sie doch den Mantel ab.« Carol zog sich den Schal vom Kopf und fuhr sich mit den Fingern durchs Haar. »Möchten Sie nicht ein wenig frühstücken – es ist schon fast zwölf Uhr.«

»Nein danke.«

Carol sah sich im Wohnzimmer um, und ihr Gesicht bekam den gleichen unangenehm überraschten Ausdruck wie vorhin. »Kommen Sie, wir gehen nach oben. Dort ist es gemütlicher.«

Therese folgte Carol über die weiße Holztreppe, vorbei an dem Ölbild eines kleinen Mädchens mit gelbem Haar und einem kräftigen Kinn, wie Carol es hatte, vorbei an einem Fenster, in dem für einen Augenblick ein gewundener Weg und ein Springbrunnen mit einer blaugrünen Figur auftauchten und gleich wieder verschwanden. Von der kleinen Diele oben gingen vier oder fünf Zimmer ab. Carol trat in ein Zimmer mit einem grünen Teppich und grünen Wänden und nahm eine Zigarette aus einer Schachtel auf dem Tisch. Während sie sie anzündete, blickte sie zu Therese hinüber. Therese wußte nicht, was sie sagen oder tun sollte, und sie spürte, daß Carol irgend etwas von ihr erwartete. Sie sah sich im Zimmer um, nahm den dunkelgrünen Teppich wahr und die lange Bank mit den vielen Kissen entlang der Wand. In der Mitte des Zimmers stand ein einfacher Tisch aus hellem Holz. Ein Spielzimmer, dachte Therese, obgleich es mehr wie ein Arbeitszimmer aussah mit all den Büchern und Plattenalben und ganz ohne Bilder an den Wänden.

»Das ist mein Lieblingszimmer«, sagte Carol im Hinausgehen. »Aber mein eigenes ist hier drüben.«

Therese blickte in das gegenüberliegende Zimmer. Die Polstermöbel hatten geblümte Baumwollbezüge und helle Holzrahmen, wie der Tisch im anderen Zimmer. Über dem Toilettentisch hing ein einfacher, hoher Spiegel, und das ganze Zimmer wirkte sonnig, obgleich die Sonne nicht schien. Das Bett war ein Doppelbett, und auf einer dunklen Kommode lagen männlich wirkende Bürsten. Vergeblich hielt Therese nach einem Bild von ihm Ausschau. Auf dem Toilettentisch stand ein Foto von Carol mit einem kleinen blondhaarigen Mädchen auf dem Arm und ein anderes von einer Frau mit dunkellockigem Haar und einem offenen Lächeln in einem Silberrahmen.

»Sie haben eine kleine Tochter, nicht wahr?« fragte Therese.

Carol öffnete eine Tür in der Täfelung der Diele. »Ja«, sagte sie. »Möchten Sie eine Cola?«

Das Summen des Kühlschranks war jetzt lauter zu hören. Im ganzen Haus gab es keinerlei Geräusch, außer dem, das sie selbst verursachten. Therese mochte das kalte Getränk eigentlich nicht, aber sie nahm die Flasche und trug sie hinter Carol her die Treppe hinunter, durch die Küche und in den rückwärtigen Garten, auf den sie vorher aus dem Fenster einen Blick geworfen hatte. Hinter dem Springbrunnen waren eine ganze Menge Pflanzen, etwa einen Meter hoch und in Rupfensäcke gewickelt, die Therese, wie sie da zusammen standen, an etwas erinnerten, aber sie vermochte nicht zu sagen, an was. Carol band eine Schnur fest, die sich im Wind gelöst hatte; und wie sie sich so bückte in ihrem dicken Winterrock und der blauen Strickjacke, wirkte ihr Körper kräftig wie ihr Gesicht, aber anders als ihre schlanken Fesseln. Für Minuten schien Carol sie vergessen zu haben, sie ging langsam mit entschiedenen Schritten in ihren flachen Sportschuhen umher, als fühle sie sich in dem blumenlosen, kalten Garten endlich wohl. Es war bitterkalt ohne Mantel, aber auch das schien Carol vergessen zu haben, und Therese versuchte, es ihr gleichzutun.

»Was möchten Sie jetzt tun?« fragte Carol. »Einen Spaziergang machen? Platten hören?«

»Ich bin ganz zufrieden so«, erwiderte Therese.

Sie spürte, daß irgendetwas Carol beschäftigte und daß sie nun doch bedauerte, sie in ihr Haus eingeladen zu haben.

»Und wie gefällt Ihnen Ihr Job?« fragte Carol aus der Küche herüber, und es klang immer noch sehr zurückhaltend und unverbindlich. Sie schaute in den Kühlschrank und nahm zwei mit Folie bedeckte Teller heraus. »Ich würde gern etwas essen – wie steht's mit Ihnen?«

Therese hatte die Absicht gehabt, ihr etwas über ihren Job im Black Cat Theatre zu erzählen. Das gab vielleicht etwas her, es war das einzig Wichtige, was sie über sich zu erzählen hatte. Aber dafür war jetzt nicht der richtige Zeitpunkt. »Ich nehme an, es ist eine ganz gute Schule. Ich lerne, wie man Dieb, Lügner und Dichter zugleich sein kann«, sagte Therese langsam und versuchte, so beiläufig zu klingen wie Carol, hörte aber doch vor allem ihre Schüchternheit aus den eigenen Worten heraus. Sie lehnte sich in dem geraden Stuhl zurück, so daß ihr Kopf in der einfallenden Sonne war. »Und lieben«, hatte sie sagen wollen. Sie hatte noch nie jemanden vor Carol geliebt, auch Schwester Alicia nicht.

Carol sah sie an. »Wie wird man ein Dichter?«

»Vermutlich, indem man alles zu stark fühlt«, erwiderte Therese mit Nachdruck.

»Und wie wird man ein Dieb?« Carol leckte sich den Daumen und runzelte die Stirn. »Sie mögen wahrscheinlich auch keine Caramelcreme – oder?«

»Nein, danke. Ich habe zwar noch nicht gestohlen, aber sicher ist es ganz leicht. Überall stehen Taschenbücher herum, und man nimmt sich einfach eins. Sogar das Fleisch, das man zum Abendessen kauft, wird gestohlen.« Therese lachte. Mit Carol konnte man darüber lachen. Über alles konnte man mit Carol lachen.

Sie aßen kaltes Hähnchen mit Preiselbeersauce, grüne Oliven und knusprige rohe Sellerie. Aber Carol stand vom Tisch auf, ging ins Wohnzimmer und kam mit einem Glas, mit etwas Whisky darin, zurück, das sie mit Wasser auffüllte. Therese beobachtete sie. Dann sahen sie sich lange an, Carol im Türrahmen und Therese am Tisch, die über ihre Schulter hinwegblickte und nichts aß.

»Begegnen Sie vielen Menschen auf diese Weise am Ladentisch? Müssen Sie sich nicht überlegen, mit wem Sie zu reden anfangen?«

»O ja.« Therese lächelte.

»Oder mit wem Sie essen gehen?« Carols Augen funkelten. »Sie könnten auch einem Entführer in die Arme laufen.« Sie schwenkte den Whisky in ihrem Glas ohne Eis und trank ihn dann in einem Zug aus, und die silbernen Armbänder an ihrem Handgelenk klirrten gegen das Glas. »Nun ja – begegnen Sie vielen Menschen auf diese Weise?«

»Nein«, sagte Therese.

»Nicht vielen? Vielleicht drei oder vier?«

»Wie Ihnen?« Therese hielt ihrem Blick stand.

Und Carol blickte sie fest an, so als wollte sie noch etwas anderes von Therese hören, ein anderes Wort, einen weiteren Satz. Aber dann setzte sie ihr Glas auf dem Herd ab und wandte sich um. »Spielen Sie Klavier?«

»Ein wenig.«

»Kommen Sie, spielen Sie etwas.« Und als Therese sich weigern wollte, sagte sie bestimmt. »Ach was, es kommt mir nicht darauf an, wie Sie spielen. Spielen Sie einfach etwas.«

Therese spielte etwas von Scarlatti, das sie im Internat gelernt hatte. Carol hörte entspannt und unbeweglich in einem Stuhl am anderen Ende des Zimmers zu und ließ den Whisky, den sie sich nachgeschenkt hatte, unberührt. Therese spielte die C-Dur-Sonate, die langsam und sehr einfach zu spielen ist, voller gebrochener Oktaven, aber sie kam ihr plötzlich langweilig vor, dann wieder anspruchsvoll in den Passagen mit den Trillern, und sie hörte auf. Es war mit einmal zuviel für sie: ihre Hände auf den Tasten, auf denen sonst Carol spielte, Carol, die sie unter halbgeschlossenen Lidern hervor beobachtete, Carols Haus um sie herum und die Musik, die sie wehrlos machte, bei der sie sich ganz fallenließ.

»Sind Sie müde?« fragte Carol ruhig.

Die Frage schien sich nicht nur auf ihre Müdigkeit jetzt zu beziehen, sondern allgemein. »Ja.«

Carol trat hinter sie und legte ihr die Hände auf die Schultern. Therese hatte diese Hände genau im Gedächtnis – sie waren geschmeidig und kräftig, und beim Druck auf ihre Schultern wurden die zarten Sehnen sichtbar. Es kam ihr wie eine Ewigkeit vor, wie Carols Hände sich auf ihren Nacken zu und unter ihr Kinn schoben, eine Ewigkeit, die sie im Innersten aufwühlte und die alles auslöschte, auch das Wohlgefühl, als Carol ihr den Kopf nach hinten bog und sie leicht auf den Haaransatz küßte. Therese spürte diesen Kuß überhaupt nicht.

»Kommen Sie mit«, sagte Carol.

Therese folgte ihr, sich am Geländer hochziehend, nach oben und mußte plötzlich an Mrs. Robichek denken.

»Eine kurze Siesta kann sicher nicht schaden«, sagte

Carol, indem sie den geblümten Bettüberzug abzog und die Decke zurückschlug.

»Danke, ich bin nicht wirklich...«

»Ziehen Sie Ihre Schuhe aus«, sagte Carol sanft, aber in einem Ton, der keine Widerrede duldete.

Therese blickte auf das Bett. Sie hatte die Nacht zuvor kaum geschlafen. »Ich glaube nicht, daß ich schlafen werde, aber wenn...«

»Ich wecke Sie in einer halben Stunde.« Als sie sich hingelegt hatte, breitete Carol die Decke über sie und setzte sich auf die Bettkante. »Wie alt sind Sie, Therese?«

Therese blickte zu ihr hoch, unfähig ihren Blick zu ertragen und ihn doch ertragend, und es war ihr gleich, ob sie im nächsten Augenblick sterben mußte, ob Carol sie erwürgte, wie sie so hilflos, so verwundbar dalag, sie, der Eindringling.

»Neunzehn.« Wie alt das klang, älter als einundzwanzig.

Carol runzelte die Stirn und lächelte dabei ein wenig. Therese spürte, daß sie an irgend etwas so intensiv dachte, daß der Gedanke fast greifbar in der Luft zwischen ihnen war. Dann ließ Carol ihre Hände unter ihre Schultern gleiten und beugte sich über Therese, und Therese fühlte, wie sich Carols Körper mit einem Seufzer entspannte, der ihr warm über die Kehle fuhr und den Duft aus Carols Haar zu ihr trug.

»Sie sind ein Kind«, sagte Carol, und es klang wie ein Vorwurf. Sie hob den Kopf. »Was möchten Sie haben?«

Therese erinnerte sich, was sie im Restaurant gedacht hatte, und biß die Zähne zusammen vor Scham.

»Was möchten Sie haben?« wiederholte Carol.

»Nichts, danke.«

Carol stand auf, ging zum Toilettentisch und steckte sich eine Zigarette an. Therese beobachtete sie unter halbgeschlossenen Lidern hervor. Carols rastloses Hin und Her bedrückte sie, obgleich sie die Zigarette mochte, sie gern rauchen sah.

»Möchten Sie etwas trinken?«

Therese wußte, daß sie Wasser meinte. Sie spürte es an der besorgten Zärtlichkeit in ihrer Stimme, so als wäre sie ein fieberkrankes Kind. Dann sagte sie: »Ich hätte gern eine heiße Milch.«

Carols Mundwinkel verzogen sich zu einem Lächeln. »Heiße Milch«, wiederholte sie mit leisem Spott und ging aus dem Zimmer.

Und Therese lag da in einer Mischung aus Unruhe und Schläfrigkeit, bis endlich Carol wieder mit der Milch erschien. Sie hielt die Untertasse in der einen und die becherförmige Tasse in der anderen Hand und zog die Tür mit dem Fuß hinter sich zu.

»Ich hab' sie kochen lassen, und jetzt hat sie eine Haut«, sagte Carol ärgerlich. »Tut mir leid.«

Aber Therese gefiel es gut, weil sie wußte, daß Carol es immer so machen würde, an etwas anderes denken und vergessen, daß Milch nicht kochen soll.

»Mögen Sie sie so – ohne alles?«

Therese nickte.

»Iih«, machte Carol, setzte sich auf die Lehne eines Sessels und schaute ihr zu.

Therese stützte sich auf einen Ellenbogen auf. Die Milch

war so heiß, daß ihre Lippen es zuerst kaum aushielten. Die winzigen Schlucke breiteten sich im Mund aus und setzten eine Mischung verschiedenartiger Geschmacksnuancen frei. Die Milch schien nach Knochen und Blut zu schmecken, nach warmem Fleisch, nach Haar, sie war vollkommen salzlos wie Kalk, aber lebendig wie ein wachsender Embryo. Sie war bis auf den Boden der Tasse durch und durch heiß, und Therese trank sie herunter, wie Menschen in Märchen einen Zaubertrank trinken, der sie verwandelt, oder ahnungslose Krieger den Giftbecher. Dann nahm ihr Carol die Tasse ab, und halb im Einschlafen hörte sie, daß Carol ihr drei Fragen stellte. Eine hatte mit Glück zu tun, eine betraf das Warenhaus und die dritte die Zukunft. Therese hörte sich antworten. Sie hörte, wie ihre Stimme zu einer Art Gestammel anschwoll, wie ein Wasserfall, den sie nicht mehr eindämmen konnte, und ihr wurde bewußt, daß sie weinte. Sie vertraute Carol ihre Ängste an, sie sprach von ihrer Einsamkeit, von Richard und von furchtbaren Enttäuschungen. Und von ihren Eltern. Ihre Mutter war nicht tot. Aber Therese hatte sie nicht mehr gesehen, seit sie vierzehn war.

Carol stellte Fragen, und sie antwortete, obgleich sie nicht über ihre Mutter sprechen wollte. Ihre Mutter war gar nicht so wichtig, sie hatte sie nicht enttäuscht. Ihr Vater aber war wichtig. Ihr Vater war ganz anders. Er war gestorben, als sie sechs war – ein Rechtsanwalt, ursprünglich Tscheche, der sein Leben lang hatte Maler werden wollen. Er war ganz anders gewesen, sanft, verständnisvoll, nie hatte er die Stimme erhoben gegen die Frau, die an ihm herumnörgelte, weil er weder ein guter Rechtsanwalt noch ein guter Maler war. Er war nie kräftig gewesen und war an Lungenentzündung gestorben, aber in Thereses Vorstellung hatte ihre Mutter ihn getötet. Carol fragte und fragte, und Therese erzählte ihr, wie ihre Mutter sie ins Internat nach Montclair gebracht hatte, als sie acht Jahre alt war, wie sie sie dann nur noch ganz selten besucht hatte, denn sie war viel im Land herumgereist. Sie war Pianistin, nein, keine erstklassige, wie hätte sie das sein können, aber sie hatte immer Arbeit gefunden, denn sie wußte, was sie wollte. Und als Therese zehn Jahre alt war, hatte die Mutter wieder geheiratet. Therese war während der Weihnachtsferien im Hause ihrer Mutter in Long Island gewesen, und sie hatten sie gefragt, ob sie bei ihnen bleiben wollte, aber so, als meinten sie es nicht wirklich. Und Therese hatte ihren Mann Nick nicht gemocht, weil er genauso war wie ihre Mutter, groß und dunkelhaarig, mit einer lauten Stimme und heftigen, leidenschaftlichen Bewegungen. Therese war sicher, daß diese Ehe das Richtige war für ihre Mutter. Diese war zu der Zeit sogar schwanger, und inzwischen hatten sie zwei Kinder. Nach einer Woche bei ihnen war sie ins Internat zurückgekehrt. Die Mutter hatte sie noch vier- oder fünfmal besucht und ihr immer etwas mitgebracht: eine Bluse, ein Buch, einmal einen Kosmetikkoffer, den sie gehaßt hatte, weil er sie an die vor Wimperntusche starren Augenwimpern ihrer Mutter erinnerte. Geschenke, die ihr die Mutter verlegen wie heuchlerische Friedensangebote übergab. Einmal hatte die Mutter ihren kleinen Sohn, Thereses Halbbruder, mitgebracht, und da wußte Therese, daß sie eine Außenseiterin war. Ihre Mutter hatte ihren Vater nie geliebt, sie hatte sich entschlossen, sie mit acht Jahren in ein Internat zu geben – warum machte sie sich da die Mühe, sie zu besuchen, überhaupt irgendeinen Anspruch an sie zu stellen? Therese wäre glücklicher gewesen, wenn sie keine Eltern gehabt hätte, wie die Hälfte der Mädchen im Internat. Schließlich hatte Therese der Mutter gesagt, sie wollte nicht, daß sie sie noch weiter besuchte, und ihre Mutter kam nicht mehr. Der beschämte, gekränkte Gesichtsausdruck, der nervöse Seitenblick aus den braunen Augen, die Andeutung eines Lächelns und ihr Schweigen waren das letzte, was sie von ihrer Mutter im Gedächtnis behalten hatte. Dann war sie fünfzehn geworden. Die Schwestern in der Schule wußten, daß die Mutter ihr sonst nicht schrieb. Sie hatten sie darum gebeten, und sie hatte Therese einen Brief geschrieben, aber die Tochter ließ ihn unbeantwortet. Dann, zum Schulabschluß, als sie siebzehn war, hatte die Schule ihre Mutter um zweihundert Dollar gebeten. Therese hatte überhaupt kein Geld gewollt von ihrer Mutter, war mehr oder weniger davon ausgegangen, daß sie ihr nichts geben würde, aber die Mutter schickte dann doch welches, und Therese hatte es angenommen.

»Ich bereue, daß ich es angenommen habe. Das hab' ich noch keinem erzählt – außer Ihnen. Irgendwann werde ich es ihr zurückgeben.«

»Unfug«, sagte Carol leise. Sie saß auf der Sessellehne und hatte das Kinn in die Hand gestützt, die Augen unverwandt auf Therese gerichtet, und lächelte. »Sie waren damals immer noch ihr Kind. Wenn Sie vergessen können, daß Sie es ihr zurückzahlen wollen – dann, dann sind Sie erwachsen.«

Therese gab keine Antwort.

»Meinen Sie nicht, daß Sie sie einmal wiedersehen wollen, vielleicht in ein paar Jahren?«

Therese schüttelte den Kopf. Sie lächelte, aber immer wieder kamen ihr die Tränen. »Ich mag nicht mehr darüber sprechen.«

»Weiß Richard das alles?«

»Nein. Nur, daß sie noch lebt. Ist es denn wichtig? Das ist doch nicht wichtig.« Sie hatte das Gefühl, wenn sie ihren Tränen freien Lauf ließ, würde sie alles los – die Müdigkeit und die Einsamkeit und die Enttäuschung, so als wäre das alles in den Tränen selbst enthalten. Und sie war froh, daß Carol sie gewähren ließ. Carol stand mit dem Rücken zu ihr vor dem Toilettentisch. Therese lag steif im Bett, auf einen Ellbogen gestützt, von halb unterdrücktem Schluchzen geschüttelt.

»Ich werde nie wieder weinen«, sagte sie.

»Doch, das werden Sie.« Und ein Streichholz wurde angerissen.

Therese nahm noch ein Papiertaschentuch vom Nachttisch und putzte sich die Nase.

»Wen gab es sonst noch in Ihrem Leben – außer Richard?«

Sie war vor ihnen allen geflohen. Da hatte es Lily gegeben und Mr. und Mrs. Anderson in dem Haus, in dem sie zu Anfang in New York gewohnt hatte. Frances Cotter und Tim bei der Pelican Press. Lois Vavrica, ein Mädchen, das mit ihr im Internat war. Wer noch? Die Kellys, die im zweiten Stock von Mrs. Osbornes Haus wohnten. Und eben Richard. »Als ich vorigen Monat entlassen wurde«, sagte Therese, »da schämte ich mich und zog um...« Sie unterbrach sich.

»Wohin?«

»Ich hab' es niemand gesagt, außer Richard. Ich bin einfach abgehauen. Ich nehme an, ich hatte die Idee, ein neues Leben anzufangen. Ich wollte nicht, daß jemand wußte, wo ich war.«

Carol lächelte. »Abgehauen! Das gefällt mir. Sie sind ein Glückspilz, daß Sie das so einfach können! Sie sind frei. Ist Ihnen das eigentlich klar?«

Therese sagte nichts.

»Eben nicht«, beantwortete Carol selbst ihre Frage.

Neben Carol auf dem Toilettentisch tickte leise eine eckige graue Uhr. Und wie schon tausendmal im Warenhaus las Therese die Zeit ab und maß ihr eine Bedeutung bei. Es war etwa halb fünf, und da kamen ihr Bedenken, ob sie nicht zu lange dagelegen hatte, ob nicht Carol vielleicht Besuch erwartete.

Das Telefon klingelte, lange und schrill, als kreische eine hysterische Frau draußen auf der Diele, und jede sah die andere zusammenzucken.

Carol stand auf und schlug sich mit einem Gegenstand in die Hand, so wie sie damals mit den Handschuhen in ihre Handfläche geschlagen hatte. Das Telefon schrillte erneut, und Therese war überzeugt, daß Carol das, was sie gerade in der Hand hielt, quer durch das Zimmer an die Wand werfen würde. Aber Carol wandte sich nur um, legte den Gegenstand ruhig hin und verließ das Zimmer.

Therese konnte Carols Stimme unten in der Diele hören. Sie wollte nicht hören, was sie sagte. Sie stand auf und zog ihren Rock und ihre Schuhe an. Jetzt sah sie, was Carol in der Hand gehalten hatte. Es war ein Schuhlöffel aus braunem Holz. Jeder andere hätte ihn geworfen, dachte Therese. Dann fiel ihr ein Wort ein, das genau das traf, was sie über Carol dachte: Stolz. Sie hörte Carol das gleiche mehrmals wiederholen, und als Therese die Tür öffnete, um hinunterzugehen, hörte sie auch die Worte: »Ich habe einen Gast«, blockte Carol unerschütterlich ab. »Ich finde, das ist sehr wohl ein Grund. Was ist besser? ... Was paßt dir denn an morgen nicht? Wenn du ...«

Und darauf kein Laut, bis sie Carols Tritt unten auf der Treppe hörte, und da wußte sie, daß am anderen Ende aufgehängt worden war. Wer konnte es denn wagen ...?

»Sollte ich nicht lieber gehen?«

Carol sah sie an wie vorhin, als sie das Haus betreten hatten. »Nur wenn Sie es wollen. Nein. Wir werden später eine kleine Fahrt machen, wenn Sie mögen.«

Sie wußte, daß Carol keine Lust hatte, nochmals wegzufahren. Sie schickte sich an, die Laken straffzuziehen.

»Lassen Sie das Bett.« Carol beobachtete sie von der Diele aus. »Machen Sie nur die Tür zu.«

»Wer kommt?«

Carol drehte sich um und ging in das grüne Zimmer. »Mein Mann«, sagte sie. »Hargess.«

Dann läutete es an der Haustür, und im gleichen Augenblick klickte der Schlüssel im Schloß.

»Das nimmt heute kein Ende«, murmelte Carol. »Kommen Sie herunter, Therese.«

Therese wurde ganz übel vor Angst, nicht vor dem Mann, sondern wegen Carols Ärger über sein Kommen.

Er kam die Treppe herauf. Als er Therese bemerkte, verlangsamte er seinen Schritt, und auf sein Gesicht trat Erstaunen. Dann blickte er Carol an.

»Harge, das ist Miss Belivet«, sagte sie. »Mr. Aird.«

»Guten Tag«, sagte Therese.

Harge warf Therese nur einen raschen Blick zu, aber seine nervösen blauen Augen hatten sie bereits taxiert. Er war ein kräftig gebauter Mann mit einem rötlichen Gesicht. Die eine Augenbraue war höher als die andere und hatte in der Mitte einen Knick, der von einer Narbe herrühren mochte. »Guten Tag«, und dann zu Carol: »Tut mir leid, dich zu stören. Ich wollte mir nur ein paar Dinge holen. Er ging an ihr vorbei und öffnete die Tür zu einem Zimmer, das Therese noch nicht gesehen hatte.

»Etwas für Rindy«, ergänzte er.

»Die Bilder an der Wand?« fragte Carol.

Der Mann schwieg.

Carol und Therese gingen hinunter. Im Wohnzimmer setzte sich Carol, aber Therese blieb stehen.

»Spielen Sie noch etwas, wenn Sie mögen«, sagte Carol.

Therese schüttelte den Kopf.

»Spielen Sie etwas«, wiederholte Carol mit Bestimmtheit.

Therese erschrak über die Wut in ihren Augen. »Ich kann nicht«, sagte sie, bockig wie ein Maulesel.

Sie hörten, wie Harge mit schnellen Schritten durch die obere Diele ging, stehenblieb und dann langsam die Treppe herunterkam. Therese sah zuerst seine dunkel gekleidete Gestalt, dann seinen rosigen, blondhaarigen Kopf.

»Ich kann diese Aquarelle nicht finden, ich dachte, sie seien in meinem Zimmer«, beklagte er sich.

»Ich weiß, wo sie sind.« Carol stand auf und wollte nach oben gehen.

»Du möchtest doch sicher, daß ich ihr etwas von dir mitbringe«, sagte Harge.

»Danke, ich gebe ihr mein Geschenk selbst.« Carol ging die Treppe hinauf.

Sie sind gerade geschieden oder stehen kurz davor, dachte Therese.

Harge sah Therese an, schien im Begriff, ihr sein Zigarettenetui hinzuhalten, ließ es dann aber. Sein lebhaftes Gesicht spiegelte eine merkwürdige Mischung aus Ängstlichkeit und Langeweile. Das Fleisch rund um den Mund war so fest und schwer und ging so ganz in die Kontur seines Mundes über, daß es aussah, als hätte er keine Lippen. Er steckte sich eine Zigarette an. »Sie sind aus New York?« fragte er.

Therese spürte die Verachtung und Unhöflichkeit der Frage, als hätte man ihr ins Gesicht geschlagen. »Ja, aus New York«, antwortete sie.

Er setzte gerade zu einer weiteren Frage an, als Carol die Treppe herunterkam. Therese hatte sich dafür gewappnet, ein paar Minuten allein mit ihm zu sein. Nun überlief sie ein leiser Schauder der Erleichterung, der ihm nicht entging.

»Danke«, sagte Harge, als er Carol die Schachtel abnahm. Er ging zu seinem schwarzen Mantel hinüber, der auf dem kleinen Sofa lag und mit seinen ausgebreiteten Ärmeln von dem ganzen Haus Besitz zu nehmen schien.

Harge verabschiedete sich von ihr mit einem schlichten »Guten Abend« und zog im Gehen seinen Mantel an. »Eine Freundin von Abby?« flüsterte er Carol an der Tür zu.

»Eine Freundin von mir«, sagte Carol.

»Bringst du Rindy die Geschenke? Wann?«

»Und was wäre, wenn ich ihr nichts schenkte, Harge?«

»Carol –« Er blieb im Eingang stehen, und Therese hörte ihn nur noch etwas sagen wie, sie mache alles so unangenehm. Dann: »Ich fahre zu Cynthia. Kann ich auf dem Rückweg hereinschauen? Nicht später als acht?«

»Aus welchem Grund, Harge?«

»Wegen Rindy.« Dann drang seine Stimme nur noch so leise zu ihr, daß sie nichts mehr verstand.

Einen Augenblick später kam Carol allein zurück, schloß die Tür, lehnte sich, die Hände im Rücken verschränkt, dagegen, und sie hörten beide zu, wie der Wagen losfuhr. Carol mußte eingewilligt haben, ihn noch am gleichen Abend zu sehen.

»Ich gehe«, sagte Therese. Carol schwieg. Ein tödliches Schweigen breitete sich zwischen ihnen aus, und Therese wurde es noch unbehaglicher zumute. »Ich sollte mich lieber aufmachen, nicht wahr?«

»Ja. Es tut mir leid, das mit Harge. Er ist nicht immer so ungezogen. Es war falsch, daß ich gesagt habe, ich hätte einen Gast hier.«

»Es macht nichts.«

Carol runzelte die Stirn und brachte mit Mühe heraus: »Nehmen Sie es mir übel, wenn ich Sie in den Zug setze, statt Sie nach Hause zu bringen?«

»Nein.« Sie hätte es nicht ertragen können, wenn Carol sie zurückgebracht hätte und dann durch die Nacht allein nach Hause gefahren wäre.

Auch im Wagen schwiegen sie. Sobald der Wagen vor dem Bahnhof hielt, öffnete Therese die Tür.

»In etwa vier Minuten geht ein Zug«, sagte Carol.

Da brach es aus Therese heraus. »Werde ich Sie wiedersehen?«

Carol lächelte bloß ein wenig vorwurfsvoll, als das Fenster zwischen ihnen hochging. *»Au revoir«*, sagte sie.

Natürlich. Natürlich würde sie sie wiedersehen – was für eine idiotische Frage! dachte Therese.

Der Wagen setzte schnell zurück und verschwand in der Dunkelheit.

Therese sehnte sich nach dem Warenhaus, freute sich auf morgen. Vielleicht würde Carol wieder hinkommen. Doch das war nicht sehr wahrscheinlich. Dienstag war Heiligabend. Gewiß, sie konnte Carol am Dienstag anrufen, allein um ihr »Frohe Weihnachten« zu wünschen. Aber es gab keinen Augenblick, in dem sie nicht Carol in Gedanken vor sich sah, und alles, was sie sah, schien sie mit Carols Augen zu sehen. An diesem Abend wurden die dunklen Straßen von New York, die Arbeit am nächsten Tag, die in den Ausguß gefallene und zerbrochene Milchflasche völlig nebensächlich. Sie warf sich aufs Bett und zog eine Linie auf ein Stück Papier. Und eine weitere und noch eine, ganz sorgsam. Eine Welt entstand rund um sie her, wie ein lichter Wald mit Millionen schimmernder Blätter.

7

Der Mann sah es sich an, während er es achtlos zwischen Daumen und Zeigefinger hielt. Er war kahl bis auf zwei verschwitzte Strähnen schwarzen Haars, die etwa in Schläfenhöhe ansetzten und quer über den nackten Schädel geklebt waren. Er schob die Unterlippe voller Verachtung und Ablehnung vor, ein Ausdruck, der sich auf seinem Gesicht festgefressen hatte, sowie Therese an die Theke trat und ihn ansprach.

»Nein«, sagte er schließlich.

»Können Sie mir gar nichts dafür geben?« fragte Therese.

Die Lippe schob sich noch weiter vor. »Vielleicht fünfzig Cents«, und damit warf er es ihr über die Theke wieder zu.

Thereses Finger griffen begierig danach. »Gut, und was ist mit diesem hier?« Aus ihrer Manteltasche zog sie die silberne Kette mit dem Christophorusanhänger hervor. Wieder drückten Daumen und Zeigefinger sehr beredt seine Verachtung aus, als sie die Münze umdrehten, als sei sie Dreck. »Zwei Dollar fünfzig.«

Aber es hat mindestens zwanzig Dollar gekostet, wollte Therese gerade sagen, aber sie tat es nicht, weil alle das behaupten. »Danke«, sagte sie, nahm die Kette an sich und ging hinaus.

Wer waren all die Glücklichen, die ihre alten Taschenmesser, kaputten Uhren und Hobelbretter hatten verpfänden können, die dichtgedrängt im Schaufenster hingen? Sie konnte nicht widerstehen, blickte durch das Fenster in den Laden zurück und sah das Gesicht des Mannes wie vorher unter den aufgehängten Jagdmessern. Auch er sah sie an und lächelte. Sie spürte, daß er jede ihrer Bewegungen zu deuten vermochte. Therese bog eilig in die Seitenstraße ein. Zehn Minuten später war Therese wieder da. Sie verpfändete den Silberanhänger für zwei Dollar und fünfzig Cents.

Dann eilte sie westwärts, über die Lexington Avenue, dann über die Park Avenue bis rüber zur Madison. Sie umklammerte die kleine Schachtel in ihrer Manteltasche so heftig, daß sie sich an der scharfen Kante den Finger schnitt. Schwester Beatrice hatte ihr das Kästchen geschenkt, ein Holzkästchen mit einem Schachbrettmuster aus braunem Holz und eingelegtem Perlmutt. Sie wußte nicht, was es in Geld umgerechnet wert war, aber sie hatte es immer für sehr wertvoll gehalten. Je nun, sie wußte jetzt, daß es nicht so war. Sie betrat einen Laden mit Lederwaren.

»Ich möchte gern die schwarze Tasche im Schaufenster sehen – die mit dem Riemen und den goldenen Beschlägen«, sagte Therese zu der Verkäuferin.

Es war eine Handtasche, die sie letzten Sonnabend auf ihrem Weg zum Essen mit Carol gesehen hatte. Sie paßte gleich auf den ersten Blick ganz zu Carol. Auch wenn Carol die Verabredung heute nicht einhielt, auch wenn sie sie nie wiedersehen würde – sie mußte die Tasche auf jeden Fall kaufen und ihr zuschicken.

»Ich nehme sie«, sagte Therese.

»Das macht einundsiebzig Dollar und 18 Cents – mit der Steuer«, sagte die Verkäuferin. »Soll ich sie als Geschenk verpacken?«

»Ja, bitte.« Therese zählte sechs glatte neue Zehn-Dollar-Scheine auf die Theke und den Rest in Ein-Dollar-Scheinen. »Kann ich sie bis um halb sieben hier lassen?«

Therese verließ den Laden mit der Quittung in ihrer Brieftasche. Sie wollte nichts riskieren, indem sie die Tasche mit ins Warenhaus nahm. Sie könnte gestohlen werden – auch am Heiligabend. Therese lächelte. Es war ihr letzter Arbeitstag bei Frankenberg. Und in vier Tagen trat sie ihren Job im Black Cat Theatre an. Phil wollte ihr einen Tag nach Weihnachten das Manuskript des Stückes bringen.

Sie ging am Schaufenster von Brentano vorbei. Es war voll von Seidenbändern, Büchern mit Ledereinband und Bildern von Rittern in voller Rüstung. Therese kehrte um und ging in das Warenhaus, nicht um etwas zu kaufen, sondern nur, um zu sehen, ob es da etwas Schöneres gab als die Ledertasche.

Eine Illustration in einem aufgeschlagenen Buch auf einem der Tische stach ihr in die Augen. Ein junger Ritter, der auf einem Schimmel durch einen blumendurchwirkten Wald ritt, gefolgt von seinen Pagen, von denen der letzte einen goldenen Ring auf einem Kissen trug. Sie nahm das ledergebundene Buch in die Hand. Der Preis auf dem Deckblatt war mit fünfundzwanzig Dollar angegeben. Wenn sie einfach zur Bank ging und noch fünfundzwanzig Dollar abhob, konnte sie das Buch kaufen. Was waren schon fünfundzwanzig Dollar? Sie hätte den silbernen Anhänger nicht zum Pfandleiher geben müssen. Sie wußte, daß sie es nur getan hatte, weil er von Richard war und sie ihn nicht mehr haben wollte. Sie klappte den Band zu und fuhr mit dem Finger über den gerundeten Goldschnitt. Das Buch sah aus wie ein eingedellter Goldbarren. Aber würde Carol sich etwas aus einem Buch mit mittelalterlichen Liebesgedichten machen? Sie hatte keine Ahnung und konnte sich an nichts erinnern, was ihr einen Hinweis auf Carols Büchergeschmack hätte geben können, und sie stellte das Buch eilig weg und ging.

Oben in der Puppenabteilung schlenderte Miss Santini hinter dem Ladentisch entlang und bot allen Pralinen aus einer großen Schachtel an.

»Nimm zwei«, sagte sie zu Therese. »Die Süßwarenabteilung hat sie uns 'raufgeschickt.«

»Warum nicht«, sagte sich Therese und biß in eine Nougatpraline. Kaum zu glauben, die Weihnachtsstimmung hat sogar die Süßwarenabteilung ergriffen.

Eine sonderbare Stimmung herrschte heute im Warenhaus. Vor allem war es ungewöhnlich ruhig. Zwar waren eine Menge Kunden da, aber sie schienen nicht in Eile zu sein, obgleich heute der 24. Dezember war. Therese warf immer wieder einen Blick zum Aufzug hinüber und hielt nach Carol Ausschau. Wenn Carol nicht kam – und wahrscheinlich würde sie nicht kommen –, wollte Therese sie um halb sieben anrufen, um ihr frohe Weihnachten zu wünschen. Therese kannte ihre Telefonnummer, sie hatte sie tags zuvor auf dem Telefon in ihrem Haus gesehen.

»Miss Belivet?« Mrs. Hendricksons Stimme tönte an ihr

Ohr, und Therese zuckte zusammen. Aber Mrs. Hendrickson winkte sie nur her, damit der Telegrafenbote ihr ein Telegramm aushändigen konnte. Therese kritzelte ihren Namen in sein Buch und riß das Telegramm auf.

»TREFFE SIE UM FÜNF UHR UNTEN. CAROL.«

Therese zerknüllte das Blatt in ihrer Hand. Sie bohrte es mit dem Daumen in ihre Handfläche und sah dem Telegrafenjungen nach, der in Wahrheit ein alter Mann war, wie er auf den Aufzug zuging. Seine Wickelgamaschen saßen unordentlich und locker an seinen Beinen, und er ging mühsam und so gebeugt, daß seine Knie ihm immer weit voraus waren.

»Sie sehen glücklich aus«, bemerkte Mrs. Zabriskie trübsinnig, als sie bei ihr vorüberkam. Therese lächelte. »Bin ich auch.« Sie habe ein zwei Monate altes Baby, erzählte Mrs. Zabriskie Therese, und ihr Mann sei zur Zeit arbeitslos. Therese fragte sich, ob wohl Mrs. Zabriskie und ihr Mann sich liebten und wirklich glücklich waren. Vielleicht waren sie es, aber nichts in Mrs. Zabriskies unansehnlichem Gesicht oder in ihrem schwerfälligen Gang ließ es vermuten. Vielleicht war Mrs. Zabriskie einmal so glücklich gewesen wie sie selbst. Vielleicht war das vorübergegangen. Sie erinnerte sich – auch von Richard – gehört zu haben, daß die Liebe gewöhnlich nach zwei Jahren Ehe stirbt. Das war grausam, ein böser Trick. Sie versuchte sich vorzustellen, daß Carols Gesicht, der Duft ihres Parfüms einmal bedeutungslos für sie werden würden. Aber vor allem: Konnte sie sagen, daß sie in Carol verliebt war? Sie war an eine Frage geraten, für die sie keine Antwort hatte.

Um viertel vor fünf ging Therese zu Mrs. Hendrickson und bat um die Erlaubnis, eine halbe Stunde früher zu gehen. Mrs. Hendrickson mochte gedacht haben, daß das Telegramm etwas damit zu tun hatte, und ließ Therese gehen, ohne sie auch nur strafend anzublicken, und auch das machte diesen Tag zu etwas Besonderem.

Carol wartete im Eingang auf sie, da wo sie sich schon einmal getroffen hatten.

»Hallo!« rief Therese. »Ich bin durch. Es ist geschafft!«

»Geschafft? Was?«

»Die Arbeit hier.« Aber Carol schien niedergeschlagen zu sein, und das dämpfte Therese sofort. Immerhin sagte sie: »Ich war sehr glücklich über das Telegramm.«

»Ich wußte nicht, ob Sie nicht etwas anderes vorhaben, gerade heute abend?«

»Natürlich nicht.«

Und sie gingen langsam durch die drängelnde Menge, Carol in ihren empfindlichen Wildlederpumps, die sie ein paar Zentimeter größer erscheinen ließen als Therese. Es hatte vor ungefähr einer Stunde angefangen zu schneien, aber es hörte schon wieder auf. Der Schnee bildete nur eine dünne Schicht unter den Füßen, wie leichte, weiße Wolle, die man über die Straße und den Gehweg ausgespannt hatte.

»Wir hätten heute Abby besuchen können, aber sie hat was vor«, sagte Carol. »Immerhin, wir könnten irgendwohin fahren, wenn Sie mögen. Sie sind ein Engel, daß Sie heute abend Zeit haben. Wissen Sie was?«

»Nein«, sagte Therese, immer noch wider Willen glücklich, denn Carols Stimmung beunruhigte sie.

»Glauben Sie, daß man hier in der Gegend eine Tasse Kaffee bekommt?«

»Ja, ein wenig weiter östlich.«

Therese dachte an eine der kleinen Sandwichbuden zwischen der fünften Straße und Madison Avenue, aber Carol suchte sich eine kleine Bar aus mit einer Markise davor. Der Kellner zögerte zunächst und meinte, es sei jetzt Aperitifzeit, aber als Carol sich anschickte zu gehen, brachte er den Kaffee doch. Therese wollte unbedingt die Handtasche abholen, aber nicht in Carols Beisein, obschon die Tasche ja verpackt war.

»Ist irgendwas passiert?« fragte Therese.

»Etwas, was sich in Kürze nicht erklären läßt.« Carol lächelte ihr zu, aber ihr Lächeln war müde, und es folgte ein leeres Schweigen, so als lägen plötzlich Welten zwischen ihnen.

Vermutlich hatte Carol eine Verabredung absagen müssen, an der ihr lag, dachte Therese. Bestimmt hatte sie Heiligabend viel zu tun.

»Ich halte Sie nicht von irgend etwas ab?« fragte Carol.

Therese spürte hilflos, wie auch sie sich allmählich verkrampfte. »Ich sollte ein Paket in der Madison Avenue abholen. Es ist nicht weit. Ich bin gleich wieder da, wenn Sie auf mich warten wollen.«

»Gut.«

Therese stand auf. »Mit dem Taxi schaffe ich es in drei Minuten. Aber ich nehme nicht an, daß Sie auf mich warten wollen – oder?«

Carol lächelte und griff nach ihrer Hand. Sie drückte sie gleichgültig und ließ sie wieder fallen. »Ja, ich warte.«

Sie hatte den gelangweilten Ton in Carols Stimme noch im Ohr, als sie im Taxi auf der Kante des Sitzes saß. Auf dem Rückweg staute sich der Verkehr, so daß sie ausstieg und den letzten Block rannte.

Carol war noch da, sie hatte ihren Kaffee nur halb ausgetrunken.

»Ich möchte keinen Kaffee«, sagte Therese, weil ihr schien, daß Carol gehen wollte.

»Mein Wagen steht weiter unten, bei der Battery, in einer Tiefgarage. Wir nehmen ein Taxi bis dahin.«

Sie fuhren ins Bankenviertel. Carols Wagen wurde vorgefahren. Dann ging's los Richtung Westside Highway.

»So ist es besser«, sagte Carol und schlüpfte beim Fahren aus ihrem Mantel. Würden Sie ihn hinten auf den Sitz werfen?«

Dann schwiegen sie wieder. Carol fuhr schneller und wechselte die Fahrbahn, um Wagen zu überholen, so als hätten sie ein bestimmtes Ziel. Therese nahm sich fest vor, etwas zu sagen, irgend etwas – ehe sie die Washington Bridge erreichten. Ihr ging plötzlich auf, daß Carol, wenn sie und ihr Mann sich scheiden ließen, in die Stadt gekommen war, um einen Rechtsanwalt aufzusuchen. Im Bankenbezirk wimmelte es von Anwaltsbüros. Warum ließen sie sich scheiden? Weil Harge eine Affäre mit der Frau hatte, die Cynthia hieß? Therese fror. Carol hatte das Seitenfenster heruntergedreht, und jedesmal, wenn sie beschleunigte, fegte ein Windstoß herein und nahm sie in seine kalten Arme.

»Hier wohnt Abby«, sagte Carol und wies über den Fluß.

Therese konnte nichts Besonderes entdecken. »Wer ist Abby?«

»Abby? Meine beste Freundin.« Carol blickte sie an. »Frieren Sie nicht mit dem offenen Fenster?«

»Nein, nein.«

»Aber es muß Ihnen ja kalt sein.« Carol mußte bei einer Ampel halten und kurbelte das Fenster hoch. Dann sah sie Therese an, als nähme sie sie zum ersten Mal an diesem Abend wirklich wahr, und unter diesem Blick, der von ihrem Gesicht zu ihren im Schoß ruhenden Händen wanderte, kam sich Therese vor wie ein kleiner Hund, den Carol in einem Hundeheim am Straßenrand aufgelesen und an den sie sich eben wieder erinnert hatte.

»Was ist geschehen, Carol? Lassen Sie sich jetzt scheiden?«

Carol seufzte. »Ja, scheiden«, sagte sie ganz ruhig und startete wieder.

»Und er hat das Kind?«

»Nur heute abend.«

Therese wollte gerade zu einer weiteren Frage ansetzen, da sagte Carol: »Reden wir von etwas anderem.«

Ein Wagen überholte sie, aus dessen Radio Weihnachtslieder ertönten, die alle mitsangen.

Und sie und Carol schwiegen. Sie kamen durch Yonkers, und es schien Therese, als ob sie jede Chance, je wieder mit Carol zu reden, irgendwo auf der Straße zurückgelassen hätte. Plötzlich bestand Carol darauf, daß sie etwas aß, es ging schon auf acht zu. Also hielten sie vor einem kleinen Restaurant an der Straße, wo es Muscheln mit Brot gab. Sie setzten sich an die Theke und bestellten belegte Brote und Kaffee, aber Carol aß nicht. Sie fragte sie über Richard aus, nicht auf die beteiligte Art wie am Sonntagnachmittag, sondern als wollte sie verhindern, daß Therese *ihr* weitere Fragen stellte. Es waren sehr persönliche Fragen, dennoch antwortete Therese mechanisch und als ginge es gar nicht um sie, sondern um jemand anderen. Carols ruhige Stimme sprach immer weiter, sie war viel leiser als die Stimme des jungen Kellners, der sich über die Theke mit jemandem unterhielt.

»Schlafen Sie mit ihm?« fragte Carol.

»Drei oder vier Mal.« Therese erzählte ihr vom ersten Mal und den drei anderen Malen. Es machte sie nicht verlegen, darüber zu sprechen. Niemals zuvor war es ihr so langweilig und unwichtig vorgekommen. Carol konnte sich bestimmt jeden Augenblick dieser Nächte vorstellen. Sie spürte Carols sachlichen, taxierenden Blick, und sie wußte, daß Carol im Begriff war zu sagen, sie sähe nicht besonders kalt oder emotional unterernährt aus. Doch Carol schwieg, und Therese starrte unbehaglich auf die Liste der Songs an der kleinen Musikbox vor ihr. Sie erinnerte sich, daß einmal jemand gesagt hatte, sie habe einen leidenschaftlichen Mund, aber sie konnte sich nicht mehr erinnern, wer das war.

»Manchmal brauchen die Dinge auch ihre Zeit«, sagte Carol. »Finden Sie nicht, Sie sollten ihm noch mal eine Chance geben?«

»Aber warum? Wenn's mir nun mal keinen Spaß macht. Und ich bin nicht in ihn verliebt.«

»Meinen Sie nicht, das könnte noch kommen, wenn das erst mal klappt?«

»Verliebt man sich denn so?«

Carol betrachtete den Kopf eines Rehs an der Wand hinter der Theke. »Nein«, sagte sie und lächelte. »Was gefällt Ihnen an Richard?«

»Nun ja, er ist...« Aber Therese war sich nicht sicher, ob »aufrichtig« das richtige Wort war. Es war ihm nicht aufrichtig ernst mit seiner Malerei. »Ich mag seine Art, sich zu geben. Lieber als bei den meisten anderen Männern. Ja, er behandelt mich als Person, nicht bloß als Mädchen, mit dem er ins Bett gehen kann oder auch nicht. Und ich mag seine Familie, die Tatsache, daß er eine hat.

»Viele Menschen haben Familien.«

Therese machte einen weiteren Versuch. »Er ist beweglich, er verändert sich. Er ist nicht wie die meisten Männer, denen man ein Etikett ankleben kann wie »Doktor« oder – oder Versicherungsagent.«

»Ich glaube, Sie kennen ihn besser, als ich Harge nach einigen Monaten Ehe kannte. Zumindest werden Sie nicht den gleichen Fehler machen wie ich, nämlich heiraten, weil es unter meinen Bekannten damals um die Zwanzig herum so üblich war.«

»Wollen Sie damit sagen, daß Sie nicht verliebt waren?«

»Doch, sogar sehr. Und Harge war es auch. Er gehört zu den Männern, die einen innerhalb einer Woche völlig eingewickelt haben und in die Tasche stecken. Waren Sie schon je einmal verliebt, Therese?«

Sie wartete, bis das Wort falsch, schuldbewußt, aus dem Nichts über ihre Lippen kam. »Nein.«

»Aber Sie möchten es sein!« Carol lächelte.

»Ist Harge immer noch verliebt in Sie?«

Carol senkte etwas ungeduldig den Blick. Vielleicht hatte sie sie nun brüskiert, indem sie so geradeheraus fragte, sorgte sich Therese, aber als Carol antwortete, klang ihre Stimme unverändert. »Ich könnte es nicht sagen. Er gibt sich gewissermaßen noch wie früher. Nur seh' ich jetzt dahinter. Er hat einmal gesagt, ich sei die erste Frau, in die er je verliebt war. Das ist sicher wahr, aber ich glaube auch, daß er – in der üblichen Bedeutung des Wortes – nicht länger als ein paar Monate in mich verliebt war. Er war niemals an einer anderen interessiert, das stimmt. Vielleicht hätte ihn das menschlicher gemacht. Das könnte ich verstehen und auch verzeihen.«

»Liebt er Rindy?«

»Abgöttisch.« Carol sah sie lächelnd an. »Wenn er in jemand verliebt ist, dann in Rindy.«

»Was für ein Name ist das?«

»Nerinda. Harge hat den Namen ausgesucht. Er wollte einen Sohn, aber ich glaube, er ist noch glücklicher mit einer Tochter. Ich wollte ein Mädchen. Ich hätte gern zwei oder drei Kinder gehabt.«

»Und Harge – wollte nicht?«

»Ich wollte nicht mehr.« Sie sah Therese an. »Ist das die richtige Weihnachtsunterhaltung?« Carol griff nach ihren Zigaretten, nahm dann aber eine Phillip Morris, die Therese ihr anbot.

»Ich möchte alles von Ihnen wissen«, sagte Therese.

»Ich wollte keine Kinder mehr, weil ich fürchtete, daß unsere Ehe doch zu Bruch gehen würde – trotz Rindy. Sie wollen sich also verlieben? Wahrscheinlich passiert Ihnen das bald, und wenn es so ist, dann genießen Sie es, später wird es schwieriger.«

»Jemand zu lieben?«

»Sich zu verlieben. Oder sogar den Wunsch zu haben, mit jemand zu schlafen. Ich hab' das Gefühl, unser Geschlechtstrieb ist weitaus träger, als wir, besonders Männer, gemeinhin annehmen. Die ersten Abenteuer sind meist nichts anderes als die Befriedigung einer gewissen Neugier, und danach macht man nur immer wieder dasselbe auf der Suche – ja, wonach?«

»Wonach?« fragte Therese.

»Läßt es sich mit einem Wort sagen? Nach einem Freund, einem Partner, oder vielleicht auch ganz einfach nur nach jemand, der an einem teilnimmt. Was bedeuten Worte schon. Mir scheint, die Menschen suchen sehr oft über den Sex nach etwas, das auf andere Weise leichter zu finden ist.«

Therese wußte, daß das, was Carol über die Neugier gesagt hatte, zutraf. »Auf welche andere Weise?« fragte sie.

Carol warf ihr einen raschen Blick zu. »Ich denke, das muß jeder für sich selbst herausfinden. Ich frage mich, ob ich hier wohl einen Drink bekomme?«

Auf dem Weg zurück nach New York hielt Carol nirgends an für einen Drink. Sie fragte Therese, ob sie nach Hause oder für eine Weile zu ihr kommen wollte, und Therese sagte, gerne zu ihr. Ihr fiel ein, daß sie den Kellys versprochen hatte, kurz zu einer Party mit Wein und Früchtebrot bei ihnen vorbeizuschauen, aber sie würden sie sicherlich nicht vermissen.

»Ich bin ein schlechter Kumpan«, sagte Carol plötzlich. »Erst der Sonntag und jetzt dies. Ich bin wirklich nicht in Schuß heute abend. Was würden Sie gern tun? Möchten Sie in ein Restaurant in Newark mit Weihnachtsbaum und Weihnachtsliedern? Es ist kein Nachtclub. Wir könnten da auch was Ordentliches zu essen bekommen.«

»Mir persönlich liegt nichts daran auszugehen.«

»Da waren Sie den ganzen Tag in diesem blöden Warenhaus, und wir haben Ihre Befreiung noch gar nicht gefeiert.«

»Ich bin einfach gern mit Ihnen zusammen«, gestand Therese, und sie lächelte, weil es klang, als müßte sie sich rechtfertigen.

Carol schüttelte den Kopf, ohne sie anzusehen. »Kind, Kind – wohin so allein?«

Dann einen Augenblick später, als sie auf der Autobahn nach New Jersey waren, sagte sie: »Ich weiß was.« Und sie wendete den Wagen, fuhr in einen kiesbestreuten Seitenweg ein und hielt.

»Kommen Sie mit.«

Vor ihnen war ein erleuchteter Stand, auf dem sich Weihnachtsbäume stapelten. Carol sagte, sie solle sich einen aussuchen – nicht zu groß und nicht zu klein. Sie legten den Baum auf den Rücksitz, und Therese saß vorn, die Arme voller Tannen- und Stechpalmenzweige. Sie drückte ihr Gesicht hinein und atmete den dunkelgrünen, kräftigen Duft ein, diese würzige Reinheit, die nach Wald roch und zugleich alles heraufbeschwor, was zu Weinachten gehörte: Christbaumschmuck. Geschenke. Schnee, Weihnachtslieder und Ferien. Es bedeutete: fertig mit dem

Warenhaus und mit Carol zusammensein. Das leise Schnurren des Autos und die Nadeln der Tannenzweige, die sie unter ihren Fingern spürte. Ich bin glücklich, dachte Therese.

»Wir wollen den Baum gleich schmücken«, sagte Carol, als sie das Haus betraten.

Sie schaltete das Radio im Wohnzimmer ein und mixte einen Drink für sie beide. Es gab Weihnachtslieder im Radio und hallendes Glockengeläut, und es war so, als wären sie in einer Kirche. Carol holte eine weiße Baumwolldecke, die den Schnee unter dem Baum darstellen sollte, und Therese streute Zucker darüber, damit es glitzerte. Dann schnitt sie einen länglichen Engel aus Goldband aus und befestigte ihn auf der Spitze des Baums, kniffte Seidenpapier, schnitt daraus eine Kette von Engeln aus und hängte sie in die Zweige.

»Sie können das großartig«, sagte Carol, die den Baum vom Kamin aus betrachtete. »Wunderbar. Fehlen nur noch die Geschenke.«

Das Geschenk für Carol lag auf dem Sofa neben Thereses Mantel. Die Karte aber, die sie dazu gezeichnet hatte, war bei ihr zuhause, und sie wollte es ihr nicht ohne sie geben. Therese trat einen Schritt zurück.

»Was brauchen wir sonst noch für den Baum?«

»Nichts. Wissen Sie, wie spät es ist?«

Das Radio hatte sich bereits verabschiedet. Therese blickte zu der Uhr auf dem Kaminsims hinüber. Es war nach eins. »Es ist Weihnachten«, sagte sie.

»Sie bleiben besser über Nacht hier.«

»Gut.«

»Was haben Sie morgen vor?«

»Nichts...«

Carol griff nach ihrem Drink auf dem Radio. »Müssen Sie nicht Richard besuchen?«

Ja, Therese war für zwölf Uhr mittags mit Richard verabredet. Sie sollte den Tag bei ihm zu Hause verbringen. Aber sie könnte sich eine Entschuldigung ausdenken. »Nein, ich habe nur gesagt, daß ich ihn vielleicht besuche. Es ist nicht wichtig.«

»Ich kann Sie frühmorgens zurückfahren.«

»Haben Sie morgen etwas vor?«

Carol trank ihren Drink aus. »Ja«, sagte sie.

Therese machte sich daran, die Unordnung, die sie verursacht hatte, die Papierschnipsel und kleinen Stückchen Band aufzuräumen. Sie haßte es aufzuräumen, wenn sie irgend etwas gemacht hatte.

»Ihr Freund Richard scheint mir zu den Männern zu gehören, die eine Frau brauchen, für die sie arbeiten, ob sie sie nun heiraten oder nicht«, sagte Carol. »Stimmt's?«

Warum mußten sie jetzt von Richard sprechen, dachte Therese gereizt. Sie merkte, daß Carol Richard mochte – was einzig ihre eigene Schuld war – und sie spürte eine leise Eifersucht, scharf wie ein Nadelstich.

»Ich bewundere das mehr, als wenn die Männer allein leben oder meinen, daß sie allein leben, und sich dann in die dümmsten Situationen mit Frauen hineinreiten.«

Therese starrte auf das Zigarettenpäckchen, das auf dem Kaffeetisch lag. Sie hatte zu diesem Thema absolut nichts zu sagen. Der Duft von Carols Parfüm drang ganz leicht durch den kräftigen Tannenduft zu ihr, und sie wäre ihm am liebsten gefolgt und hätte die Arme um Carol gelegt.

»Es hat nichts damit zu tun, ob man heiratet oder nicht.«

»Was?« Therese sah sie an und sah, daß sie leicht lächelte.

»Harge gehört zu der Sorte Männer, die eine Frau nie in ihr Leben eindringen lassen. Andererseits ist es gut möglich, daß ihr Freund Richard niemals heiratet. Aber er wird ewig in der Vorfreude leben, indem er glaubt, er wird heiraten.« Und indem sie Therese von Kopf bis Fuß musterte, fügte sie hinzu: »Immer die falschen Frauen.« Und dann: »Tanzen Sie, Therese? Tanzen Sie gern?«

Carol kam Therese plötzlich kühl und bitter vor, und sie hätte weinen mögen. »Nein«, sagte sie. Sie hätte Carol nie etwas von Richard erzählen sollen, dachte sie, aber nun war es geschehen.

»Sie sind müde, kommen Sie, wir gehen schlafen.«

Carol brachte sie zu dem Zimmer, in das Harge am Sonntag hineingegangen war, und nahm die Decke von einem der beiden Betten. Es könnte Harges Zimmer gewesen sein, dachte Therese. Jedenfalls wies nichts auf ein Kinderzimmer hin. Sie dachte daran, wie Harge neulich Rindys Sachen aus diesem Zimmer mitgenommen hatte, und stellte sich vor, wie er zuerst aus dem gemeinsamen Schlafzimmer ausgezogen war, dann Rindy ihre Sachen in sein Zimmer tragen ließ und dabehielt und dadurch sich und Rindy von Carol ausgeschlossen hatte.

Carol legte ihr einen Pyjama auf das Fußende des Bettes.

»Also, gute Nacht«, sagte sie noch in der Tür. »Frohe Weihnachten! Was wünschen Sie sich?«

Therese mußte plötzlich lachen. »Nichts.«

In dieser Nacht träumte sie von Vögeln, langgestreckten, glänzend roten Vögeln wie Flamingos, die durch den dunklen Wald schwirrten und dabei muschelförmige Muster hinterließen, Bogen in Rot, die sich aufschwangen, wie ihre Schreie. Dann machte sie die Augen auf und hörte sie wirklich, das heißt einen sanften Pfiff, der anschwoll und mit einem Extraton am Ende verklang, und dahinter das wirkliche, schwächere Vogelgezwitscher. Im Fenster graute es. Das Pfeifen fing wieder an, und Therese stieg aus dem Bett. Unten auf der Auffahrt standen ein langer offener Wagen und daneben eine Frau, die pfiff. Es war, als blicke sie auf einen Traum, eine Szene ohne alle Farbe, die an den Rändern verschwamm.

Dann hörte sie Carol flüstern, aber so deutlich, als wären sie alle drei in einem Raum. »Willst du gerade zu Bett gehen, oder bist du eben aufgestanden?«

Die Frau in dem Wagen, den Fuß auf dem Sitz, erwiderte ebenso leise: »Beides.« Und Therese hörte das leichte Beben unterdrückten Lachens in ihrer Antwort und mochte sie sofort.

»Wollen wir eine kleine Fahrt machen?« fragte die Frau. Sie blickte mit breitem Lachen, das Therese gerade noch wahrnehmen konnte, zu Carol hinauf.

»Du verrückte Person!« flüsterte Carol.

»Bist du allein?«

»Nein.«

»Ach so.«

»Macht gar nichts. Willst du 'reinkommen?«

Die Frau stieg aus dem Wagen.

Therese öffnete ihre Tür. Carol kam gerade in die Diele und band sich ihren Morgenrock zu.

»Tut mir leid, daß ich Sie geweckt habe«, sagte sie. »Gehen Sie schnell wieder ins Bett.«

»Das macht mir nichts. Darf ich 'runterkommen?«

»Aber *natürlich*.« Carol lachte mit einemmal. »Nehmen Sie sich einen Morgenrock aus dem Schrank.«

Therese griff sich einen Morgenrock, vermutlich einen von Harge, dachte sie, und ging die Treppe hinunter.

»Wer hat den Baum geschmückt?« fragte die Frau gerade.

Sie waren im Wohnzimmer.

»Sie.« Carol wandte sich zu Therese um. »Dies ist Abby Gerhard – Therese Belivet.«

»Hallo«, sagte Abby.

»Guten Morgen.« Therese hatte gehofft, daß es Abby war. Abby betrachtete sie aus weit aufgerissenen Augen auf die gleiche munter amüsierte Weise, die Therese schon vorhin im Wagen an ihr beobachtet hatte.

»Sie haben das schön gemacht«, meinte Abby.

»Würdet Ihr vielleicht aufhören zu flüstern?« fragte Carol.

Abby rieb sich die Hände und folgte Carol in die Küche. »Hast du einen Kaffee für mich, Carol?«

Therese stand am Küchentisch und sah zu und fühlte sich ganz behaglich, weil Abby ihr weiter keine Aufmerksamkeit schenkte, einfach ihren Mantel ablegte und Carol beim Kaffeemachen half. Taille und Hüften wirkten ganz zylindrisch unter dem roten Strickkleid, ohne vorn oder hinten. Ihre Hände waren eher plump, stellte Therese fest, und auch ihre Füße nicht so zierlich wie die Carols. Sie sah älter aus als Carol und hatte auf der Stirn zwei Falten, die sich vertieften, wenn sie lachte, und ihre kräftig geschwungenen Augenbrauen hochzog. Und sie lachte mit Carol, während sie den Kaffee machten und Orangen auspreßten, und im Telegrammstil über alles und nichts redeten – jedenfalls nichts Weltbewegendes, was lohnte, näher hinzuhören.

Bis Abby plötzlich, während sie einen Kern aus dem letzten Glas Orangensaft fischte und sich die Hände sorglos am Kleid abwischte, leichthin fragte: »Und wie geht's unserem alten Harge?«

»Ganz der alte«, kam es von Carol zurück, die nach irgend etwas im Kühlschrank suchte, worauf Abby etwas erwiderte, das Therese, die ganz auf Carol konzentriert war, nicht mitbekam. Vielleicht war es einer dieser bruchstückhaften Sätze, die nur Carol verstehen konnte, jedenfalls richtete sie sich auf und lachte laut und heftig. Ihr Gesicht wirkte völlig verändert, und Therese dachte mit plötzlichem Neid, daß es ihr nicht gelang, sie so zum Lachen zu bringen, wie Abby es konnte.

»Ich werd's ihm ausrichten«, sagte Carol, »da kann ich nicht widerstehen.«

Es ging um irgend etwas wie ein Pfadfindermesser für Harge.

»Und sag ihm bitte auch, von wem es kommt«, sagte Abby und blickte dabei Therese mit einem breiten Lächeln an, so als wollte sie sie in den Spaß miteinbeziehen. »Woher kommen Sie?« fragte sie, als sie sich zu dritt in der Sitzecke der Küche niederließen.

»Sie ist aus New York«, antwortete Carol für sie, und Therese dachte, Abby würde sagen »ach ja, wie ungewöhnlich« oder etwas ähnlich Dummes, aber Abby sagte gar nichts, sondern schaute Therese nur mit dem gleichen erwartungsvollen Lächeln an, als müßte das nächste Stichwort von ihr kommen.

Bei all dem Getue um das Frühstück gab es schließlich nur Orangensaft und Kaffee und ein paar Toasts ohne Butter, die niemand wollte. Abby zündete sich eine Zigarette an, ehe sie etwas anrührte.

»Dürfen Sie schon rauchen?« fragte sie Therese und bot ihr eine Schachtel mit Craven A an.

Carol legte den Löffel hin. »Abby, was soll das?« fragte sie so betroffen, wie Therese es an ihr noch nicht erlebt hatte.

»Danke, gern«, sagte Therese und nahm sich eine Zigarette. Abby stützte die Ellbogen auf den Tisch. »Was meinst du mit ›das‹?« fragte sie.

»Mir scheint, du bist etwas beschwipst«, erwiderte Carol.

»Nach vier Stunden Fahrt in frischer Luft? Ich bin um zwei von New Rochelle weggefahren, fand dann zu Hause deine Nachricht vor, und hier bin ich.«

Die hat vermutlich endlos viel Zeit, dachte Therese, tut den lieben langen Tag nur, was ihr gerade einfällt.

»Nun?« fragte Abby.

»Na ja – die erste Runde habe ich nicht gewonnen«, sagte Carol.

Abby zog an ihrer Zigarette und schien nicht überrascht.

»Für wie lange?«

»Für drei Monate.«

»Ab wann?«

»Ab jetzt, genaugenommen gestern abend.« Carol blickte kurz zu Therese hinüber und dann in ihre Kaffeetasse, und Therese wußte, daß Carol nicht mehr sagen würde, solange sie dabei war.

»Das ist doch aber noch nicht fest?« fragte Abby.

»Ich fürchte doch«, erwiderte Carol beiläufig in einem Ton wie ein Achselzucken. »Es ist nur abgesprochen – aber ich fürchte, es bleibt dabei. Was machst du heute abend? Spät, meine ich.«

»Vormittags tue ich gar nichts. Das Mittagessen findet heute um zwei Uhr statt.«

»Ruf zwischendurch mal an.«

»Klar.«

Carol saß mit gesenktem Blick da und sah angelegentlich auf das Glas mit Orangensaft in ihrer Hand, und Therese bemerkte einen traurigen Zug um ihren Mund, und diese Traurigkeit sprach nicht von Überlegenheit, sondern von Niederlage.

»Ich würde verreisen«, sagte Abby, »weg von hier – irgendwohin.« Dann sah Abby Therese an, wieder einer dieser beiläufig munteren, freundlichen Blicke, so als wollte sie sie in etwas einbeziehen, in das sie unmöglich einbezogen werden konnte; bloß war Therese wie erstarrt bei dem Gedanken, Carol könnte ohne sie fortfahren.

»Ich bin nicht ganz in der Stimmung dafür«, sagte Carol; aber für Therese hörte es sich so an, als spiele sie doch mit dem Gedanken.

Abby rutschte unruhig auf der Fensterbank hin und her.

»Hier ist es so gemütlich wie in einer Kohlengrube am Morgen, findet Ihr nicht?«

Therese mußte lächeln. Ausgerechnet eine Kohlengrube – wo die Sonne gerade die Fensterbank gelb anmalte und mit der Tanne im Hintergrund.

Carol sah Abby liebevoll an, während sie sich eine ihrer Zigaretten ansteckte. Wie gut sie sich kennen müssen, dachte Therese, da kann jede tun und sagen, was sie will, nichts kann die andere in Erstaunen versetzen oder von ihr mißverstanden werden.

»War es eine gelungene Party?« fragte Carol.

»Na ja«, meinte Abby gleichmütig. »Kennst du einen Bob Haversham?«

»Nein.«

»Er war da gestern abend. Ich hab' ihn schon mal in New York getroffen. Komischerweise sagte er, daß er bei Rattner and Aird im Maklergeschäft anfangen wird.«

»Wirklich.«

»Ich hab' ihm nicht gesagt, daß ich einen der Chefs kenne.«

»Wie spät ist es?« fragte Carol nach einer Weile.

Abby schaute auf ihre Armbanduhr, eine kleine Uhr, die in eine Pyramide aus Goldplättchen gefaßt war. »Gegen halb acht. Warum?«

»Möchten Sie noch etwas schlafen, Therese?«

»Nein, ich fühl' mich ganz wohl.«

»Ich fahr' Sie in die Stadt, sowie Sie mir sagen, daß Sie gehen müssen«, sagte Carol.

Dann aber fuhr doch Abby sie gegen zehn Uhr nach Hause, weil sie, wie sie sagte, nichts vorhatte und es ihr Vergnügen machte.

Auch Abby ist für frische Luft, dachte Therese, als sie auf der Autobahn Tempo zulegten. Wer fuhr schon im Dezember in einem offenen Wagen?

»Wo haben Sie Carol kennengelernt?« schrie sie Therese zu.

Therese nahm an, daß Carol Abby die Wahrheit, wenn auch nicht die ganze Wahrheit erzählt hatte.

»In einem Warenhaus«, schrie Therese zurück.

»Ach«, meinte Abby.

Sie fuhr ungleichmäßig, jagte den großen Wagen um die Kurven, beschleunigte, wo Therese es nicht erwartete. »Mögen Sie sie?«

»Natürlich!« Was für eine Frage! So als hätte sie gefragt, ob sie an Gott glaube.

Therese zeigte Abby ihr Haus, als sie in die Straße einbogen. »Würden Sie wohl etwas für mich tun?« fragte sie. »Können Sie einen Augenblick hier warten? Ich möchte Ihnen etwas für Carol mitgeben.«

»Aber sicher«, sagte Abby.

Therese lief die Treppe hinauf und holte die Karte, die sie gezeichnet hatte, und steckte sie unter das Band von Carols Geschenk. »Sie sehen sie doch heute abend?« fragte sie, als sie es Abby gab.

Abby nickte bedächtig, und Therese meinte etwas Herausforderndes in ihren neugierigen, schwarzen Augen zu entdecken, weil sie Carol heute abend sehen würde und Therese nicht – und was konnte die schon dagegen tun?

»Und vielen Dank fürs Herbringen.«

Abby lächelte. »Sind Sie ganz sicher, daß ich Sie nicht noch irgendwo anders hinfahren soll?«

»Nein, vielen Dank«, lächelte Therese zurück, denn Abby hätte sie sicherlich gern auch noch nach Brooklyn Heights gebracht.

Sie stieg die Stufen zum Eingang hinauf und öffnete ihren Briefkasten. Es waren drei oder vier Briefe darin, Weihnachtsglückwünsche, darunter einer von Frankenberg. Als sie wieder auf die Straße hinaussah, war der große cremefarbene Wagen verschwunden, als hätte es ihn nur in ihrer Vorstellung gegeben, wie die Vögel in ihrem Traum.

8

Und nun hast du einen Wunsch frei«, sagte Richard.

Therese wünschte sich etwas. Sie wünschte sich Carol.

Richard hatte die Hände auf ihre Arme gelegt. Sie standen unter etwas, das von der Decke herabhing und aussah wie ein perlenbesetzter Halbmond oder ein Teil von einem Seestern. Es war ein häßliches Ding, doch die Semco-Familie schrieb ihm geradezu magische Kräfte zu, und bei besonderen Gelegenheiten wurde es aufgehängt. Richards Großvater hatte es aus Rußland mitgebracht.

»Was hast du dir gewünscht?« Er lächelte besitzergreifend auf sie herab. Das hier war sein Heim, und er hatte sie gerade geküßt, obgleich die Tür zum Wohnzimmer offenstand und es voller Menschen war.

»Das muß man nicht sagen«, erwiderte Therese.

»In Rußland darf man es sagen.«

»Na ja, ich bin nicht in Rußland.«

Das Radio dröhnte plötzlich noch lauter, ein Weihnachtslied wurde gesungen. Therese trank den Rest des rosa Eierflips aus.

»Ich möchte gern hinauf in dein Zimmer gehen«, sagte sie.

Richard nahm sie bei der Hand, und sie wollten gerade hinaufgehen.

»Ri-chard?«

Die Tante mit der Zigarettenspitze rief ihn vom Wohnzimmer aus. Richard sagte etwas, das Therese nicht verstand, und winkte ihr zu. Noch im nächsten Stock bebte das Haus von der wilden Tanzerei da unten, einer Tanzerei, die mit der Musik nichts zu tun hatte. Therese hörte ein weiteres Glas zu Boden fallen und malte sich aus, wie der schaumig rosa Eierflip sich über den Boden ergoß. Dies sei noch zahm, verglichen mit den echten russischen Weihnachten, die sie früher in der ersten Januarwoche gefeiert hätten, erklärte Richard. Er lächelte ihr zu, als er die Tür zu seinem Zimmer schloß.

»Mir gefällt mein neuer Pullover«, sagte er.

»Das freut mich.« Therese wirbelte ihren weiten Rock mit Schwung zur Seite und setzte sich auf Richards Bett. Der dicke Norwegerpulli, den sie Richard geschenkt hatte, lag hinter ihr auf dem Karton und dem Seidenpapier. Richard hatte ihr einen Rock aus einem indischen Laden geschenkt, einen langen bestickten Rock mit grünen und goldenen Bändern. Er war schön, aber Therese wußte nicht, wo sie ihn je tragen würde.

»Wie steht's mit einem anständigen Schluck? Das Zeug da unten ist widerlich.« Richard nahm eine Whiskyflasche aus seinem Schrank. Therese schüttelte den Kopf. »Nein, danke.«

»Es würde dir gut tun.«

Sie schüttelte wieder den Kopf und sah sich in dem hohen, fast quadratischen Zimmer um: auf die Tapete mit dem kaum noch erkennbaren Rosenmuster, die beiden Fenster, die so friedlich aussahen mit ihren ein wenig vergilbten weißen Mousselingardinen. Von der Tür liefen zwei blasse Pfade über den grünen Teppich, der eine zu einer Kommode und der andere zum Schreibtisch in der Ecke. Ein Topf mit Pinseln und die große Mappe neben dem Schreibtisch waren die einzigen Anzeichen dafür, daß Richard malte. So wie die Malerei nur ein Teil seines Gehirns einnimmt, dachte Therese, und sie fragte sich, wie lange er noch dabei bleiben würde, ehe er sich für etwas anderes entschied. Und wie so oft fragte sie sich auch, ob Richard sie mochte, weil sie mehr Verständnis für seine Pläne hatte als irgend jemand sonst, den er kannte, und weil er spürte, daß ihre Kritik ihn weiterbrachte. Therese stand unruhig auf und ging zum Fenster. Sie mochte dieses Zimmer, weil es so unverrückbar war und alles darin seinen Platz hatte.

Heute aber fühlte sie den Drang auszubrechen. Sie hatte sich verändert, seit sie vor drei Wochen hier gestanden hatte. Heute morgen war sie in Carols Haus aufgewacht. Carol war wie ein Geheimnis, das sie ganz durchdrang, das auch dieses Haus durchdrang wie Licht, das niemand bemerkte außer ihr.

»Du bist heute so anders«, sagte Richard so plötzlich, daß es sie wie eine Warnung vor einer Gefahr durchzuckte.

»Vielleicht liegt es am Kleid«, sagte sie.

Sie trug ein blaues Taftkleid, das weiß Gott wie alt war und das sie seit ihrer ersten Zeit in New York nicht mehr getragen hatte. Sie setzte sich wieder aufs Bett und blickte Richard an, der mitten im Zimmer stand, das kleine Glas mit Whisky pur in der Hand, während seine klaren blauen Augen von ihrem Gesicht zu den neuen hochhackigen schwarzen Schuhen wanderten und dann wieder zurück zu ihrem Gesicht.

»Terry.« Richard ergriff ihre Hände und drückte sie auf das Bett. Seine weichen, schmalen Lippen senkten sich fest auf ihren Mund, während seine Zunge mit dem aromatischen Duft frischen Whiskys rasch zwischen ihre Lippen fuhr. »Terry, du bist ein Engel«, hörte sie Richards tiefe Stimme sagen, und es fiel ihr ein, daß Carol das gleiche gesagt hatte.

Sie sah ihm zu, wie er das kleine Glas vom Boden aufhob und es zusammen mit dem Whisky in den Schrank stellte. Sie fühlte sich ihm mit einemmal ungeheuer überlegen, ihm und allen Leuten da unten. Sie war glücklicher als sie alle. Glücklichsein ist ein wenig wie Fliegen, dachte sie, als wär' ich der Papierdrachen da vor mir. Es kommt bloß darauf an, wieviel Spiel man der Schnur gibt.

»Schön?« sagte Richard.

Therese setzte sich auf. »Wunderschön!«

»Ich hab' ihn gestern nacht fertig gemacht. Ich dachte, heute wäre ein guter Tag, um ihn im Park steigen zu lassen.« Richard grinste wie ein Junge, der stolz ist auf sein Machwerk. »Sieh dir die Rückseite an.«

Es war ein russischer Drachen, rechteckig und leicht gewölbt wie ein Schild, und der schmale Rahmen war an den Ecken eingekerbt und hinten zusammengebunden. Auf die Vorderseite hatte Richard eine russische Kirche mit runden Kuppeln gemalt und dahinter einen roten Himmel. »Komm, wir wollen ihn gleich fliegen lassen«, sagte Therese.

Als sie den Drachen hinuntertrugen, wurden alle auf sie aufmerksam und kamen in die Diele – Onkel, Tanten, Kusinen und Vettern erfüllten sie mit ohrenbetäubendem

Lärm, und Richard mußte den Drachen in die Höhe halten, um ihn zu schützen. Der Krach ging Therese auf die Nerven, aber Richard genoß ihn.

»Bleibt doch noch bis zum Sekt, Richard!« rief eine der Tanten mit einer vom Satinkleid umspannten Taille, wohlgerundet wie ein zweiter Busen.

»Geht nicht«, sagte Richard und fügte etwas auf russisch hinzu. Und Therese hatte, wie so oft schon, wenn sie Richard mit seiner Familie zusammensah, das Gefühl, daß irgend etwas nicht stimmte, daß Richard eine Waise war, ein Findling, auf der Schwelle zurückgelassen, den sie an Sohnes Statt aufgenommen hatte. Aber da gab es diesen Bruder Stephen, der am Eingang stand, mit den gleichen blauen Augen wie Richard, nur daß Stephen sogar noch größer und schlanker war.

»Was für ein Dach?« fragte Richards Mutter mit schriller Stimme. »Hier auf unserm Dach?«

Jemand hatte gefragt, ob sie den Drachen vom Dach aus steigen lassen wollten, und da das Haus kein Dach hatte, auf dem man stehen konnte, war Richards Mutter in helles Gelächter ausgebrochen. Dann fing der Hund an zu bellen.

»Ich näh' dir nächstens das Kleid!« rief Richards Mutter Therese zu und hob warnend den Finger. »Ich kenne deine Maße.« Sie hatten im Wohnzimmer, inmitten all der Singerei und des Geschenkeauspackens mit einem Band an ihr Maß genommen, und auch einige der Männer hatten versucht, dabei mitzuhelfen. Mrs. Semco legte ihren Arm um Thereses Taille, und plötzlich umarmte Therese sie und gab ihr einen festen Kuß auf ihre weiche, gepuderte

Wange, und in diesen Kuß und in die krampfhafte Umarmung floß alle Zuneigung, die Therese wirklich für sie empfand, eine Zuneigung, die, wie sie wußte, in dem Augenblick, wenn sie sie losließ, wieder verschwinden würde, als existierte sie nicht.

Dann waren sie und Richard frei und allein und gingen draußen den Gehsteig entlang. Es würde nicht anders sein, wenn sie verheiratet wären und die Familie am ersten Weihnachtstag besuchen würden, dachte Therese. Richard würde auch noch als alter Mann Drachen steigen lassen wie sein Großvater, der das noch bis ein Jahr vor seinem Tode im Prospect Park getan hatte.

Sie fuhren mit der Untergrundbahn bis zum Park und gingen zu der baumlosen Anhöhe, wo sie schon ein dutzendmal gewesen waren. Therese sah sich um. Ein paar Jungen spielten Fußball auf der flachen Wiese am Waldsaum, aber sonst wirkte der Park ruhig und still. Es gab nicht viel Wind, eigentlich nicht genug, meinte Richard, und der Himmel war weiß verhangen und sah nach Schnee aus.

Richard stöhnte, als es ihm wieder nicht gelang. Er rannte ein Stück mit dem Drachen, um ihn in die Höhe zu treiben.

Therese saß auf dem Boden, die Arme um die Knie geschlungen, und sah zu, wie er den Kopf hob und ihn nach allen Richtungen drehte, so als hätte er etwas in der Luft verloren. »Hier ist's richtig!« Sie stand auf und zeigte in die Höhe.

»Ja, aber der Wind ist nicht stetig.«

Dennoch lief Richard mit dem Drachen dorthin, und

der Drachen sackte zuerst ab an der langen Schnur und ging dann mit einem Ruck nach oben, als habe jemand ihm einen Stoß gegeben. Er beschrieb einen großen Bogen und fing dann an, in einer anderen Richtung zu steigen.

»Er hat seinen eigenen Wind gefunden!« rief Therese.

»Ja, aber er ist zu langsam.«

»Kann ich ihn mal halten?«

»Warte, bis ich ihn höher kriege.«

Richard versuchte, ihn mit mächtigen Armschwüngen hochschießen zu lassen, aber der Drachen blieb in der kalten trägen Luft am Ort stehen. Die goldenen Kuppeln der Kirche schwankten hin und her, so als schüttle der Drachen sein Haupt und weigere sich, und der lange schleppende Schweif äffte ihn nach.

»Mehr können wir nicht tun«, sagte Richard. »Ich kann nicht noch mehr Schnur halten.«

Therese ließ ihn nicht aus den Augen. Allmählich beruhigte sich der Drachen und blieb stehen, so als wäre die Kirche auf den dichten weißen Himmel aufgepappt. Carol würde den Drachen vermutlich nicht mögen, dachte Therese. Drachensteigen würde ihr keinen Spaß machen. Sie würde einen Blick auf ihn werfen und ihn dumm finden.

»Willst du ihn nehmen?«

Richard drückte ihr den Stock mit der Schnur in die Hand, und sie stand auf. Richard hatte den Drachen gestern nacht, als sie bei Carol war, gebastelt – daher hatte er sie nicht angerufen und wußte auch nicht, daß sie nicht zu Hause gewesen war. Wenn er angerufen hätte, würde er es erwähnt haben. Sehr bald würde es zur ersten Lüge kommen.

Plötzlich brach der Drachen aus seinem festen Ankerplatz am Himmel aus und zerrte mächtig an der Schnur, um wegzukommen. Therese ließ die Spule sich rasch in ihren Händen abhaspeln – so lange, wie sie es unter Richards Blick wagte, denn der Drachen stand immer noch ziemlich tief. Und nun blieb er störrisch wieder ganz still stehen.

»Gib ihm einen Ruck«, rief Richard, »mach, daß er wieder hochkommt.«

Sie zog und zog an ihm. Es war, als spiele man mit einem langen Gummiband. Aber die Schnur war jetzt so lang und so schlaff, daß sie mehr für den Drachen nicht tun konnte. Richard kam und übernahm ihn, und Therese ließ die Arme hängen. Sie atmete heftiger und spürte die Muskeln in ihren Armen. Sie setzte sich auf den Boden. Sie hatte sich gegen den Drachen nicht durchgesetzt, er hatte nicht getan, was sie wollte.

»Vielleicht ist die Schnur zu schwer«, sagte sie. Es war eine neue Schnur, weich und weiß – wie ein dicker Wurm.

»Die Schnur ist ganz leicht. Sieh mal jetzt. Jetzt steigt er!«

Er stieg wirklich in kurzen Stößen, so als hätte er plötzlich seinen eigenen Willen erkannt – den Willen zu entkommen.

»Laß ihm mehr Schnur!« rief sie.

Therese stand auf. Ein Vogel flog unter dem Drachen hindurch. Sie starrte auf das Rechteck, das immer kleiner wurde und immer wieder nach hinten ruckte wie ein geblähtes Segel, wenn das Boot rückwärts fährt. Sie hatte das Gefühl, der Drachen hätte eine besondere Bedeutung, dieser besondere Drachen, in diesem Augenblick.

»Richard!«

»Was?«

Sie betrachtete ihn aus einem Augenwinkel, wie er, die Hände vor sich ausgestreckt, leicht in die Hocke ging, so als stünde er auf einem Surfbrett.

»Wie oft warst du verliebt?«

Richard lachte, ein kurzes, heiseres Lachen. »Niemals – vor dir.«

»Warst du aber. Du hast mir selbst von zwei Malen erzählt.«

»Wenn ich die rechne, dann könnt' ich genausogut ein Dutzend dazurechnen«, antwortete Richard unbekümmert, weil er mit anderem so beschäftigt war.

Der Drachen kam in großem Bogen herunter.

Therese bemühte sich, ihre Stimme nicht zu verändern. »Warst du je in einen Jungen verliebt?«

»Einen Jungen?« wiederholte Richard überrascht.

»Ja.«

Knapp fünf Sekunden vergingen, ehe er in einem bestimmten und endgültigen Ton sagte: »Nein.«

Zumindest macht er sich die Mühe zu antworten, dachte Therese. Was würdest du tun, wenn es der Fall wäre, hätte sie ihn im ersten Moment gern gefragt, aber die Frage würde zu nichts führen. Sie hielt die Augen auf den Drachen geheftet. Beide blickten sie den Drachen an – aber mit welch verschiedenen Gedanken!

»Hast du jemals etwas darüber gehört?«

»Gehört? Du meinst von solchen Leuten? Natürlich.«

Richard stand jetzt gerade aufgerichtet und wand die Schnur in Achten um den Haltestock.

Vorsichtig, weil er ihr wirklich zuhörte, sagte Therese: »Ich meine nicht ›solche Leute‹. Ich meine zwei Menschen, die sich ganz plötzlich – aus heiterem Himmel ineinander verlieben, sagen wir zwei Männer oder zwei Frauen.«

Richard hatte den gleichen Gesichtsausdruck, wie wenn sie zum Beispiel über Politik redeten. »Ob ich jemand gekannt habe? Nein.«

Therese wartete, bis er wieder damit beschäftigt war, den Drachen höher hochschießen zu lassen. »Aber so was passiert nicht einfach so. Es gibt immer Gründe dafür im persönlichen Erfahrungsbereich.«

»Ja«, sagte Therese zustimmend. Sie hatte gerade an ihre eigenen persönlichen Erfahrungen zurückgedacht. Dem »Verliebtsein« am nächsten kam wohl ihr Gefühl für einen Jungen in Montclair, mit dem sie ein paarmal zusammen im Schulbus gefahren war. Er hatte lockiges schwarzes Haar und ein hübsches, ernsthaftes Gesicht, und er war damals vielleicht zwölf Jahre alt gewesen, somit älter als sie. Sie erinnerte sich an eine kurze Zeit, in der sie täglich an ihn gedacht hatte. Aber das war nichts gewesen, nichts wie das, was sie für Carol empfand. War das nun Liebe oder nicht? Und wie absurd, daß sie es nicht einmal wußte. Sie hatte von Mädchen gehört, die sich ineinander verliebten, und sie wußte, welche Art Menschen das waren und wie sie aussahen. Weder sie noch Carol sahen so aus. Dennoch bestand das Gefühl, das sie für Carol hatte, alle Tests und paßte in alle Beschreibungen von Liebe. »Meinst du, das könnte mir auch passieren?« fragte Therese einfach, ehe sie noch überlegen konnte, ob sie die Frage wagen sollte.

»Was?« Richard lächelte. »Daß du dich in eine Frau verliebst? Mein Gott, natürlich nicht. Hast du doch nicht etwa – oder?«

»Nein«, sagte Therese in seltsam unschlüssigem Ton, aber Richard schien ihn nicht wahrzunehmen.

»Schau, Terry! Er steigt wieder!«

Der Drachen schwankte nach oben, schneller und schneller, und die Spule wirbelte in Richards Händen. Jedenfalls war sie glücklicher denn je, dachte Therese. Und warum sich die Mühe machen, alles und jedes genau zu definieren.

»He!« Richard jagte dem Stock nach, der wie verrückt über den Boden hüpfte, als wollte auch er vom Erdboden abheben.

»Möchtest du ihn halten?« fragte er, als er ihn eingefangen hatte. »Es reißt dich wirklich hoch!« Therese griff nach dem Stock, es war nicht mehr viel Schnur darauf, und der Drachen war kaum noch zu sehen. Wenn sie mit den Armen ganz nachgab, hatte sie das Gefühl, daß der Drachen sie ein wenig hochhob – ein köstliches schwereloses Gefühl, so als könnte sie der Drachen, wenn er seine ganze Kraft zusammennahm, wirklich mit emporziehen.

»Laß ihn los!« rief Richard und schwenkte die Arme. Sein Mund stand offen und auf seinen Wangen bildeten sich rote Flecken.

»Laß ihn los!«

»Es ist keine Schnur mehr drauf!«

»Ich schneid' ihn ab!«

Therese traute ihren Ohren nicht, aber als sie zu ihm hinüberblickte, sah sie, daß er in seinen Mantel faßte, um sein Taschenmesser herauszuholen.

»Tu's nicht!« sagte sie.

Richard kam lachend angerannt.

»Tu's nicht!« wiederholte sie ärgerlich. »Bist du verrückt?« Ihre Hände ermüdeten, aber sie klammerte sich nur um so fester an den Stock.

»Komm, wir schneiden ihn ab. Macht mehr Spaß!« Und Richard überrannte sie förmlich, weil er nach oben sah.

Therese gab dem Stock einen Ruck zur Seite, aus seiner Reichweite. Sie war sprachlos vor Ärger und Überraschung. Einen Augenblick lang hatte sie Angst, Richard könnte wirklich den Verstand verloren haben. Und dann stolperte sie rückwärts – der Zug nach oben hörte auf, sie hatte den leeren Stock in der Hand. »Du bist verrückt!« schrie sie. »Du bist wahnsinnig.«

»Es ist doch nur ein Drachen!« Richard lachte und starrte nach oben ins Nichts.

Therese hielt vergebens Ausschau, auch nach der herabhängenden Schnur. »Warum hast du das getan?« Ihre Stimme war schrill vor Tränen. »Es war so ein schöner Drachen!«

»Es ist doch nur ein Drachen!« wiederholte Richard. »Ich kann einen neuen machen.«

9

Therese war im Begriff, sich anzuziehen, überlegte es sich dann aber anders. Sie war immer noch im Morgenrock und las den Text von *Small Rain*, den Phil ihr eben gebracht hatte und der nun über die ganze Couch ausgebreitet war. Carol hatte gesagt, sie sei Ecke achtundvierzigste Straße und Madison Avenue und könne in zehn Minuten da sein. Therese warf einen raschen Blick auf ihr Zimmer und auf ihr Gesicht im Spiegel und beschloß, alles so zu lassen.

Sie trug ein paar Aschenbecher zum Ausguß und spülte sie ab und stapelte den Bühnentext säuberlich auf ihrem Schreibtisch. Sie fragte sich, ob Carol wohl die neue Handtasche mit hatte. Carol hatte sie am Abend zuvor aus irgendeinem Ort in New Jersey angerufen, wo sie mit Abby war, und hatte ihr gesagt, daß sie die Tasche wunderschön fände, aber sie sei ein viel zu großes Geschenk. Therese lächelte, als sie daran dachte, daß Carol ihr vorgeschlagen hatte, sie zurückzunehmen. Immerhin, sie gefiel ihr.

Es läutete dreimal kurz an der Haustür.

Therese blickte ins Treppenhaus hinunter, sah, daß Carol etwas trug, und lief hinunter.

»Er ist leer«, sagte sie lächelnd. »Er ist für Sie.«

Es war ein verpackter Koffer. Carol ließ den Griff los und gab ihn Therese zu tragen. Therese stellte ihn auf die

Couch in ihrem Zimmer und schnitt das braune Packpapier vorsichtig auf.

Der Koffer war aus hellbraunem dickem Leder und von vollkommener Schlichtheit.

»Er sieht fabelhaft aus!« sagte Therese.

»Mögen Sie ihn? Ich weiß nicht einmal, ob Sie einen Koffer brauchen.«

»Und ob ich ihn mag!« Das war genau der Koffer für sie, dieser und kein anderer. Er trug ihre Initialien in kleinen goldenen Buchstaben: T. M. B. Sie erinnerte sich, daß Carol sie am Weihnachtsabend nach ihrem zweiten Vornamen gefragt hatte.

»Machen Sie das Schloß auf und schauen Sie mal, ob er Ihnen von innen gefällt.«

»Ich mag auch den Geruch«, sagte Therese.

»Haben Sie was vor? Dann geh' ich.«

»Nein. Setzen Sie sich doch. Ich lese bloß ein Stück.«

»Was für ein Stück?«

»Ein Stück, für das ich die Bühnenbilder machen soll.«

Es kam ihr plötzlich zum Bewußtsein, daß sie nie von dieser Arbeit mit Carol gesprochen hatte.

»Bühnenbilder?«

»Ja – ich bin Bühnenbildnerin.« Sie nahm Carol den Mantel ab.

Carol war überrascht. »Warum zum Teufel haben Sie mir nichts davon erzählt?« fragte sie ruhig. »Wie viele Kaninchen werden Sie noch aus dem Hut zaubern?«

»Es ist mein erster richtiger Job. Und es handelt sich nicht um ein Broadway-Stück. Es wird im Village aufgeführt. Eine Komödie. Ich bin noch nicht Mitglied des Verbandes. Da muß ich warten, bis ich ein Engagement am Broadway bekomme.«

Carol fragte sie über den Verband aus, über die Junioren- und die Seniorenmitgliedschaften, die fünfzehnhundert, respektive zweitausend Dollar kosteten. Carol wollte wissen, ob sie schon genug Geld dafür gespart hatte.

»Nein – nur ein paar hundert Dollar. Aber wenn ich den Job habe, kann ich den Betrag in Raten abzahlen.«

Carol setzte sich in den Lehnsessel, in dem Richard oft saß, und beobachtete sie. Und Therese konnte an ihrem Gesichtsausdruck ablesen, daß sie plötzlich in ihrer Achtung gestiegen war. Sie konnte nicht mehr verstehen, warum sie bisher nie erwähnt hatte, daß sie Bühnenbildnerin war und sogar schon einen Job hatte. »Also«, meinte Carol, »wenn sich aus dieser Sache ein Braodway-Job ergibt, würden Sie sich dann vielleicht überlegen, ob Sie nicht den Rest des Geldes von mir ausleihen wollen? Einfach als geschäftliches Darlehen?«

»Danke vielmals. Ich ...«

»Ich würde das gern für Sie tun. Sie sollten sich in Ihrem Alter nicht damit plagen, zweitausend Dollar abzuzahlen.«

»Vielen Dank. Aber einen solchen Job bekomme ich erst in ein paar Jahren.«

Carol hob den Kopf und blies den Rauch in einem dünnen Strahl aus. »Ach – die Ausbildungsjobs folgen also nicht dicht aufeinander?«

»Nein, natürlich nicht.« Therese mußte lächeln.

»Möchten Sie einen Drink? Ich habe eine Flasche Whisky.«

»Wie gut, ja, ich hätte gern ein Glas, Therese.« Carol stand auf und blickte auf die Regale in Thereses Kochnische, während Therese zwei Gläser eingoß. »Kochen Sie gut?«

»Ja, aber besser, wenn ich für jemand anderen koche. Ich mache sehr gute Omelettes – mögen Sie so was?«

»Nein«, sagte Carol geradeheraus, und Therese mußte lachen. »Warum zeigen Sie mir nicht mal ein paar Ihrer Arbeiten?«

Therese nahm eine Mappe vom Schrank. Carol setzte sich auf die Couch und sah sich alles sorgfältig an, aber aus ihren Bemerkungen und ihren Fragen merkte Therese, daß ihr die Entwürfe zu phantastisch schienen, als daß man sie verwenden könnte. Möglicherweise fand sie sie nicht einmal sehr gut. Den *Petruschka*-Entwurf an der Wand möge sie am liebsten, sagte Carol.

»Aber es ist alles das Gleiche«, erklärte Therese. »Das gleiche wie die Zeichnungen, nur in Form eines Modells.«

»Na ja, vielleicht liegt es an Ihren Zeichnungen. Sie sind sehr ausdrucksvoll. Das mag ich an Ihnen.« Carol nahm ihr Glas vom Boden auf und lehnte sich auf der Couch zurück. »Sehen Sie, ich habe mich also nicht geirrt – oder?«

»In welcher Hinsicht?«

»In Ihnen.«

Therese wußte nicht genau, was sie meinte. Carol lächelte ihr durch den Zigarettenrauch zu, und das machte sie nervös. »Hatten Sie vorher das Gefühl?«

»Nein«, sagte Carol. »Was müssen Sie für eine solche Wohnung zahlen?«

»Fünfzig Dollar im Monat.«

Carol schnalzte mit der Zunge. »Da bleibt nicht mehr viel von Ihrem Gehalt übrig, oder?«

Therese beugte sich über die Mappe und band sie zu. »Nein. Aber ich werde bald mehr verdienen, und ich werde auch nicht immer hier wohnen bleiben.«

»Ganz sicherlich nicht. Und Sie werden auch reisen – auf die Art, wie Sie es in Ihrer Phantasie tun. Sie werden ein Haus in Italien entdecken, in das Sie sich verlieben. Oder vielleicht werden Sie auch Frankreich besonders mögen. Oder Kalifornien, oder Arizona.«

Das Mädchen lächelte. Sie würde vermutlich kein Geld haben, wenn sich so etwas ereignete. »Verlieben sich die Leute immer in Dinge, die sie nicht haben können?«

»Immer«, sagte Carol und lächelte zurück. Sie fuhr sich mit den Fingern durch die Haare. »Ich glaube, ich werde ein bißchen verreisen.«

»Für wie lange?«

»Etwa für einen Monat.«

Therese legte die Mappe auf den Schrank zurück. »Wann wollen Sie fahren?«

»Auf der Stelle. Das heißt, sobald ich alles arrangiert habe. Und es gibt nicht viel zu arrangieren.«

Therese wandte sich um. Carol drückte gerade ihre Zigarette im Aschenbecher aus. Es bedeutete ihr also gar nichts, daß sie sich einen ganzen Monat nicht sehen würden, dachte Therese. »Warum fahren Sie nicht mit Abby zusammen irgendwohin?«

Carol blickte zu ihr auf und dann an die Decke ... »Zum einen, weil ich nicht glaube, daß sie frei ist.« Therese starrte sie an. Sie hatte an etwas gerührt, als sie Abby erwähnte. Aber aus Carols Gesichtsausdruck ließ sich nichts ablesen. »Es ist sehr lieb von Ihnen, daß Sie so oft Zeit für mich haben«, sagte Carol. »Sie wissen ja, ich mag den Menschen, mit denen ich sonst gewöhnlich zusammen bin, jetzt gerade nicht so gern begegnen. Es geht wirklich nicht. Bei allem muß man als Paar auftreten.«

Wie zerbrechlich sie ist, dachte Therese plötzlich, wie anders als am Tag unseres ersten Mittagessens. Als könne sie Gedanken lesen, stand Carol auf, und Therese spürte die gespielte Sicherheit, wie sie den Kopf hob und sie anlächelte, als sie so dicht an ihr vorbeiging, daß sich ihre Arme berührten.

»Warum unternehmen wir nicht etwas heute abend?« fragte Therese. »Sie können hierbleiben, wenn Sie mögen, und ich lese das Stück zu Ende. Wir könnten doch den Abend zusammen verbringen.«

Carol gab keine Antwort. Sie betrachtete den Blumenkasten auf dem Bücherbord. »Was sind das für Pflanzen?«

»Ich weiß nicht.«

»Das wissen Sie nicht?«

Es waren ganz verschiedene. Ein Kaktus mit fetten Blättern, der kein bißchen gewachsen war, seit Therese ihn vor einem Jahr gekauft hatte. Dann eine Art Zwergpalme und eine rotgrüne Hängepflanze, die mit einem Stock gestützt werden mußte. »Einfach Pflanzen.«

Carol drehte sich um und lächelte. »Einfach Pflanzen«, wiederholte sie.

»Was ist mit heute abend?«

»Gut. Aber ich bleibe nicht. Es ist erst drei Uhr. Ich rufe Sie um sechs Uhr an.« Carol ließ ihr Feuerzeug in ihre Tasche gleiten, es war nicht die von Therese geschenkte. »Mir ist heute nachmittag danach, mir Möbel anzusehen.«

»Möbel? In Warenhäusern?«

»In Warenhäusern oder bei Parke-Bernet. Möbel tun mir gut.« Carol griff nach ihrem Mantel auf dem Lehnsessel, und wieder fiel Therese die elegante Linie von der Schulter bis zum breiten Ledergürtel auf, die sich unterhalb der Taille fortsetzte. Carol war schön wie ein Musikakkord oder ein ganzes Ballett. Sie war so schön, warum mußte ihr Leben jetzt so leer sein, wo sie doch dafür gemacht war, mit Menschen zusammenzuleben, die sie liebten, sich in einem schönen Haus zu bewegen, in schönen Städten, an blauen Küsten mit weitem Horizont und einem blauen Himmel als Hintergrund.

»Bis nachher«, sagte Carol, und indem sie den Mantel anzog, legte sie Therese den Arm um die Taille. Carols Arm so plötzlich an ihrem Körper war zu verwirrend, um Erleichterung oder Ende oder Anfang zu bedeuten, und es war nur ein ganz kurzer Augenblick, ehe das Läuten an der Haustür in ihre Ohren drang wie reißendes Metall. »Wer ist es?« fragte Carol.

Therese spürte Carols Daumennagel scharf an ihrem Handgelenk, als diese sie losließ. »Richard wahrscheinlich.« Es konnte nur Richard sein, sie kannte sein langes Läuten.

»Gut. Ich würde ihn gern kennenlernen.«

Therese drückte auf den Türöffner und hörte, wie Richard mit kräftigen Sprüngen die Treppe heraufkam. Sie öffnete die Tür.

»Hallo«, rief Richard. »Ich hab' beschlossen...«

»Richard, dies ist Mrs. Aird«, sagte Therese. »Richard Semco.«

»Guten Tag«, sagte Carol.

Richard neigte den Kopf, es war fast eine Verbeugung. »Guten Tag«, erwiderte er und riß seine blauen Augen weit auf.

Sie starrten sich an. Richard hielt einen quadratischen Karton in den Händen, als wollte er ihn ihr überreichen, und Carol stand da mit einer noch nicht angerauchten Zigarette, unentschlossen, ob sie bleiben oder gehen sollte. Dann setzte Richard seinen Karton auf dem Tisch ab.

»Ich war ganz in der Nähe und wollte bloß auf einen Sprung 'reinschauen«, sagte er, und Therese hörte unterschwellig eine Anspruchserklärung heraus, so wie sie in seinem forschenden Blick spontanes Mißtrauen gegen Carol entdeckt hatte. »Ich mußte einer Freundin von Mama ein Geschenk bringen, und das hier ist Lebkuchen.« Er wies auf den Karton und lächelte entwaffnend. »Mag jemand etwas davon?«

Carol und Therese dankten. Carol sah Richard zu, wie er den Karton mit seinem Taschenmesser öffnete. Sie mag sein Lächeln, dachte Therese. Sie mag ihn, diesen schlacksigen, jungen Mann mit dem widerspenstigen blonden Haar, den mageren breiten Schultern und den tolpatschigen Füßen in den Sportschuhen.

»Bitte, setzen Sie sich«, sagte Therese zu Carol.

»Nein, ich gehe«, erwiderte sie.

»Ich geb' dir die Hälfte, und dann geh' ich auch«, sagte Richard.

Therese sah Carol an, und Carol lächelte ein wenig über ihre Nervosität und setzte sich auf eine Ecke der Couch.

»Aber ich will Sie nicht vertreiben«, sagte Richard und schob das Papier mit dem Kuchen auf ein Küchenbord.

»Das tun Sie nicht. Sie sind Maler, Richard?«

»Ja.« Er stopfte sich etwas vom Zuckerguß in den Mund und sah Carol ganz gelassen an; weil er gar nicht anders als gelassen sein kann, dachte Therese. Sein Blick war offen, denn er hatte nichts zu verbergen. »Malen Sie auch?«

»Nein«, sagte Carol und mußte wieder lächeln. »Ich tu' gar nichts.«

»Das ist am allerschwierigsten«, erwiderte Richard ruhig. »Hast du wohl ein Bier für mich, Terry? Ich habe einen entsetzlichen Durst.«

Therese ging an den Kühlschrank und holte die beiden Dosen, die sie hatte, heraus. Richard fragte Carol, ob sie ein Bier wollte, aber sie lehnte ab. Dann ging Richard hinter der Couch vorbei und sah den Koffer und die Verpackung, und Therese dachte, er würde eine Bemerkung machen, doch stattdessen sagte er: »Ich dachte, wir könnten heute abend ins Kino gehen, Terry. Ich würde gern diesen Film im Viktoria sehen. Kommst du mit?«

»Ich kann heute abend nicht. Ich bin mit Mrs. Aird verabredet.«

»Ach so.« Richard sah Carol an.

Carol drückte ihre Zigarette aus und stand auf. »Ich

muß weg«, und lächelnd zu Therese: »Ich ruf' Sie so gegen sechs Uhr an. Macht nichts, wenn Sie sich's anders überlegen. Auf Wiedersehen, Richard.«

»Auf Wiedersehen«, erwiderte Richard.

Als Carol die Treppe hinunterging, zwinkerte sie zurück: »Seien Sie nett, Therese!«

»Wo kommt denn dieser Koffer her?« wollte Richard wissen, als sie ins Zimmer zurückkam.

»Es ist ein Geschenk.«

»Was ist los, Terry?«

»Nichts ist los.«

»Hab' ich euch bei was Wichtigem unterbrochen? Wer ist sie?«

Therese ergriff Carols leeres Glas. Am Rand war eine Spur Lippenstift. »Ich habe sie im Warenhaus getroffen.«

»Hat sie dir den Koffer geschenkt?«

»Ja.«

»Ganz beachtliches Geschenk. Ist sie so reich?«

Therese warf ihm einen raschen Blick zu. Richard lehnte alle Reichen und Bürgerlichen kategorisch ab. »Reich? Du meinst wegen des Nerzmantels? Ich weiß es nicht. Ich habe ihr einen Gefallen getan. Ich hab' etwas gefunden, was sie verloren hat.«

»Ach ja? Was denn? Du hast mir nichts davon erzählt.«

Sie spülte Carols Glas und stellte es auf das Regal zurück.

»Sie hatte ihre Brieftasche auf der Ladentheke vergessen, und ich habe sie ihr gebracht. Das ist alles.«

»Na, eine fabelhaft gute Belohnung!« Er runzelte die Stirn. »Terry, was ist? Du bist doch nicht mehr sauer wegen des Drachens?«

»Nein, natürlich nicht«, sagte sie ungeduldig und wünschte, er würde gehen. Sie steckte die Hände in die Taschen ihres Morgenrocks und stellte sich dahin, wo Carol gestanden und auf den Blumenkasten geblickt hatte. »Phil hat mir heute morgen das Stück gebracht. Ich hab' angefangen, es zu lesen.«

»Ist es das, was dir Kummer macht?«

»Wer sagt denn, daß mir etwas Kummer macht?« Sie drehte sich um.

»Du bist wieder einmal kilometerweit entfernt.«

»Ich bin nicht bekümmert und auch nicht kilometerweit entfernt.« Sie holte tief Luft. »Es ist sonderbar, du merkst gewisse Stimmungen so genau und andere überhaupt nicht.«

Richard sah sie an. »Na gut, Terry«, sagte er und zuckte mit den Achseln, so als gäbe er es zu. Er setzte sich in den Lehnsessel und goß sich das restliche Bier ins Glas. »Was ist das denn für eine Verabredung, die du mit dieser Frau heute abend hast?«

Thereses Lippen verzogen sich zu einem Lächeln, während sie mit dem Lippenstift darüber fuhr. Einen Augenblick starrte sie auf die Pinzette für die Augenbrauen, die auf dem kleinen, an der Innentür des Schrankes befestigten Bord lag. Dann legte sie den Lippenstift hin. »Eine Art Cocktailparty, glaube ich. So eine Wohltätigkeitsfeier zu Weihnachten. In irgendeinem Restaurant, hat sie gesagt.«

»Hm. Willst du hingehen?«

»Ja, ich hab' zugesagt.«

Richard trank sein Bier aus und blickte düster in sein

Glas. »Und wie ist's mit nachher? Vielleicht könnte ich hierbleiben und das Stück lesen, während du weg bist, und dann könnten wir irgendwo 'ne Kleinigkeit essen und ins Kino gehen.«

»Danach werde ich wohl besser das Stück lesen. Ich soll am Samstag anfangen und dann schon ein paar Ideen im Kopf haben.«

Richard stand auf. »Also dann«, meinte er leichthin und seufzte.

Therese beobachtete, wie er langsam um die Couch herumging und auf den Text hinuntersah. Dann beugte er sich näher darüber, las die Titelseite und die Rollenbesetzung. Er blickte auf seine Armbanduhr und dann zu ihr hinüber.

»Ich könnte es ja genausogut jetzt lesen«, meinte er.

»Dann tu's doch«, versetzte sie in schroffem Ton, aber Richard überhörte ihn entweder oder nahm keine Notiz davon, denn er legte sich einfach mit dem Manuskript in der Hand auf die Couch und fing an zu lesen. Sie griff nach einer Streichholzschachtel auf dem Regal. Er nahm ihr kilometerweites Entferntsein also nur wahr, wenn sie sich *ihm* dadurch entzog. Und sie mußte plötzlich wieder daran denken, wie es gewesen war, als sie mit ihm geschlafen hatte, ihr Gefühl, weit weg zu sein von ihm, das so gar nicht der Vertrautheit entsprach, die sich eigentlich einstellen sollte und von der alle immer redeten. Richard hatte es nicht gestört, dachte sie, da sie ja schließlich mit ihm im Bett war. Und wie sie Richard so ansah, wie er so völlig in seine Lektüre versunken war, während seine kräftigen ungelenken Finger mit einer Stirnlocke spielten und sie bis zur Nase heruntergezogen, wie sie es schon hundertmal bei ihm beobachtet hatte, ging ihr plötzlich auf, daß Richard seinen Platz in ihrem Leben für unangreifbar, ihre Bindung an ihn für unauflösbar und fraglos hielt, weil er der erste Mann war, mit dem sie geschlafen hatte. Therese schmiß die Streichhölzer gegen das Regal, ein Fläschchen kippte um.

Richard setzte sich auf, lächelte überrascht und meinte: »Ist was, Terry?«

»Richard, ich möchte heute den Rest des Nachmittags allein sein. Würdest du mir das übelnehmen?«

Er stand auf, immer noch mit dem gleichen überraschten Ausdruck im Gesicht. »Aber nein, natürlich nicht.« Er ließ das Manuskript auf die Couch fallen. »Gut, Terry. Es ist wohl besser so. Du solltest das Stück vielleicht gleich lesen – ungestört«, sagte er, als müßte er sich mit solchen Argumenten selbst überzeugen. Und nach einem erneuten Blick auf die Uhr meinte er: »Vielleicht geh' ich mal ein bißchen zu Sam und Joan 'runter.«

Sie stand da, ohne sich zu rühren, und dachte nur daran, wie sie die paar Sekunden, bis er weg war, überstehen sollte, während er ihr mit seiner klebrig-feuchten Hand über das Haar fuhr und sich zu ihr herunterbeugte, um sie zu küssen. Da plötzlich fiel ihr das Degas-Buch ein, das sie vor ein paar Tagen gekauft hatte und das Richard sich wünschte und nirgends hatte finden können. Sie zog es aus der untersten Schublade ihres Schreibtisches hervor. »Ich hab' das Degas-Buch gefunden.«

»Ach toll, danke.« Er ergriff das Buch mit beiden Händen, es war noch verpackt. »Wo hast du's gefunden?«

»Bei Frankenberg, ausgerechnet.«

»Bei Frankenberg«, Richard lächelte. »Macht sechs Dollar, stimmt's?«

»Ach, laß doch.«

Richard hatte seinen Geldbeutel bereits hervorgezogen. »Aber ich hab' dich doch gebeten, es mir zu besorgen.«

»Ist doch nicht der Rede wert.«

Richard protestierte, aber sie nahm das Geld nicht. Und einen Augenblick später war er fort mit dem Versprechen, sie anderntags um fünf anzurufen.

Um zehn nach sechs rief Carol an. Ob sie Lust hätte, mit ihr nach Chinatown zu gehen, fragte Carol sie. Natürlich, sagte Therese.

»Ich trink' gerade einen Cocktail mit jemandem im St. Regis«, sagte Carol. »Holen Sie mich doch hier ab. Wir sitzen im kleinen Saal, nicht in dem großen. Gelt, und anschließend gehen wir dann zu irgend so einem Theater-Dingsbums, zu dem Sie mich eingeladen haben, recht so?«

»Zu einem Weihnachts-Wohltätigkeits-Cocktail vielleicht?«

Carol lachte. »Machen Sie schnell.«

Therese flog förmlich.

Carols Freund hieß Stanley McVeigh und war ein großer und sehr attraktiver Mann um die vierzig mit einem Schnurrbart und einem Boxer an der Leine. Carol war im Begriff zu gehen. Stanley begleitete sie beide, setzte sie in ein Taxi und gab dem Fahrer durchs Fenster Geld.

»Wer ist das?« fragte Therese.

»Ein alter Freund, den ich häufiger treffe, seit ich mich von Harge getrennt habe.«

Therese sah sie an. Carol hatte heute abend ein wunderbares kleines Lächeln in den Augen. »Mögen Sie ihn?«

»So so«, sagte Carol und zum Taxifahrer: »Fahren Sie bitte nach Chinatown statt zu der anderen Adresse.«

Während sie zu Abend aßen, fing es an zu regnen. Carol meinte, es regne immer in Chinatown, wenn sie da sei. Aber es machte ihnen nicht viel aus, weil sie von einem Laden in den nächsten schlüpften, sich Sachen ansahen und auch einiges kauften. Therese sah ein Paar Sandalen mit einer Plateausohle, die sie schön fand und die eher persisch als chinesisch aussahen, und sie wollte sie für Carol kaufen, aber Carol sagte, Rindy würde das nicht mögen. Rindy sei sehr konservativ und mochte es nicht einmal, wenn sie im Sommer ohne Strümpfe herumlief, und Carol richtete sich nach ihrem Geschmack. Im gleichen Laden gab es chinesische Hosenanzüge aus glänzendem schwarzem Stoff, mit ganz einfachen Hosen und Jacken mit Stehkragen, und Carol kaufte einen für Rindy. Therese nahm die Sandalen für Carol doch, während Carol die Adresse angab, an die der Anzug für Rindy geschickt werden sollte. Auf einen Blick wußte sie die richtige Größe, und nun freute sich Carol doch, daß sie sie gekauft hatte. Dann verbrachten sie eine verrückte Stunde in einem chinesischen Theater, wo einige Zuschauer es fertigbrachten, die ganze Vorstellung durch zu schlafen. Und zu guter Letzt gingen sie zu später Stunde noch in ein Restaurant, wo sie zu Harfenklängen speisten – alles in allem ein herrlicher Abend, ein wirklich großartiger Abend.

10

Am Dienstag, ihrem fünften Arbeitstag, saß Therese in einem kahlen kleinen Zimmer ohne Decke, einer Art Verschlag hinten im Black Cat Theatre, und wartete auf Mr. Donohue, den neuen Regisseur, der sich ihr Modell ansehen sollte. Tags zuvor hatte Donohue den Regisseur Cortes abgelöst, hatte ihr erstes Modell mißbilligt und Phil McElroy, der die Rolle des zweiten Bruders hatte, hinausgeworfen. Phil war wutentbrannt davongegangen. Es war ihr Glück, daß man sie nicht zusammen mit ihrem Modell hinausgeworfen hatte, dachte Therese, und so war sie Mr. Donohues Anweisungen penibel gefolgt. Das neue Modell hatte keine Drehbühne mehr, die es erlaubt hätte, die Wohnzimmerszene im letzten Akt in die Terrassenszene zu verwandeln. Mr. Donohue schien alles Ungewöhnliche, auch wenn es einfach war, kategorisch abzulehnen. Da das ganze Stück sich nun im Wohnzimmer abspielte, mußte ein Großteil der Dialoge im letzten Akt verändert werden, wodurch einige der pfiffigsten Stellen unter den Tisch fielen. Ihr neues Modell hatte einen Kamin, große Verandatüren, dann innen noch einmal zwei Türen, ein Sofa, eine Reihe von Lehnstühlen und ein Bücherregal. Wenn es fertig war, würde es aussehen wie ein Mustersalon von Sloan, naturgetreu bis zum letzten Aschenbecher.

Therese stand auf, reckte sich und griff nach ihrer Cordjacke, die an einem Nagel an der Tür hing. Es war eiskalt hier drinnen. Mr. Donohue würde vermutlich erst am Nachmittag hier hereinkommen, wenn überhaupt noch, wenn sie ihn nicht daran erinnerte. Das Bühnenbild eilte nicht. Es war vielleicht sogar der unwichtigste Teil der ganzen Inszenierung, aber sie war in der vergangenen Nacht lange aufgewesen und hatte mit Feuereifer an dem Modell gearbeitet.

Sie ging hinaus und stellte sich wieder in den Bühnenhintergrund. Die Schauspieler waren vollzählig mit ihren Rollenbüchern auf der Bühne versammelt. Mr. Donohue ließ sie das ganze Stück durchspielen, um sie in Schwung zu bringen, wie er sagte, aber heute schien es sie bloß schläfrig zu machen. Das ganze Ensemble wirkte lahm bis auf einen großen, blonden jungen Mann, der die männliche Hauptrolle spielte, und der war etwas gar zu energisch. Georgia Halloran hatte einen fürchterlichen Schnupfen und mußte stündlich unterbrechen, um sich Tropfen in die Nase zu träufeln und für einige Minuten hinzulegen. Geoffrey Andrews, ein Mann mittleren Alters, der den Vater der Heldin zu spielen hatte, murmelte zwischen seinem Text ärgerlich vor sich hin, weil er Donohue nicht leiden konnte.

»Nein, so geht das wirklich nicht«, sagte Mr. Donohue wohl schon zum zehnten Mal an diesem Morgen und brach ab, so daß alle ihre Rollenbücher sinken ließen und sich mit widerwillig-gereizter Gefügigkeit zu ihm umdrehten. »Wir fangen noch einmal bei Seite achtundzwanzig an.«

Therese beobachtete ihn, wie er die Arme schwenkte, um den Sprechern den Einsatz zu geben, die Hände hob, um sie zum Schweigen zu bringen, wobei er dem Text mit gesenktem Kopf folgte, so als dirigiere er ein Orchester. Tom Harding zwinkerte ihr zu und fuhr sich mit der Hand über den Nasenrücken. Nach einer Weile ging Therese in ihren Verschlag zurück, wo sie sich weniger überflüssig vorkam. Sie kannte das Stück inzwischen fast auswendig. Es war eine volkstümliche Komödie der Irrungen: zwei Brüder, die vorgeben, Herr und Diener zu sein, um eine Erbin zu beeindrucken, in die der eine Bruder verliebt ist. Der Dialog war munter und keineswegs schlecht, aber das langweilige naturalistische Bühnenbild, das Donohue haben wollte ... Therese hoffte, daß sich durch Farbe einiges retten ließe.

Mr. Donohue kam kurz nach zwölf Uhr zu ihr. Er sah sich ihr Modell an. Er betrachtete es von unten und von beiden Seiten, und sein Gesichtsausdruck blieb nervös und gequält.

»Ja, so ist es richtig! Mir gefällt das sehr gut. Sie sehen doch ein, wieviel besser das ist als die kahlen Wände vorher?«

Therese atmete tief und erleichtert auf. »Ja«, sagte sie.

»Ein Bühnenbild wächst aus den Bedürfnissen der Schauspieler heraus. Dies ist kein Ballett, Miss Belivet.«

Sie nickte und betrachtete das Modell und versuchte zu erkennen, in welcher Hinsicht es vielleicht besser, womöglich zweckentsprechender war.

»Der Schreiner kommt heute nachmittag gegen vier Uhr. Wir wollen dann die Sache zusammen besprechen.« Mr. Donohue ging hinaus.

Therese starrte auf das Pappmodell. Zumindest würde

es verwendet werden. Zumindest würde sie es mit den Schreinern in etwas Wirkliches verwandeln. Sie trat ans Fenster und blickte in den heiteren, strahlenden Winterhimmel, auf die Rückseite einiger fünfgeschossiger, von Feuertreppen wie Girlanden umrankter Häuser. Davor war ein kleiner, leerer Platz mit einem verkrüppelten, blattlosen Baum, dessen Stamm sich wand wie ein wildgewordener Wegweiser. Sie wünschte, sie könnte Carol anrufen und sie zum Mittagessen einladen. Aber Carol brauchte mit dem Auto anderthalb Stunden.

»Heißen Sie Beliver?«

Therese wandte sich nach der jungen Frau um, die in der Tür stand. »Belivet. Telefon?«

»Ja, das Telefon neben der Beleuchtung.«

»Danke.« Therese beeilte sich, sie hoffte, es wäre Carol, obschon Richard wahrscheinlicher war. Carol hatte sie hier noch nicht angerufen.

»Hallo. Hier ist Abby.«

»Abby? Woher wissen Sie, daß ich hier bin?«

»Sie hatten's mir gesagt – erinnern Sie sich? Ich würde Sie gern sehen. Ich bin ganz in der Nähe. Haben Sie schon gegessen?«

Sie verabredeten sich im ›Palermo‹, einem italienischen Restaurant ein paar Häuserblocks vom Black Cat entfernt.

Therese pfiff beim Gehen vor sich hin, sie war so glücklich, als sollte sie Carol treffen. Der Boden im Restaurant war mit Sägemehl bestreut, und zwei schwarze Kätzchen turnten am Geländer der Bar. Abby saß an einem Tisch im Hintergrund.

»Hallo«, sagte Abby, als Therese auf sie zukam. »Sie sehen sehr vergnügt aus. Ich habe Sie fast nicht wiedererkannt. Mögen Sie einen Drink?«

Therese schüttelte den Kopf. »Nein, danke.«

»Wollen Sie damit sagen, daß sie auch ohne glücklich sind?« fragte Abby, und sie lachte amüsiert in sich hinein, was aber bei ihr nicht kränkend wirkte.

Therese griff nach der angebotenen Zigarette. Abby weiß es, dachte sie. Therese war auf der Hut. Vielleicht war Abby auch in Carol verliebt. Es schuf eine stillschweigende Rivalität, die sie sonderbar erheiterte, gab ihr ein Gefühl der Überlegenheit Abby gegenüber – Gefühle, die Therese bislang nicht gekannt hatte, von denen sie nicht zu träumen gewagt hatte, Gefühle, die an sich schon revolutionär waren. So wurde dieses gemeinsame Mittagessen im Restaurant fast so wichtig für sie wie ein Treffen mit Carol.

»Wie geht es Carol?« fragte Therese. Sie hatte sie seit drei Tagen nicht mehr gesehen.

Abby beobachtete sie. »Sehr gut«, sagte sie.

Der Kellner kam, und Abby fragte ihn, ob er die Muscheln und die Kalbsmedaillons empfehlen könne.

»Ausgezeichnet, Madame!« Er strahlte sie an wie einen ganz besonderen Gast.

Das lag an Abbys Art, ihrem strahlenden Gesicht, so als sei heute oder eigentlich jeder Tag ein besonderer Festtag für sie. Therese gefiel das. Sie bewunderte Abbys rotblaues Kostüm, die Manschettenknöpfe, verschnörkelte »Gs«, wie aus Silberfiligran. Abby erkundigte sich nach Thereses Arbeit im Black Cat. Therese fand sie langwierig und fad, aber Abby war beeindruckt. Sie ist beeindruckt, weil sie selbst nichts tut, dachte Therese.

»Ich kenne ein paar Leute, die Regie machen«, sagte Abby. »Ich würde jederzeit gern ein Wort für Sie einlegen.«

»Vielen Dank.« Therese spielte mit dem Deckel der großen Schale voll geriebenem Käse, die vor ihr stand. »Kennen Sie jemand, der Andronich heißt? Ich glaube, er kommt aus Philadelphia.«

»Nein«, sagte Abby.

Mr. Donohue hatte ihr gesagt, sie solle Andronich in der nächsten Woche hier in New York aufsuchen. Er probe ein Theaterstück, das im Frühling in Philadelphia anlaufen und dann auch am Broadway gezeigt würde.

»Probieren Sie mal die Muscheln.« Abby aß mit Genuß. »Carol mag sie auch.«

»Kennen Sie Carol schon lange?«

»Hm ja«, Abby nickte und sah sie mit ihren blanken, gescheiten Augen an, die nichts verrieten.

»Und Sie kennen ihren Mann natürlich auch.«

Abby nickte wieder und schwieg beharrlich.

Therese mußte lächeln. Abby war darauf aus, sie auszufragen, sagte aber keine Silbe über sich noch über Carol. »Wie ist's mit einem Schluck Wein? Mögen Sie Chianti?« Abby schnippte mit dem Finger. »Bringen Sie uns eine Flasche Chianti«, bat sie den herbeieilenden Kellner. »Einen guten. Ist gut für den Blutdruck«, fügte sie zu Therese gewandt hinzu.

Der Hauptgang wurde serviert. Zwei Kellner machten sich an ihrem Tisch zu schaffen, entkorkten die Flasche, gossen Wasser nach und brachten frische Butter. Das Radio in der Ecke plärrte einen Tango. Es war eine kleine Käseschachtel von Radioapparat, die an der Vorderseite kaputt war, die sich jedoch auf einen Wink Abbys in ein Streichorchester verwandelt hätte, das nur für sie spielte; kein Wunder, daß Carol sie mag, dachte Therese. Sie war die Ergänzung zu Carols Ernst, sie erinnerte sie daran, daß man auch lachen konnte.

»Haben Sie immer allein gelebt?« fragte Abby.

»Ja. Seit ich aus der Schule bin.« Therese nippte an ihrem Wein. »Und Sie auch? Oder leben Sie bei Ihrer Familie?«

»Bei meiner Familie. Aber ich habe meinen eigenen Teil vom Haus.«

»Und arbeiten Sie?« wagte Therese zu fragen.

»Ich hatte verschiedene Jobs. Zwei oder drei. Hat Carol Ihnen nicht erzählt, daß wir einmal ein Möbelgeschäft hatten? Kurz vor Elizabeth an der Autobahn. Wir kauften Antiquitäten oder auch schlicht Trödel und arbeiteten ihn auf. Ich hab' in meinem Leben nie wieder so hart gearbeitet. Abby lächelte verschmitzt, als hätte sie sie eben hinters Licht geführt. »Ich hab' auch einen Beruf. Ich bin Entomologin, keine sehr gute, aber immerhin gut genug, um Ungeziefer aus Zitronenkisten zu entfernen und ähnliche Dinge. Die Lilien von den Bahamas strotzen vor Ungeziefer.«

»Allerdings, was man so hört«, gab Therese lächelnd zurück.

»Sie glauben mir wohl nicht, wie?«

»O doch. Arbeiten Sie immer noch?«

»Ich gehöre zur Reserve. Für Notzeiten. Beispielsweise an Ostern.«

Therese beobachtete, wie Abby ihr Schnitzel mit der Gabel in kleine Stücke zerlegte, ehe sie eins aufnahm. »Reisen Sie viel mit Carol?«

»Viel? Nein, warum?«

»Ich könnte mir denken, daß Sie ihr guttun. Carol ist so ernst.« Therese hätte die Unterhaltung gern auf den eigentlichen Kern aller Dinge hingeführt, aber was dieser Kern genau war, wußte sie nicht. Der Wein rann langsam und warm durch ihre Adern, bis in ihre Fingerspitzen.

»Nicht immer«, räumte Abby ein, und da war wieder dieses Lachen unter der Oberfläche ihrer Worte, wie beim ersten Mal, als Therese sie sprechen gehört hatte.

Der Wein stieg ihr zu Kopf, er verhieß wundervolle Poesie, Musik, verhieß Wahrheit, doch sie blieb auf der Strecke. Ihr fiel keine einzige Frage ein, die sie stellen konnte, weil alle ihre Fragen so aufs Ganze gingen.

»Wie haben Sie Carol kennengelernt?« fragte Abby.

»Hat Carol es Ihnen nicht erzählt?«

»Sie hat nur gesagt, daß sie Sie bei Frankenberg getroffen hätte, als Sie noch da arbeiteten.«

»Ja, genau«, bestätigte Therese widerwillig und fühlte einen dumpfen Groll auf Abby.

»Sie haben sie einfach angesprochen?« wollte Abby wissen und zündete sich eine Zigarette an.

»Ich habe sie bedient«, sagte Therese und mehr nicht.

Abby wartete auf eine genaue Beschreibung dieses ersten Treffens, aber die würde sie Abby und auch sonst niemand liefern. Das gehörte ihr ganz allein. Bestimmt hatte Carol Abby nichts von der törichten Weihnachtskartengeschichte erzählt. Sie konnte ihr nicht wichtig genug gewesen sein, um sie zu erzählen.

»Wollen Sie mir nicht sagen, wer zuerst geredet hat?«

Therese mußte mit einem Mal lachen. Sie griff nach einer Zigarette und zündete sie, immer noch lächelnd, an. Nein, Carol hatte ihr nichts von der Weihnachtskarte erzählt, und Abbys Frage kam ihr komisch vor. »Ich«, sagte Therese.

»Sie mögen sie sehr, nicht wahr?« fragte Abby.

Therese erwog, ob das feindselig gemeint war. Aber es war nicht Feindseligkeit, sondern Eifersucht. »Ja.«

»Und warum?«

»Warum mag ich sie? Warum mögen Sie sie?«

Abbys Augen lächelten noch immer. »Ich kenne Carol, seit sie vier Jahre alt ist.« Therese schwieg.

»Sie sind sehr jung – stimmt's? Einundzwanzig?«

»Nein. Noch nicht ganz.«

»Sie wissen, daß Carol gerade jetzt viel Kummer hat, nicht wahr?«

»Ja.«

»Und sie ist jetzt sehr allein«, fügte Abby hinzu, während ihre Augen Therese beobachteten.

»Meinen Sie, daß sie sich deswegen mit mir trifft?« fragte Therese ruhig. »Wollen Sie damit sagen, daß ich sie nicht so oft sehen sollte?«

Abbys unschuldige Augen blinzelten nun doch.

»Nein, überhaupt nicht; ich möchte Ihnen nicht wehtun, aber ich möchte auch nicht, daß Sie Carol wehtun.«

»Ich würde Carol nie wehtun«, sagte Therese. »Glauben Sie, daß ich das könnte?«

Abby beobachtete sie immer noch wachsam, wendete den Blick nicht von ihr ab. »Nein, das glaube ich nicht«, erwiderte sie, als wäre sie eben erst zu diesem Schluß gekommen. Und dann lächelte sie, als ob ihr etwas besonders gefiele. Aber Therese mochte weder den Blick noch die Frage, und da sie sich bewußt war, daß ihr Gesicht ihre wirklichen Gefühle widerspiegelte, blickte sie auf den Tisch hinunter, und da stand ein Glas mit heißer Sabayone auf dem Tablett vor ihr.

»Hätten Sie Lust, heute abend mit mir auf eine Cocktailparty zu gehen, Therese? So gegen sechs Uhr. Ich weiß nicht, ob Bühnenbildner da sein werden, aber eine der Gastgeberinnen ist Schauspielerin.«

Therese drückte ihre Zigarette aus. »Kommt Carol auch?«

»Nein, es sind nicht viele Leute eingeladen, aber Sie werden sehen, alle sind sehr ungezwungen.«

»Vielen Dank, lieber nicht. Kann sein, daß wir heute abend erst spät Schluß machen.«

»Na, ich wollte Ihnen jedenfalls die Adresse geben, aber wenn Sie's schon jetzt wissen...«

»Ja«, sagte Therese.

Als sie aus dem Restaurant traten, hatte Abby noch Lust auf einen kleinen Spaziergang. Therese war einverstanden, obgleich sie jetzt eigentlich genug hatte von Abby. Abby mit ihrer Selbstsicherheit, ihren direkten, unbekümmerten Fragen war ihr überlegen. Und dann hatte Abby nicht zugelassen, daß sie bezahlte.

»Carol hält große Stücke auf Sie«, sagte Abby. »Sie meint, Sie hätten großes Talent.«

»Wirklich?« fragte Therese, die es nur halb glaubte. »Das hat sie mir nie gesagt.« Sie wollte schneller gehen, aber Abby ließ es nicht zu.

»Sie müssen doch aber wissen, daß sie viel von Ihnen hält, wenn sie mit Ihnen verreisen will.«

Therese warf einen schnellen Blick auf Abby und sah, daß diese ihr ganz arglos zulächelte. »Auch davon hat sie mir nichts gesagt«, erwiderte Therese ruhig, obgleich ihr Herz heftiger zu schlagen anfing.

»Wird sie sicher noch. Sie fahren doch bestimmt mit, oder?«

Wieso wußte Abby es vor ihr, fragte sich Therese und spürte, wie sie vor Ärger rot wurde. Was sollte das alles? Haßte Abby sie? Warum war sie dann so inkonsequent? Im nächsten Moment war ihr Ärger auch schon verflogen und ließ sie schwach, verletzlich und schutzlos zurück. Wenn Abby sie jetzt gegen die Wand drücken und sagen würde: ›Heraus mit der Sprache! Was wollen Sie von Carol? Wieviel von ihr wollen Sie mir wegnehmen?‹ hätte sie alles herausgestammelt, hätte sie gesagt: ›Ja, ich will mit ihr zusammensein. Ich finde es wundervoll, mit ihr zusammenzusein, und was geht das alles Sie an, was hat das mit Ihnen zu tun?‹

»Wäre das nicht Carols Sache, mit mir darüber zu reden? Warum fragen Sie mich das alles?« Therese versuchte, gleichmütig zu klingen, vergeblich.

Abby blieb stehen. »Tut mir leid«, sagte sie und drehte sich zu ihr um. »Ich denke, ich versteh' es jetzt besser.«

»Verstehen – was?«

»Eben das – daß Sie gewinnen werden.«

»Gewinnen? Was?«

»Ja, was«, wiederholte Abby und blickte an der Ecke eines Gebäudes hoch und in den Himmel, und plötzlich spürte Therese eine wütende Ungeduld.

Sie wollte, daß Abby ging, damit sie mit Carol telefonieren konnte. Nur auf den Klang von Carols Stimme kam es jetzt an. Nur auf Carol kam es an. Wie konnte sie das nur für einen einzigen Augenblick vergessen?

»Kein Wunder, daß Carol so große Stücke auf Sie hält«, sagte Abby. Aber auch wenn die Bemerkung freundlich gemeint sein sollte – Therese konnte sie so nicht verstehen. »Dann also bis demnächst, Therese, wir werden uns ohne Zweifel wiedersehen.« Abby streckte ihr die Hand entgegen.

Therese ergriff sie. »Bis demnächst«, sagte sie. Sie sah Abby nach, wie sie jetzt mit rascherem Schritt und den lockigen Kopf hoch erhoben auf den Washington Square zuging.

Therese lief bis zum Drugstore an der nächsten Ecke und rief Carol an. Sie bekam zunächst das Hausmädchen ans Telefon, dann Carol.

»Was ist los?« fragte Carol. »Sie klingen niedergeschlagen!«

»Nichts, nur die Arbeit ist so öde.«

»Haben Sie irgend etwas vor heute abend? Mögen Sie herauskommen?«

Therese kam lächelnd aus dem Drugstore. Carol würde sie um halb sechs abholen. Carol bestand darauf, sie abzuholen, weil es eine so gräßliche Fahrerei mit dem Zug war zu ihr hinaus.

Auf der gegenüberliegenden Straßenseite entdeckte sie Dannie McElroy, wie er ohne Mantel, eine nackte Milchflasche in der Hand, davonging.

»Dannie!« rief sie.

Dannie drehte sich um und kam ihr entgegen. »Komm doch für einen Augenblick herein«, rief er laut zurück.

Therese wollte schon ablehnen, hängte sich dann aber doch bei ihm ein, als er neben ihr stand. »Auf eine Minute. Ich habe meine Mittagspause bereits überzogen.«

Dannie lächelte zu ihr herunter. »Wie spät ist es eigentlich? Ich hab' geschuftet, bis mir alles vor den Augen verschwamm.«

»Schon nach zwei.« Sie spürte, wie sich Dannies Arm gegen die Kälte verspannte. Unter dem dunklen Haar auf seinem Unterarm bildete sich eine Gänsehaut. »Du spinnst ja, ohne Mantel auszugehen«, sagte sie.

»So krieg' ich wieder einen klaren Kopf.« Er hielt ihr das Eisentor auf, das zu seiner Wohnungstür führte. »Phil ist irgendwo unterwegs.«

Das Zimmer roch nach Pfeifenrauch, ähnlich wie übergekochte heiße Schokolade. Die Wohnung war im Souterrain und im ganzen ziemlich düster. Nur die Lampe warf einen warmen Lichtkreis auf den Schreibtisch, der wie immer vollgepackt war. Therese blickte auf die aufgeschlagenen Bücher auf dem Tisch, die Seiten über Seiten voller Symbole, die sie nicht verstand, die sie aber gern ansah. Alles, wofür diese Zeichen standen, war wahr und erwiesen. Zeichen waren entschiedener und stärker als Wörter.

Sie spürte, wie Dannies Verstand sich an ihnen hochschwang, von einer Tatsache zur nächsten, so als hangelte er sich, Hand über Hand, an kräftigen Ketten durch den Weltraum. Sie beobachtete ihn, wie er sich am Küchentisch ein Sandwich schmierte. Seine Schultern wirkten sehr breit und muskulös unter dem weißen Hemd und hoben und senkten sich, während er das große Stück Roggenbrot mit Salami- und Käsescheiben belegte.

»Du solltest öfter mal kommen, Therese. Mittwoch ist der einzige Tag, an dem ich mittags nicht zu Hause bin. Wir stören Phil nicht, wenn wir essen, selbst wenn er noch schläft.«

»Gern«, sagte Therese. Sie setzte sich auf seinen Schreibtischstuhl, der halb herumgedreht war. Sie war einmal zum Mittagessen und einmal nach der Arbeit hier gewesen. Sie besuchte Dannie gern. Man mußte keine Konversation mit ihm machen. Phils Couchbett in einer Ecke des Zimmers war ungemacht – ein Durcheinander von Decken und Laken. Beide Male, die sie dagewesen war, war Phils Bett nicht gemacht oder er sogar noch darin gewesen. Das lange Bücherregal, das im rechten Winkel vor dem Bett stand, grenzte Phils Ecke gegen das übrige Zimmer ab. Sie war auf eine verzweifelte und nervöse Art unordentlich, ganz anders als die arbeitsbedingte Unordnung auf Dannies Schreibtisch.

Dannies Bierdose zischte, als er sie öffnete. Er lehnte sich mit Bier und Butterbrot gegen die Wand und freute sich sichtlich, daß sie da war. »Erinnerst du dich, wie du über die Physik gesagt hast, sie ließe sich nicht auf Menschen anwenden?«

»Hm, ja, ungefähr.«

»Ich bin nicht sicher, daß du recht hast«, sagte er und biß in sein Brot. »Nimm zum Beispiel Freundschaften. Ich kann mir eine ganze Reihe von Fällen vorstellen, wo die beiden Menschen nichts gemeinsam haben. Ich glaube, es gibt für jede Freundschaft einen ganz bestimmten Grund, so wie es einen Grund gibt, wenn sich bestimmte Atome verbinden und andere nicht – gewisse fehlende Eigenschaften in dem einen oder bestimmte vorhandene Eigenschaften im anderen – was meinst du? Ich glaube, Freundschaften sind das Ergebnis gewisser Bedürfnisse, die beiden Beteiligten völlig verborgen sein können, manchmal sogar für immer.«

»Mag sein. Solche Fälle sind mir auch schon vorgekommen.« Richard und sie zum Beispiel. Richard kam gut mit Menschen aus, boxte sich seinen Weg durch die Welt in einer Weise, wie sie es nicht konnte. Immer schon hatten sie Menschen angezogen, die so selbstsicher waren wie Richard. »Und wo liegt deine Schwäche, Dannie?«

»Meine?« grinste er. »Willst du meine Freundin sein?«

»Ja, aber du bist einer der stärksten Menschen, die ich kenne.«

»Wirklich? Soll ich dir alle meine Mängel aufzählen?«

Sie mußte lachen. Ein junger Mann von fünfundzwanzig Jahren, der, seit er vierzehn war, sein Ziel kannte. Er hatte seine ganze Energie auf eine Sache konzentriert – genau das Gegenteil von Richard.

»Ich habe ein geheimes und tief verborgenes Bedürfnis nach einer Köchin«, sagte Dannie, »und nach einer Tanzlehrerin, und nach jemand, der mich an solche Kleinigkeiten erinnert wie daß ich meine Wäsche waschen oder mir die Haare schneiden lassen muß.«

»Ich vergesse meine Wäsche auch immer.«

»Ach«, sagte er traurig. »Dann ist es nichts. Und ich hatte schon gehofft. Ich meinte, da so etwas wie Schicksal zu spüren. Denn, weißt du, was ich über die Affinität der Atome gesagt habe, das trifft auch für Freundschaften zu – bis hinab zu dem zufälligen Blick auf jemand in der Straße – es gibt immer einen ganz bestimmten Grund. Ich glaube, sogar die Dichter würden mir zustimmen.«

Sie lächelte. »*Sogar* die Dichter?« Sie dachte an Carol und dann an Abby und an ihre Unterhaltung beim Mittagessen, die soviel mehr gewesen war als ein bloßer Blick und auch so viel weniger, und an die Reihe von verschiedenen Gefühlen, die das in ihr hervorgerufen hatte. Es deprimierte sie. »Aber man muß auch die Abseitigkeiten der Leute berücksichtigen, das, worauf man sich keinen Reim machen kann.«

»Abseitigkeiten? Das ist nur eine Ausflucht. Sowas sagen Dichter.«

»Ich dachte eher die Psychologen«, sagte Therese.

»Ich meine, gewisse Dinge berücksichtigen – das ist eine hohle Phrase. Das Leben ist eine exakte Wissenschaft mit eigenen Bedingungen. Man muß nur herausfinden, welche es sind, und sie genau definieren. Worauf kannst du dir dabei keinen Reim machen?«

»Ach nichts. Ich mußte bloß an was denken, es ist ohnehin nicht wichtig.« Jäh stieg der Ärger wieder in ihr hoch, wie beim Spaziergang nach dem Mittagessen.

»Also was?« beharrte er und runzelte die Stirn.

»Zum Beispiel das Mittagessen eben«, sagte sie.

»Mit wem?«

»Spielt keine Rolle. Sonst würde ich schon darüber reden. Ich hab' etwas versäumt, so wie wenn man etwas verliert. Aber vielleicht ist es etwas, das ohnehin nicht existiert.« Sie hatte Abby gern haben wollen, weil Carol sie mochte.

»Außer in deiner Vorstellung? Auch da kann man etwas verlieren.«

»Ja – aber es gibt Leute oder Dinge, die Leute tun, aus denen du nichts für dich herausholen kannst, weil es zu keinem Kontakt kommt.« Sie hätte lieber von etwas anderem gesprochen, nicht über dies alles. Nicht über Abby und Carol, sondern über früher. Über etwas, das einen vollkommenen Zusammenhang und Sinn ergab. Sie liebte Carol. Sie stützte die Stirn in die Hand.

Dannie sah sie eine Weile an, dann stieß er sich von der Wand ab, wandte sich dem Herd zu, zog ein Streichholz aus der Tasche, und Therese spürte, daß die Unterhaltung immer so hin und her gehen würde und nie zu Ende käme, was sie auch sagen mochten. Aber sie hatte auch das Gefühl, daß Dannie, wenn sie jedes Wort zwischen ihr und Abby wiedergab, alle Ausflüchte mit einer einzigen Äußerung zunichte machen könnte, so als sprühte er eine Chemikalie in die Luft, die den Nebel augenblicklich auflöste. Oder gab es immer etwas, das von der Logik unberührt blieb? Irgend etwas Unlogisches hinter der Eifersucht, dem Mißtrauen und der Feindseligkeit in dem, was Abby sagte, etwas, das die eigentliche Abby ausmachte?

»Nicht alles ist so einfach wie eine Kombination verschiedener Eigenschaften«, führte Therese an.

»Gewisse Eigenschaften reagieren nicht miteinander. Aber alles ist lebendig.« Er wandte sich mit einem breiten Lächeln zu ihr um, als denke er bereits an etwas anderes. Er hielt das Streichholz hoch, das immer noch rauchte. »So wie dieses Streichholz. Ich spreche nicht über Physikalisches, nicht über die Unzerstörbarkeit des Rauchs. Mir ist heute wirklich ganz poetisch zumute.«

»Was das Streichholz angeht?«

»Es kommt mir vor, daß es wie eine Pflanze wächst, nicht vergeht. Alles in der Welt muß für den Dichter manchmal die Beschaffenheit einer Pflanze haben. Sogar der Tisch und mein eigenes Fleisch.« Er berührte die Tischkante mit seiner Handfläche. »Es erinnert mich an das Gefühl, das ich einmal hatte, als ich auf einem Pferd einen Hügel hinaufritt. Es war in Pennsylvania. Ich konnte damals nicht gut reiten, und ich sehe noch vor mir, wie das Pferd den Kopf wendet und den Hügel sieht und sich entschließt, da hinaufzulaufen; seine Hinterbeine knickten tief ein, und plötzlich rasten wir los wie der Blitz, und ich hatte überhaupt keine Angst, fühlte mich vollkommen eins mit dem Pferd und der Landschaft, so als seien wir *ein* Baum, dessen Zweige vom Wind bewegt werden. Ich erinnere mich auch, daß ich mir damals sicher war, es würde mir nichts passieren, vielleicht ein andermal schon. Und es machte mich sehr glücklich. Ich mußte an all die Leute denken, die immer Angst haben und allerlei Schätze horten, und ich dachte, wenn jeder in der Welt sich das bewußt macht, was ich fühlte, als ich den Hügel hinaufritt, dann käme eine wirtschaftliche Lebensform zustande, im Gebrauch wie im Verbrauch. Verstehst du, was ich meine?« Dannie hatte die Hand zur Faust geballt, aber seine Augen glänzten, als lachte er bloß über sich selbst. »Hast du jemals einen Pullover, den du besonders mochtest, ganz aufgetragen und ihn schließlich weggeworfen?«

Sie dachte an die grünen Wollhandschuhe von Schwester Alicia, die sie weder getragen noch weggeworfen hatte. »Ja«, sagte sie.

»Nun ja, das eben ist's, was ich meine. Und dann die Lämmer, die nicht wußten, wieviel Wolle sie verloren, wenn sie geschoren wurden, weil ihnen die Wolle ja nachwuchs. Es ist alles sehr einfach.« Er wandte sich wieder dem Kaffee zu, den er aufgewärmt hatte und der bereits kochte.

»Ja.« Sie verstand, was er meinte. Und wie Richard und der Drachen, weil er ja einen neuen Drachen machen konnte. Als sie jetzt wieder an Abby dachte, überfiel sie ein Gefühl der Leere, so als sei das Mittagessen mit ihr gänzlich ausgelöscht. Als ob ihr Bewußtsein übergeschwappt wäre und nun im leeren Raum zerflösse. Sie stand auf.

Dannie kam auf sie zu und legte ihr die Hände auf die Schultern, und obgleich sie spürte, daß es nur eine Geste war, eine Geste anstelle eines Worts, war der Zauber doch dahin. Sie fühlte sich unbehaglich unter seiner Berührung, und dieses Unbehagen war ganz konkret. »Ich muß zurück«, sagte sie. »Ich bin ganz schön spät dran.«

Seine Hände wanderten ihre Arme hinunter und drückten ihr die Ellbogen fest gegen den Brustkorb, und dann küßte er sie plötzlich, die Lippen hart auf die ihren gepreßt, und für einen Augenblick spürte sie seinen warmen Atem auf der Oberlippe, ehe er sie losließ.

»Ja«, sagte er und sah sie an.

»Warum hast du ...« Sie unterbrach sich, denn der Kuß war so zärtlich und gleichzeitig so grob gewesen, daß sie nicht wußte, wie sie darauf reagieren sollte.

»Aber Terry«, sagte er und wandte sich lächelnd von ihr ab. »Nimmst du's mir übel?«

»Nein«, sagte sie.

»Würde Richard es übelnehmen?«

»Ich vermute schon.« Sie knöpfte sich den Mantel zu. »Ich muß weg«, sagte sie und wandte sich zum Gehen.

Dannie hielt ihr die Tür auf und lächelte auf seine leise Art, so als wäre nichts gewesen. »Kommst du morgen wieder? Komm doch zum Essen.«

»Morgen ist Sonnabend, da arbeite ich nicht.«

»Könnten wir nicht miteinander essen?«

Sie schüttelte den Kopf. »Ich glaube nicht.«

»Gut, dann komm doch Montag.«

»Ja, gut.« Sie lächelte nun auch und streckte ihm unwillkürlich die Hand entgegen, und Dannie schüttelte sie höflich und nur einmal.

Sie lief die beiden Blocks entlang zum Black Cat. Ein bißchen wie das Pferd, dachte sie. Aber nicht genug, nicht genug, um vollkommen zu sein, denn was Dannie meinte, war das Vollkommene.

11

Der Zeitvertreib der Faulen«, sagte Carol und streckte die Beine auf dem Schaukelstuhl aus. »Es wird Zeit, daß Abby sich wieder mal einen Job sucht.«

Therese sagte nichts. Sie hatte Carol nicht die ganze Unterhaltung vom Mittagessen erzählt, aber sie wollte auch nicht mehr über Abby sprechen.

»Wollen Sie sich nicht etwas bequemer hinsetzen?«

»Nein.« Therese saß auf einem Lederhocker neben dem Schaukelstuhl. Sie hatten das Abendessen gerade beendet und waren dann hier heraufgekommen, in einen Raum, den Therese noch nicht gesehen hatte: eine verglaste Veranda, die von dem grünen Zimmer abging.

»Was hat Abby noch gesagt, das Ihnen Kummer macht?« fragte Carol und sah gerade vor sich hin und an ihren langen dunkelblaubehosten Beinen entlang.

Carol machte einen müden Eindruck. Sie hat andere, wichtigere Sorgen, dachte Therese. »Nichts. Geh' ich Ihnen auf die Nerven damit, Carol?«

»Mir auf die Nerven?«

»Sie sind anders zu mir heute abend.«

Carol warf ihr einen raschen Blick zu. »Das bilden Sie sich ein«, sagte sie, und dann erstarb der fröhliche Klang ihrer Stimme wieder in Schweigen.

Was sie letzte Nacht geschrieben hatte, dachte Therese, hatte nichts mit Carol zu tun, war nicht an sie gerichtet.

»Ich spüre, ich bin verliebt in dich, und darum sollte Frühling sein. Ich wünschte, die Sonnenstrahlen hämmerten auf meinen Kopf wie Musikakkorde. Ich denke an eine Sonne, die ist wie Beethoven, an einen Wind wie Debussy und Vogelrufe wie Strawinsky. Aber die Tempi gebe ganz allein ich an.«

»Ich glaube nicht, daß Abby mich mag«, bemerkte Therese. »Und ich glaube auch nicht, daß sie es mag, wenn wir uns treffen.«

»Das stimmt nicht. Sie bilden sich auch das nur ein.«

»Ich will damit nicht sagen, daß sie es geäußert hat.« Therese versuchte, so ruhig zu klingen wie Carol. »Sie war sehr nett. Sie hat mich zu einer Cocktailparty eingeladen.«

»Wessen Party?«

»Ich weiß es nicht. Sie sagte weiter stadtaufwärts. Sie sagte, Sie würden nicht dort sein, daher reizte es mich nicht besonders hinzugehen.«

»Wo genau?«

»Das hat sie nicht gesagt. Nur, daß eine der Gastgeberinnen Schauspielerin ist.«

Carol legte ihr Feuerzeug klirrend auf den Glastisch, und Therese spürte, daß ihr etwas mißfiel. »Also doch«, murmelte Carol. »Setzen Sie sich zu mir, Therese.«

Therese stand auf und setzte sich zu Füßen des Schaukelstuhls.

»Sie müssen nicht glauben, daß Abby Sie nicht mag. Ich kenne sie gut genug, um das zu wissen.«

»Also gut«, sagte Therese.

»Aber Abby hat manchmal eine unglaublich ungeschickte Art, sich auszudrücken.«

Therese wollte nicht mehr daran denken. Carol war immer noch weit weg, wenn sie auch sprach, sie auch ansah. Ein Lichtbündel aus dem grünen Zimmer fiel von oben auf Carols Kopf, doch ihr Gesicht lag im Schatten.

Carol piekste sie mit dem Zeh. »Auf, auf.«

Aber Therese reagierte zu langsam, und so schwang Carol die Beine über ihren Kopf hinweg und setzte sich aufrecht hin. Dann hörte Therese Schritte im anstoßenden Zimmer; das Hausmädchen kam mit dem Kaffeetablett, und der Boden der Veranda erbebte unter ihren flinken, diensteifrigen Schritten.

»Die Sahne ist hier drin, Ma'am«, sagte das rundliche Ding in der grauweißen Tracht, das Therese stets für eine Irin gehalten hatte, und deutete auf ein Kännchen, das nicht zu dem Mokkaservice paßte. Florence blickte Therese mit freundlichem Lächeln und blanken runden Augen an. Sie war um die Fünfzig und trug unter dem gestärkten weißen Band ihres Häubchens einen Knoten im Nacken. Therese konnte sie nicht recht unterbringen, nicht erkennen, auf wessen Seite sie stand. Sie hatte Mr. Aird zweimal vor ihr erwähnt, und es schien, daß sie ihm sehr ergeben war. Aber ob das zu ihrer beruflichen Rolle gehörte oder echt war, konnte Therese nicht sagen.

»Ist sonst noch etwas, Ma'am?« fragte Florence. »Soll ich das Licht überall ausmachen?«

»Nein, ich mag es so. Wir brauchen nichts mehr, Florence, danke. Hat Mrs. Riordan angerufen?«

»Noch nicht, Ma'am.«

»Würden Sie ihr bitte sagen, daß ich nicht zu Hause bin, wenn sie anruft.«

»Ja, Ma'am.« Florence zögerte. »Darf ich fragen, ob Sie dies wundervolle neue Buch schon ausgelesen haben, Ma'am? Das über die Alpen?«

»Holen Sie sich's aus meinem Zimmer, Florence, wenn Sie möchten. Ich glaube nicht, daß ich es zu Ende lesen werde.«

»Vielen Dank, Ma'am. Gute Nacht, Ma'am. Gute Nacht, Miss.«

»Gute Nacht«, erwiderte Carol.

Während Carol den Kaffee eingoß, fragte Therese: »Wissen Sie schon, wie bald Sie verreisen werden?«

»So in einer Woche vielleicht.« Carol reichte ihr die Mokkatasse mit Sahne. »Warum?«

»Nur weil ich Sie vermissen werde, natürlich.«

Carol verharrte einen Augenblick reglos, dann griff sie nach einer Zigarette, der letzten, und knüllte das Päckchen zusammen. »Ich hatte eigentlich vor, Sie zu fragen, ob Sie vielleicht mitfahren möchten? Was meinen Sie? So für drei Wochen ungefähr.«

Nun war's draußen, dachte Therese, und so beiläufig, als schlüge sie ihr einen gemeinsamen Spaziergang vor. »Sie haben es Abby gegenüber erwähnt, nicht wahr?«

»Ja«, sagte Carol. »Warum?«

Warum? Therese fand die Worte nicht, um zu sagen, warum es sie verletzt hatte. »Es erscheint mir irgendwie sonderbar, daß Sie es ihr erzählt haben, ehe Sie mir gegenüber etwas erwähnt hatten.«

»Ich habe es ihr nicht erzählt. Ich habe nur gesagt, ich würde Sie vielleicht fragen.« Carol kam zu Therese herüber und legte ihr die Hände auf die Schultern. »Schauen

Sie, es gibt keinen Grund für Ihre Abneigung gegen Abby – es sei denn, Abby hat noch irgend etwas anderes beim Mittagessen zu Ihnen gesagt, was Sie mir nicht erzählt haben.«

»Nein«, sagte Therese. Nein, aber es war das Ungesagte, das war schlimmer. Sie spürte, wie Carol ihre Hände von ihren Schultern nahm.

»Abby ist eine sehr alte Freundin von mir«, sagte Carol. »Ich spreche über alles mit ihr.«

»Ja«, sagte Therese.

»Also, würden Sie gern mitkommen?«

Carol hatte sich von ihr abgewandt, und plötzlich bedeutete es ihr gar nichts mehr, weil Carol es so gesagt hatte, als wäre es ihr gleichgültig, wie sie sich entscheiden würde. »Vielen Dank, ich glaube nicht, daß ich es mir gerade jetzt leisten kann.«

»Sie werden nicht viel Geld brauchen. Wir würden mit dem Auto fahren. Aber wenn Sie jetzt gleich einen Job angeboten bekämen, wäre es natürlich etwas anderes.«

Als ob sie nicht sogar einen Auftrag für ein Ballett ablehnen würde, um mit Carol zu verreisen – um mit ihr durch ein Land zu reisen, das sie nie zuvor gesehen hatte, über Flüsse und Berge, ohne zu wissen, wo sie sein würden, wenn die Nacht anbrach. Carol wußte das und wußte auch, daß sie ablehnen mußte, wenn sie sie so fragte. Therese war sich mit einemmal sicher, daß Carol sie zum Besten hatte, und sie empfand es so bitter wie einen Betrug. Und ihre Betroffenheit wich dem Entschluß, Carol nie wiederzusehen. Sie blickte rasch zu Carol hinüber, die auf ihre Antwort wartete – mit einem spöttischen Ausdruck, der sich nur halb unter einer gleichgültigen Miene verbarg, einem Ausdruck, der, wie Therese wohl wußte, sich überhaupt nicht verändern würde, wenn sie ihr eine abschlägige Antwort gab. Therese stand auf und ging ans Ende des Tisches, um eine Zigarette aus dem Kästchen zu nehmen, aber es war nichts drin außer einigen Grammophonnadeln und einem Foto.

»Was ist das?« fragte Carol, die sie scharf beobachtete.

Therese hatte das Gefühl, daß Carol alle ihre Gedanken gelesen hatte. »Ein Bild von Rindy«, sagte Therese.

»Von Rindy? Lassen Sie mal sehen.«

Therese beobachtete Carols Miene, als sie das Bild des kleinen Mädchens mit dem weißblonden Haar und dem ernsthaften Gesicht betrachtete, das einen weißen Verband um das Knie hatte. Auf dem Bild stand Harge in einem Ruderboot, und Rindy warf sich vom Anlegesteg in seine Arme.

»Es ist kein besonders gutes Bild«, sagte Carol, aber ihr Gesicht hatte sich verändert, war sanfter geworden. »Es ist etwa drei Jahre alt. Möchten Sie eine Zigarette? Hier! Rindy wird die nächsten drei Monate bei Harge sein.«

Therese hatte das angenommen nach der Unterhaltung mit Abby in der Küche an jenem Morgen. »Ist das auch in New Jersey?«

»Ja. Harges Familie lebt in New Jersey. Sie haben ein großes Haus.« Carol stockte. »Die Scheidung wird in etwa einem Monat ausgesprochen, denke ich, und ab April werde ich Rindy für den Rest des Jahres haben.«

»Ach ja. Aber Sie werden sie doch vorher auch sehen, nicht wahr?«

»Ein paarmal. Wahrscheinlich nicht sehr oft.«

Therese sah, daß Carols Hand mit dem Bild achtlos neben ihr auf dem Schaukelstuhl lag. »Wird sie Sie nicht vermissen?«

»Doch, aber sie liebt ihren Vater auch sehr.«

»Mehr als Sie?«

»Nein. Nicht wirklich. Aber er hat ihr eine Ziege zum Spielen gekauft. Er bringt sie auf dem Weg ins Büro zur Schule und holt sie um vier wieder ab. Vernachlässigt seinen Beruf ihretwegen. Was kann man mehr von einem Mann verlangen?«

»Sie haben sie Weihnachten nicht gesehen, nicht wahr?« fragte Therese.

»Nein, weil etwas im Büro des Rechtsanwalts passiert ist. An diesem Nachmittag wollte Harges Rechtsanwalt uns beide sehen, und Harge brachte Rindy mit. Rindy sagte, sie wolle Weihnachten in Harges Haus verbringen. Sie wußte nicht, daß ich in diesem Jahr nicht dabeisein würde. Da ist ein großer Baum auf dem Rasen vor dem Haus, und der wird immer geschmückt, und Rindy freute sich darauf. Gleichviel, es machte schon einen Eindruck auf den Rechtsanwalt, verstehen Sie, daß das Kind zu Weihnachten bei seinem Vater sein wollte. Und natürlich wollte ich Rindy nicht gerade bei dieser Gelegenheit sagen, daß ich nicht kommen würde, sie wäre enttäuscht gewesen. Ich hätte es ohnehin vor dem Rechtsanwalt nicht sagen können. Harges Machenschaften genügen nachgerade.«

Therese stand da und zerdrückte die unangezündete Zigarette zwischen den Fingern. Carols Stimme war ruhig, so wie sie vielleicht war, wenn sie sich mit Abby unterhielt, dachte Therese. Carol hatte ihr noch nie soviel von sich erzählt. »Aber der Rechtsanwalt hat es verstanden?«

Carol zuckte die Achseln. »Es ist Harges Anwalt – nicht meiner. Ich habe mich also mit diesem Dreimonatsarrangement einverstanden erklärt, weil ich nicht will, daß sie hin- und hergestoßen wird. Wenn ich sie neun Monate haben soll und Harge drei, so kann man ebensogut gleich damit anfangen.«

»Sie werden sie auch nicht besuchen?«

Carol wartete so lange mit der Antwort, daß Therese schon dachte, sie bliebe aus. »Nicht sehr oft. Die Familie ist nicht besonders herzlich. Ich telefoniere täglich mit Rindy. Manchmal ruft sie mich an.«

»Warum ist die Familie so wenig herzlich?«

»Sie haben sich nie was aus mir gemacht. Seit mich Harge bei einem Debütantinnenfest kennengelernt hat, beklagen sie sich. Das Kritisieren liegt ihnen. Ich frage mich manchmal, wer wohl vor ihnen bestehen würde.«

»Und was kritisieren sie an Ihnen?«

»Daß ich ein Möbelgeschäft hatte, zum Beispiel. Aber das dauerte nur ein Jahr. Dann, daß ich nicht Bridge spiele oder jedenfalls nicht gern. Sie suchen sich komische Dinge aus, höchst oberflächliche Dinge.«

»Das hört sich gräßlich an.«

»Sie sind nicht gräßlich. Es wird nur erwartet, daß man sich in allem anpaßt. Ich weiß, was sie gern hätten: ein unbeschriebenes Blatt. Eine Person, die bereits »beschrieben« ist, stört sie schrecklich. Wollen wir ein bißchen Musik machen? Hören Sie nie gern Radio?«

»Manchmal.«

Carol lehnte sich gegen das Fensterbrett. »Und nun darf Rindy jeden Tag fernsehen. Hopalong Cassidy. Am liebsten würde sie in den Westen gehen. Das war die letzte Puppe, die ich für sie gekauft habe, Therese. Ich habe sie nur besorgt, weil sie sagte, sie wolle sie haben. Aber sie ist zu alt für Puppen.«

Hinter Carol fuhr ein Suchlicht vom Flughafen mit blassem Strahl über den Himmel und verschwand. Carols Stimme schien in der Dunkelheit nachzuklingen. An ihrem volleren, glücklicheren Ton konnte Therese ihre Liebe zu Rindy ermessen, die sie mehr liebte, als sie je irgend jemand anderen lieben würde. »Harge macht es Ihnen nicht leicht, sie zu sehen, nicht wahr?«

»Das wissen Sie ja«, sagte Carol.

»Ich kann nicht begreifen, daß er so sehr in Sie verliebt war.«

»Das ist nicht Liebe, es ist zwanghaft. Ich glaube, er möchte mich beherrschen. Ich nehme an, wenn ich weitaus ungebärdiger, aber immer in allem seiner Meinung wäre – können Sie mir überhaupt folgen?«

»Ja.«

»Ich habe nie etwas getan, was ihn gesellschaftlich in Verlegenheit bringen würde, und das ist alles, worauf es ihm ankommt. Es gibt da eine Frau in diesem Club, die hätte er heiraten sollen. Ihr Leben ist einzig damit ausgefüllt, erlesene Abendgesellschaften zu geben und aus den besten Bars mit den Füßen voraus hinausgetragen zu werden. Sie hat der Werbefirma ihres Mannes zu großem Erfolg verholfen, also nimmt er ihre kleinen Fehler lächelnd in Kauf. Harge würde nicht lächeln, wenn er wirklich Grund zur Klage hätte. Ich denke, er hat mich ausgesucht, wie man einen Teppich fürs Wohnzimmer aussucht, und dabei hat er sich gröblich getäuscht. Ich bezweifle allen Ernstes, daß er überhaupt jemanden zu lieben fähig ist. Er versucht nur, sich alles anzueignen, und das hat viel mit seinem Ehrgeiz zu tun. Es wird allmählich zu einer Art Krankheit, nicht lieben zu können, finden Sie nicht?« Sie sah Therese an. »Vielleicht ist es die Zeit, in der wir leben. Wenn man wollte, könnte man daraus auch einen Fall von Massenselbstmord herleiten. Der Mensch, der versucht, mit seinen eigenen zerstörerischen Maschinen Schritt zu halten.«

Therese sagte nichts. Das alles erinnerte sie an unzählige Gespräche mit Richard, wenn Richard Krieg und Big Business und Hexenverfolgung im Kongreß und schließlich ein paar Leute, die er kannte, zu einem übergroßen Feind zusammenmixte, dessen großes gemeinsames Kennzeichen der Haß war, den man für ihn empfand. Und nun auch Carol! Es traf Therese in ihrem tiefsten Innern, dort wo es keine Wörter gab, keine bequemen Wörter wie Tod oder Sterben oder Töten. Solche Wörter waren irgendwie die Zukunft, und das hier war Gegenwart. Eine unausgesprochene Sehnsucht, der Wunsch, Bescheid zu wissen, alles ganz genau zu wissen, schnürte ihr die Kehle zu, so daß sie einen Augenblick lang das Gefühl hatte, kaum atmen zu können. Glaubst du, glaubst du, so fing es an. Glaubst du, daß wir beide eines Tages eines gewaltsamen Todes sterben werden, plötzlich ausgeschaltet sind? Aber auch diese Frage war nicht entschieden genug. Vielleicht war es doch eher eine Feststellung: Aber ich will nicht sterben, ohne dich gekannt zu haben. Denkst du das gleiche, Carol? Sie hätte die letzte Frage laut stellen, aber alles, was ihr voranging, nicht aussprechen können.

»Ihr seid die junge Generation«, sagte Carol. »Und was habt Ihr dazu zu sagen?« Sie setzte sich wieder in den Schaukelstuhl.

»Ich denke, vor allem darf man sich nicht fürchten.«

Therese wandte sich zu Carol um und sah sie lächeln. »Sie lächeln, weil Sie denken, daß ich Angst habe, nehme ich an.«

»Sie sind so zerbrechlich, so schwach wie dieses Streichholz.« Carol hielt es eine Weile brennend in der Hand, nachdem sie sich eine Zigarette angezündet hatte. »Aber unter entsprechenden Umständen könnten Sie ein Haus in Brand stecken, stimmt's?«

»Oder auch eine Stadt.«

»Aber Sie fürchten sich sogar, eine kleine Reise mit mir zu machen. Sie haben Angst, weil Sie denken, daß Sie nicht genug Geld haben.«

»Darum geht es nicht.«

»Sie haben ein paar sehr sonderbare Wertbegriffe, Therese. Ich habe Sie eingeladen, mit mir zu kommen, weil es mir Vergnügen machen würde, Sie dabeizuhaben. Und ich denke, es täte auch Ihnen gut und Ihrer Arbeit. Aber Sie müssen alles verderben – nur aus dem törichten Stolz wegen des Geldes. Ohne jedes Maß – wie die Handtasche, die Sie mir geschenkt haben. Warum nehmen Sie sie nicht zurück, wenn Sie das Geld brauchen? Ich brauche die Tasche nicht. Es hat Ihnen Freude gemacht, sie mir zu schenken, nehme ich an. Sehen Sie – bei mir ist es genau dasselbe. Nur, bei mir hat das Ganze einen Sinn und bei Ihnen nicht.« Carol ging an ihr vorbei und wandte sich wieder zu ihr um, gelassen, einen Fuß vorgestellt, mit erhobenem Kopf, das blonde Haar so unauffällig wie das einer Statue. »Also, finden Sie das komisch?«

Therese mußte lächeln. »Ich mach' mir nichts aus dem Geld«, sagte sie ruhig.

»Was wollen Sie damit sagen?«

»Genau das«, sagte Therese. »Ich habe genug Geld, und ich komme mit.«

Carol starrte sie an. Therese sah, wie die Verdrossenheit aus ihrem Gesicht verschwand, und dann lächelte Carol vor Überraschung, ein wenig ungläubig.

»Nun also, gut«, sagte sie. »Das freut mich.«

»Mich freut es.«

»Was hat denn diesen glücklichen Umschwung bewirkt?«

Weiß sie es wirklich nicht, dachte Therese. »Es scheint Ihnen doch wichtig zu sein, ob ich mitkomme oder nicht«, sagte Therese einfach.

»Natürlich ist es mir wichtig. Ich hab' Sie doch eingeladen, oder nicht?« sagte Carol, immer noch lächelnd, aber dann drehte sie Therese den Rücken zu und ging in das grüne Zimmer.

Therese blickte ihr nach. Da ging sie, die Hände in den Hosentaschen, und ihre Mokassins klickten leise und langsam auf den Boden. Sie starrte auf den leeren Türrahmen. Carol würde ganz genau so hinausgegangen sein, dachte sie, wenn sie gesagt hätte, sie wolle nicht mitfahren.

Sie hob ihre halbgeleerte Mokkatasse hoch und stellte sie gleich wieder hin, ging hinaus und über die Diele zu Carols Zimmer. »Was tun Sie?«

Carol saß über ihren Toilettentisch gebeugt und schrieb. »Was ich tue?« Sie stand auf und ließ einen Zettel in ihrer Tasche verschwinden. Jetzt lächelte sie wirklich, und auch ihre Augen lächelten, so wie in der Küche mit Abby. »Was ganz Bestimmtes. Wir wollen etwas Musik hören.«

»Schön.« Ein Lächeln ging über Thereses Gesicht.

»Warum machen Sie sich nicht schon zum Schlafen fertig? Es ist spät – wissen Sie das?«

»Es wird immer spät, wenn ich mit Ihnen zusammen bin.«

»Soll das ein Kompliment sein?«

»Ich mag heute nacht überhaupt nicht zu Bett gehen.«

Carol ging zum Grünen Zimmer hinüber. »Sie machen sich jetzt fertig. Sie haben Ringe unter den Augen.«

Therese zog sich in dem Zimmer mit den zwei Betten rasch aus. Das Grammophon spielte im anderen Zimmer *Embraceable You*. Dann klingelte das Telefon. Therese zog die oberste Schublade der Kommode heraus. Sie war leer bis auf ein paar Männertaschentücher, eine alte Kleiderbürste und einen Schlüssel. Und ein paar Ausweispapiere in einer Ecke. Therese griff nach einer Karte in einer Klarsichthülle. Es war ein alter Führerschein von Harge. Harge Foster Aird. Alter: 37. Größe: 1,82 m. Gewicht: 82 kg. Haarfarbe: blond. Augen: blau. Sie wußte das alles schon. Ein Oldsmobile von 1950. Farbe: dunkelblau. Therese legte den Führerschein zurück und schob die Schublade zu. Dann ging sie zur Tür und lauschte.

»Tut mir leid, Tessie, aber es ist mir etwas dazwischen gekommen«, sagte Carol bedauernd, aber ihre Stimme klang glücklich. »Läuft die Party gut? ... schon, aber ich bin nicht angezogen, und ich bin müde.«

Therese nahm sich eine Zigarette aus dem Kästchen auf dem Nachttisch, eine Philip Morris. Carol hatte es da hingestellt, nicht das Mädchen, denn Carol hatte sich erinnert, daß sie die Marke mochte. Therese stand nackt da und hörte sich die Musik an. Es war ein Song, den sie nicht kannte.

War Carol wieder am Telefon?

»Gut, aber ich mag es nicht«, hörte sie Carol halb ärgerlich, halb im Scherz sagen, »aber auch schon ganz und gar nicht.«

... it's easy to live ... when you're in love ...

»Woher soll ich wissen, was für Leute da sind? ... Ohoo! So ist das also?«

Abby. Therese wußte es sofort. Sie blies den Rauch aus und schnupperte den süßlichen Duftwellen nach, wobei ihr die erste Zigarette einfiel, die sie je geraucht hatte, auch eine Philip Morris; es war auf dem Dach des Schlafsaals im Internat, sie waren zu viert, und die eine Zigarette machte die Runde.

»Ja, wir fahren«, sagte Carol mit Nachdruck. »Ja, bin ich. Klinge ich nicht so?«

... For you ... maybe I'm a fool but it's fun ... People say you rule me with one ... wave of your hand ... darling, it's grand ... they just don't understand ...

Der Song war gut, Therese schloß die Augen, lehnte sich gegen die halboffene Tür und lauschte der Stimme.

Im Hintergrund plätscherte leises Klavierspiel, begleitet von einer trägen Trompete.

Carol sagte gerade: »Das geht niemanden was an, nur mich – oder? ... Unsinn!« Und Therese mußte über ihre Heftigkeit lächeln.

Sie schloß die Tür, der Plattenspieler hatte die Platte gewechselt.

»Wollen Sie Abby nicht sprechen?«

Therese hatte sich hinter die Badezimmertür geduckt, weil sie nackt war.

»Warum?«

»Also kommen Sie schon«, sagte Carol, und Therese zog rasch einen Morgenrock über und kam.

»Hallo«, sagte Abby, »ich höre, Sie fahren.«

»Überrascht Sie das?«

Abby klang töricht, so als wolle sie sich die ganze Nacht unterhalten. Sie wünschte Therese eine vergnügliche Reise und ließ sich darüber aus, wie schlecht die Überlandstraßen im Winter seien.

»Verzeihen Sie mir, daß ich heute so grob war«, sagte Abby zum zweiten Mal. »Ich mag Sie durchaus, Therese.«

»Schluß, Schluß«, rief Carol dazwischen.

»Sie möchte noch einmal mit Ihnen sprechen«, sagte Therese.

»Sagen Sie Abigail, daß ich in der Badewanne bin.«

Therese sagte es ihr und kam so los.

Carol hatte eine Flasche und zwei kleine Gläser ins Zimmer gebracht.

»Was ist los mit Abby?« fragte Therese.

»Was meinen Sie, was los sein soll mit ihr?« Carol goß

eine bräunliche Flüssigkeit in die beiden Gläser. »Ich glaube, sie hat heute abend ein bißchen viel getrunken.«

»Ich weiß. Aber warum wollte sie mit mir zu Mittag essen?«

»Na ja – da gibt's vermutlich eine ganze Menge Gründe. Versuchen Sie mal was von diesem Zeug.«

»Es war alles so vage.«

»Was?«

»Dieses ganze Mittagessen.«

Carol reichte ihr ein Glas. »Einiges bleibt immer vage, Liebling.«

Es war das erste Mal, daß Carol »Liebling« zu ihr gesagt hatte. »Was zum Beispiel?« fragte Therese, sie wollte eine Antwort, eine klare Antwort.

Carol seufzte. »Vieles. Das Allerwichtigste. Probieren Sie mal Ihren Drink.«

Therese nahm einen Schluck, er war süß und dunkelbraun, wie Kaffee, mit einer Spur Alkohol darin. »Schmeckt gut.«

»Wirklich, mögen Sie so was?«

»Warum trinken Sie es, wenn Sie es nicht mögen?«

»Weil es mal was anderes ist. Auf unsere Reise – also muß es schon was anderes sein.« Carol verzog das Gesicht und trank das Glas leer. Im Licht der Lampe konnte Therese alle Sommersprossen deutlich auf ihrer einen Gesichtshälfte erkennen. Carols fast weiß wirkende Augenbraue schwang sich wie ein Flügel um die Biegung ihrer Stirn. Therese war mit einem Mal außer sich vor Glück.

»Was war das vorhin für ein Song, mit der Solostimme und der Klavierbegleitung?«

»Summen Sie es mal.«

Therese pfiff ein paar Takte, und Carol lächelte.

»*Easy Living*«, sagte Carol. »Ein alter Song.«

»Ich würde ihn gern noch einmal hören.«

»Und ich möchte, daß Sie zu Bett gehen. Ich leg' ihn dann noch einmal auf.«

Carol ging in das grüne Zimmer hinüber, wo das Grammophon stand. Therese lehnte lauschend an der Tür ihres Zimmers und war glücklich.

... I'll never regret... the years I'm giving... they're easy to give, when you are in love... I'm happy to do whatever I do for you...

Das war *ihr* Song. Genau das empfand sie für Carol. Ehe die letzten Takte verklangen, ging sie ins Badezimmer, drehte den Hahn auf, setzte sich in die Wanne und ließ das grünliche Wasser über ihre Füße sprudeln.

»He!« rief Carol, »waren Sie schon mal in Wyoming?«

»Nein.«

»Es wird Zeit, daß Sie Amerika kennenlernen.«

Therese langte nach dem triefenden Waschlappen und drückte ihn an ihrem Knie aus. Das Wasser stand jetzt so hoch, daß ihre Brüste wie Fladen auf der Oberfläche schwammen. Therese versuchte, darauf zu kommen, woran sie sie erinnerten, außer eben an Brüste.

»Schlafen Sie nur da drin nicht ein«, rief Carol mahnend, und ihre Stimme klang von weit her, woraus Therese schloß, daß sie auf dem Bett saß und die Landkarte studierte.

»Tu' ich nicht.«

»Es gibt Leute, die tun's.«

»Erzählen Sie mir mehr von Harge«, sagte sie, während sie sich abtrocknete. »Was macht er?«

»Eine ganze Menge.«

»Ich meine, was macht er beruflich?«

»In Immobilien.«

»Wie ist er? Geht er gern ins Theater? Mag er Menschen?«

»Er mag einen kleinen Kreis von Leuten, die Golf spielen«, sagte Carol entschieden. Und dann, etwas lauter: »Und sonst? Er ist übergenau in allen Dingen. Aber er hat seinen besten Rasierapparat vergessen. Er liegt im Apothekerschrank, und Sie können ihn sich ansehen, wenn Sie wollen, wie ich vermute. Ich muß ihm den Apparat nachschicken, nehme ich an.«

Therese öffnete das Apothekerschränkchen und sah den Rasierapparat. Der Schrank war immer noch voll mit Männersachen – Rasierwasser, Bürsten. »War dies sein Zimmer?« fragte sie, als sie aus dem Badezimmer herauskam. »In welchem Bett hat er geschlafen?«

Carol lachte. »Nicht in Ihrem.«

»Kann ich noch etwas davon haben?« fragte Therese mit einem Blick auf die Likörflasche.

»Aber ja.«

»Darf ich Ihnen einen Gutenachtkuß geben?«

Carol faltete gerade die Landkarte zusammen und schürzte die Lippen, als wenn sie pfeifen wollte, in abwartender Stellung. »Nein«, sagte sie dann.

»Warum nicht?« Alles schien in dieser Nacht möglich.

»Ich werde Ihnen statt dessen das hier geben.« Carol zog die Hand aus der Hosentasche.

Es war ein Scheck. Therese las die Summe: Zweihundert Dollar, auf sie ausgeschrieben. »Wofür ist das?«

»Für die Reise. Ich will nicht, daß Sie das Geld ausgeben, das Sie für diese Verbandsache da zur Seite legen.« Carol nahm sich eine Zigarette. »Sie werden nicht alles brauchen. Ich will nur, daß Sie es haben.«

»Aber ich brauche es gar nicht«, sagte Therese. »Danke. Es macht mir nichts aus, wenn ich das Mitgliedsgeld verbrauche.«

»Keine Widerrede«, unterbrach Carol sie. »Wenn Sie mir doch damit eine Freude machen!«

»Aber, ich will es nicht.« Es klang schroff, also lächelte sie ein wenig, als sie den Scheck auf das Tischende neben die Likörflasche legte – mit zuviel Nachdruck, auch hier – und sie hätte es Carol gern erklärt. Das Geld war ihr schnuppe, aber wenn sie Carol damit eine Freude machen konnte, mochte sie es auch nicht einfach so ablehnen. Sie sah auf:

»Mir behagt das nicht«, sagte sie, »denken Sie sich etwas anderes aus.« Carol beobachtete sie aufmerksam, hatte aber, wie Therese erleichtert feststellte, nicht die Absicht, einen Streit vom Zaun zu brechen.

»Etwas, das mir Freude macht?«

Therese bejahte lachend und griff nach dem Likörglas.

»Gut«, sagte Carol. »Ich will es mir überlegen. Gute Nacht.« An der Tür blieb sie stehen.

Eine komische Art, an einem so wichtigen Abend gute Nacht zu sagen, dachte Therese. »Gute Nacht«, erwiderte sie.

Als sie sich zum Bett wandte, fiel ihr Blick wieder auf

den Scheck. Zerreißen mußte ihn Carol schon selber. Sie schob ihn unter die Kante des dunkelblauleinenen Tischläufers – außer Sicht.

12

Januar

Er war alles zugleich. Und er war nur eins – wie eine massive, schwere Tür. Seine Kälte schloß die Stadt in eine graue Kapsel ein. Januar – das waren Augenblicke und zugleich ein ganzes Jahr. Der Januar ließ Augenblicke herunterregnen und fror sie in ihrem Gedächtnis fest: die Frau, die sie gesehen hatte, wie sie bei einem Streichholzlicht ängstlich auf die Namensschilder in einem dunklen Durchgang starrte; der Mann, der etwas auf einen Zettel kritzelte und ihn dann seiner Freundin gab, ehe sie sich auf dem Gehweg trennten; der Mann, der einen Häuserblock lang hinter einem Bus herrannte und ihn schließlich noch erwischte. Alles menschliche Tun schien einen Zauber zu verbreiten. Der Januar war ein Monat mit zwei Gesichtern, er klingelte mit Narrenglöckchen und knirschte wie eine Schneedecke, er war rein wie aller Anfang und grimmig wie ein alter Mann, geheimnisvoll vertraut und doch unbekannt, wie ein Wort, das man beinahe und nicht ganz entziffern kann.

Ein junger Mann namens Red Malone und ein kahlköpfiger Schreiner arbeiteten mit ihr am Bühnenbild für *Small Rain*. Mr. Donohue war sehr zufrieden damit. Er sagte, er habe einen Mr. Baltin gebeten, sich ihre Arbeit anzusehen. Mr. Baltin war Mitglied einer russischen Akademie und hatte Bühnenbilder für ein paar Theater in New York entworfen. Therese hatte nie von ihm gehört. Sie versuchte, Mr. Donohue dazu zu bringen, eine Verabredung für sie mit Myron Blanchard oder Ivor Harkevy zu arrangieren, aber Mr. Donohue versprach nie etwas, konnte nichts versprechen, wie Therese vermutete.

Mr. Baltin, ein großer, leicht gebeugter Mann mit einem schwarzen Hut und einem abgetragenen Mantel, erschien eines Nachmittags und sah sich alles, was sie ihm zeigte, eingehend an. Sie hatte nur drei oder vier ihrer Modelle ins Theater mitgebracht, ihre allerbesten. Mr. Baltin erzählte ihr von einem Stück, dessen Produktion in etwa sechs Wochen beginnen sollte. Er würde sie gern als Assistentin empfehlen, worauf Therese erwiderte, das passe ihr ausgezeichnet, da sie bis dahin ohnehin verreist sei. Alles ließ sich sehr gut an in den letzten Tagen. Mr. Andronich hatte ihr eine Arbeit für Mitte Februar für zwei Wochen in Philadelphia zugesagt, gerade wenn sie von ihrer Reise mit Carol zurück sein würde. Therese notierte sich Namen und Adresse des Bekannten von Mr. Baltin.

»Er sieht sich jetzt schon nach jemand um, rufen Sie ihn also gleich Anfang der Woche an«, sagte Mr. Baltin. »Es ist nur ein Hilfsjob, aber sein Assistent, ein Schüler von mir, arbeitet jetzt mit Harkevy zusammen.«

»Ach wirklich? Meinen Sie, daß Sie oder er mir zu einem Gespräch mit Harkevy verhelfen könnten?«

»Nichts leichter als das. Sie brauchen bloß in Harkevys Studio anzurufen und nach Charles zu fragen, Charles Winant. Sagen Sie ihm, daß Sie mit mir gesprochen haben.

Warten Sie mal – ja, rufen Sie ihn Freitag nachmittag gegen drei Uhr an.«

»Prima. Vielen Dank.« Bis Freitag war es noch eine ganze Woche hin. Harkevy war nicht unnahbar, wie Therese gehört hatte, aber er hatte den Ruf, daß er niemals Verabredungen traf, und wenn er es doch tat, hielt er sie nicht ein, weil er so viel zu tun hatte. Aber vielleicht wußte es Mr. Baltin besser.

»Und vergessen Sie nicht, Kettering anzurufen«, sagte Mr. Baltin noch, bevor er ging.

Therese las noch einmal den Namen, den er ihr angegeben hatte: Adolph Kettering, Bühneneinrichtungen und eine private Adresse. »Ich werde ihn gleich Montag anrufen. Ich danke Ihnen sehr.«

Das war am Sonnabend, dem Tag, an dem sie sich nach der Arbeit mit Richard im ›Palermo‹ treffen sollte. Es war der siebente Januar, elf Tage vor der geplanten Reise. Sie sah Phil mit Richard an der Bar stehen.

»Nun wie geht's der alten ›Cat‹?« fragte Phil sie und zog einen Barhocker für sie heran. »Wird auch sonnabends gearbeitet?«

»Das Ensemble hat nicht gearbeitet – nur meine Abteilung«, erwiderte sie.

»Wann ist Premiere?«

»Am einundzwanzigsten.«

»Sieh mal da«, sagte Richard und zeigte auf einen dunkelgrünen Farbfleck auf ihrem Rock.

»Ich weiß, das ist schon vor Tagen passiert.

»Was willst du trinken?« fragte Phil sie.

»Ich weiß nicht recht, vielleicht ein Bier, danke.« Richard hatte Phil, der an seiner anderen Seite stand, den Rücken zugekehrt, und sie spürte eine Verstimmung zwischen den beiden. »Hast du heute was gemalt?« fragte sie Richard.

Richard zog die Mundwinkel herunter. »Ich mußte für einen Fahrer einspringen, der krank war. Mitten in Long Island ging mir der Sprit aus.«

»Oh, das ist gemein. Vielleicht möchtest du morgen lieber malen, statt irgendwohin zu gehen?« Sie hatten davon gesprochen, daß sie am nächsten Tag nach Hoboken fahren wollten, einfach nur, um ein bißchen zu bummeln und Muscheln zu essen. Aber Carol würde morgen in die Stadt kommen und hatte versprochen, sie anzurufen.

»Ich male, wenn du für mich sitzt«, sagte Richard.

Therese zögerte voller Unbehagen. »Ich bin gerade nicht so recht in der Stimmung, dir zu sitzen.«

»Na gut. Ist ja nicht so wichtig.« Er lächelte. »Aber wie soll ich dich je malen, wenn du nie für mich sitzt?«

»Warum machst du's nicht aus dem Gedächtnis?«

Phil streckte die Hand aus und hielt ihr Glas fest. »Trink das nicht. Bestell dir was Besseres. Ich werde das austrinken.«

»Gut. Ich werde einen Whisky mit Wasser versuchen.«

Phil stand nun an ihrer anderen Seite. Er sah ganz zufrieden aus, aber unter seinen Augen lagen Schatten. Er hatte vergangene Woche in verdrießlicher Stimmung ein Stück geschrieben. Bei seiner Neujahrsparty hatte er ein paar Szenen davon vorgelesen. Phil bezeichnete es als eine Fortsetzung von Kafkas *Verwandlung*. Sie hatte am Neujahrsmorgen einen Rohentwurf für ein Bühnenbild gezeichnet und hatte ihn Phil gezeigt, als sie ihn das nächste Mal besuchte. Und plötzlich wurde ihr klar, was mit Richard los war.

»Terry, könntest du nicht nach der Skizze, die du mir gezeigt hast, ein Modell machen? Ich würde dem Text gern zumindest ein Foto eines Bühnenentwurfs beifügen.« Phil schob ihr den Whisky zu und lehnte sich dicht neben ihr an die Bar.

»Das ließe sich machen«, sagte sie. »Willst du wirklich versuchen, daß es aufgeführt wird?«

»Warum nicht?« Phils dunkle Augen blickten sie mit einem herausfordernden Lächeln an. Er schnalzte mit den Fingern. »Zahlen, bitte.«

»Ich zahle«, sagte Richard.

»Nein, das ist meine Sache.« Phil hatte schon seine alte schwarze Brieftasche in der Hand.

Sein Stück würde niemals aufgeführt, vielleicht nicht einmal beendet werden, dachte Therese, denn Phil hatte kapriziöse Stimmungen.

»Ich mach' mich jetzt davon«, sagte Phil. »Schau bald mal bei uns rein, Terry. Tschüß, Rich.«

Sie sah ihm nach, wie er die kleine Vordertreppe hinaufstieg, schäbiger denn je in seinen Sandalen und seinem fadenscheinigen Kamelhaarmantel, wobei er mit dieser Schäbigkeit wunderbar lässig umzugehen verstand. Wie ein Mann, der in seinem geliebten alten Bademantel durch sein Haus geht, dachte Therese. Sie winkte ihm durch das Fenster nach.

»Ich hab' gehört, daß du Phil am Neujahrstag Butterbrote und Bier gebracht hast«, sagte Richard.

»Ja. Er rief an und sagte, er habe einen Kater.«

»Warum hast du mir nichts davon erzählt?«

»Ich habe es wahrscheinlich vergessen. Es war nicht wichtig.«

»Nicht wichtig? Wenn du...« Richards ungelenke Hand gestikulierte langsam, hoffnungslos. »Wenn du den halben Tag bei einem Mann in der Wohnung zubringst, ihm Butterbrote und Bier anschleppst? Ist es dir nicht in den Sinn gekommen, daß ich vielleicht auch gern Butterbrote gehabt hätte?«

»Wenn, dann hattest du ja jede Menge Leute, die dir welche machen konnten. Wir hatten bei Phil alles aufgegessen und ausgetrunken – wie du dich vielleicht erinnerst.«

Richard nickte mit seinem langen Kopf und setzte sein niedergeschlagenes, verärgertes Lächeln auf. »Und du warst allein mit ihm – nur ihr beide?«

»Ach, Richard...« Jetzt fiel es ihr ein – und es war unwichtig. Dannie war an dem Tag noch nicht aus Connecticut zurück. Er hatte Neujahr bei einem seiner Professoren verbracht. Sie hatte gehofft, daß Dannie noch dazukommen würde, aber Richard würde das niemals glauben, niemals darauf kommen, daß sie Dannie sehr viel lieber mochte als Phil.

»Bei einem andern Mädchen würde ich annehmen, daß sich da was zusammenbraut – und läge genau richtig«, fuhr Richard fort.

»Jetzt redest du Unsinn.«

»Und du bist naiv.« Richard sah sie mit unbeweglichem Gesicht gekränkt an, und Therese dachte, es könnte doch nicht nur das sein, was ihn verärgert hatte. Er nahm es übel, daß sie nicht das war und nie sein würde, was er wollte: ein Mädchen, das ihn leidenschaftlich liebte und liebend gern mit ihm nach Europa fuhr. Ein Mädchen wie sie selbst, mit ihrem Gesicht, ihrem Ehrgeiz, aber zugleich ein Mädchen, das ihn anbetete. »Du bist nicht Phils Typ, mußt du wissen«, sagte er.

»Wer hat das denn behauptet? Phil?«

»Dieser Heini, dieser halbgare Dilettant«, murmelte Richard. »Und der hat die Stirn, groß zu tönen heut abend und zu behaupten, daß du dir überhaupt nichts aus mir machst.«

»Er hat nicht das leiseste Recht, das zu sagen. Ich diskutiere nicht mit ihm über dich.«

»Ach, das ist ja 'ne feine Antwort. Heißt wohl, daß wenn du's getan hättest, dann wüßte er, daß du dir nichts aus mir machst.« Richard sprach ganz ruhig, aber seine Stimme bebte vor Wut.

»Was hat Phil mit einemmal gegen dich?« fragte sie.

»Darum geht's nicht!«

»Worum geht es dann?« fragte sie ungeduldig.

»Ach, Terry, hören wir auf damit.«

»Du kannst einfach nicht sagen, worum es geht«, sagte sie, aber als sie sah, daß Richard sich von ihr abwandte und die Ellbogen auf die Bar stützte und sich fast physisch unter ihren Worten wand, empfand sie plötzlich Mitleid mit ihm. Es war nicht dieser Augenblick und nicht der in der vorigen Woche, die ihm zusetzten, sondern die ganze frühere und künftige Vergeblichkeit seiner Gefühle für sie.

Richard warf seine Zigarette in den Aschenbecher auf

der Bar. »Was möchtest du heute abend machen?« fragte er.

Ihm von der Reise mit Carol erzählen, dachte sie. Schon zweimal hatte sie die Absicht gehabt, es ihm zu sagen, und es dann wieder verschoben. »Möchtest du irgendwas unternehmen?« Sie betonte das letzte Wort.

»Natürlich«, sagte er niedergeschlagen. »Was hältst du davon, wenn wir jetzt essen gehen und danach Sam und Joan anrufen? Vielleicht können wir sie heute abend besuchen?«

»Gut.« Dabei widerstrebte es ihr zutiefst: Zwei der allerlangweiligsten Leute, die ihr je begegnet waren, ein Schuhverkäufer und eine Sekretärin, glücklich verheiratet auf der zwanzigsten Straße West, und sie wußte, daß Richard ihr an ihnen das ideale Leben demonstrieren wollte, um sie daran zu erinnern, daß auch sie eines Tages so leben könnten. Es war ihr zuwider, und an jedem anderen Abend hätte sie protestiert, aber sie spürte immer noch Mitleid mit Richard, und das führte im Kielwasser unbestimmte Schuldgefühle mit sich und das Bedürfnis, etwas wiedergutzumachen. Plötzlich erinnerte sie sich an ein Picknick im letzten Sommer in der Nähe von Tarrytown, erinnerte sich ganz genau, wie Richard sich auf dem Gras ausgestreckt und sich unendlich langsam mit dem Taschenmesser am Korken der Weinflasche zu schaffen gemacht hatte, während sie redeten ... über was? Über ... ja, worüber redeten sie? Aber sie erinnerte sich an diesen Augenblick der Zufriedenheit, diese Überzeugung, daß sie an diesem Tag etwas wunderbar Wirkliches und Seltenes miteinander teilten, und nun fragte sie sich, wo es geblieben war, worauf es beruht hatte. Denn jetzt, wie er so neben ihr stand, schien sein langer dünner Körper sie mit seinem Gewicht förmlich zu erdrücken. Sie bezwang ihre Empfindlichkeit, aber sie wurde nur um so stärker, wurde zu etwas geradezu körperlich Greifbarem. Sie sah zu den vierschrötigen Gestalten der beiden italienischen Arbeiter hinüber, die wie sie an der Bar lehnten, und zu den beiden Mädchen am anderen Ende, die sie schon vorher bemerkt hatte und die eben aufbrachen. Bei der Gelegenheit fiel ihr auch auf, daß sie Hosen trugen und die eine einen jungenhaften Haarschnitt hatte. Therese sah weg; sie wußte, daß sie ihnen auswich, daß sie nicht dabei ertappt werden wollte, wie sie ihnen nachstarrte.

»Willst du hier was essen? Bist du schon hungrig?« fragte Richard.

»Nein. Laß uns woanders hingehen.«

Sie traten vor die Bar und wandten sich nach Norden, Richtung Sams und Joans Wohnung.

Therese probte im Stillen die ersten Worte so lange, bis sie jeden Sinn verloren hatten. »Erinnerst du dich an Mrs. Aird, die Frau, die du damals bei mir getroffen hast?«

»Klar.«

»Sie hat mich zu einer Autoreise in den Westen eingeladen, so für ein paar Wochen. Ich würde gern fahren.«

»In den Westen? Nach Kalifornien?« fragte Richard überrascht. »Wieso das?«

»Wieso?«

»Na ja – kennst du sie denn so gut?«

»Ich hab' sie ein paar Mal getroffen.«

»Ach ja? Du hast nichts davon gesagt.« Richard ging mit

schwingenden Armen neben ihr her und sah sie an. »Nur Ihr beide?«

»Ja.«

»Wann würdet Ihr abreisen?«

»Um den achtzehnten.«

»Noch diesen Monat? – Dann wirst du dein eigenes Stück gar nicht zu sehen bekommen.«

Sie schüttelte den Kopf. »Ich glaube nicht, daß ich da viel versäume.«

»Es ist also endgültig?«

»Ja.«

Er schwieg einen Augenblick lang. »Was für ein Mensch ist sie? Sie trinkt doch nicht oder so was?«

»Nein.« Therese lächelte. »Sieht sie so aus, als ob sie trinkt?«

»Nein. Ich finde, sie sieht wirklich sehr gut aus. Es ist nur ziemlich überraschend, das ist alles.«

»Warum?«

»Du faßt so selten einen festen Entschluß. Du wirst es dir vermutlich noch anders überlegen.«

»Ich glaube kaum.«

»Vielleicht kann ich sie noch einmal mit dir zusammen treffen. Arrangier das doch mal.«

»Sie sagte, sie würde morgen in der Stadt sein. Ich weiß nicht, wieviel Zeit sie hat – ob sie wirklich anrufen wird oder nicht.«

Richard sagte nichts, und auch Therese schwieg. Beide erwähnten Carol an diesem Abend nicht mehr.

Richard verbrachte den Sonntagvormittag mit Malen und kam gegen zwei Uhr zu Therese in die Wohnung. Das war kurz, bevor Carol anrief. Therese sagte ihr, daß Richard bei ihr wäre, und Carol meinte: »Bringen Sie ihn doch mit.« Sie sei gleich um die Ecke vom ›Plaza‹, und ob sie sich dort nicht im Palmen-Raum treffen wollten.

Eine halbe Stunde später sah Therese, wie Carol von einem Tisch ziemlich in der Mitte des Raumes zu ihnen herüberschaute, und bei ihrem Anblick war Therese wie elektrisiert, fast so wie bei ihrer ersten Begegnung, und sie erinnerte sich noch ganz deutlich an jenes Gefühl, das so ungeheuer stark gewesen war. Carol trug dasselbe schwarze Kostüm mit dem grüngoldenen Schal, das sie am Tag ihres ersten gemeinsamen Mittagessens getragen hatte. Aber heute beschäftigte sich Carol mehr mit Richard als mit ihr. Die drei redeten eigentlich von nichts, und Therese war beinahe enttäuscht, als sie die Ruhe in Carols grauen Augen sah, die sich nur einmal ihr zuwandten, und als sie von Richards Gesicht nichts als einen banalen Ausdruck ablas. Er hatte sich besonders darum bemüht, Carol zu treffen, aber, so schien es Therese, weniger aus Neugier denn aus Mangel an sonstiger Beschäftigung. Sie sah Richards Blick auf Carols manikürter Hand mit den leuchtendroten Nägeln auf dem Ring mit dem reinen blauen Smaragd und dem Ehering an der anderen Hand. Richard konnte nicht behaupten, daß es nutzlose, träge Hände waren, lange Nägel hin oder her. Carols Hände waren stark, ihre Gesten knapp und präzise. Ihre Stimme erhob sich über das gleichförmige Gemurmel der anderen Stimmen um sie herum, während sie Nichtigkeiten mit Richard austauschte und auch einmal lachte.

Carol sah sie an. »Haben Sie Richard erzählt, daß wir eine Reise vorhaben?« fragte sie.

»Ja, gestern abend.«

»An die Westküste?« fragte Richard.

»Ich würde gern in den Nordwesten hinauffahren. Es hängt von den Straßen ab.«

Und plötzlich wurde Therese ungeduldig. Warum hockten sie hier und hielten eine Konferenz über diese Reise ab? Nun drehte es sich um Temperaturen und den Staat Washington.

»Der Staat Washington ist meine Heimat«, sagte Carol, »sozusagen.«

Kurz darauf schlug Carol vor, ob sie vielleicht einen Spaziergang im Park machen wollten. Richard zahlte für Bier und Kaffee und zog dabei einen Schein aus dem Wust von Scheinen und Münzen, die seine Hosentasche ausbeulten. Wie gleichgültig er letztlich doch Carol gegenüber war, dachte Therese. Sie hatte das Gefühl, daß er sie gar nicht wahrnahm, so wie er manchmal die Figuren an Felsen oder Wolkengebilde einfach nicht sehen wollte. Er hielt den Blick auf den Tisch gesenkt, bis sein dünner, etwas unscharf gezeichneter Mund sich unvermittelt zu einem Lächeln verzog und er sich gerade hinsetzte und sich mit der Hand flüchtig durchs Haar fuhr.

Sie schlenderten vom Eingang des Parks an der neunundfünfzigsten Straße bis zum Zoo hinauf und durch den Zoo, dann weiter, unter der ersten Brücke hindurch, wo der Weg etwas abfällt und der eigentliche Park beginnt. Die Luft war kalt und still unter grauverhangenem Himmel, und Therese kam es so vor, als laste diese Reglosigkeit, diese leblose Stille auch auf ihren langsam dahinwandernden Gestalten.

»Soll ich rasch ein paar Erdnüsse besorgen?« fragte Richard.

Carol hatte sich am Rand des Weges hingekauert und hielt ihre Hand einem Eichhörnchen hin. »Ich hab' was«, sagte sie leise. Das Eichhörnchen wollte beim Laut ihrer Stimme weglaufen, kam aber wieder näher, packte ihre Finger mit einem ängstlichen Griff, faßte das dargebotene Stückchen Brot mit den Zähnen und stob davon. Carol stand auf und lächelte. »Ich hatte noch einen Kanten Brot vom Frühstück in meiner Tasche.«

»Füttern Sie die Eichhörnchen da draußen, wo Sie wohnen?« fragte Richard.

»Eichhörnchen und Backenhörnchen«, erwiderte Carol.

Über was für langweilige Dinge die sich bloß unterhalten können, dachte Therese.

Sie setzten sich auf eine Bank und rauchten eine Zigarette, während Therese beobachtete, wie eine winzige Sonne ihr orangenes Feuer in die dürren, schwarzen Zweige eines Baumes ergoß, und wünschte, die Nacht wäre schon da und sie mit Carol allein. Dann machten sie sich auf den Rückweg. Wenn Carol jetzt nach Haus mußte, würde sie etwas Gewalttätiges tun. Wie zum Beispiel von der Brücke der neunundfünfzigsten Straße springen. Oder die drei Amphetamintabletten schlucken, die Richard ihr letzte Woche gegeben hatte.

»Würden Sie beide vielleicht gern irgendwo einen Tee trinken?« fragte Carol, als sie wieder in der Nähe vom Zoo waren. »Wie wäre es mit diesem russischen Restaurant neben der Carnegie Hall?«

»›Rumpelmayer's‹ liegt noch näher«, sagte Richard. »Mögen Sie ›Rumpelmayer's‹?«

Therese seufzte. Und Carol schien zu zögern. Aber dann gingen sie doch hin. Therese war hier einmal mit Angelo gewesen, erinnerte sie sich. Sie hatte nichts für das Café übrig. Die grelle Beleuchtung gab ihr das Gefühl, nackt dazusitzen, und sie empfand es als unangenehm, daß man nie wußte, ob man nun eine wirkliche Person ansah oder deren Spiegelbild.

»Nicht für mich, danke«, sagte Carol und schüttelte den Kopf, als die Kellnerin ihr das große Kuchentablett hinhielt.

Richard dagegen suchte sich Kuchen aus, gleich zwei Stück, obgleich Therese doch keinen haben wollte.

»Wofür ist das gut – für den Fall, daß ich mir's anders überlege?« fragte sie ihn, und Richard zwinkerte ihr zu. Jetzt hat er schon wieder schmutzige Fingernägel, stellte sie fest.

Richard fragte Carol, was für einen Wagen sie fuhr, und dann fingen sie an, die Vorzüge verschiedener Automarken durchzugehen. Therese fing Carols Blick auf, als sie ihre Augen über die Tische vor ihnen schweifen ließ. Es gefällt ihr hier nicht, dachte Therese und starrte dabei auf einen Mann in dem Spiegel schräg hinter Carol. Er saß mit dem Rücken zu Therese, lehnte sich über den Tisch und redete lebhaft auf eine Frau ein, wobei er seine gespreizten Finger in die Luft stieß, um dem, was er sagte, Nachdruck zu verleihen. Sie schaute auf die dünne Frau mittleren

Alters, mit der er sprach, und wieder zu ihm zurück, und sie fragte sich, ob das, was ihr an ihm bekannt vorkam, wirklich war oder auch nur eine Illusion wie das Spiegelbild, eine Erinnerung, die wie eine Seifenblase in ihrem Bewußtsein hochstieg und an der Oberfläche zerplatzte: Es war Harge.

Therese sah rasch zu Carol hinüber, aber auch wenn Carol ihn bemerkt hatte, würde sie dennoch nicht wissen, daß er im Spiegel hinter ihr zu sehen war. Dann blickte Therese über die Schulter und erkannte Harge im Profil, wie sie ihn von ihrem ersten Besuch in Carols Haus in Erinnerung hatte: mit seiner kurzen Stupsnase, der stark ausgeprägten Kinnpartie und dem spärlichen blonden Haar zwischen den Geheimratsecken. Carol *mußte* ihn gesehen haben, zumal er nur drei Tische von ihnen entfernt zu ihrer Linken saß.

Carol blickte von Richard zu Therese hinüber. »Ja«, sagte sie, mit einem leisen Lächeln, wandte sich dann wieder zu Richard und fuhr in der Unterhaltung fort. Sie läßt sich nichts anmerken, dachte Therese, sie ist kein bißchen anders. Sie betrachtete die Frau Harge gegenüber. Sie war weder jung noch sehr attraktiv. Es hätte genausogut eine Verwandte sein können.

Carol drückte ihre lange Zigarette aus. Richard war verstummt, und sie waren im Begriff zu gehen. Thereses Blick streifte Harge gerade in dem Augenblick, als er Carol gewahrte. Im ersten Moment verengten sich seine Augen zu schmalen Schlitzen, und er blinzelte ungläubig, dann sagte er etwas zu der Frau an seinem Tisch, stand auf und trat auf Carol zu.

»Carol«, sagte Harge.

»Hallo, Harge.« Und zu Therese und Richard gewendet: »Würden Sie mich einen Augenblick entschuldigen?«

Therese stand mit Richard am Ausgang und versuchte, alles wahrzunehmen: sie versuchte, hinter den Stolz und die Aggressivität in Harges eifrig vorgebeugter Gestalt zu dringen, die nicht ganz an Carols Hutkrempe heraufreichte, hinter Carols beruhigendes Nicken zu dem, was er sagte, nicht das zu mutmaßen, was sie jetzt sagten, sondern wovon sie vor fünf, vor drei Jahren gesprochen hatten, zum Beispiel an dem Tag, als das Bild mit Rindy im Ruderboot entstanden war. Carol hatte ihn einmal geliebt – und sich daran zu erinnern, fiel ihr schwer.

»Können wir uns jetzt freimachen, Terry?« fragte Richard.

Therese bemerkte, wie Carol sich mit einem Kopfnikken von der Frau an Harges Tisch verabschiedete. Harge sah an ihr vorbei zu Therese und Richard und ging, offensichtlich, ohne sie erkannt zu haben, an seinen Tisch zurück.

»Tut mir leid«, sagte Carol, als sie sich wieder zu ihnen gesellte.

Auf dem Gehweg zog Therese Richard beiseite und flüsterte: »Ich sage dir jetzt gute Nacht, Richard. Carol möchte, daß ich heute abend mit ihr zusammen zu einer Freundin gehe.«

»Ach.« Richard runzelte die Stirn. »Ich habe doch die Konzertkarten für heute abend, das weißt du doch.«

Plötzlich entsann sich Therese. »Ach ja, das von Alex. Ich hab's vergessen, entschuldige.«

»Ist nicht wichtig«, sagte er düster.

Es war auch nicht wichtig. Richards Freund Alex begleitete jemanden in einem Violinkonzert und hatte Richard die Karten, wie ihr jetzt einfiel, vor zwei Wochen gegeben.

»Du möchtest lieber mit ihr zusammensein als mit mir, stimmt's?« fragte er.

Therese sah, daß Carol nach einem Taxi Ausschau hielt. Sie würde sie beide im nächsten Augenblick verlassen. »Du hättest heute früh auch einen Ton sagen können von dem Konzert, Richard, mich wenigstens daran erinnern.«

»War das ihr Mann?« Richards Augen wurden schmal unter seiner gerunzelten Stirn. »Was bedeutet das alles, Terry?«

»Was bedeutet was?« sagte sie. »Ich kenne ihren Mann nicht.«

Richard brütete einen Augenblick finster vor sich hin, dann hellte sich seine Miene auf. Er lächelte, als wollte er zugeben, daß er sich dumm benommen hatte. »'tschuldige. Ich hab' einfach damit gerechnet, den Abend heute mit dir zu verbringen.« Er ging auf Carol zu. »Gute Nacht«, sagte er.

Es sah so aus, als wollte er allein weggehen, und Carol fragte: »Gehen Sie weiter zur Innenstadt hinunter? Kann ich Sie irgendwo absetzen?«

»Ich geh' zu Fuß, danke.«

»Ich dachte, Ihr beide hättet eine Verabredung?« wandte sich Carol zu Therese. Richard trat unschlüssig von einem Fuß auf den anderen. Da ging sie zu Carol und sagte, so daß er es nicht hören konnte: »Keine wichtige. Ich möchte lieber mit Ihnen zusammensein.«

Ein Taxi hielt neben Carol an – und Carol legte die Hand auf die Türklinke. »Nun ja, unsere Verabredung ist auch nicht so wichtig – gehen Sie doch heute abend mit Richard aus.«

Therese blickte rasch zu Richard hinüber und sah, daß er sie gehört hatte.

»Tschüß, Therese«, sagte Carol.

»Gute Nacht«, rief Richard ihr nach.

»Gute Nacht«, sagte Therese, während Carol die Taxitür hinter sich zuzog.

»So«, sagte Richard.

Therese drehte sich zu ihm um. Sie würde weder ins Konzert gehen noch etwas Wildes tun. Es fiel ihr nichts Wilderes ein, als schnell nach Hause zu gehen und sich an die Arbeit zu machen, die sie bis Dienstag für Harkevy fertig haben wollte. Als Richard einen Schritt auf sie zutat, sah sie den ganzen Abend in seiner halb traurigen, halb trotzigen Unabänderlichkeit vor sich. »Ich will immer noch nicht ins Konzert gehen«, sagte sie.

Zu ihrer Überraschung trat Richard ein wenig zurück und sagte ärgerlich: »Gut, dann nicht!« und machte kehrt.

In seiner tolpatschig-schlacksigen Gangart trollte er sich in westlicher Richtung davon, wobei er die rechte Schulter etwas hochzog und unrhythmisch mit den Armen schlenkerte. Schon an seinem Gang hätte sie sagen können, daß er ärgerlich war. Er verschwand in der Nacht. Die Absage von Kettering letzten Montag schoß ihr durch den Kopf. Sie starrte in die Dunkelheit, in die Richard entschwunden war. Sie fühlte sich nicht schuldig, was den heutigen Abend anging. Sie beneidete ihn um seine Zuversicht, daß es für ihn immer einen Platz, ein Zuhause, einen Job, irgendeinen anderen Menschen geben würde. Sie beneidete ihn um diese Einstellung. Sie nahm es ihm beinahe übel, daß er sie hatte.

13

Richard hatte damit angefangen.

»Warum gefällt sie dir so sehr?«

Es war an einem Abend, als sie eine Verabredung mit Richard nicht eingehalten hatte, weil die ganz vage Aussicht bestand, daß Carol kommen würde. Carol war nicht gekommen, statt dessen aber Richard. Jetzt, um fünf nach elf Uhr in der riesigen rosatapezierten Cafeteria an der Lexington Avenue, wollte sie gerade damit anfangen, da kam Richard ihr zuvor.

»Ich bin gern mit ihr zusammen, ich unterhalte mich gern mit ihr. Ich mag Leute, mit denen ich mich unterhalten kann.« Sätze aus einem Brief an Carol, den sie geschrieben und nie abgeschickt hatte, kamen ihr in den Sinn, als könnten sie eine Antwort auf Richards Frage sein: *Ich habe das Gefühl, mit ausgestreckten Händen in einer Wüste zu stehen, und du regnest auf mich herab.*

»Du bist ja höllisch in sie verknallt«, verkündete Richard voller Groll, als sei das eine Erklärung.

Therese holte tief Atem. Sollte sie es sich einfach machen und »ja« sagen, oder sollte sie versuchen, es ihm zu erklären? Doch auch wenn sie mit tausend Zungen redete – was konnte er davon begreifen?

»Du kannst das nicht verstehen«, sagte sie. Sie war sich ihrer selbst so ganz sicher. *Ich möchte dich herauslösen wie Musik, die sich in den Baumwipfeln verfangen hat…*

»Was gibt es da zu verstehen? Aber *sie* versteht es. Sie sollte nicht so über dich verfügen, nicht so mit dir spielen. Es ist nicht fair dir gegenüber.«

»Nicht fair mir gegenüber?«

»Was macht sie denn? Sie treibt ihr Spiel mit dir. Und dann eines schönen Tages wird sie deiner überdrüssig sein und setzt dich vor die Tür.«

Mich vor die Tür setzen, dachte sie, was heißt da *vor*? Wie kann man Gefühle vor die Tür setzen? Sie war ärgerlich, aber sie mochte sich nicht mit ihm streiten. Also sagte sie nichts.

»Du bist ganz benommen!«

»Ich bin hellwach, ich war nie wacher.« Sie griff nach dem Messer und fuhr mit dem Daumen immer wieder über den Wulst am Ende der Scheide. »Warum läßt du mich nicht in Ruhe?«

Er runzelte die Stirn. »Dich in Ruhe lassen?«

»Ja.«

»Du meinst auch, was Europa angeht?«

»Ja«, sagte sie.

»Hör zu, Terry...« Richard rückte auf seinem Stuhl hin und her, beugte sich vor, zögerte, nahm eine weitere Zigarette, zündete sie angewidert an und warf das Streichholz auf den Boden. »Du bist in einer Art Trance! Ja, schlimmer...«

»Nur weil ich mich nicht mit dir streiten mag?«

»Es ist schlimmer, als wenn du Liebeskummer hättest, weil es so widersinnig ist. Verstehst du nicht?«

Nein, sie verstand kein Wort.

»Aber in einer Woche bist du darüber hinweg. Hoffe

ich. Mein Gott!« Er wurde wieder unruhig. »Zu glauben, auch nur für einen Augenblick zu glauben, daß du dich wegen so einer blöden Verknalltheit von mir trennen willst.«

»Das hab' ich nicht gesagt. Das sagst du.« Sie starrte trotzig zurück, in sein angespanntes Gesicht, die hageren Wangen, die sich in der Mitte zu röten anfingen. »Aber warum sollte ich gern mit dir zusammensein, wenn du nichts anderes tust als darüber streiten.«

Er lehnte sich zurück. »Schon Mittwoch oder nächsten Sonnabend wirst du anders darüber denken. Du kennst sie ja überhaupt erst drei Wochen.«

Sie blickte zum warmen Buffet hinüber, an dem sich die Leute entlangschoben, sich hier und da bedienten und sich bis zu der Biegung der Theke weitertreiben ließen, wo sie auseinanderstoben. »Wir können uns genausogut gleich trennen, denn keiner von uns beiden wird sich je ändern.«

»Therese, du bist wie ein Mensch, der so übergeschnappt ist, daß er sich für normaler denn je hält.«

Richards Hand mit den im weißen, sommersprossigen Fleisch eingebetteten Knöcheln lag zur Faust geballt und bewegungslos auf dem Tisch, wie das Abbild einer Hand, die gerade jemandem ein wirkungsloses, unhörbares Argument eingehämmert hat. »Ich werd' dir mal was sagen, ich denke, deine Freundin weiß genau, was sie tut. Ich denke, sie vergeht sich an dir. Ich hab' schon daran gedacht, sie irgendwo anzuzeigen, aber dummerweise bist du ja kein Kind mehr. Aber du benimmst dich so.«

»Warum mußt du auch so maßlos übertreiben?« fragte sie. »Du bist ja völlig außer dir.«

»*Du* treibst es so maßlos weit, daß du dich von mir trennen willst. Was weißt du von ihr?«

»Was weißt *du* von ihr?«

»Ist sie je zudringlich geworden?«

»Großer Gott!« Therese hatte das Gefühl, daß sie es ein dutzendmal hintereinander sagen müßte. Es faßte alles zusammen, ihr Gefangensein, hier, jetzt, noch. »Du kannst das nicht verstehen.« Aber er verstand es durchaus, und eben darum war er ja auch so wütend. Aber konnte er verstehen, daß ihr Gefühl nicht anders gewesen wäre, wenn Carol sie nie berührt hätte? Ja, wenn Carol nie mit ihr gesprochen hätte nach jener kurzen Unterhaltung über den Puppenkoffer im Warenhaus? Wenn Carol überhaupt nie mit ihr gesprochen hätte, denn alles war in dem Augenblick geschehen, als Carol mitten in der Abteilung stand und sie beobachtete. Als ihr jetzt klar wurde, was alles nach dieser Begegnung geschehen war, erfaßte sie ein unbändiges Glücksgefühl. Es war so leicht für einen Mann und eine Frau, sich zu finden, jemanden zu finden, der annehmbar war, aber daß sie Carol gefunden hatte – »Ich glaube, ich verstehe dich besser, als du mich verstehst. Du willst mich gar nicht wirklich wiedersehen, du hast es ja selbst gesagt, daß ich nicht mehr die gleiche Person bin. Wenn wir uns weiter treffen, wirst du nur noch mehr und mehr – so werden wie du eben bist.«

»Terry, vergiß nur für einen Augenblick, daß ich je gesagt habe, ich wünschte mir, daß du mich liebst oder daß ich dich liebe. Ich meine dich – dich als Person. Ich mag dich. Ich würde gern ...«

»Ich frage mich manchmal, warum du meinst, daß du

mich magst oder mich mochtest. Eben weil du mich gar nicht kennst.«

»Du kennst dich selbst nicht.«

»Doch, ich kenne mich –, und ich kenne dich. Du wirst eines Tages die Malerei aufgeben, und mich auch. So wie du – soweit ich das sehen kann – alles, was du je angefangen hast, immer wieder hast fallenlassen. Die Sache mit der Reinigung oder die Gebrauchtwagen...«

»Das ist nicht wahr«, sagte Richard verdrossen.

»Aber warum denkst du, daß du mich magst? Weil ich auch ein bißchen male und wir darüber reden können? Ich bin als Freundin genauso ungeeignet für dich wie die Malerei als Beschäftigung.« Sie zögerte einen Augenblick, dann sagte sie auch alles übrige noch. »Du weißt immerhin genug über Kunst, um zu wissen, daß du nie ein guter Maler wirst. Du bist wie ein kleiner Junge, der die Schule schwänzt, solange er kann, du weißt die ganze Zeit, was du eigentlich tun solltest und was du schließlich auch tun wirst: nämlich bei deinem Vater arbeiten.«

Richards blaue Augen blickten plötzlich eiskalt. Sein Mund war verkniffen, die Oberlippe kräuselte sich leicht. »Um all das geht es jetzt gar nicht, wie du weißt.«

»Doch – ja. Es gehört sehr wohl zu deiner Art, auf etwas zu beharren, wenn du weißt, daß es hoffnungslos ist und du es schließlich doch aufgeben wirst.«

»Das werde ich nicht!«

»Richard, das ist doch zwecklos...!«

»Du wirst deine Meinung noch ändern.«

Das kannte sie. Es war immer wieder das gleiche Lied.

Eine Woche später stand Richard mit dem gleichen

verdrossenen Ausdruck im Gesicht in ihrem Zimmer und redete im gleichen Ton mit ihr. Er war zu ungewohnter Stunde um drei Uhr nachmittags gekommen und hatte darauf bestanden, daß er sie einen Augenblick sehen müsse. Sie war dabei, eine Tasche für das Wochenende bei Carol zu packen. Wenn er sie nicht dabei angetroffen hätte, wäre Richard vielleicht in ganz anderer Stimmung gewesen, dachte sie, denn sie hatte ihn vergangene Woche dreimal gesehen, und nie war er angenehmer und rücksichtsvoller ihr gegenüber gewesen.

»Du kannst mir nicht einfach so den Stuhl vor die Tür setzen, wie es gerade in dein Leben paßt«, sagte er und gestikulierte heftig mit seinen langen Armen, aber was er sagte, klang irgendwie verlassen, so als sei er bereits auf dem Weg fort von ihr. »Du verhältst dich so, als wär' ich überhaupt nichts wert, als wär' ich völlig nutzlos – das kränkt mich. Das ist nicht fair mir gegenüber, Terry. Ich kann da nicht konkurrieren.«

Nein, dachte sie, natürlich konnte er das nicht. »Ich streite mich gar nicht mit dir«, sagte sie. »*Du* wolltest mit mir über Carol streiten. Sie nimmt dir nichts weg, weil es dir gar nie gehört hat. Aber wenn du dich weiter mit mir treffen willst –« Sie unterbrach sich, denn sie wußte, er wollte es und würde es weiterhin tun.

»Was für 'ne Logik«, sagte er und rieb sich mit der Handwurzel das eine Auge.

Therese beobachtete ihn, ganz gefangen von dem Gedanken, der ihr gerade gekommen war und der, wie sie plötzlich wußte, den Tatsachen entsprach. Warum war es ihr nicht schon vor zwei Tagen am Abend im Theater in den Sinn gekommen? Sie hätte es an hundert Gesten, Worten, Blicken in der vergangenen Woche ablesen können. Aber besonders erinnerte sie sich an den Theaterabend – er hatte sie mit Karten für ein Stück überrascht, das sie sehr gern sehen wollte – an die Art, wie er ihre Hand hielt und wie seine Stimme am Telefon geklungen hatte, als er ihr nicht einfach sagte, sie sollte ihn da und da treffen, sondern sie ganz sanft fragte, ob sie es wohl einrichten könnte. Sie mochte das nicht. Es war kein Ausdruck seiner Zuneigung, sondern vielmehr ein Mittel, sich bei ihr einzuschmeicheln, um irgendwie den Weg zu ebnen für die beiläufige Frage, die er ihr an jenem Abend ganz plötzlich gestellt hatte. »Was meinst du mit du magst sie – willst du mit ihr ins Bett gehen?« »Glaubst du, ich würde es dir erzählen, wenn ich es wollte?« hatte Therese erwidert, während eine rasche Abfolge verschiedenster Gefühle – Demütigung, Ärger, Abscheu vor ihm – sie sprachlos gemacht hatten, ja, es ihr fast unmöglich machten, neben ihm herzugehen. Und als sie ihm einen Seitenblick zuwarf, hatte er sie mit diesem sanften, leeren Lächeln angesehen, das ihr jetzt in der Erinnerung grausam und anomal vorkam. Und dieses Anomale an ihm wäre ihr vielleicht entgangen, dachte sie, wenn Richard nicht so offen versucht hätte, sie zu überzeugen, daß *sie* anomal sei.

Therese wandte sich um und warf ihre Zahn- und ihre Haarbürste in ihre Wochenendtasche und erinnerte sich erst dann, daß sie ja eine Zahnbürste bei Carol hatte.

»Nur das mal – was willst du von ihr, Therese? Wohin soll das alles führen?«

»Warum interessiert dich das so sehr?«

Er starrte sie an, und einen Augenblick erkannte sie hinter dem Ärger diese gebannte Neugierde, die sie schon vorher bemerkt hatte, so als beobachtete er einen interessanten Vorgang durch ein Schlüsselloch. Aber sie spürte, daß er nicht so viel Distanz hatte. Im Gegenteil, sie spürte, daß er noch nie so an ihr gehangen hatte wie eben jetzt, noch nie so entschlossen gewesen war, sie nicht aufzugeben. Das erschreckte sie. Sie konnte sich gut vorstellen, daß diese Entschlossenheit eines Tages in Haß und in Gewalt umschlug.

Richard seufzte und drehte die Zeitung in den Händen. »Ich bin an *dir* interessiert. Du kannst doch nicht einfach zu mir sagen: Such dir jemand anderen! Ich habe dich nie so behandelt wie die anderen Mädchen, nie so von dir gedacht.«

Sie antwortete nicht.

»Verdammt!« Richard warf die Zeitung auf das Bücherregal und drehte ihr den Rücken. Die Zeitung versetzte der Madonna einen Stoß, sie kippte wie erstaunt gegen die Wand, fiel nach vorn und rollte über die Kante. Richard machte einen Satz auf sie zu und fing sie in beiden Händen auf. Er sah Therese an und grinste unwillkürlich.

»Danke!« Therese nahm sie ihm ab, hob die Figur hoch, um sie wieder auf ihren Platz zu stellen und – schmetterte sie zu Boden.

»Terry!«

Die Madonna lag da in mehreren Stücken.

»Laß nur«, sagte sie. Ihr Herz pochte wie vor Wut oder wie wenn sie sich geprügelt hätten.

»Aber...«

»Hol's der Teufel!« sagte sie und stieß die Stücke mit dem Fuß beiseite.

Kurz darauf ging Richard und schlug die Tür hinter sich zu.

Was war der Grund, fragte sich Therese, die Sache mit Andronich oder Richard? Mr. Andronichs Sekretärin hatte vor etwa einer Stunde angerufen und ihr gesagt, Mr. Andronich hätte sich statt für sie für einen Assistenten aus Philadelphia entschieden. Demnach wartete also nach der Reise mit Carol kein Job auf sie. Therese blickte auf die zerbrochene Madonna. Das Holz war innen sehr schön. Es war sauber entlang der Faser zerborsten.

Carol fragte sie an diesem Abend ausführlich nach ihrem Gespräch mit Richard. Es störte Therese, daß Carol so besorgt war, ob Richard nicht vielleicht gekränkt sein könnte.

»Du bist es nicht gewöhnt, an die Gefühle anderer zu denken«, sagte Carol geradeheraus.

Sie waren in der Küche und kochten sich ein spätes Abendessen. Carol hatte dem Hausmädchen für den Abend freigegeben.

»Was für einen konkreten Grund hast du anzunehmen, daß er dich nicht liebt?« fragte Carol.

»Vielleicht verstehe ich einfach nicht, wie das bei ihm läuft. Aber mir kommt das nicht wie Liebe vor.«

Mitten im Abendessen, mitten in ihrer Unterhaltung über die Reise platzte Carol heraus: »Du hättest überhaupt nicht mit Richard sprechen sollen.«

Es war das erste Mal, daß Therese Carol irgend etwas

über die ganze Sache mitgeteilt hatte, irgend etwas über ihre erste Unterhaltung mit Richard in der Cafeteria. »Warum nicht? Hätte ich ihn anlügen sollen?«

Carol hatte ihr Essen nicht angerührt. Plötzlich stieß sie ihren Stuhl zurück und stand auf. »Du bist viel zu jung, um dich selbst zu kennen und um zu wissen, was du willst. Oder worüber du sprichst. Ja, in diesem Falle – lügen.«

Therese legte die Gabel hin. Sie beobachtete Carol, die sich eine Zigarette anzündete. »Ich mußte mich von ihm trennen, und das hab' ich getan. Ja. Ich will ihn nicht mehr sehen.«

Carol öffnete eine Tür unten im Bücherschrank und holte eine Flasche heraus. Sie goß sich etwas in ein Glas und knallte die Tür wieder zu. »Warum mußtest du es jetzt tun? Und warum bringst du mich ins Spiel?«

»Ich weiß – ich glaube, es fasziniert ihn.«

»Vermutlich schon.«

»Aber ich will ihn einfach nicht mehr sehen...« Sie konnte nicht weitersprechen darüber, daß es ihm nicht zukomme, sie zu verfolgen, zu bespitzeln. Sie mochte Carol so etwas nicht sagen. Und außerdem mußte sie an Richards Augen denken. »Ich denke, er wird es aufgeben. Er hat gesagt, er könnte sich mit dir nicht messen.«

Carol schlug sich mit der Hand vor die Stirn. »Könnte sich nicht messen!« wiederholte sie. Sie kam zum Tisch zurück und goß sich Wasser in den Whisky. »Wie wahr. Komm, iß zu Ende. Vielleicht übertreibe ich alles, ich weiß es nicht.«

Aber Therese rührte sich nicht. Sie hatte es falsch gemacht. Und selbst wenn sie es richtig gemacht hätte, könnte sie Carol nicht so glücklich machen wie Carol sie, dachte sie nun schon zum hundertsten Mal. Carol war nur für Augenblicke glücklich, Augenblicke, die Therese wahrnahm und im Gedächtnis behielt. Ein solcher Augenblick war es gewesen, als sie beide den Tannenbaumschmuck abgeräumt hatten und Carol die Kette mit den Papierengeln zusammengefaltet und zwischen die Seiten eines Buchs gelegt hatte. »Die heb' ich mir auf«, hatte sie gesagt. »Wenn mich zweiundzwanzig Engel bewachen, kann mir ja nichts passieren.« Therese sah Carol an, und obgleich Carol zurückblickte, geschah das wie durch diesen Schleier von Zerstreutheit, den Therese schon so häufig bemerkt hatte und der sie weltenweit voneinander trennte.

»Sprüche«, sagte Carol. »›Ich kann mich nicht messen.‹ Man spricht immer vom Klassischen. Dieser Spruch ist klassisch. Hundert Leute sagen das gleiche. Es gibt Sprüche für Mütter, Sprüche für Töchter, für den Ehemann, für den Liebhaber. ›Lieber würde ich tot umfallen.‹ Es ist das gleiche Stück in verschiedener Inszenierung mit verschiedenen Schauspielern. Was macht ein Stück zu ›einem Klassiker‹, wie es heißt, Therese?«

»Klassisch– « Thereses Stimme klang gepreßt und atemlos. »Klassisch ist etwas, das eine menschliche Grundsituation enthält.«

Als Therese erwachte, schien die Sonne in ihr Zimmer. Sie blieb ein paar Minuten liegen und beobachtete die Sonnenkringel, die wie Wasser über die blaßgrüne Decke glitten, lauschte, ob sich etwas im Hause regte. Sie bemerkte ihre

Bluse, die sie achtlos über die Kante der Kommode geworfen hatte. Warum war sie so unordentlich in Carols Haus? Carol mochte das nicht. Der Hund, der irgendwo hinter den Garagen seine Hütte hatte, bellte hin und wieder, halbherzig. Es hatte doch noch etwas Erheiterndes gegeben gestern abend, Rindys Telefonanruf. Rindy, die um halb zehn eben erst von einer Geburtstagsparty zurückkam, wollte wissen, ob sie zu ihrem eigenen Geburtstag im April auch eine Party geben dürfte. Aber natürlich, hatte Carol gesagt. Danach war Carol wie ausgewechselt gewesen. Sie hatte über Europa geredet, über Sommeraufenthalte in Rapallo.

Therese stand auf, schob das Fenster hoch und lehnte sich ganz verspannt vor Kälte gegen das Fensterbrett.

Nirgends gab es einen Morgen wie von diesem Fenster aus. Auf dem Rasenrondell hinter der Auffahrt blitzte die Sonne auf, als hätte man goldene Nadeln verstreut, sie funkelte in den feuchten Blättern der Hecke, und der Himmel war ein frisch gewaschenes, reines Blau. Sie schaute auf die Auffahrt hinunter, wo Abby damals im Morgengrauen gestanden hatte, und auf das kleine Stück weißen Gartenzauns hinter der Hecke, das den Rasen begrenzte. Der Boden sah aus, als atmete er, frisch und jung, obgleich das Gras braun war von der Winterkälte. Auch um die Schule in Montclair hatte es Bäume und Hecken gegeben, aber das Grün endete immer an einer roten Backsteinmauer oder einem Gebäude aus grauem Stein, das zur Schule gehörte – eine Krankenstation, ein Holzlager, eine Werkstatt –, und das Grün hatte schon im Frühling alt und welk ausgesehen, abgenutzt und von einer Generation

Kinder an die andere weitergereicht, wie alles übrige, was zur Ausstattung der Schule gehörte, die Bücher und die Schulkleidung.

Sie zog die karierte Hose an, die sie mitgebracht, und eine Bluse, die sie hier gelassen hatte und die gewaschen worden war. Es war zwanzig nach acht. Carol stand gern gegen halb neun auf, wurde gern mit einer Tasse Kaffee geweckt, allerdings hatte Therese nie gesehen, daß Florence das getan hätte.

Florence war in der Küche, als sie hinunterkam, aber sie war gerade erst dabei, den Kaffee aufzubrühen.

»Guten Morgen«, sagte Therese. »Macht es Ihnen was aus, wenn ich das Frühstück mache?« Florence hatte bei den anderen Malen, als sie es getan hatte, nichts dagegen gehabt.

»Nur zu, Miss«, sagte Florence. »Ich brate mir nur meine eigenen Spiegeleier. Sie kümmern sich gern selbst um Mrs. Aird, nicht wahr?« sagte sie, und es klang wie eine Feststellung.

Therese nahm zwei Eier aus dem Kühlschrank und lächelte. »Ja«, sagte sie. Sie ließ eins der Eier ins Wasser gleiten, das gerade anfing, heiß zu werden. Ihre Antwort klang etwas matt, aber was sonst sollte sie sagen? Als sie sich umwandte, nachdem sie das Tablett für das Frühstück fertig gedeckt hatte, sah sie, daß Florence das zweite Ei ins Wasser getan hatte. Therese fischte es mit den Fingern heraus. »Sie möchte nur ein Ei – das hier ist für meine Omelette«, sagte sie.

»Ach ja? Sie hat sonst immer zwei Eier gegessen.«

»Mag sein – aber jetzt nicht mehr.«

»Sollten Sie nicht lieber die Zeit für das Ei einstellen, Miss?« Florence schenkte ihr das freundliche Lächeln der Expertin. »Hier ist die Eieruhr, da oben auf dem Herd.«

Therese schüttelte den Kopf. »Es gelingt mir besser, wenn ich es so ungefähr einschätze.« Sie hatte es mit Carols Ei noch jedesmal getroffen. Carol mochte es ein bißchen härter als nach der Eieruhr. Therese blickte zu Florence hinüber, die sich ihre Spiegeleier briet. Der Kaffee war schon fast fertig gefiltert. Schweigend goß Therese eine Tasse ein, um sie für Carol nach oben zu nehmen.

Später am Vormittag half Therese Carol die weißen Eisenstühle und den Schaukelstuhl vom Rasen nach hinten ins Haus zu tragen. Mit Florence wäre es leichter gewesen, sagte Carol, aber sie hatte sie einkaufen geschickt, und dann war ihr plötzlich der Gedanke gekommen, die Möbel hereinzuholen. Harge wollte sie immer den Winter über draußen lassen, aber sie fand, sie sähen dann grau und düster aus. Schließlich blieb nur ein Stuhl beim runden Springbrunnen stehen, ein hübscher kleiner weißgestrichener Eisenstuhl mit einem gerundeten Sitz und verschnörkelten Beinen. Therese fragte sich bei seinem Anblick, wer wohl dort gesessen haben mochte.

»Ich wünschte, es gäbe mehr Stücke, die draußen spielen«, sagte Therese.

»Woran denkst du zuerst, wenn du anfängst, ein Bühnenbild zu entwerfen, womit fängst du an?« fragte Carol.

»Ich versuche, die Atmosphäre des Stücks einzufangen. Was meinst du?«

»Denkst du daran, was für eine Art Stück es ist oder an etwas, das du gern auf der Bühne sehen möchtest?«

Das erinnerte sie an eine Bemerkung von Mr. Donohue, und es behagte ihr nicht. Carol war in streitbarer Stimmung an diesem Morgen. »Ich glaube, du hältst mich für einen Amateur – oder?«

»Nicht immer.« Aber sie wußte, was Carol meinte.

»Du mußt eine Menge wissen, um absolut subjektiv sein zu können. In den Sachen, die du mir gezeigt hast, bist du, scheint mir, zu subjektiv – ohne genug zu wissen.«

Therese ballte die Hände in den Hosentaschen. Sie hatte so gehofft, Carol würde ihre Arbeit uneingeschränkt gut finden. Sie hatte sich entsetzlich gegrämt, als Carol einige der Entwürfe, die sie ihr gezeigt hatte, überhaupt nicht mochte. Carol verstand technisch nichts davon, dennoch konnte sie ein ganzes Bühnenbild mit einem einzigen Satz zunichte machen.

»Ich glaube, es täte dir gut, den Westen kennenzulernen. Wann, sagtest du, müßtest du wieder zurück sein? Mitte Februar?«

»Na ja – nicht mehr, wie ich gestern gehört habe.«

»Was willst du damit sagen? Fällt dieser Job in Philadelphia ins Wasser?«

»Sie haben mich angerufen, sie wollen jemand aus Philadelphia nehmen.«

»Ach, mein armes Kind. Das tut mir leid.«

»Das ist so in diesem Gewerbe«, sagte Therese. Carols Hand strich ihr über den Nacken, ihr Daumen streichelte die Stelle hinter dem Ohr. So wie Carol vielleicht einen Hund gestreichelt hätte.

»Du wolltest es mir nicht sagen.«

»Doch, wollte ich.«

»Wann?«

»Irgendwann auf der Reise.«

»Bist du sehr enttäuscht?«

»Nein«, sagte Therese entschieden.

Sie wärmten die letzte Tasse Kaffee auf, trugen sie hinaus zum weißen Stuhl auf dem Rasen und teilten sie sich.

»Sollen wir irgendwo außerhalb zu Mittag essen?« fragte Carol.

»Komm, wir fahren in den Club. Und dann müßte ich ein paar Besorgungen in Newark machen. Wie wär's mit einem Jackett? Würde dir ein Tweedjackett gefallen?«

Therese saß am Rand des Springbrunnens, eine Hand auf ihr Ohr gepreßt, das ihr vor Kälte wehtat. »Ich brauche gerade keins«, sagte sie.

»Aber ich würde dich gerade gern in einem sehen.«

Therese war dabei, sich oben umzuziehen, als das Telefon klingelte. Sie hörte Florence sagen: »Ach, guten Morgen, Mr. Aird. Ja, ich werde sie gleich rufen.« Therese ging durchs Zimmer und schloß die Tür. Unruhig machte sie Ordnung im Zimmer, hängte ihre Kleider in den Schrank und fuhr glättend über das Bett, das sie schon gemacht hatte. Dann klopfte Carol an der Tür und streckte den Kopf herein. »Harge kommt in ein paar Minuten vorbei. Ich glaube nicht, daß er lange bleibt.«

Therese wollte ihn nicht sehen. »Soll ich einen Spaziergang machen?«

Carol lächelte. »Nein. Bleib hier oben und lies ein Buch, wenn du magst.«

Therese nahm das Buch vor, das sie sich tags zuvor besorgt hatte, das *Oxford Book of English Verse*, und versuchte zu lesen, aber die Wörter blieben alle für sich und ohne Sinn. Sie hatte das beunruhigende Gefühl, sich zu verstecken, und so öffnete sie die Tür.

Carol kam gerade aus ihrem Zimmer, und einen Augenblick lang bemerkte Therese den gleichen unentschlossenen Ausdruck in ihrem Gesicht wie damals, als sie das Haus zum ersten Mal betreten hatte. Dann sagte sie: »Komm herunter.«

Harges Wagen fuhr vor, als sie auf dem Weg ins Wohnzimmer waren. Carol ging zur Tür, und Therese hörte, wie sie sich begrüßten. Carol herzlich, Harge betont munter, und Carol kam mit einer langen Schachtel mit Blumen zurück. »Harge, das ist Miss Belivet. Ich denke, du hast sie schon einmal getroffen«, sagte Carol.

Harge kniff die Augen zusammen und riß sie dann auf. »Ach ja. Guten Tag.«

»Guten Tag«, erwiderte Therese.

Florence kam herein, und Carol übergab ihr die Blumen. »Würden Sie das irgendwo einstellen?« sagte Carol.

»Ach, da ist ja die Pfeife. Dachte ich's mir doch.« Harge griff hinter den Efeu auf dem Kaminsims und holte die Pfeife hervor.

»Geht es allen gut zu Hause?« fragte Carol, als sie sich auf das Ende des Sofas setzte.

»Ja, sehr.« Harges angestrengtes Lächeln ließ seine Zähne nicht sehen, aber sein Gesicht und die raschen Kopfbewegungen strahlten Jovialität und Selbstzufriedenheit aus. Mit dem Vergnügen des Besitzers sah er, wie Florence die Blumen, rote Rosen, in einer Vase hereinbrachte und auf dem Couchtisch vor dem Sofa abstellte.

Therese wünschte sich plötzlich, sie hätte Carol Blumen mitgebracht, und ihr fielen die Blumen ein, die Dannie ihr eines Tages mitgebracht hatte, als er einfach nur so beim Theater hereinschaute. Ihr Blick begegnete Harges, worauf er die Augen abwandte und sie eiligst kreuz und quer durch das Zimmer schweifen ließ, so als wollte er irgendwelche Veränderungen feststellen. Seine geknickte Augenbraue hob sich noch steiler. Aber seine Munterkeit konnte auch nur gespielt sein, dachte Therese. Und wenn es ihm so sehr darauf ankam, eine Rolle zu spielen, so mußte ihm auch etwas an Carol liegen.

»Darf ich eine Rose für Rindy mitnehmen?« fragte Harge.

»Aber natürlich.« Carol stand auf und wollte eine der Blüten abbrechen, aber Harge kam ihr zuvor, setzte ein kleines Messer an den Stil und schnitt sie ab. »Sie sind sehr schön. Danke dir, Harge.«

Harge hielt die Blume an die Nase, und halb zu Carol, halb zu Therese gewandt, sagte er: »Es ist ein schöner Tag. Fahrt Ihr ein bißchen hinaus?«

»Ja, das wollten wir«, sagte Carol. »Übrigens, ich würde gern einmal für einen Nachmittag hinüberkommen. Vielleicht Dienstag.«

Harge überlegte einen Augenblick. »Gut, ich werde es ihr sagen.«

»Mit ihr telefoniere ich noch. Ich meinte, würdest du es deiner Familie sagen.«

Harge nickte zustimmend und sah dann Therese an. »Ja, ich erinnere mich an Sie. Natürlich. Sie waren ungefähr vor drei Wochen einmal hier, vor Weihnachten.«

»Ja, an einem Sonntag.« Therese stand auf. Sie wollte die beiden allein lassen. »Ich gehe nach oben«, verkündete sie. »Auf Wiedersehen, Mr. Aird.«

Harge deutete eine Verbeugung an. »Auf Wiedersehen.«

Während sie die Treppe hinaufging, hörte sie Harge sagen: »Nun denn, herzliche Glückwünsche, Carol. Ich möchte dir doch gerne gratulieren. Du nimmst es mir doch nicht übel?«

Carols Geburtstag, dachte Therese. Natürlich. Carol hatte es ihr nicht sagen wollen.

Sie machte die Tür hinter sich zu, und als sie sich nun im Zimmer umsah, war sie sich klar, daß sie nach irgendeinem Anzeichen Ausschau hielt, daß sie die Nacht hier verbracht hatte. Sie fand keins. Sie blieb vor dem Spiegel stehen und starrte einen Augenblick lang mit gerunzelter Stirn hinein. Sie war nicht mehr so blaß, wie Harge sie vor drei Wochen gesehen hatte, sie fühlte sich nicht mehr als das erschrockene, kopfhängerische kleine Ding, dem er damals begegnet war. Aus der oberen Schublade zog sie ihre Tasche heraus und griff gerade zum Lippenstift, als sie Harge an der Tür klopfen hörte, worauf sie die Schublade rasch zuschob.

»Herein.«

»Entschuldigen Sie. Ich muß mir etwas holen.« Er ging rasch durch das Zimmer ins Badezimmer und lächelte, als er mit dem Rasierapparat in der Hand zurückkam. »Sie waren am Sonntag mit Carol im Restaurant, nicht wahr?«

Therese bejahte.

»Carol sagt, daß Sie Bühnenbildnerin sind?«

»Ja.«

Sein Blick glitt von ihrem Gesicht hinab zu ihren Händen, zum Fußboden und wieder nach oben. »Ich hoffe, Sie passen ein wenig auf, daß Carol genug an die Luft kommt«, sagte er. »Sie sehen jung und munter aus. Sehen Sie zu, daß sie spazierengeht.«

Dann ging er rasch zur Tür, einen schwachen Duft von Rasierwasser zurücklassend. Therese warf ihren Lippenstift auf das Bett und fuhr mit den Handflächen an ihrer Bluse entlang. Sie fragte sich, warum Harge sich die Mühe machte, sie wissen zu lassen, daß er annahm, sie verbringe viel Zeit mit Carol.

»Therese!« rief Carol plötzlich. »Komm herunter!«

Carol saß auf dem Sofa und rauchte; ein leises Lächeln umspielte ihre Mundwinkel. Harge war fort. Dann kam Florence herein, und Carol sagte: »Florence, Sie können diese Blumen da woanders hinstellen. Stellen Sie sie ins Eßzimmer.«

»Jawohl, Ma'am.«

Carol blinzelte Therese zu.

Niemand benutzte das Eßzimmer, wie Therese wußte. Carol aß lieber irgendwo anders. »Warum hast du mir nicht gesagt, daß heute dein Geburtstag ist?« fragte Therese sie.

»Ach –« Carol lachte. »Ist es nicht. Es ist mein Hochzeitstag. Komm, nimm deinen Mantel und laß uns gehen.«

Als sie rückwärts aus der Auffahrt auf die Straße fuhren, sagte Carol: »Wenn ich etwas nicht ausstehen kann, ist's Heuchelei.«

»Was hat er gesagt?«

»Nichts von Belang.« Carol lächelte immer noch.

»Aber du sagst, er sei ein Heuchler.«

»Par excellence.«

»Also war diese gute Stimmung bloß gespielt?«

»Das auch – zum Teil.«

»Hat er etwas über mich gesagt?«

»Er sagte, du sähest aus, als seist du ein nettes Mädchen. Ist dir das neu?« Carol ließ den Wagen den engen Weg ins Dorf hinunterschießen. »Er sagte, die Scheidung würde etwa sechs Wochen länger dauern, als wir gedacht hatten, wegen irgendwelcher weiterer Formalitäten. Das ist die Neuigkeit. Er denkt immer, ich werde es mir in der Zwischenzeit doch noch anders überlegen. *Das* ist Heuchelei. Ich glaube, er hält sich gern selbst zum Narren.«

War das Leben, waren menschliche Beziehungen immer so, fragte sich Therese. Nie festen Boden unter den Füßen, immer wie Kies, der ein wenig nachgab, so lautstark, daß alle Welt es hören konnte, daß man immer auch auf die lauten, knirschenden Schritte des Eindringlings lauschte.

»Carol, du weißt, daß ich den Scheck nie genommen habe«, bemerkte Therese plötzlich. »Ich hab' ihn unter die Decke auf dem Nachttisch geschoben.«

»Wie kommst du eben darauf?«

»Willst du, daß ich ihn zerreiße? Ich war drauf und dran, an dem Abend damals.«

»Wenn du darauf bestehst«, erwiderte Carol.

14

Therese sah auf den großen Pappkarton hinunter. »Ich mag ihn jetzt nicht mitnehmen.« Sie hatten die Hände voll. »Ich kann Mrs. Osborne das Eßbare herausnehmen lassen, und der Rest kann hierbleiben.«

»Bring es runter«, sagte Carol und ging aus der Tür. Sie trug die letzten Kleinigkeiten, die Bücher und die Jacken, hinunter, für die sich Therese in letzter Minute entschieden hatte.

Therese ging noch einmal nach oben, um das Paket zu holen. Es war eine Stunde zuvor durch Boten gekommen – eine Menge belegte Brote, in Fettpapier verpackt, eine Flasche Heidelbeerwein, ein Kuchen und eine Schachtel, die das weiße Kleid enthielt, das Mrs. Semco Therese versprochen hatte. Richard hatte nichts mit dem Paket zu tun, das wußte sie, sonst wären ein Buch und ein paar Zeilen von ihm dabeigewesen.

Ein Kleid, das sie nicht mitnehmen wollte, lag noch auf der Couch, eine Ecke des Teppichs war umgeschlagen, aber Therese brannte darauf, wegzukommen. Sie zog die Tür ins Schloß und eilte mit dem Paket nach unten, vorbei an der Tür der Kellys, die beide zur Arbeit fort waren, vorbei an Mrs. Osbornes Tür. Sie hatte sich von ihr schon vor einer Stunde verabschiedet, als sie ihr die nächste Miete bezahlt hatte.

Therese war gerade im Begriff, die Autotür zuzumachen, als Mrs. Osborne ihr von der Vordertreppe zurief: »Telefon!«, und widerstrebend – im Gedanken, es sei Richard – stieg sie wieder aus.

Es war Phil McElroy, der sie anrief, um zu hören, wie ihre Unterredung mit Harkevy verlaufen war. Sie hatte Dannie am letzten Abend, als sie zusammengesessen hatten, davon erzählt. Harkevy hatte ihr keinen Job versprochen, aber er hatte vorgeschlagen, sie wollten in Kontakt bleiben, und Therese hatte das Gefühl, er meinte es ernst. Er hatte ihr gesagt, sie sollte ins Theater hinter die Bühne kommen, wo er sich gerade das Bühnenbild für ›Winter Town‹ anschaute. Er hatte drei ihrer Pappmodelle herausgepickt und sie sich sehr aufmerksam angesehen, das eine als etwas brav verworfen und auf einige praktische Mängel im zweiten hingewiesen. Am besten hatte ihm das hallenartige Bühnenbild gefallen, das Therese nach dem ersten Besuch bei Carol angefangen hatte. Er war der erste, der ihre weniger konventionellen Entwürfe ernsthaft in Betracht gezogen hatte. Sie hatte Carol sofort angerufen und ihr von dem Treffen erzählt. Sie erzählte auch Phil von der Unterredung mit Harkevy, erwähnte aber nicht, daß der Job bei Andronich ins Wasser gefallen war, weil sie nicht wollte, daß Richard davon erfuhr. Therese bat Phil, sie wissen zu lassen, für welches Stück Harkevy als nächstes Bühnenbilder machte, weil er ihr zu verstehen gegeben hatte, daß er noch immer zwischen zwei Stücken schwankte. Die Chance, daß er sie als Assistentin annahm, war größer bei dem englischen Stück, von dem er gestern gesprochen hatte.

»Ich kann dir noch keine Adresse angeben«, sagte Therese. »Ich weiß nur, daß wir nach Chicago fahren.«

Phil meinte, er könnte ihr ja hauptpostlagernd dorthin schreiben.

»War es Richard?« fragte Carol, als sie zurückkam.

»Nein. Phil McElroy.«

»Du hast also nichts von Richard gehört?«

»Nein, während der letzten Tage nicht. Er hat heute morgen ein Telegramm geschickt.« Therese zögerte, dann zog sie es aus der Tasche und las es vor. »ICH HABE MICH NICHT GEÄNDERT! DU AUCH NICHT! SCHREIB MIR. ICH LIEBE DICH. RICHARD.«

»Ich finde, du solltest ihn anrufen«, sagte Carol. »Ruf ihn doch von mir zuhause aus an.«

Sie wollten die Nacht bei Carol verbringen und früh am Morgen losfahren.

»Ziehst du dieses Kleid heute abend an?« fragte Carol.

»Ich werde es anprobieren. Es sieht aus wie ein Hochzeitskleid.«

Therese zog das Kleid kurz vor dem Abendessen an. Es reichte ihr bis zu den Knöcheln und war in der Taille mit langen weißen Bändern zusammengehalten, die vorn festgenäht und bestickt waren. Sie ging hinunter, um es Carol zu zeigen. Carol saß im Wohnzimmer und schrieb einen Brief.

»Schau mal«, sagte Therese und lächelte.

Carol sah sie lange an und kam dann herüber zu ihr, um die Stickerei in der Taille zu bewundern. »Das ist ein Museumsstück. Du siehst bezaubernd aus. Behalt es doch heute abend an, ja?«

»Es ist so kunstvoll.« Sie wollte es nicht anbehalten, weil sie darin an Richard denken mußte.

»Was für ein Stil ist das, verdammt nochmal – russisch?« Therese lachte. Sie mochte die Art, wie Carol – immer ganz beiläufig – fluchte, wenn niemand sonst sie hören konnte.

»Stimmt's?« fragte Carol noch einmal nach.

»Stimmt was?« Therese war schon auf der Treppe.

»Wo hast du dir das angewöhnt, auf Fragen nicht zu antworten?« wollte Carol wissen, und ihre Stimme klang mit einemmal barsch vor Ärger. Auch ihre Augen hatten dieses ärgerliche Leuchten, das Therese erstmals darin entdeckt hatte, als sie sich weigerte, Klavier zu spielen. Und was Carol jetzt ärgerte, war eine ähnliche Nichtigkeit. »Entschuldige, Carol. Ich muß sie wohl überhört haben.« »Geh schon«, sagte Carol und wandte sich ab. »Los, geh nach oben und zieh es aus.«

Das ist wohl immer noch wegen Harge, dachte Therese. Sie verharrte einen Augenblick zögernd, dann ging sie hinauf. Sie löste die Bänder und knöpfte die Ärmel auf, warf einen Blick in den Spiegel und knöpfte alles wieder zu. Wenn Carol wollte, daß sie es anbehielt, würde sie es eben anbehalten.

Sie machten sich das Essen selbst, denn Florence war bereits auf ihrem dreiwöchigen Urlaub. Sie öffneten ein paar Einmachgläser, die Carol, wie sie sagte, sich für spezielle Gelegenheiten aufhob, und mixten sich vor dem Essen zwei kräftige Cocktails. Therese dachte schon, daß Carols Verstimmung vorbei wäre, doch als sie sich nachschenken wollte, kam von Carol der knappe Bescheid: »Ich glaube, du solltest nichts mehr davon trinken.«

Und Therese gab mit einem Lächeln nach. Aber die schlechte Stimmung hielt an. Da war nichts auszurichten, und Therese gab dem lästigen Kleid schuld daran, daß ihr nicht das Richtige einfiel, was Carol aufzuheitern vermochte. Sie trugen in Cognac eingelegte Maronen und Kaffee auf die Veranda hinaus, aber in dem Halbdunkel dort sprachen sie noch weniger miteinander, und Therese fühlte sich nur schläfrig und sehr deprimiert.

Am nächsten Morgen fand Therese eine Papiertüte auf der Schwelle vor dem Hintereingang. Darin war ein Spielzeugesel mit grauweißem Fell. Therese zeigte ihn Carol.

»Lieber Gott!« sagte Carol sanft und lächelte. »Jacopo.« Sie nahm den Esel und rieb mit dem Zeigefinger über seine leicht angeschmutzte weiße Backe. »Abby und ich hatten ihn immer hinten im Wagen hängen«, sagte Carol.

»Hat Abby ihn gebracht? Gestern abend?«

»Ich nehme es an.« Carol ging mit dem Koffer und dem Esel weiter zum Wagen. Therese erinnerte sich, wie sie aus einem leichten Dösen auf dem Schaukelstuhl aufgewacht war. Es war vollkommen still gewesen, und Carol hatte in der Dunkelheit gesessen und vor sich hin gestarrt. Carol mußte Abbys Wagen gehört haben. Therese half Carol, die Koffer und die Autodecke im Gepäckraum zu verstauen.

»Warum ist sie nicht hereingekommen?« fragte Therese.

»Ach, so ist Abby eben«, sagte Carol lächelnd, mit dieser leichten Scheu, die Therese immer wieder überraschte. »Warum rufst du Richard nicht an?«

Therese seufzte. »Jetzt geht es sowieso nicht. Er ist um diese Zeit nicht zu Hause.« Es war acht Uhr vierzig, und seine Schule fing um neun Uhr an.

»Dann ruf seine Familie an. Willst du ihnen nicht für das Paket danken?«

»Ich hatte eigentlich vor, ihnen zu schreiben.«

»Ruf sie jetzt an, dann brauchst du keinen Brief zu schreiben. Es ist ohnehin netter anzurufen. «

»Richard ist gerade aus dem Haus«, sagte Mrs. Semco. »Er wird sich sehr einsam fühlen. Er bläst jetzt schon Trübsal.« Aber sie lachte, ihr herzhaftes, helles Lachen, das die Küche füllte, wo sie, wie Therese wußte, jetzt stand, ein Lachen, das durch das ganze Haus drang, bis hinauf in Richards leeres Zimmer. »Es ist doch alles in Ordnung mit dir und Richard?« fragte Mrs. Semco mit dem Hauch eines Verdachts in der Stimme, obgleich Therese hätte schwören mögen, daß sie immer noch lächelte.

Therese bejahte es und versprach zu schreiben. Hinterher hatte sie ein besseres Gefühl, weil sie angerufen hatte.

Carol fragte sie, ob sie das Fenster oben zugemacht hätte, und Therese ging noch einmal zurück, weil sie sich nicht erinnern konnte. Sie hatte weder das Fenster geschlossen noch ihr Bett gemacht, aber dazu war jetzt keine Zeit mehr. Florence konnte das in Ordnung bringen, wenn sie am Montag zurückkam, um das Haus abzuschließen.

Carol war am Telefon, als Therese herunterkam. Sie sah Therese lächelnd an und hielt ihr den Hörer hin. Vom ersten Ton an wußte sie, daß es Rindy war.

»... bei ... oojee – Mr. Byron. Das ist 'ne Farm. Bist du mal dagewesen, Mama?«

»Wo ist sie, Liebling?« fragte Carol.

»Na, bei Mr. Byron. Er hat Pferde, aber nicht solche, wie du sie magst.«

»Aha – warum nicht?«

»Na ja, sie sind dick.«

Therese versuchte, etwas aus dieser ziemlich schrillen, ganz sachlichen Kinderstimme herauszuhören, das an Carols Stimme erinnerte, aber es gelang ihr nicht.

»Hallo«, sagte Rindy, »Mama?«

»Ich bin noch da.«

»Ich muß aufhören. Daddy ist fertig, wir wollen weggehen.« Und sie hustete.

»Hast du einen Husten?«

»Nein.«

»Dann huste auch nicht ins Telefon.«

»Ich wollte, du würdest mich auf die Reise mitnehmen.«

»Das kann ich aber nicht, weil du zur Schule mußt. Aber im Sommer verreisen wir.«

»Kannst du mich noch einmal anrufen?«

»Von der Reise? Natürlich tue ich das. Jeden Tag.« Carol lehnte sich mit dem Telefon zurück, aber während der wenigen Minuten, die sie sprach, ließ sie Therese nicht aus den Augen.

»Sie klingt so ernst«, sagte sie.

»Sie hat mir alles über den großen Tag gestern erzählt. Harge hat sie Hockey spielen lassen.«

Carol hatte Rindy zwei Tage vorher gesehen, erinnerte sich Therese. Es war offenbar ein angenehmer Besuch gewesen, soweit Carol ihr am Telefon davon berichtet hatte, aber sie hatte ihr keine Einzelheiten erzählt, und Therese hatte nicht danach gefragt.

Als sie endlich abfahren wollten, fiel es Carol ein, Abby noch einmal anzurufen. Therese schlenderte in die Küche zurück. Der Wagen war zu kalt, um darin zu sitzen.

»Ich kenne keine kleinen Städte in Illinois«, sagte Carol gerade. »Warum Illinois? ... Gut, Rockford ... ich werd' es mir merken, ich werde an Roquefort denken ... Natürlich werde ich gut auf ihn aufpassen. Ich wünschte, du wärst hereingekommen, du Schwachkopf ... na, da irrst du dich aber gewaltig.«

Therese nahm einen Schluck aus Carols halbgeleerter Tasse; sie trank an der Stelle, wo der Lippenstift war.

»Keine Silbe«, sagte Carol und zog das Wort in die Länge. »Niemand, soviel ich weiß, nicht einmal Florence ... Gut, tu das, Liebling. Auf bald.«

Fünf Minuten später verließen sie Carols Stadt auf der Autobahn, die auf der Karte rot eingezeichnet war und die sie bis Chicago benutzen würden. Der Himmel war verhangen. Therese schaute sich die ihr inzwischen vertraute Landschaft an, die dichten Wälder, durch die die Straße nach New York führte, die hohe Fahnenstange in der Ferne, das Wahrzeichen von Carols Club.

Therese ließ ein wenig Luft durchs Fenster hinein. Es war sehr kalt, und die Fußheizung tat ihr gut. Die Uhr auf dem Armaturenbrett stand auf Viertel vor zehn. Und plötzlich mußte sie an die Leute denken, die bei Frankenberg arbeiteten. Um diese Zeit waren sie schon dort eingesperrt, und das heute und morgen und übermorgen, und die Zeiger der Uhren beherrschten jede ihrer Bewegungen. Die Uhrzeiger hier im Wagen dagegen bedeuteten für sie und Carol gar nichts. Sie würden schlafen oder auch nicht, wie immer es ihnen gefiel. Sie dachte an Mrs. Robichek, die in diesem Augenblick im dritten Stock Pullover verkaufte und für die ein weiteres Jahr dort anfing, ihr fünftes.

»Warum so schweigsam?« fragte Carol. »Was ist los?«

»Nichts.« Ihr war nicht nach Reden zumute. Sie spürte, daß Tausende von Wörtern sich ihrer wie zugeschnürten Kehle zu entringen suchten; vielleicht konnte ja nur die Entfernung, konnten nur Tausende von Kilometern sie davon befreien. Vielleicht war es auch die Freiheit, die sie zu ersticken drohte.

Irgendwo in Pennsylvania fuhren sie durch einen blassen Sonnenschein, aber gegen Nachmittag fing es an zu regnen. Carol fluchte, aber das Geräusch des Regens, wie er so in unregelmäßigen Stößen auf die Windschutzscheibe und das Dach trommelte, war angenehm.

»Weißt du, was ich vergessen habe?« sagte Carol. »Einen Regenmantel. Ich werd' mir unterwegs einen kaufen müssen.«

Und da fiel es Therese auch ein, daß sie das Buch vergessen hatte, in dem sie gerade las. Darin steckte ein Brief an Carol, ein Bogen Papier, der oben und unten aus dem Buch herausschaute. Verdammt. Es hatte getrennt von ihren übrigen Büchern gelegen, und deshalb hatte sie es da, auf dem Tisch neben dem Bett, vergessen. Sie hoffte nur, daß Florence ihn nicht lesen würde. Sie versuchte umsonst, sich zu erinnern, ob sie Carols Namen in den Brief hineingeschrieben hatte. Und der Scheck! Sie hatte vergessen, ihn zu zerreißen.

»Carol, hast du den Scheck bekommen?«

»Den Scheck, den ich dir gegeben habe? Du hast gesagt, du wolltest ihn zerreißen.«

»Ich hab's aber nicht getan. Er liegt immer noch unter der Decke.«

»Na ja«, meinte Carol, »ist nicht so wichtig.«

Als sie hielten, um zu tanken, versuchte Therese im Laden neben der Tankstelle Porterbier zu besorgen, das Carol manchmal gern trank, aber sie hatten nur helles Bier. Sie kaufte nur eine Büchse, weil Carol sich nichts daraus machte. Dann fuhren sie in eine schmalere Straße, die von der Autobahn abführte, und hielten. Sie öffneten den Karton mit den belegten Broten, die Richards Mutter für sie geschmiert hatte. Auch eingelegte Dillgurken waren dabei und ein Mozzarellakäse und einige hartgekochte Eier. Therese hatte vergessen, nach einem Dosenöffner zu fragen, und so konnte sie die Bierdose nicht öffnen, aber in der Thermosflasche war Kaffee. Sie legte die Bierdose hinten im Wagen auf den Boden.

»Kaviar. Wie ausgesprochen nett von ihnen!« sagte Carol, als sie ein belegtes Brot auseinanderklappte. »Magst du Kaviar?«

»Nein. Leider nicht.«

»Wieso leider?«

Therese beobachtete, wie Carol ein kleines Stück vom Brot abbiß, von dem sie die obere Scheibe abgenommen hatte, das Stück, wo am meisten Kaviar war. »Weil alle Kaviar – wenn sie ihn überhaupt mögen – so toll finden«, sagte Therese.

Carol lächelte und knabberte weiter an ihrem Brot herum. »Beim Kaviar bin ich erst nach und nach auf den Geschmack gekommen. Solcherlei Vorlieben machen mehr Spaß – und man wird sie nur sehr schwer los.«

Therese goß Kaffee in den Becher nach, den sie sich teilten. Sie zum Beispiel hatte eine Vorliebe für schwarzen

Kaffee entwickelt. »Wie nervös ich war, als ich diesen Becher zum ersten Mal gehalten habe. Du hast mir Kaffee eingegossen damals, weißt du noch?«

»Ja, ich weiß.«

»Wie kam es, daß du an dem Tag Sahne hineingetan hast?«

»Ich dachte, du magst das. Warum warst du so nervös?«

Therese warf ihr einen raschen Blick zu. »Ich war so aufgeregt deinetwegen«, sagte sie und hob den Becher hoch. Dann sah sie Carol noch einmal an und bemerkte eine plötzliche Stille, wie einen Schock in Carols Gesicht. Sie hatte das zwei- oder dreimal zuvor bemerkt, als sie etwas Ähnliches über ihre Gefühle für Carol gesagt oder ihr ein besonderes Kompliment gemacht hatte. Und Therese hätte nicht sagen können, ob Carol das mochte oder nicht. Sie beobachtete, wie sie die andere Hälfte des Kaviarbrotes wieder ins Papier wickelte.

Mrs. Semco hatte auch Kuchen in das Paket getan, aber Carol wollte keinen. Es war ein bräunlicher Gewürzkuchen, den es häufig bei Richard zuhause gegeben hatte. Mit peinlicher Sorgfalt, die Therese bei jedem anderen auf die Palme gebracht hätte, verstaute sie alles wieder im Koffer, in dem auch die Zigaretten und die Whiskyflasche lagen.

»Hast du nicht gesagt, daß du im Staat Washington zuhause bist?« fragte Therese.

»Ich bin dort geboren, und mein Vater lebt jetzt noch dort. Ich habe ihm geschrieben, daß ich ihn vielleicht besuche, wenn wir so weit kommen.«

»Sieht er dir ähnlich.«

»Sehe ich ihm ähnlich? Ja – mehr als meiner Mutter.«

»Es fällt mir schwer, mir dich mit einer Familie vorzustellen.«

»Warum?«

»Weil du für mich ganz jemand für sich bist. *Sui generis.*«

Carol hob den Kopf beim Fahren und lächelte. »Bestens. Nur zu.«

»Und Geschwister?« fragte Therese.

»Eine Schwester. Ich nehme an, du willst auch über sie alles wissen? Sie heißt Elaine, hat drei Kinder und lebt in Virginia. Sie ist älter als ich, und ich weiß nicht, ob du sie mögen würdest. Du würdest sie vielleicht langweilig finden.«

Ja, Therese konnte sie sich gut vorstellen: Carols Spiegelbild, nur eben die abgeschwächte, verwässerte Version.

Spät am Nachmittag hielten sie vor einem Landgasthof direkt an der Straße, mit einem holländischen Miniaturdorf im Schaufenster. Therese stellte sich davor, ganz versunken in diese kleine Welt. Da gab es einen kleinen Fluß, der aus einer Röhre am einen Ende entsprang, und in einem ovalen Wasserbecken mündete. Eine Windmühle bewegte ihre Flügel. Winzige Figuren in holländischer Tracht standen im Dorf herum, auf kleinen Büscheln echten Grases. Sie dachte an die elektrische Eisenbahn in der Spielzeugabteilung bei Frankenberg und an die Wut, mit der sie auf dem Schienenoval entlangraste, das etwa so groß war wie das Wasserbecken hier.

»Ich habe dir nie von der Eisenbahn bei Frankenberg erzählt«, sagte Therese zu Carol. »Hast du sie bemerkt, als du...«

»Eine elektrische Eisenbahn...?« unterbrach Carol sie.

Therese hatte es lächelnd gesagt, aber ihr Herz krampfte sich zusammen. Es war zu kompliziert, um sich darauf einzulassen, und so verebbte die Unterhaltung.

Carol bestellte eine Suppe für sie beide. Sie waren steif und kalt vom Autofahren.

»Ich weiß nicht, ob du diese Reise wirklich genießen wirst«, sagte Carol. »Dir sind Dinge in einem Spiegel so viel lieber – stimmt's? Du hast deine ganz persönliche Vorstellung von allem. Nimm diese Windmühle – dir bedeutet sie ebensoviel, wie selbst in Holland zu sein. Ich frage mich, ob du überhaupt wirkliche Berge und wirkliche Menschen sehen willst.«

Therese war niedergeschmettert, als hätte Carol sie der Lüge bezichtigt. Carol meinte sicher, sie habe auch ihre ganz persönliche Vorstellung von ihr, und das kränkte sie. Wirkliche Menschen? Sie dachte plötzlich an Mrs. Robichek. Und sie war vor ihr geflohen, weil sie häßlich war.

»Wie kannst du je erwarten, etwas zu erfinden, wenn all deine Erfahrung aus zweiter Hand ist?« fragte Carol. Ihre Stimme war sanft und ruhig, aber erbarmungslos.

Carol gab ihr das Gefühl, daß sie nie etwas getan hatte, nichts war, nichts als Schall und Rauch. Carol hatte gelebt wie ein menschliches Wesen, hatte geheiratet, hatte ein Kind.

Der alte Mann hinter der Theke kam auf sie zu. Er hinkte. Er blieb am Tisch neben ihnen stehen und verschränkte die Arme. »Waren Sie mal in Holland?« fragte er freundlich.

Carol antwortete. »Nein, ich nicht. Ich nehme an, Sie waren da? Haben Sie das Dorf da im Fenster gebaut?«

Er nickte. »Hat mich fünf Jahre gekostet.«

Therese blickte auf die knochigen Finger des Mannes, die mageren Arme mit den blauen Adern, die sich dicht unter der Haut entlangwanden. Sie wußte besser als Carol, wieviel Arbeit in diesem kleinen Dorf steckte, aber sie brachte kein Wort heraus.

Der Mann sagte zu Carol: »Wir haben gute Würste und Schinken gleich nebenan, wenn Sie etwas Echtes aus Pennsylvania mögen. Wir züchten unsere eigenen Schweine, und sie werden gleich hier geschlachtet, gepökelt und geräuchert.«

Sie gingen in den weißgestrichenen Laden neben dem Gasthaus, in dem es köstlich nach geräuchertem Schinken und nach Holzfeuer und Gewürzen roch.

»Laß uns etwas mitnehmen, was man nicht kochen muß«, sagte Carol, die vor der elektrisch gekühlten Auslage stand.

»Geben Sie uns etwas davon«, sagte sie zu einem jungen Mann mit Ohrenklappen.

Therese dachte daran, wie sie mit Mrs. Robichek in dem Lebensmittelladen gestanden und diese dünnen Scheiben Salami und Leberwurst gekauft hatte. Ein Plakat an der Wand verkündete, daß die Waren in alle Welt versandt würden, und da kam ihr der Gedanke, Mrs. Robichek eine von den großen stoffumwickelten Würsten zu schicken. Sie malte sich die Freude in Mrs. Robicheks Gesicht aus, wenn sie das Paket mit ihren zittrigen Händen aufmachte und die Wurst darin vorfand. Aber sollte sie wirklich eine solche Geste machen, fragte sich Therese, die vielleicht durch Mitleid oder Schuldgefühl oder ein anderes nicht ganz lauteres Gefühl motiviert war? Therese runzelte die Stirn. Ihr war, als schwämme sie in einem See ohne Richtung und Schwerkraft, nur in dem Wissen, daß sie ihren eigenen Impulsen nicht trauen konnte.

»Therese...«

Therese drehte sich um, und Carols Schönheit traf sie wieder, als stünde sie vor der geflügelten Nike von Samothrake. Carol fragte sie, ob sie einen ganzen Schinken kaufen sollten.

Der junge Mann schob sämtliche Päckchen über den Ladentisch und nahm Carols Zwanzig-Dollar-Schein entgegen. Und Therese dachte wieder an Mrs. Robichek, wie sie an jenem Abend zittrig ihren Ein-Dollar-Schein über die Theke geschoben hatte.

»Siehst du sonst noch was?« fragte Carol.

»Ich dachte, ich könnte vielleicht jemandem etwas schicken. Einer Frau, die im Warenhaus arbeitet. Sie ist arm, und sie hat mich einmal zum Abendessen eingeladen.«

Carol griff nach ihrem Wechselgeld. »Was für eine Frau?«

»Ich will ihr lieber doch nichts schicken.« Therese wollte plötzlich den Laden verlassen.

Carol sah sie durch den Rauch ihrer Zigarette hindurch stirnrunzelnd an. »Tu's.«

»Ich will nicht. Laß uns gehen, Carol.« Da war wieder der Alptraum von damals, als sie nicht von der Frau wegkam.

»Schick es ihr«, sagte Carol. »Mach die Tür zu und laß ihr was schicken.«

Therese schloß gehorsam die Tür, suchte sich eine Wurst für sechs Dollar aus und schrieb auf eine Geschenkkarte: »Ein kleiner Gruß aus Pennsylvania. Ich hoffe, es reicht für ein paar Sonntagmorgen. Herzlich, Therese Belivet.«

Später im Wagen fragte Carol sie nach Mrs. Robichek aus, und Therese antwortete wie immer knapp und mit dieser unfreiwilligen Ehrlichkeit, die sie nachher bedrückte. Mrs. Robichek und die Welt, in der sie lebte, waren so verschieden von Carols, so als beschriebe sie das Leben einer anderen Spezies von Lebewesen, irgendein häßliches Ungetüm, das auf einem anderen Planeten lebte. Carol gab keinen Kommentar zu dem, was sie erzählte, sondern fragte nur immer weiter, während sie fuhren. Sie sagte auch nichts, als nichts mehr zu fragen war, aber der angespannte, nachdenkliche Ausdruck, mit dem sie zugehört hatte, wich nicht aus ihrem Gesicht, auch nicht, als sie anfingen, über anderes zu reden. Therese ballte die Hände. Warum ließ sie es zu, daß Mrs. Robichek sie verfolgte? Und nun hatte sie es auch noch Carol anvertraut und konnte es nie zurücknehmen.

»Bitte, sprich nie mehr von ihr, Carol. Versprich es mir.«

15

Carol trippelte barfuß zur Dusche in der Ecke des Zimmers und ächzte vor Kälte. Ihre Zehennägel waren rot lackiert, und der blaue Pyjama war zu groß für sie.

»Es ist deine Schuld – du hast das Fenster zu weit aufgemacht«, sagte Therese.

Carol zog den Duschvorhang zu, und Therese hörte, wie das Wasser mit kräftigem Strahl herunterschoß. »Ach, himmlisch heiß!« sagte Carol, »besser noch als gestern abend.«

Es war eine luxuriöse Blockhütte, mit einem dicken Teppich und holzverkleideten Wänden und allem, was dazugehört – von den in Zellophan versiegelten Schuhlappen bis zum Fernseher.

Therese saß im Morgenrock auf ihrem Bett, die Autokarte auf den Knien und maß mit ihrer Hand Entfernungen. Anderthalb Spannen waren eine Tagesreise, theoretisch jedenfalls, auch wenn sie das wahrscheinlich nicht schafften. »Wir könnten heute den ganzen Weg quer durch bis Ohio schaffen«, sagte sie.

»Ohio. Bekannt für seine Flüsse, für Gummi und Eisenbahnen. Zu unserer Linken die berühmte Chillicothezugbrücke, wo achtundzwanzig Huronen einst hundert Schwachsinnige niedermetzelten.«

Therese lachte.

»Und wo Lewis und Clark einstmals ihre Heerlager

aufschlugen«, fügte Carol hinzu. »Ich denke, ich zieh' heute meine lange Hose an. Würdest du mal nachschaun, ob sie da in dem Koffer liegt? Wenn nicht, muß ich zum Auto. Nicht die leichte, die dunkelblaue Gabardinehose, mein' ich.«

Therese ging zu Carols Koffer am Fußende ihres Bettes. Er war vollgepackt mit Pullovern und Wäsche und Schuhen – aber keine Hosen. Dafür ein vernickeltes Rohr, das aus einem der Pullover hervorschaute. Sie nahm den Pullover heraus. Er war schwer. Sie faltete ihn auseinander und fuhr zusammen; um ein Haar wäre er ihr entglitten: Es war ein Revolver mit einem weißen Handgriff.

»Nicht da?« fragte Carol.

»Nein.« Therese wickelte den Revolver wieder in den Pullover und legte ihn so hin, wie sie ihn vorgefunden hatte.

»Liebling, ich hab' mein Badetuch vergessen. Ich glaub', es liegt auf dem Stuhl.«

Therese holte es und brachte es ihr; verwirrt und durcheinander, wie sie war, senkte sie den Blick, und so glitt er, wie sie Carol das Badetuch reichte, von ihrem Gesicht über ihre Brüste nach unten; als sie aufsah, gewahrte sie einen Anflug von Erstaunen in Carols Gesicht. Therese kniff die Augen zu und ging langsam zum Bett zurück, doch vor ihren geschlossenen Lidern flimmerte das Bild von Carols nacktem Körper.

Therese duschte, und als sie herauskam, stand Carol schon fast fertig angezogen vor dem Spiegel.

»Was ist?«

»Nichts.«

Während sie ihr Haar kämmte, das von der Nässe ein wenig dunkler erschien, wandte Carol sich zu ihr um. Ihre Lippen mit der Zigarette dazwischen leuchteten von frischem Lippenstift. »Ist dir eigentlich klar, wie oft am Tag ich dich das fragen muß?« sagte sie. »Findest du das nicht ein bißchen rücksichtslos?«

Während des Frühstücks fragte Therese: »Warum hast du diesen Revolver mitgenommen, Carol?«

»Ach, also das beunruhigt dich. Es ist Harges Revolver, noch etwas, das er vergessen hat.« Carols Stimme klang gleichmütig. »Ich dachte, es ist besser, ihn mitzunehmen, als ihn dazulassen.«

»Ist er geladen?«

»Ja, er ist geladen. Harge hat einen Waffenschein, weil wir einmal Einbrecher im Haus hatten.«

»Kannst du damit umgehen?«

Carol lächelte sie an. »Ich heiße nicht Annie Oakley. Ich kann damit umgehen. Es bedrückt dich, stimmt's? Ich nehme nicht an, daß ich ihn gebrauchen muß.«

Therese sagte nichts mehr dazu. Aber der Gedanke an den Revolver störte sie. Und sie mußte auch am nächsten Abend daran denken, als ein Hotelboy den Koffer höchst unsanft auf dem Bürgersteig abstellte. Sie fragte sich, ob solch unsanfte Manöver nicht unverhofft einen Schuß auszulösen vermöchten.

Sie hatten ein paar Aufnahmen in Ohio gemacht, und weil sie die bis zum anderen Morgen schon entwickelt bekamen, verbrachten sie einen langen Abend und die Nacht in einem Ort, der Defiance hieß, gingen kreuz und quer durch die Straßen, beguckten sich die Schaufenster, schlenderten durch ruhige Wohngebiete, wo das Licht in den zur Straße liegenden Wohnzimmern brannte und die Häuser so gemütlich und warm aussahen wie Vogelnester. Therese hatte befürchtet, daß es Carol langweilig würde, so ziellos durch die Straßen zu wandern, aber es war dann Carol, die vorschlug, noch einen Häuserblock weiterzugehen, den ganzen Weg den Hügel hinauf, um zu sehen, was auf der anderen Seite war. Carol sprach von sich und Harge. Therese versuchte, in einem Wort zusammenzufassen, was die beiden getrennt hatte, aber sie verwarf alle Wörter, die ihr einfielen, sofort wieder. Langeweile, Groll, Gekränktheit, Gleichgültigkeit. Carol erzählte ihr, daß Harge Rindy einmal auf eine Angeltour mitgenommen hatte und tagelang nichts von sich hatte hören lassen. Das war die Strafe dafür, daß Carol sich geweigert hatte, Harges Urlaub mit ihm im Haus seiner Familie zu verbringen. Es ging von beiden aus. Nur damit hatte es nicht begonnen.

Andern morgens legte Carol zwei der Schnappschüsse in ihre Brieftasche: der erste, der am Anfang des Films gewesen sein mußte, zeigte Rindy in Reithosen und Reitkappe, der zweite Therese mit einer Zigarette im Mund und mit vom Wind nach hinten gewehten Haaren. Auch ein wenig schmeichelhaftes Foto von Carol war darunter, auf dem sie fröstelnd, in einen Mantel gewickelt, dastand, und Carol sagte, das werde sie Abby schicken, weil es so schlecht sei.

Nach Chicago kamen sie an einem späten Nachmittag, krochen hinter dem Laster einer Fleischgroßhandlung her in eine graue, weitverstreute Unordnung hinein. Therese saß ganz vorn an der Windschutzscheibe. Sie war wohl früher mit ihrem Vater in der Stadt gewesen, konnte sich aber an nichts erinnern. Carol schien sich in Chicago so gut auszukennen wie in Manhattan. Sie zeigte ihr die berühmte Schleifenabzweigung, und sie hielten an und beobachteten die Züge und das Gewimmel der Heimfahrenden in der Rush-hour. Mit dem Irrenhaus New York um die gleiche Stunde konnte es Chicago allerdings nicht aufnehmen.

An der Hauptpost fand Therese eine Karte von Dannie vor, nichts von Phil, dafür einen Brief von Richard. Therese warf einen raschen Blick auf den Brief und sah, daß er liebevoll anfing und aufhörte. Genau das hatte sie erwartet: daß Richard sich die Adresse von Phil besorgen und ihr einen liebevollen Brief schreiben würde. Sie steckte den Brief in die Tasche, ehe sie zu Carol zurückkehrte.

»War was?«

»Nur eine Postkarte von Dannie. Er hat seine Examen bestanden.«

Carol fuhr zum ›Drake Hotel‹. Die Halle hatte einen Boden in weißschwarzem Schachbrettmuster und einen Springbrunnen, und Therese fand es großartig. Oben in ihrem Zimmer zog Carol den Mantel aus und warf sich auf eins der Ehebetten.

»Ich kenn' hier ein paar Leute. Wollen wir jemand besuchen?« sagte sie schläfrig.

Aber ehe sie sich noch ganz entschieden hatten, war Carol eingeschlafen.

Therese sah aus dem Fenster auf den lichtergesäumten See und die gezackten, unvertrauten Silhouetten der

Hochhäuser vor dem grauverhangenen Himmel. Es wirkte wirr und monoton zugleich – wie ein Bild von Pissarro. Ein Vergleich, den Carol nicht billigen würde, dachte sie. Sie stützte die Ellbogen aufs Fensterbrett, starrte auf die Großstadt und beobachtete, wie weit weg die Scheinwerfer eines Autos zu kleinen Lichtpunkten und -strichen zerstückelt wurden, als es zwischen Bäumen hindurchfuhr. Sie war glücklich.

»Warum bestellst du uns nicht einen Cocktail?« fragte Carols Stimme hinter ihr.

»Was möchtest du denn?«

»Was möchtest *du*?«

»Einen Martini.«

Carol pfiff durch die Zähne. »Zwei doppelte Gibsons«, unterbrach sie, als Therese am Telefon war. »Und eine Platte Kanapés. Wir könnten ebensogut gleich vier Martinis bestellen.«

Therese las Richards Brief, während Carol unter der Dusche stand. Der ganze Brief war liebevoll. Du bist nicht wie andere Mädchen, schrieb er. Er hätte gewartet, und er werde weiter warten, denn er vertraue vollkommen darauf, daß sie glücklich miteinander sein könnten. Er wollte, daß sie ihm jeden Tag schrieb, zumindest eine Postkarte schickte. Er erzählte ihr, wie er sich eines Abends hingesetzt und die drei Briefe wieder gelesen hätte, die sie ihm geschrieben hatte, als er im letzten Sommer in Kingston, New York, gewesen sei. Der Brief war von einer Sentimentalität, die Richard so gar nicht ähnlich war; Thereses erster Gedanke war, daß er ihr was vormachte. Vielleicht, um ihr später erst recht eins auszuwischen. Ihre zweite

Reaktion war Widerwillen. Dann war trotz allem der schmerzloseste Weg, das Ganze zu einem Ende zu bringen, ihm nicht zu schreiben, überhaupt nichts von sich hören zu lassen.

Die Cocktails kamen, und Therese bezahlte sie, statt die Rechnung zu unterschreiben. Nur hinter Carols Rücken konnte sie mal eine Rechnung bezahlen.

»Ziehst du dein schwarzes Kostüm an?« fragte sie, als Carol aus der Dusche kam.

Carol sah sie an. »Mich bis zum Boden des Koffers durchgraben?« sagte sie und ging auf den Koffer zu. »Es herausziehen, ausbürsten und es eine halbe Stunde aufdämpfen?«

»Wir sind ja noch mit Trinken beschäftigt. Das dauert ja noch eine halbe Stunde, bis wir das da ausgetrunken haben.«

»Deinen Überredungskünsten kann ich nicht widerstehen.« Carol nahm das Kostüm ins Badezimmer mit und drehte das Wasser über der Badewanne auf.

Es war das gleiche, das sie bei ihrem ersten Mittagessen getragen hatte.

»Ist dir bewußt, daß es der erste Drink ist, den ich mir genehmige, seit wir aus New York fort sind?« fragte Carol. »Natürlich nicht. Und weißt du, warum? Ich bin glücklich.«

»Du bist schön«, sagte Therese.

Carol lächelte auf die wegwerfend-geringschätzige Weise, die Therese so sehr an ihr mochte, und ging zum Toilettentisch hinüber. Sie warf sich einen gelben Seidenschal um die Schultern, den sie zu einem losen Knoten schlang, und fuhr sich mit der Bürste durchs Haar. Das Lampenlicht rahmte sie ein wie Bild, und Therese hatte das Gefühl, das alles schon einmal gesehen zu haben. Sie erinnerte sich plötzlich: an die Frau im Fenster, die ihr langes Haar bürstete, erinnerte sich an die einzelnen Ziegel in der Mauer, an das dunstige Gewebe des Regens an jenem Morgen.

»Magst du 'nen Tupfer Parfüm?« fragte Carol und ging mit der Flasche auf sie zu. Ihr Finger tippte an Thereses Stirn, genau am Haaransatz, wo sie sie an jenem Tag geküßt hatte.

»Du erinnerst mich an eine Frau, die ich einmal gesehen habe«, sagte Therese. »Irgendwo in einer Querstraße der Lexington Avenue. Nicht du, sondern das Licht. Sie kämmte sich ihr Haar.« Therese schwieg, aber Carol wartete, daß sie weiterredete. Carol wartete immer, und dann fand Therese nie ganz die richtigen Worte, um auszudrükken, was sie sagen wollte. »Es war an einem frühen Morgen auf meinem Weg zur Arbeit – und ich erinnere mich, daß es anfing zu regnen«, fuhr sie stockend fort. »Ich sah sie in einem Fenster.« Sie konnte doch wirklich nicht beschreiben, wie sie da vielleicht drei oder vier Minuten gestanden und sich mit aller Kraft gewünscht hatte, diese Frau zu kennen, und daß diese, wenn sie an die Tür kam und klopfte, sie willkommen heißen möge und daß sie nicht statt dessen zu ihrer Arbeit bei der Pelican Press gehen müßte.

»Mein kleines Waisenkind«, sagte Carol.

Therese lächelte. Da war nichts Abfälliges, kein Stachel in dem Wort, wie Carol es benutzte.

»Wie sieht deine Mutter aus?«

»Sie hatte schwarzes Haar«, antwortete Therese rasch. »Sie sah mir überhaupt nicht ähnlich.« Therese stellte immer wieder fest, daß sie von ihrer Mutter in der Vergangenheitsform sprach, obgleich sie noch lebte, irgendwo in Connecticut.

»Du meinst wirklich nicht, daß sie dich einmal wiedersehen möchte?«

»Ich glaube nicht.«

»Was ist mit der Familie deines Vaters? Hast du nicht gesagt, er hätte einen Bruder?«

»Ich habe ihn nie gesehen. Er war was ähnliches wie Geologe und arbeitete für eine Ölgesellschaft. Ich weiß nicht, wo er wohnt.« Es fiel ihr leichter, über diesen Onkel zu sprechen, dem sie nie begegnet war.

»Wie heißt deine Mutter?«

»Esther – Mrs. Nicolas Strully.« Der Name bedeutete ihr ebensowenig wie ein Name im Telefonbuch. Sie blickte Carol an und bedauerte es plötzlich, daß sie den Namen genannt hatte. Carol konnte vielleicht eines Tages ... Ein Gefühl wie von einer verpatzten Chance und der Hilflosigkeit überkam sie plötzlich. Letztlich wußte sie so wenig von Carol.

Carol blickte sie rasch an. »Ich werde den Namen nie wieder erwähnen, niemals mehr«, sagte sie. »Wenn dich der zweite Cocktail beschwipst macht, laß ihn stehen. Ich will nicht, daß du heute abend blau bist.«

Vom Restaurant, in dem sie aßen, überblickte man den ganzen See. Sie hatten ein richtiges Bankett mit Champagner und hinterher Cognac. Es war das erste Mal in ihrem

Leben, daß Therese ein wenig beschwipst war, das heißt, weitaus beschwipster, als sie Carol merken lassen wollte. Ihr Eindruck vom Lakeshore Drive würde immer eine breite Avenue sein, gesäumt von großen Villen, die alle dem Weißen Haus in Washington ähnelten. Ewig würde sie Carols Stimme im Gedächtnis behalten, die ihr etwas über das eine oder andere Haus erzählte, in dem sie einmal gewesen war, und auch das beunruhigende Gefühl, daß das alles eine Zeitlang Carols Welt gewesen war, so wie Rapallo, Paris und andere Orte, die Therese nicht kannte, eine Zeitlang den Rahmen abgegeben hatten für alles, was Carol tat.

An diesem Abend saß Carol auf ihrer Bettkante und rauchte eine Zigarette, ehe sie das Licht ausmachte. Therese lag in ihrem Bett, beobachtete sie schläfrig und versuchte, den unruhigen, verschreckten Ausdruck in Carols Augen zu deuten, wie sie für einen Augenblick auf irgendwas im Zimmer starrten und dann weiterglitten. Dachte sie an sie oder an Harge oder an Rindy? Carol wollte sich um sieben Uhr wecken lassen, um noch mit Rindy telefonieren zu können, ehe sie zur Schule ging. Therese erinnerte sich an das Telefongespräch der beiden aus Defiance. Rindy hatte sich mit irgendeinem anderen kleinen Mädchen geprügelt, und Carol hatte eine geschlagene Viertelstunde darauf verwendet, Rindy zu überreden, den ersten Schritt zu tun und sich zu entschuldigen. Therese spürte immer noch die Wirkung, das Prickeln des Champagners, das ihr Carol so quälend nah rückte. Wenn sie einfach fragte, dachte sie, würde Carol sie heute mit ihr in einem Bett schlafen lassen? Aber sie wollte mehr als das, sie wollte sie küssen, ihren eigenen Körper ganz nah an Carols fühlen. Therese dachte an die beiden Mädchen in der Palermo Bar. Die taten das, wußte sie, und mehr. Würde Carol sie plötzlich voller Abscheu wegstoßen, wenn sie sie nur in ihren Armen halten wollte? Und würde die Zuneigung, die Carol jetzt für sie hatte – wie immer sie beschaffen war –, dann wie weggeblasen sein? Die Vorstellung, Carol würde sie kalt abfahren lassen, fegte all ihren Mut fort. Er kroch bescheiden wieder hervor, als sie überlegte, ob sie Carol nicht einfach bitten sollte, mit ihr in einem Bett zu schlafen.

»Carol, würde es dir was ausmachen ...«

»Morgen gehen wir zu den Viehhöfen«, sagte Carol im gleichen Augenblick, und Therese brach in Lachen aus. »Was ist denn daran bloß so ungeheuer komisch?« fragte Carol und drückte ihre Zigarette aus, aber sie mußte auch lächeln.

»Es ist einfach so. Es *ist* ungeheuer komisch«, sagte Therese immer noch lachend, und sie lachte all ihr Verlangen und ihre Absichten für diese Nacht weg.

»Du bist noch ganz veralbert vom Champagner«, sagte Carol und drehte das Licht aus.

Spät am nächsten Nachmittag verließen sie Chicago und fuhren in Richtung Rockford. Carol sagte, es könnte ein Brief von Abby da sein, aber wahrscheinlich nicht, denn Abby sei schreibfaul. Therese ging zum Schuster und ließ ihren Mokassin reparieren, und als sie zurückkam, las Carol Abbys Brief.

»Welche Straße nehmen wir?« Carols Gesicht sah glücklicher aus.

»Zwanzig, in westlicher Richtung.«

Carol schaltete das Radio ein und kurbelte den Sucher hin und zurück, bis sie auf einen Sender mit Musik stieß. »Welche Stadt eignet sich denn vor Minneapolis zum Übernachten?«

»Dubuque«, befand Therese nach einem Blick auf die Karte. »Oder Waterloo. Sieht aus wie ein größerer Ort, aber es sind etwa zweihundert Kilometer bis dahin.«

»Wir könnten es schaffen.«

Sie nahmen die Autobahn 20 nach Freeport und Galena, das – als Heimatstadt von Ulysses S. Grant – mit einem Stern bezeichnet war.

»Was schreibt Abby?«

»Nichts Besonderes. Einfach einen netten Brief.«

Carol redete wenig während der Fahrt und auch nicht in dem Café, wo sie haltmachten, um einen Kaffee zu trinken. Carol stellte sich vor die Musikbox und ließ langsam Fünf-Cent-Münzen hineinfallen.

»Du möchtest, daß Abby herüberkommt – stimmt's?«

»Nein«, sagte Carol.

»Du bist so anders, seit du den Brief von ihr bekommen hast.«

Carol sah sie über den Tisch hin an. »Liebling, es ist einfach ein törichter kleiner Brief. Du kannst ihn sogar lesen, wenn du willst.« Und Carol griff nach ihrer Handtasche, holte den Brief aber nicht heraus.

Gegen Abend nickte Therese ein und wachte erst auf, als die Lichter einer Stadt auf ihr Gesicht fielen. Carol hatte beide Arme müde auf das Steuerrad gelegt. Sie standen vor einer Ampel.

»Hier übernachten wir«, sagte Carol.

Schlaftrunken taumelte Therese durch die Hotelhalle. Sie fuhr im Lift hoch und wurde sich mit aller Schärfe bewußt, daß Carol neben ihr war, wie in einem Traum, in dem Carol das Ich und zugleich die einzige Figur war. Oben im Zimmer hievte sie ihren Koffer auf einen Stuhl, schloß ihn auf, ließ ihn so stehen und stellte sich dann neben den Schreibtisch vor Carol hin. Ihre Gefühle, die sie in all den vergangenen Stunden und Tagen zurückgedämmt hatte, überspülten sie nun mit doppelter Macht, als sie Carol zusah, wie sie den Koffer öffnete, wie immer zuerst ihre lederne Toilettentasche herausnahm und sie aufs Bett plumpsen ließ. Sie blickte auf Carols Hände, auf die Haarlocke, die über den lose um ihren Kopf geschlungenen Schal fiel, auf den Kratzer vorn auf ihrem Schuh, den sie sich tags zuvor geholt hatte.

»Was stehst du so herum?« fragte Carol. »Geh zu Bett, du Schlafmütze.«

»Carol, ich liebe dich.«

Therese starrte sie aus schläfrigen Augen unverwandt an, bis sie endlich ihren Schlafanzug aus dem Koffer geholt und den Deckel heruntergeklappt hatte und sich aufrichtete. Carol trat auf sie zu und legte ihr die Hände auf die Schultern, umklammerte sie so fest, als wollte sie ihr ein Versprechen abringen oder sich auch nur vergewissern, ob das, was Therese gesagt hatte, auch tatsächlich der Wahrheit entsprach. Dann küßte sie Therese mitten auf den Mund, als hätten sie sich tausendmal vorher geküßt.

»Weißt du denn nicht, daß ich dich liebe?«

Den Pyjama unterm Arm ging sie ins Badezimmer und

stellte sich einen Moment sinnend mit gesenktem Blick vor das Waschbecken.

»Ich geh' rasch einmal hinaus«, sagte sie dann. »Ich bin gleich wieder zurück.«

Therese wartete am Tisch, während Carol fort war, während die Zeit unmerklich – oder auch überhaupt nicht – verging, bis sich die Tür öffnete und Carol wieder hereinkam. Sie stellte eine Papiertüte auf den Tisch und Therese wußte, sie war nur rausgegangen, um eine Pakkung Milch zu holen, wie sie es beide oft abends taten.

»Kann ich mit dir schlafen?« fragte Therese.

»Hast du das Bett gesehen?«

Es war ein Doppelbett. Sie saßen in ihren Pyjamas auf der Bettkante, tranken Milch und teilten sich eine Orange, wobei Carol ihre Hälfte nicht aufaß, weil ihr bereits die Augen zufielen. Dann setzte Therese die Milchpackung auf den Boden und betrachtete Carol, wie sie auf dem Bauch, den Arm nach oben ausgestreckt, dalag, ganz so, wie sie immer einschlief. Therese machte das Licht aus. Da glitt Carols Arm unter ihren Nacken, und ihre Körper berührten sich in ihrer vollen Länge, und sie harmonierten miteinander, als wären sie füreinander geschaffen. Glücksgefühl stieg in ihr hoch wie eine grüne Weinranke, sandte zarte Sprossen aus, trug Blüten in ihrem Fleisch. Sie sah eine blasse, weißliche Blume vor sich, die wie aus der Dunkelheit oder aus Wasser hervorleuchtete. Warum redeten die Leute vom Himmel, fragte sie sich.

»Schlaf jetzt«, sagte Carol.

Therese hoffte, sie würde nicht einschlafen. Aber als sie spürte, wie Carols Hand über ihre Schulter glitt, wußte sie, daß sie geschlafen hatte. Es dämmerte schon. Carols Finger krallten sich in ihr Haar, Carol küßte sie auf den Mund, und Lust stieg in ihr auf, so als setzte sich nur der Augenblick fort, als Carol ihr gestern abend den Arm unter ihren Nacken gelegt hatte. Ich liebe dich, wollte Therese erneut sagen, und dann wurden die Worte ausgelöscht von dem prickelnden Vergnügen, das sich in Wellen von Carols Lippen über ihren Nacken, ihre Schultern ausbreitete und plötzlich über ihren ganzen Körper jagte. Ihre Arme umschlossen Carol fest, und sie spürte nur Carol und sonst nichts, Carols Hand, die über ihre Lenden glitt, Carols Haar, das über ihre nackten Brüste strich, und schließlich kam es ihr so vor, als löse sich ihr Körper in konzentrischen Kreisen auf, die sich immer weiter ausbreiteten, weiter als ein Gedanke folgen konnte. Während tausend Erinnerungen und Augenblicke wie der Schweif eines Kometen in ihrem Bewußtsein aufleuchteten – Worte, das erste »Liebling«, das zweite Mal, als Carol sie im Warenhaus getroffen hatte, tausend Erinnerungen an Carols Gesicht, ihre Stimme, Augenblicke voller Ärger und Lachen. Und dann war alles blaßblaue Ferne und Raum, ein sich weitender Raum, durch den sie plötzlich wie ein Pfeil dahinflog. Der Pfeil schien eine ungeheuer breite Schlucht mühelos zu überfliegen, höher und höher, als wollte er nie halten. Da wurde sie gewahr, daß sie sich noch immer an Carol anklammerte, daß sie heftig zitterte – daß sie selbst der Pfeil war. Eine von Carols hellen Haarsträhnen lag über ihren Augen, und sie spürte ihren Kopf ganz nah neben sich. Und sie mußte nicht fragen, ob es so richtig war, niemand brauchte es ihr zu sagen, denn nichts hätte richtiger und vollkommener sein können. Sie preßte Carol noch enger an sich und fühlte Carols Lippen auf ihrem eigenen lächelnden Mund. Therese lag still, dann blickte sie hinauf in Carols Gesicht, nur Zentimeter von dem ihren entfernt, in die grauen Augen, die so ruhig waren wie nie zuvor, als wäre in ihnen etwas von dem fernen Raum zurückgeblieben, aus dem sie eben wieder aufgetaucht war. Und es schien sonderbar, daß es immer noch Carols Gesicht war mit den Sommersprossen, mit den geschwungenen blonden Augenbrauen, die sie kannte, mit dem Mund, der nun so ruhig war wie ihre Augen, wie Therese ihn viele Male vorher gesehen hatte.

»Mein Engel«, sagte Carol, »dem Weltraum entschwebt!«

Therese schaute in die Ecken des Zimmers, das nun viel heller war, auf die Kommode mit der gewölbten Vorderseite und den Beschlägen an den Schubladen, wo die Griffe angebracht waren, auf den rahmenlosen Spiegel mit den geschliffenen Rändern, auf die grüngemusterten Vorhänge an den Fenstern und auf die beiden spitzen grauen Giebel, die eben noch über die Fensterbank ragten.

»Was ist das hier für eine Stadt?« fragte sie.

Carol lachte. »Dies hier? Waterloo.« Und sie griff nach einer Zigarette. »Ist das nicht schrecklich?«

Therese stützte sich auf den Ellbogen und lächelte. Carol schob ihr eine Zigarette zwischen die Lippen. »Es gibt offenbar eine ganze Reihe Waterloos in jedem Staat«, sagte Therese.

16

Während Carol sich anzog, ging Therese hinaus, um Zeitungen zu besorgen. Sie betrat den Lift und drehte sich genau in seiner Mitte herum. Sie fühlte sich irgendwie aus dem Lot, so als wäre alles verschoben, als wären die Entfernungen nicht mehr die gleichen. Sie ging durch die Halle zum Zeitungsstand in der Ecke.

»Den *Courier* und die *Tribune*, bitte«, sagte sie zu dem Verkäufer und reichte ihm die Zeitungen hinüber, und die Worte zu äußern war so merkwürdig wie die Namen der Zeitungen, die sie kaufte.

»Macht acht Cents«, sagte der Mann, und Therese stellte mit einem Blick auf das Wechselgeld, das er ihr zurückgegeben hatte, fest, daß der Unterschied zwischen einem Vierteldollar und acht Cents noch immer der gleiche war.

Sie schlenderte durch die Lobby zurück und warf durch eine Glastür einen Blick in den Frisiersalon, wo ein paar Männer sich rasieren und sich von einem schwarzen Jungen die Schuhe putzen ließen. Ein großgewachsener Mann mit einem breitkrempigen Hut und Schuhen, wie man sie im Westen trägt, ging an ihr vorbei. An diese Halle würde sie sich ebenfalls ewig erinnern, an die Leute, die altmodisch wirkende Holzschnitzerei unten an der Empfangstheke und an den Mann mit dem dunklen Mantel neben der schwarz- und sahnefarbenen Marmorsäule, der sie über den Rand seiner Zeitung hinweg ansah, dann tiefer in seinen Sessel rutschte und in seiner Lektüre fortfuhr.

Als Therese die Tür zu ihrem Zimmer öffnete, traf sie der Anblick von Carol wie ein Schmerz. Einen Augenblick blieb sie stehen, die Hand auf dem Türgriff.

Carol schaute ihr vom Badezimmer entgegen, und der Kamm blieb über ihrem Kopf in der Schwebe. Sie sah sie von Kopf bis Fuß an. »Mach das nie in der Öffentlichkeit«, sagte sie.

Therese warf ihre Zeitungen auf das Bett und ging zu ihr. Plötzlich nahm Carol sie in die Arme. So standen sie und hielten einander fest, als wollten sie sich nie trennen. Therese überlief es kalt, und Tränen traten ihr in die Augen. Es war schwer, Worte zu finden, so fest in Carols Armen, näher bei ihr, als wenn sie sich küßten.

»Warum hast du so lange gewartet?« fragte Therese.

»Weil – ich dachte, es gäbe kein zweites Mal, und ich würde es nicht wollen. Aber das ist nicht wahr.«

Therese dachte an Abby, und es war wie eine kleine Spur Bitterkeit, die sich zwischen sie schob. Carol ließ sie los.

»Und da war noch etwas – nämlich, daß du mich ständig daran erinnertest und es, wie ich dich kannte, so leicht sein würde. Verzeih mir. Es war nicht fair dir gegenüber.«

Therese biß die Zähne zusammen. Sie sah Carol nach, wie sie das Zimmer durchquerte, sah, wie der Abstand zwischen ihnen größer wurde, und sie dachte zurück an das erste Mal, als sie Carol im Warenhaus so langsam hatte weggehen sehen und gedacht hatte, es sei für immer. Carol hatte auch Abby geliebt und bereute es. Würde sie es eines Tages auch bereuen, sie geliebt zu haben, fragte sich Therese. Sie verstand nun, warum diese Wochen im Dezember und Januar so viel Ärger und Unentschlossenheit enthalten, sich Verweise so oft mit Verwöhnung abgewechselt hatten. Aber sie begriff jetzt auch, daß, was immer Carol auch wörtlich sagen mochte, es nun keine Schranken und keine Unentschiedenheit mehr zwischen ihnen gab. Und es gab auch Abby nicht mehr nach diesem Morgen, gleichviel was zwischen Carol und Abby einmal gewesen war.

»Oder?« fragte Carol.

»Du hast mich glücklich gemacht, seit ich dich kenne«, sagte Therese.

»Ich glaube, das kannst du nicht beurteilen.«

»Ich kann diesen Morgen beurteilen.«

Carol sagte nichts, nur das einschnappende Türschloß gab Antwort. Carol hatte die Tür abgeschlossen, sie waren allein. Therese ging auf sie zu, geradewegs in ihre Arme.

»Ich liebe dich«, sagte Therese, nur um die Worte zu hören. »Ich liebe dich, ich liebe dich.«

Aber Carol hatte es sich an diesem Tag offenbar in den Kopf gesetzt, sie nicht oder kaum zu beachten. Es lag mehr Arroganz als sonst in der Art, wie sie die Zigarette hielt, wie sie den Wagen vom Bordstein zurückriß, wobei sie nicht nur aus Spaß fluchte.

»Ich bin doch nicht verrückt und steck' auch nur einen Cent in eine Parkuhr, wenn die ganze Prärie unmittelbar vor mir liegt«, blaffte Carol, aber mit Schelm in den Augen, wie Therese mit einem Seitenblick feststellte. Carol machte sich über sie lustig, wenn sie vor einem Zigarettenautomaten den Kopf an ihre Schulter lehnte oder unter dem Tisch an ihren Fuß stieß. Das brachte Therese in Harnisch und lähmte sie zugleich. Sie dachte an die Leute, die im Kino Händchen hielten – und warum sollten sie und Carol das nicht tun? Aber sobald sie Carol einfach beim Arm faßte, wenn sie in einem Süßwarenladen etwas aussuchten, murrte Carol. »Laß das.«

Therese schickte von Minneapolis einen Kasten mit Pralinen an Mrs. Robichek und einen an die Kellys. Richards Mutter schickte sie gar eine zweilagige Luxusausführung mit einer Einteilung aus Holz, die Mrs. Semco bestimmt später für Nähutensilien verwenden würde.

»Hast du das je mit Abby gemacht?« wollte Therese an diesem Abend im Wagen ganz unvermittelt wissen.

Carols Augen verstanden plötzlich, und sie blinzelte. »Du stellst Fragen…«, sagte sie. »Natürlich.«

Natürlich. Sie hatte es gewußt. »Und jetzt –?«

»Therese…«

»War es sehr so wie mit mir?« fragte sie steif.

Carol lächelte. »Nein, Liebling.«

»Findest du nicht, daß es mehr Vergnügen macht, als mit Männern zu schlafen?«

Carol lächelte, leicht amüsiert. »Nicht unbedingt. Das kommt darauf an. Wen hast du gehabt außer Richard?«

»Niemand.«

»Also – willst du nicht lieber noch ein paar andere ausprobieren?«

Therese war einen Augenblick sprachlos, aber sie versuchte gelassen zu bleiben und trommelte nur mit den Fingern auf das Buch, das auf ihren Knien lag.

»Ich meine irgendwann einmal, Liebling, du hast noch viele Jahre vor dir.«

Therese sagte nichts. Sie konnte sich nicht vorstellen, sich je von Carol zu trennen. Das war eine andere schreckliche Frage, die ihr ganz am Anfang durch den Kopf geschossen war, die mit quälender Beharrlichkeit auf ihr Bewußtsein einhämmerte und eine Antwort erheischte: Würde Carol sie je verlassen wollen?

»Ich meine, mit wem man schläft, hängt so sehr von Gewohnheiten ab«, fuhr Carol fort. »Und du bist zu jung, um dich festzulegen. Oder Gewohnheiten zu entwikkeln.«

»Bist du nur eine Gewohnheit?« fragte Therese lächelnd, aber sie hörte selbst die Gekränktheit aus ihrer Stimme. »Willst du damit sagen, daß es nichts ist als das?«

»Therese – ist jetzt wirklich der Zeitpunkt, so melancholisch zu werden?«

»Ich bin nicht melancholisch«, widersprach sie, aber wieder spürte sie das dünne Eis unter ihren Füßen, die Ungewißheit.

Oder war es so, daß sie immer ein wenig mehr haben wollte, als sie hatte, ganz gleich, wieviel das war? »Abby liebt dich doch auch«, sagte sie impulsiv.

Carol startete leicht durch und nahm den Fuß vom Gas. »Abby hat mich eigentlich ihr ganzes Leben lang geliebt – auch so wie du.«

Therese starrte sie an.

»Ich werde dir einmal darüber erzählen. Was immer

geschehen ist – es ist vorbei. Monate und Monate«, sagte sie, so leise, daß Therese sie kaum verstehen konnte.

»Nur Monate?«

»Ja.«

»Erzähl' es mir jetzt.«

»Dafür ist jetzt weder der geeignete Ort noch der geeignete Zeitpunkt.«

»Der geeignete Zeitpunkt kommt nie«, sagte Therese. »Hast du nicht selbst gesagt, es gebe keinen geeigneten Zeitpunkt?«

»Ja, habe ich das gesagt? Worauf bezog sich das?«

Aber keine der beiden sagte für eine Weile überhaupt etwas, denn ein frischer Windstoß peitschte den Regen wie Abertausende von Geschossen gegen das Dach und die Windschutzscheibe, und für den Moment hätten sie ohnehin nichts anderes hören können. Kein Donner rollte, als ob der Donnergott da oben bescheiden davon abstünde, mit dem Regengott, zu konkurrieren. Sie warteten im unzulänglichen Schutz eines Hügels am Straßenrand.

»Ich könnte dir die Mitte der Geschichte erzählen«, sagte Carol, »weil die komisch ist und – die Ironie des Schicksals vor Augen führt. Es war letzten Winter, als wir zusammen den Möbelladen hatten. Aber ich kann nicht da anfangen, ohne dir den ersten Teil zu erzählen, und das war, als wir Kinder waren. Unsere Familien lebten beide in New Jersey und recht nah voneinander, und wir sahen uns während der Ferien. Abby war schon immer ein wenig verknallt in mich, schon als wir so zwischen sechs und acht Jahre alt waren. Dann schrieb sie mir ein paar Briefe, als sie so um vierzehn und fort im Internat war. Ich hatte bereits von Mädchen gehört, die Mädchen vorzogen. Aber in den Büchern steht auch immer, daß sich das nach diesem Alter gibt.« Es gab Pausen zwischen ihren Sätzen, so als ließe sie etwas aus.

»Warst du in der Schule mit ihr zusammen?«

»Nein, niemals. Mein Vater schickte mich auf eine andere Schule außerhalb der Stadt. Dann fuhr Abby, als sie sechzehn war, nach Europa, und ich war nicht zuhause, als sie zurückkam. Ich traf sie einmal auf einer Party, etwa um die Zeit, als ich heiratete. Abby sah damals ganz anders aus – nicht mehr wie eine wilde Range. Dann zogen Harge und ich in eine andere Stadt, und ich sah sie jahrelang nicht, bis lang nach Rindys Geburt. Hin und wieder tauchte sie in dem Reitstall auf, wo Harge und ich gewöhnlich ritten. Ein paar Mal sind wir dann zu dritt ausgeritten. Dann fingen Abby und ich an, Sonnabend nachmittags, wenn Harge Golf spielte, Tennis zu spielen. Abby und ich hatten immer Spaß miteinander – wir waren beide so viel älter inzwischen, und so viel war geschehen. Abbys frühere Verknalltheit kam mir überhaupt nicht in den Sinn. Ich hatte die Idee mit dem Laden, weil ich Harge nicht mehr so viel sehen wollte. Ich fand, daß wir anfingen, uns miteinander zu langweilen, und daß dies möglicherweise eine Hilfe wäre. Also fragte ich Abby, ob sie meine Partnerin sein wollte, und wir starteten den Möbelladen. Nach ein paar Wochen merkte ich zu meiner Überraschung, daß ich sie anziehend fand«, sagte Carol mit der gleichen ruhigen Stimme. »Es wollte mir nicht in den Kopf, und ich hatte auch ein wenig Angst, besonders, wenn ich an die Abby von früher dachte und mir klarmachte, daß ihre Gefühle möglicherweise unverändert waren oder unserer beider Gefühle. Also versuchte ich, es Abby nicht merken zu lassen, und das gelang mir glaub' ich ganz gut. Aber letzten Winter schließlich – und hier kommt der komische Teil der Geschichte – kam es zu der Nacht bei Abby zuhause. Die Straßen waren vom Abend vorher ganz zugeschneit, und Abbys Mutter bestand darauf, daß wir in Abbys Zimmer zusammenblieben – einfach weil in dem Zimmer, wo ich vorher geschlafen hatte, das Bett bereits abgezogen und es schon sehr spät war. Wir protestierten beide, Abby sagte, sie würde das Bett neu beziehen, aber Abbys Mutter bestand darauf.« Carol lachte leise und warf Therese von der Seite einen Blick zu, aber dieser kam es vor, als sehe Carol sie gar nicht. »So blieb ich bei Abby. Nichts wäre geschehen, wenn es nicht diese Nacht gegeben hätte, da bin ich ganz sicher, wenn da nicht Abbys Mutter gewesen wäre – das ist ja die Ironie an dem Ganzen, denn sie weiß gar nichts davon. Aber es ist eben geschehen, und ich empfand es ähnlich wie du, war so glücklich wie du.« Carol stieß die letzten Worte heraus, aber ihre Stimme blieb ruhig und ohne jegliche Gefühlsbewegung.

Therese starrte sie an, sie wußte nicht, war es Eifersucht oder Wut oder Schreck, was sie so plötzlich durcheinanderbrachte. »Und danach?«

»Danach wußte ich, daß ich in Abby verliebt war. Ich weiß nicht, warum man es nicht Liebe nennen sollte. Es hatte alle ihre Merkmale. Aber es dauerte nur zwei Monate – wie eine Krankheit, die kommt und vergeht.« Und in verändertem Ton fügte Carol hinzu: »Liebling, es hat nichts mit dir zu tun, und es ist zu Ende. Ich wußte, daß du es wissen wolltest, aber ich sah keinen Grund, dir früher davon zu erzählen. Es ist so belanglos.«

»Aber wenn du doch für sie das gleiche gefühlt hast...«

»Zwei Monate lang«, sagte Carol. »Wenn man einen Mann und ein Kind hat, weißt du, ist das etwas anderes.«

Anders als für sie, meinte Carol, weil sie keine Verantwortung hatte. »Wirklich? Kann man so etwas einfach anfangen und wieder aufhören?«

»Wenn es keine Chance für einen gibt«, erwiderte Carol.

Der Regen ließ nach, aber nur so viel, daß er jetzt wie Regen aussah und nicht wie feste silbrige Bettücher. »Ich kann's nicht glauben.«

»Du bist kaum in der Lage, etwas dazu zu sagen.«

»Warum bist du so zynisch?«

»Zynisch? Bin ich das?«

Therese fühlte sich nicht sicher genug, um zu antworten. Was bedeutete es, jemand zu lieben, was war Liebe genau, und warum hörte sie auf oder auch nicht? Das waren die wirklichen Fragen – und wer vermochte, sie zu beantworten?

»Es läßt nach«, sagte Carol. »Was meinst du, sollen wir weiterfahren und unterwegs einen guten Cognac auftreiben? Oder ist dies hier womöglich ein ›trockener‹ Staat?«

Sie fuhren bis in die nächste Stadt und fanden eine völlig menschenleere Bar im größten Hotel. Der Cognac war köstlich, und sie bestellten zwei weitere.

»Es ist französischer Cognac«, sagte Carol. »Eines Tages werden wir nach Frankreich fahren.«

Therese drehte den Schwenker zwischen den Fingern. Eine Uhr tickte am Ende der Bar. In der Ferne pfiff ein Zug. Carol räusperte sich. Ganz gewöhnliche Laute, aber es war kein gewöhnlicher Augenblick. Kein Augenblick war »gewöhnlich« gewesen seit dem Morgen in Waterloo. Therese starrte in den golden schimmernden Cognac in ihrem Glas, und da hatte sie plötzlich keinen Zweifel mehr daran, daß sie eines Tages mit Carol nach Frankreich reisen würde. Dann tauchte aus dem schimmernden Sonnenbraun im Glas Harges Gesicht auf, Mund und Nase und Augen.

»Harge weiß über Abby Bescheid, nicht wahr?« fragte Therese.

»Ja. Vor ein paar Monaten hat er sich mal beiläufig nach ihr erkundigt – und da hab' ich ihm die ganze Geschichte erzählt – von Anfang bis Ende.«

»Wirklich ...« Sie dachte an Richard und stellte sich vor, wie Richard reagieren würde. »Ist das der Grund für die Scheidung?«

»Nein. Es hat nichts mit der Scheidung zu tun. Das ist eine weitere Ironie – daß ich es Harge erzählt habe, als alles vorbei war. Ein irriger Versuch, aufrichtig zu sein, als es für Harge und mich nichts mehr zu retten gab. Wir hatten schon von Scheidung gesprochen. Erinnere mich nicht an meine Fehler!« bat Carol düster.

»Du meinst – er war doch bestimmt eifersüchtig.«

»Ja. Wie immer ich es ihm auch darstellen mochte, heraus kam wohl, daß ich mir eine Zeitlang mehr aus Abby gemacht hatte als aus ihm je. Zu einem bestimmten Zeitpunkt hätte ich – trotz Rindy – alles zurückgelassen und wäre mit ihr weggegangen. Ich weiß nicht, wie es kam, daß ich's dann doch nicht tat.«

»Und hättest du Rindy mitgenommen?«

»Ich weiß nicht. Ich weiß nur, die Tatsache, daß es Rindy gab, hat mich damals daran gehindert, Harge zu verlassen.«

»Bedauerst du es?«

Carol schüttelte langsam den Kopf. »Nein. Es hätte nicht gehalten. Es hat nicht gehalten, und vielleicht wußte ich das. Wegen meiner Ehe, die in die Brüche ging, war ich zu ängstlich, zu schwach ...« Sie stockte.

»Hast du jetzt Angst?«

Carol schwieg.

»Carol ...«

»Ich habe keine Angst«, kam es trotzig über ihre Lippen, und sie hob den Kopf und zog an ihrer Zigarette.

Therese betrachtete ihr Profil im dämmerigen Licht. Was ist jetzt mit Rindy? wollte sie fragen, was wird geschehen? Doch sie spürte, daß Carol jeden Moment die Geduld verlieren konnte und ihr dann nur obenhin oder überhaupt nicht antworten würde. Ein andermal, dachte Therese, nicht jetzt. Ihre Frage mochte sonst alles zugrunde richten, auch Carols festen Körper neben ihr. Und wie Carols geschmeidiger Körper sich in dem schwarzen Pullover bewegte, schien ihr im Moment das einzig Feste und Sichere auf der Welt zu sein. Therese strich mit dem Daumen von Carols Achselhöhle bis hinunter zu ihrer Taille.

»Ich erinnere mich, daß Harge besonders verärgert war über eine kleine Reise, die ich mit Abby nach Connecticut unternahm. Abby und ich waren hingefahren, um einige

Sachen für den Laden zu kaufen. Es war nur eine zweitägige Reise, aber er sagte: ›Hinter meinem Rücken mußtest du weglaufen.‹« Carols Stimme klang bitter, als sie die Anschuldigung wiederholte, und eher wie ein Selbstvorwurf als wie eine Nachahmung von Harges Rede.

»Spricht er immer noch davon?«

»Nein. Ist es denn etwas, worüber man reden muß? Etwas, worauf man stolz sein kann?«

»Ist es denn etwas, dessen man sich schämen muß?«

»Ja. Das weißt du doch«, sagte Carol mit ihrer ruhigen, klaren Stimme. »In den Augen der Welt ist es etwas Abscheuliches.«

Dabei, wie sie das sagte, konnte Therese nicht recht lächeln. »Das glaubst doch du nicht!«

»Aber Leute wie Harges Familie.«

»Sie sind nicht die ganze Welt.«

»Die reichen schon. Und man muß in der Welt leben. Ich meine du – und ich will damit zunächst nichts darüber sagen, wen zu lieben du dich entscheidest.«

Sie sah Therese an, und endlich stieg langsam ein Lächeln in Carols Augen auf und brachte sie zu ihr zurück.

»Ich meine die Verantwortung in der Welt, in der andere Leute leben und die vielleicht nicht deine Welt ist. Gegenwärtig ist sie es nicht, und darum war ich in New York genau die falsche Person für dich – weil ich dich verwöhne und dich daran hindere, erwachsen zu werden.«

»Warum hörst du nicht auf?«

»Ich werd's versuchen. Das Schlimme ist, ich verwöhne dich gern.«

»Du bist genau die richtige Person für mich«, sagte Therese.

»So?«

Auf der Straße sagte Therese: »Ich glaube, Harge hätte es nicht gern, wenn er erführe, daß wir zusammen unterwegs sind, stimmt's?«

»Er wird es nicht erfahren.«

»Willst du immer noch nach Washington?«

»Unbedingt, wenn du genug Zeit hast. Kannst du den ganzen Februar fortbleiben?«

Therese nickte. »Wenn ich nicht in Salt Lake City etwas höre. Ich hab' Phil gebeten, mir dahin zu schreiben. Aber die Chance ist gering.«

Wahrscheinlich würde Phil nichteinmal schreiben, dachte sie. Aber wenn es nur die kleinste Chance gab, in New York einen Job zu finden, sollte sie zurückfahren. »Würdest du ohne mich nach Washington fahren?«

Carol sah sie rasch an. »Um ehrlich zu sein, nein«, sagte sie mit einem Lächeln in ihren Augenwinkeln.

Als sie an diesem Abend zurückkamen, war ihr Hotelzimmer so überheizt, daß sie die Fenster für eine Weile weit aufmachen mußten. Carol lehnte an der Fensterbank und verfluchte die Hitze, was ihre Freundin königlich amüsierte, zumal sie fand, Therese müßte ein Salamander sein, wenn sie es ertrug. Dann fragte sie übergangslos: »Was wußte Richard gestern zu erzählen?«

Therese ahnte nichteinmal, daß Carol von seinem letzten Brief wußte. Dem Brief, den er in den Briefen nach Chicago, nach Minneapolis und nach Seattle angekündigt hatte.

»Nicht viel«, sagte Therese. »Ein Brief von nur einer Seite. Er will immer noch, daß ich ihm schreibe. Und ich habe nicht die Absicht.« Sie hatte den Brief weggeworfen, aber sie hatte ihn im Kopf: »Ich habe nichts von dir gehört, und es beginnt mir zu dämmern, was für eine unglaubliche Mischung aus Widersprüchen du bist. Du bist feinfühlig und gleichzeitig so gefühllos, phantasievoll und zugleich ohne jede Phantasie... Wenn deine launische Freundin dich irgendwo stranden läßt, laß es mich wissen, und ich hol dich. Das ist nicht von Dauer, Terry. Ich weiß etwas von solchen Dingen. Ich habe Dannie gesehen, und er wollte wissen, was ich von dir gehört habe und was du machst. Was würdest du davon halten, wenn ich es ihm erzähle? Ich habe um deinetwillen nichts gesagt, denn eines Tages wirst du dich schämen, denke ich. Ich liebe dich immer noch, ich gebe es zu. Ich werde zu dir kommen und dir zeigen, was Amerika wirklich ist – wenn ich dir so wichtig bin, daß du mir schreibst und es mir sagst...«

Das war eine Beleidigung für Carol, und Therese hatte den Brief zerrissen. Sie saß auf dem Bett, die Arme um die Knie geschlungen, und hielt in den Ärmeln des Morgenrocks ihre Handgelenke fest. Carol hatte das Lüften übertrieben, und das Zimmer war kalt. Die Minnesota-Winde hatten Besitz vom Zimmer ergriffen, zerrten an Carols Zigarettenrauch und bliesen ihn spurlos fort. Therese sah zu, wie Carol sich in aller Ruhe die Zähne über dem Becken putzte.

»Meinst du das wirklich, daß du ihm nicht mehr schreiben wirst? Hast du dich so entschieden?«

»Ja.«

Therese beobachtete, wie Carol das Wasser aus ihrer Zahnbürste schlug, sich vom Waschbecken zu ihr umdrehte und ihr Gesicht mit dem Handtuch abtrocknete. Nichts, was Richard betraf, war ihr so wichtig wie die Art, wie Carol sich das Gesicht mit dem Handtuch abtrocknete.

»Laß uns nicht mehr darüber reden.«

Sie wußte, Carol würde nichts mehr dazu sagen. Sie wußte auch, daß Carol sie bis zu diesem Augenblick immer wieder zu ihm hingeschoben hatte. Jetzt schien es, als wäre alles nur um diesen Augenblick gegangen, da Carol sich umwandte und auf sie zukam und ihr Herz einen Riesensprung nach vorn tat.

Sie fuhren weiter westwärts, durch Sleepy Eye, Tracy und Pipestone und nahmen aus irgendeiner Laune eine Straße, die ein Umweg war. Der Westen entfaltete sich wie ein Zauberteppich, gesprenkelt mit sauberen Farmhäusern, Scheunen und Silos, die sie schon eine halbe Stunde ahnten, ehe sie sie erreichten. Einmal hielten sie vor einem Farmhaus, um zu fragen, ob sie genug Benzin kaufen könnten, um bis zur nächsten Tankstelle zu kommen. Das Haus roch wie frischer, kühler Käse. Ihre Schritte klangen hohl und einsam auf den braunen Holzbohlen, und in einem jähen Anfall von Patriotismus dachte Therese: Das ist *Amerika!* Das Bild eines Hahns hing an einer Wand, er stand, aus lauter farbigen Flicken zusammengesetzt, auf schwarzem Grund, und man hätte ihn gut und gerne ins Museum hängen mögen. Der Farmer warnte sie vor Glatteis auf der Straße nach Westen, also nahmen sie die Autobahn nach Süden.

In einer Stadt, die Sioux Falls hieß, entdeckten sie am gleichen Abend am Bahngeleise einen kleinen Zirkus. Die Artisten waren nicht sonderlich gut. Ihre Sitzplätze waren zwei Apfelsinenkisten in der ersten Reihe. Einer der Akrobaten lud sie nach der Vorstellung ins Artistenzelt ein und bestand darauf, Carol ein Dutzend Zirkusplakate zu schenken, weil sie diese bewundert hatte. Carol schickte welche an Abby und an Rindy, und Rindy schickte sie außerdem noch ein grünes Chamäleon in einer Pappkiste. Es war für Therese ein unvergeßlicher Abend, und anders als die meisten solcher Abende, reihte er sich bereits als unvergeßlich ein, während er noch in vollem Gange war. Die Tüte mit Popcorn, die sie sich teilten, gehörte dazu, die einzelnen Darbietungen und der Kuß, den Carol ihr hinter einem Verschlag im Artistenzelt gab. Es lag an dem besonderen Zauber, der von Carol ausging und sich – obgleich Carol ihre guten Augenblicke für ganz selbstverständlich hielt – auf alle Welt um sie herum auszuwirken schien. Und es war so, weil alles glatt ging, ohne Enttäuschungen oder Hindernisse, weil es so ging, wie sie es sich wünschten.

Therese trottete in Gedanken verloren aus dem Zirkus. »Ich frage mich, ob ich je wieder etwas schaffen möchte«, sagte sie.

»Wie kommst du darauf?«

»Ich meine – was habe ich je anderes zu tun versucht als das? Ich bin glücklich.«

Carol nahm ihren Arm und drückte ihn, und dann grub sie ihren Daumen so kräftig hinein, daß Therese aufschrie. Carol sah zu einem Straßenhinweisschild empor und sagte: »Die Fünf und Nebraska – ich denke wir fahren in diese Richtung.«

»Was wird sein, wenn wir nach New York zurückkommen? Es kann doch da nicht genauso sein!«

»Doch«, sagte Carol. »Bis du meiner überdrüssig bist.«

Therese lachte, sie hörte das leise Flattern von Carols Schal im Wind.

»Wir werden vielleicht nicht zusammenleben, aber es wird genauso sein.«

Sie würden nicht mit Rindy zusammenleben können, das wußte Therese. Es war nutzlos, davon zu träumen. Aber es war mehr als genug, daß Carol versprach, es werde genauso sein.

Nahe der Grenze zwischen Nebraska und Wyoming hielten sie, um in einem großen Landgasthof, der wie eine Jagdhütte mitten in einen Tannenwald hineingebaut war, zu Abend zu essen. In dem großen Speisesaal waren sie fast die einzigen Gäste, und sie wählten einen Tisch in der Nähe des Kamins. Sie breiteten die Karte aus und beschlossen, geradewegs nach Salt Lake City zu fahren. Dort wollten sie dann auch ein paar Tage bleiben, befand Carol, denn es wäre ein interessanter Ort und sie hätte keine Lust mehr zu fahren.

»Lusk«, sagte Therese, die in die Karte schaute. »Was für ein sexy klingender Name.«

Carol warf den Kopf zurück und lachte. »Wo ist das?«

»Es liegt an der Straße.«

Carol hob ihr Weinglas und sagte: »Château Neuf-du-Pape in Nebraska. Worauf trinken wir?«

»Auf uns.«

Es war ein wenig so wie der Morgen in Waterloo, dachte Therese, eine Zeit, zu vollkommen und makellos, um wahr zu sein, aber es war alles wirklich, nicht nur wie Requisiten in einem Bühnenstück – ihre Cognacgläser auf dem Kaminsims, die Reihe der Geweihe darüber, Carols Feuerzeug, das Feuer im Kamin. Aber für Augenblicke fühlte sie sich wie ein Schauspieler, nur hin und wieder erinnerte sie sich mit einem Gefühl der Überraschung an ihre Identität, so als hätte sie während der letzten drei Tage die Rolle eines anderen gespielt, die Rolle von jemand, der sagenhaft, der unglaublich glücklich war. Sie blickte zu den Tannenzweigen hinauf, die in den Dachbalken befestigt waren, zu dem Mann und der Frau, die sich am Tisch an der Wand unhörbar miteinander unterhielten, zu dem Mann hinüber, der mit seiner Zeitung allein an seinem Tisch saß und langsam eine Zigarette rauchte. Sie mußte an den Mann denken, der mit der Zeitung im Hotel in Waterloo gesessen hatte. Hatte er nicht die gleichen farblosen Augen und die langen Furchen zu beiden Seiten des Mundes? Oder war nur dieser Augenblick ihres Bewußtseins dem anderen so ähnlich?

Sie verbrachten die Nacht in Lusk, hundert Kilometer weiter.

17

Mrs. H. F. Aird?« las der Angestellte an der Rezeption, nachdem Carol den Meldezettel ausgefüllt hatte. »Sind Sie Mrs. Carol Aird?« Er blickte auf.

»Ja.«

»Eine Nachricht für Sie.« Er drehte sich um und holte etwas aus dem Fach. »Ein Telegramm.«

»Danke.« Carol schaute zu Therese hinüber und hob erstaunt die Augenbrauen, ehe sie es öffnete. Sie las es stirnrunzelnd und wandte sich dann an den Angestellten.

»Wo ist das ›Hotel Belvedere‹?«

Der Mann erklärte ihr den Weg.

»Ich muß mir ein weiteres Telegramm abholen«, sagte Carol zu Therese. »Willst du hier warten?«

»Von wem?«

»Abby.«

»Ach so. Schlechte Nachrichten?«

Carols Blick war immer noch verschattet. »Ich weiß es nicht, ehe ich das andere gelesen habe. Abby teilt mir nur mit, daß ein weiteres Telegramm für mich im ›Belvedere‹ liegt.«

»Soll ich die Koffer hinaufbringen lassen?«

»Warte lieber damit. Der Wagen ist geparkt.«

»Kann ich nicht mit dir kommen?«

»Aber sicher, wenn du magst. Laß uns zu Fuß gehen. Es ist nur ein paar Schritte von hier entfernt.«

Carol ging schnell. Die Kälte war scharf. Therese blickte sich um in der flachen, ordentlich wirkenden Stadt, und es fiel ihr wieder ein, daß Carol gesagt hatte, Salt Lake City sei die sauberste Stadt der Vereinigten Staaten. Als das ›Belvedere‹ in Sicht kam, sagte sie: »Vermutlich hat Abby einen spontanen Einfall gehabt und beschlossen, ein Flugzeug zu nehmen und sich uns anzuschließen.«

Im ›Belvedere‹ kaufte Therese eine Zeitung, während Carol zur Rezeption ging. Als Therese sich zu ihr umwandte, ließ Carol gerade das Telegramm sinken, das sie gelesen hatte. Ihr Gesicht wirkte wie betäubt. Langsam kam sie auf Therese zu, und dieser schoß durch den Kopf, daß Abby tot war, daß diese zweite Nachricht von ihren Eltern kam.

»Was ist los?« fragte Therese.

»Nichts, das heißt, ich weiß es noch nicht.« Carol blickte rasch in die Runde und klopfte sich mit dem Telegramm auf die Finger.

»Ich muß telefonieren. Es kann ein paar Minuten dauern.« Sie sah auf ihre Uhr.

Es war Viertel vor zwei. Der Mann an der Rezeption sagte, sie könnte das Gespräch nach New Jersey in etwa zwanzig Minuten haben. In der Zwischenzeit wollte Carol etwas trinken. Sie fanden eine Bar im Hotel.

»Was ist? Ist Abby krank?«

Carol lächelte. »Nein, ich erzähl's dir später.«

»Ist es was mit Rindy?«

»Nein!« Carol trank ihren Cognac aus.

Therese ging in der Hotelhalle auf und ab, während Carol in der Telefonzelle war. Sie sah Carol mehrmals langsam nicken, sah sie nach dem Feuerzeug kramen, um sich eine Zigarette anzuzünden, doch bis Therese mit einem Streichholz bei ihr anlangte, hatte sie es schon gefunden und gab ihr ein Zeichen, sie solle sich entfernen. Carol sprach noch drei oder vier Minuten, dann trat sie aus der Zelle und bezahlte die Gebühr.

»Worum geht es, Carol?«

Carol stellte sich an den Hoteleingang und sah nach draußen.

»Wir gehen jetzt zum ›Temple Square Hotel‹«, sagte sie.

Dort holten sie ein drittes Telegramm. Carol öffnete es, warf einen Blick darauf und zerriß es, während sie zur Tür gingen.

»Ich glaube, wir werden heute nacht nicht hierbleiben«, sagte Carol. »Laß uns zum Wagen zurückgehen.«

Sie gingen ins Hotel zurück, wo Carol das erste Telegramm bekommen hatte. Therese sagte nichts, aber sie spürte, daß irgend etwas geschehen war, was bedeutete, daß Carol unverzüglich nach Osten zurückfahren mußte. Carol ließ die Zimmerreservierung streichen.

»Ich möchte eine Nachsende-Adresse zurücklassen für den Fall, daß noch irgendwelche Nachrichten kommen«, sagte sie. »Das ›Brown Palace‹ in Denver.«

»Jawohl.«

»Vielen Dank. Das gilt zumindest für die nächste Woche.«

Im Wagen fragte Carol: »Welches ist die nächste Stadt nach Westen?«

»Nach Westen?« Therese blickte auf die Karte. »Wendover. Das ist auf dieser Strecke. Etwa einhundertfünfzig Kilometer.«

»Jesses!« entfuhr es Carol. Sie bremste abrupt, zog die Karte zu sich herüber und studierte sie eingehend.

»Wie ist es mit Denver?« fragte Therese.

»Ich will nicht nach Denver.« Carol faltete die Karte zusammen und startete. »Gut, wir schaffen es schon. Zünd mir eine Zigarette an, ja, Liebling? Und halt Ausschau nach dem nächsten Ort, wo wir einen Happen essen können.«

Sie hatten noch nicht zu Mittag gegessen, und es war bereits nach drei Uhr. Abends zuvor hatten sie sich über diese Strecke unterhalten, den direkten Weg von Salt Lake City durch die Great-Salt-Lake-Wüste. Sie hatten reichlich Benzin, stellte Therese fest, und wahrscheinlich war das Land ja auch nicht völlig verödet, aber Carol war müde. Sie fuhren seit sechs Uhr morgens. Carol fuhr schnell. Manchmal drückte sie das Gaspedal ganz durch und ließ es eine ganze Weile so, ehe sie den Fuß wegnahm. Therese warf ihr von der Seite besorgte Blicke zu. Sie hatte das peinigende Gefühl, daß sie vor etwas davonlief.

»Ist was hinter uns?« fragte Carol.

»Nein.« Zwischen ihnen auf dem Sitz konnte Therese ein Stück des Telegramms entziffern, das in Carols Handtasche stecke. ... DIES BEKOMMST: JACOPO war alles, was sie lesen konnte. Sie erinnerte sich, daß Jacopo der Name des kleinen Esels war, der hinten im Auto lag.

Sie kamen zu einem Café mit Zapfsäule, die ganz für sich stand, wie eine große Warze inmitten der flachen Landschaft. Es hätte durchaus sein können, daß sie seit Tagen die ersten waren, die da durchkamen. Carol schaute sie über den mit einem weißen Wachstuch bedeckten Tisch an und sank gegen den hochlehnigen Stuhl zurück. Ehe sie noch sprechen konnte, kam ein alter Mann mit Schürze aus der Küche im Hintergrund und teilte ihnen mit, außer Eiern mit Speck könne er ihnen nichts anbieten. Also bestellten sie Eier mit Speck und Kaffee. Dann zündete sich Carol eine Zigarette an, beugte sich vor, den Blick auf den Tisch gesenkt.

»Weißt du, was los ist?« sagte sie. »Harge hat einen Detektiv beordert, und der ist uns seit Chicago auf den Fersen.«

»Einen Detektiv? Wofür?«

»Kannst du dir's nicht denken?« sagte Carol nahezu im Flüsterton.

Therese biß sich auf die Zunge. Klar konnte sie. Harge hatte herausbekommen, daß sie zusammen reisten. »Hat Abby es dir gesagt?«

»Abby hat es entdeckt.« Carols Finger glitten an der Zigarette entlang, und sie verbrannte sich. Als sie die Zigarette aus dem Mund nahm, fing ihre Unterlippe zu bluten an.

Therese blickte um sich. Der Raum war leer. »Uns auf den Fersen?« fragte sie. »Reist *mit* uns?«

»Kann sein, er ist jetzt in Salt Lake City. Fragt in allen Hotels nach uns. Es ist ein sehr schmutziges Gewerbe, Liebling. Es tut mir so sehr leid.« Carol lehnte sich unruhig im Stuhl zurück. »Vielleicht sollte ich dich lieber in den nächsten Zug setzen und nach Hause schicken.«

»Gut – wenn du meinst, daß es das Beste ist.«

»Du sollst nicht in dies alles hineingezogen werden.

Sollen sie mir doch bis Alaska folgen, wenn sie wollen. Ich weiß nicht, was sie bisher herausbekommen haben. Ich denke, nicht viel.«

Therese saß steif auf der Kante des Stuhls. »Was tut er eigentlich – macht er sich Notizen über uns?«

Der alte Mann kam an ihren Tisch und brachte ihnen Gläser mit Wasser.

Carol nickte. »Dann gibt es da noch den Trick mit der Wanze«, sagte sie, als der Mann sich wieder entfernt hatte. »Ich weiß nicht, ob sie so weit gehen werden. Ich bin nicht sicher, ob Harge das tun würde.« Ihr Mundwinkel zuckte. Sie starrte auf einen Fleck auf der abgenutzten weißen Wachstuchdecke. »Ich frage mich, ob sie Zeit für eine Wanze in Chicago hatten. Es ist der einzige Ort, wo wir mehr als zehn Stunden geblieben sind. Ich hoffe es fast. Das wäre so widersinnig. Erinnerst du dich an Chicago?«

»Natürlich.« Therese gab sich Mühe, ruhig zu klingen, aber es war Bluff. So wie man blufft und Beherrschung vortäuscht, wenn der Mensch, den man liebt, vor den eigenen Augen stirbt. Sie würden sich hier trennen müssen. »Was ist mit Waterloo?« Unwillkürlich mußte sie an den Mann in der Hotelhalle denken.

»Wir sind dort spät angekommen. Es wäre nicht leicht gewesen.«

»Carol, ich hab' jemand gesehen – ich bin mir nicht sicher, aber ich glaube, ich habe ihn zweimal gesehen.«

»Wo?«

»In der Hotelhalle in Waterloo zum ersten Mal. Am Morgen. Und dann dachte ich, ich hätte den gleichen Mann in dem Restaurant mit dem Kamin gesehen.« In diesem Restaurant waren sie erst am Abend zuvor gewesen.

Carol ließ Therese über beide Gelegenheiten ausführlich berichten und sich auch den Mann eingehend beschreiben. Er war schwer zu beschreiben. Aber jetzt strengte sie ihren Verstand an, um ihm noch die letzte Einzelheit zu entpressen, bis zur Farbe seiner Schuhe. Es war für sie eine unheimliche und zugleich erschreckende Erfahrung, etwas hervorzuzerren, das vermutlich ein Erzeugnis ihrer Phantasie war, und es mit einer Situation zusammenzubringen, die ganz real war. Womöglich tischte sie Carol nichts als Lügen auf, erwog sie, als sie sah, wie Carols Augen sich mehr und mehr weiteten.

»Was hältst du davon?« fragte Therese.

Carol seufzte. »Was soll man davon halten? Man muß eben beim dritten Mal nach ihm Ausschau halten.«

Therese sah auf ihren Teller. Sie brachte nichts hinunter. »Es geht um Rindy, nicht wahr?«

»Ja.« Carol legte die Gabel hin, noch ehe sie einen Bissen genommen hatte, und griff nach einer Zigarette. »Harge will sie – ganz und gar. Vielleicht denkt er, auf diese Weise kann er's erreichen.«

»Nur weil wir zusammen reisen?«

»Ja.«

»Ich sollte dich verlassen.«

»Der Teufel soll ihn holen«, sagte Carol stoisch, den Blick vage in eine entfernte Ecke des Raums gerichtet.

Therese wartete. Doch was hielt sie hier noch? »Kann ich nicht einen Bus nehmen und dann einen Zug erreichen?«

»Möchtest du fahren?« fragte Carol.

»Natürlich nicht. Ich denke nur, es ist das Beste.«

»Hast du Angst?«

»Angst? Nein.« Sie fühlte Carols Augen ebenso streng prüfend auf sich ruhen wie damals in Waterloo, als sie Carol gesagt hatte, daß sie sie liebte.

»Dann fährst du, verdammt noch mal, nicht. Ich will dich bei mir haben.«

»Ist das dein Ernst?«

»Ja. Iß deine Eier und hör auf, Unsinn zu reden.« Carol brachte sogar ein kleines Lächeln zustande. »Sollen wir nach Reno fahren, wie geplant?«

»Wohin du willst.«

»Wir wollen uns Zeit lassen.«

Kurze Zeit später, als sie bereits unterwegs waren, fing Therese noch einmal damit an: »Weißt du, ich bin immer noch nicht sicher, daß es der gleiche Mann war beim zweiten Mal.«

»Ich denke, das bist du wohl«, sagte Carol. Dann hielt sie auf der langen schnurgeraden Straße plötzlich den Wagen an. Eine Weile saß sie nur einfach da und schwieg und sah auf die Straße vor sich. Dann, mit einem raschen Seitenblick auf Therese, sagte sie: »Also nach Reno kann ich nicht fahren. Das hieße doch, das Ganze etwas zu weit treiben. Ich kenne einen wundervollen kleinen Ort etwas südlich von Denver.«

»Denver?«

»Denver«, sagte Carol mit Nachdruck und wendete den Wagen.

18

Am Morgen lagen sie fest umschlungen, als die Sonne längst zu ihnen ins Zimmer schien. Warm drangen die Sonnenstrahlen durch das Hotelfenster des Provinzortes, von dem sie nicht einmal den Namen wußten. Draußen vor der Tür lag Schnee.

»In Estes Park wird es Schnee geben«, sagte Carol zu ihr.

»Was ist Estes Park?«

»Es wird dir gefallen. Anders als der Yellowstone-Park. Er ist das ganze Jahr geöffnet.«

»Carol – machst du dir auch keine Sorgen?«

Carol zog sie an sich. »Benehme ich mich denn so, als ob ich mir Sorgen machte?«

Therese machte sich keine mehr. Die erste Panik war ausgestanden. Sie war auf der Hut, aber nicht so angestrengt wie gestern nachmittag gleich hinter Salt Lake City. Carol wollte sie bei sich haben, und geschehe, was wolle, sie würden sich stellen und nicht davonlaufen. Wie war es möglich, zu lieben *und* Angst zu haben, dachte Therese. Das paßte nicht zusammen. Und wie war es möglich, Angst zu haben, wenn sie beide mit jedem Tag immer stärker wurden? Und mit jeder Nacht. Jede Nacht, jeder Morgen war anders. An ihnen beiden war ein Wunder geschehen.

Die Straße nach Estes Park fiel leicht ab. Die Schneeverwehungen zu beiden Seiten türmten sich höher und höher, und dann begannen die Lichter, die den Tannen entlang und über die Straße gespannt waren. Es war ein Dorf mit braunen Holzhäusern und Läden und Hotels. Musik spielte, und Menschen gingen wie verzaubert mit himmelwärts gerichteten Gesichtern durch die beleuchteten Straßen.

»Es gefällt mir sehr!« sagte Therese.

»Was nicht heißt, daß du nicht auf unseren kleinen Mann aufpassen mußt.«

Sie trugen das Koffergrammophon in ihr Zimmer hinauf und spielten ein paar Platten, die sie gerade gekauft hatten, und einige alte aus New Jersey. Therese spielte ein paarmal nacheinander *Easy Living,* während Carol in der anderen Ecke des Zimmers mit verschränkten Armen auf der Lehne eines Sessels saß und sie beobachtete.

»Ich verderbe dir alles, stimmt's?«

»Ach, Carol –« Therese versuchte zu lächeln. Es war nur eine Stimmung, eine von Carols Stimmungen, nur ein Augenblick. Aber sie machte Therese hilflos.

Carol warf vom Fenster aus einen Blick in die Runde. »Warum sind wir bloß nicht von Anfang an nach Europa gefahren? In die Schweiz. Oder wenigstens hierher geflogen.«

»Ich hätte das gar nicht gemocht.« Therese gewahrte das gelbe Wildlederhemd, das Carol ihr gekauft hatte und das über der Lehne eines Stuhles hing. Carol hatte Rindy eins in Grün geschickt. Sie selbst hatte ein Paar silberne Ohrringe, einige Bücher und eine Flasche Tripla Sec gekauft. Noch vor einer halben Stunde waren sie glücklich zusammen durch die Straßen geschlendert. »Das kommt von dem letzten Whisky, den du unten noch getrunken hast«, sagte Therese. »Whisky macht dich depressiv.«

»Wirklich?«

»Schlimmer als Cognac.«

»Ich bring' dich zum schönsten Ort diesseits von Sun Valley, den ich kenne«, sagte Carol.

»Was ist mit Sun Valley?» Sie wußte, das Carol gern Ski lief.

»Sun Valley ist eben einfach nicht der richtige Ort«, sagte Carol geheimnisvoll. »Dieser Ort liegt bei Colorado Springs.«

In Denver verkaufte Carol ihren mit einem Brillanten besetzten Verlobungsring bei einem Juwelier. Therese war ein wenig bestürzt darüber, aber Carol sagte, der Ring bedeutete ihr nichts und sie könne Brillanten ohnehin nicht leiden. Und außerdem ginge es rascher, als wenn sie telegrafisch Geld von ihrer Bank abrief. Carol wollte in einem Hotel einige Kilometer außerhalb von Colorado übernachten, wo sie schon gewesen war, überlegte es sich aber anders, als sie dort ankamen. Es hätte zu viel von einem Ferienort, fand sie, und so fuhren sie zu einem anderen Hotel, das mit dem Rücken zur Stadt lag und die Berge vor sich hatte.

Ihr Zimmer war ein langgestreckter Raum, mit quadratischen, bis zum Boden reichenden Fenstern, die auf den Garten und dahinter auf die roten und weißen Berge hinaussahen. Vereinzelte weiße Kleckser sprenkelten den Garten, dazwischen standen wunderliche kleine Steinpyramiden, weißgestrichene Bänke und Stühle; vor der großartigen Landschaft, vor dieser weiten Fläche, die zu den Bergen anstieg und wie eine Welt für sich den Horizont füllte, nahm sich der Garten lächerlich aus. Die Möbel im Zimmer waren hell, etwa von der Farbe von Carols Haar, und es gab auch ein Bücherbord, so glatt, wie es sich Therese nur wünschen konnte, und unter dem Ramsch fanden sich gar einige gute Bücher, wenn Therese auch wußte, daß sie keins davon lesen würde, während sie hier waren. Über dem Bücherregal hing das Gemälde einer Frau mit schwarzem Hut und rotem Schal, und neben der Tür an der Wand war eine braune Haut ausgespannt, nicht eine wirkliche Tierhaut, sondern einfach ein Stück braunes Wildleder. Darüber hing eine Zinnlaterne mit einer Kerze darin. Carol hatte das angrenzende Zimmer, das eine Verbindungstür hatte, dazugemietet, obgleich sie es nicht einmal benutzten, um ihre Koffer hineinzustellen. Sie wollten eine Woche bleiben oder auch länger, wenn es ihnen gefiel.

Als Therese am Morgen des zweiten Tages von einem Inspektionsgang über das Hotelgelände zurückkam, fand sie Carol über den Nachttisch gebeugt. Carol warf ihr nur einen Blick zu, ging zum Toilettentisch hinüber und inspizierte ihn von unten und dann zu dem langen eingebauten Schrank hinter der Wandtäfelung.

»Das hätten wir«, sagte Carol, »denken wir nicht mehr daran.«

Therese wußte, wonach sie suchte. »Ich hab' nicht mehr dran gedacht«, sagte sie. »Ich hab' das Gefühl, wir haben ihn abgeschüttelt.«

»Nur daß er inzwischen vermutlich bis nach Denver gekommen ist«, sagte Carol ruhig. Sie lächelte, aber ihre Mundwinkel zuckten. »Vermutlich wird er auch hier hereinschneien.«

Und so war es natürlich. Es bestand auch die schwache Möglichkeit, daß der Detektiv sie gesehen hatte, als sie durch Salt Lake City zurückfuhren, und ihnen gefolgt war. Sofern er sie in Salt Lake City aufspürte, würde er sich in den Hotels nach ihnen erkundigen. Sie wußte, daß Carol nur deshalb die Nachsendadresse in Denver angegeben hatte, weil sie niemals beabsichtigt hatten, nach Denver zu fahren. Therese ließ sich in den Lehnstuhl fallen. Sie sah Carol an. Da machte sich Carol die Mühe, nach einem Abhörgerät zu suchen, doch ansonsten war ihr Verhalten arrogant. Mehr noch: mit ihrer Reise hatte sie das Schicksal herausgefordert. Und die Erklärung, die Auflösung all dieser widersprüchlichen Tatsachen lag einzig und allein bei ihr, lag ungelöst in ihren langsamen, ratlosen Schritten, mit denen sie sich der Tür näherte und wieder kehrtmachte, lag in der lässigen Haltung ihres Kopfes und in der nervösen Linie ihrer Augenbrauen, die sich unvermittelt gereizt runzeln und in der nächsten Sekunde sich bereits wieder glätten konnten. Therese schaute sich in dem großen Zimmer mit der hohen Decke und dem großen, quadratischen, einfachen Bett um. Bei aller Modernität hatte es sich etwas seltsam Altmodisch-Weiträumiges bewahrt, das sich für Therese mit dem amerikanischen Westen verband, wie die gewaltigen Sättel, die sie unten im Reitstall gesehen hatte. Gleichfalls eine gewisse Reinlichkeit. Und da durchsuchte Carol das Zimmer nach einem Abhörgerät, immer noch im Pyjama und Morgenrock! Therese wollte sie spontan in die Arme nehmen und aufs Bett ziehen. Da sie es dann nicht sofort tat, wurde sie ganz kribbelig und vermochte ihr Glücksgefühl kaum zu unterdrücken.

Carol blies den Rauch aus. »Mir ist das alles egal. Ich hoffe, daß die Presse Wind davon bekommt und Harges Nase in seinen eigenen Dreck taucht. Ich hoffe, daß er fünfzigtausend Dollar dabei los wird. Übrigens, wollen wir heute nachmittag diese Fahrt unternehmen, bei der die englische Sprache auf der Strecke bleibt? Hast du Mrs. French schon gefragt?«

Sie hatten Mrs. French am Abend zuvor im Spielsaal des Hotels kennengelernt. Sie hatte kein Auto, und Carol hatte sie gefragt, ob sie heute mit ihnen eine kleine Fahrt machen wollte.

»Ich habe sie gefragt«, sagte Therese. »Sie sagt, gleich nach dem Mittagessen ist sie abfahrtbereit.«

»Zieh dein gelbes Wildlederhemd an.« Carol nahm Thereses Gesicht in beide Hände, drückte ihre Wangen und küßte sie. »Zieh es gleich an.«

Es war eine Fahrt von sechs bis sieben Stunden zum Goldbergwerk von Cripple Creek, über den Ute-Paß und wieder einen Berg hinunter. Mrs. French fuhr also mit und redete pausenlos. Sie war eine Frau von etwa siebzig, mit einem Maryland-Akzent und einem Hörgerät, und jederzeit bereit, aus dem Wagen zu steigen und überall hinzuklettern, obgleich man ihr fast bei jedem Schritt behilflich sein mußte. Therese war sehr besorgt um sie, mochte sie aber eigentlich nicht einmal anfassen. Wenn Mrs. French hinfiele, dachte sie, würde sie in tausend Stücke zerspringen. Carol und Mrs. French unterhielten sich über den Staat Washington, den Mrs. French gut kannte, da sie dort seit ein paar Jahren bei einem ihrer Söhne lebte. Carol stellte ihr Fragen, und Mrs. French erzählte ihr alles über ihre Reisen während der zehn Jahre seit dem Tod ihres Mannes und über ihre beiden Söhne, den in Washington und den anderen auf Hawaii, der für eine Ananasexportgesellschaft arbeitete. Und ganz offensichtlich war Mrs. French von Carol entzückt, und sie würden Mrs. French noch oft sehen. Es war fast elf Uhr nachts, als sie ins Hotel zurückkamen. Carol lud Mrs. French noch zu einem späten Abendessen in der Bar ein, aber Mrs. French sagte, sie sei zu müde für etwas anderes als ihren Weizenschrot mit heißer Milch, und den werde sie in ihrem Zimmer einnehmen.

»Da bin ich aber froh«, sagte Therese, als sie gegangen war. »Ich möchte lieber mit dir allein sein.«

»Ach wirklich, Miss Belivet? Was meinen Sie wohl damit?« fragte Carol und hielt ihr die Tür zur Bar auf. »Setzen Sie sich zu mir und schießen Sie los!«

Aber sie waren nicht mehr als fünf Minuten allein in der Bar. Zwei Männer – der eine hieß Dave, und den Namen des anderen kannte Therese nicht und legte auch keinen Wert darauf – traten an ihren Tisch und fragten, ob sie sich zu ihnen setzen dürften. Die beiden hatten sie bereits abends zuvor im Spielsaal angesprochen und gefragt, ob sie eine Partie Gin Rummy mit ihnen spielen wollten. Gestern abend hatte Carol abgelehnt. Jetzt sagte sie: »Natürlich, setzen Sie sich.« Carol und Dave fingen gleich eine Unterhaltung an, die sehr interessant schien, aber Therese saß ungünstig, so daß sie nicht daran teilnehmen konnte. Und der Mann, der neben ihr saß, wollte über etwas ganz anderes, über einen Ausritt, den er gerade rund um Steamboat Springs unternommen hatte, reden. Nach dem Abendessen wartete Therese auf ein Zeichen zum Aufbruch von Carol, aber diese war noch ganz in ihre Unterhaltung vertieft. Therese hatte einmal etwas über das besondere Vergnügen gelesen, das Menschen daran fanden, wenn jemand, den sie liebten, auch in den Augen anderer attraktiv erschien. Ihr war das einfach fremd. Carol sah sie hin und wieder an und zwinkerte ihr zu. Also saß Therese anderthalb Stunden da und brachte es immerhin fertig, höflich zuzuhören, weil sie wußte, daß Carol das von ihr erwartete. Die Leute, die in der Bar und manchmal auch im Spielsaal zu ihnen stießen, störten sie nicht halb so sehr wie Mrs. French, die fast jeden Tag mit ihnen irgendwohin fuhr. Bei diesen Gelegenheiten und obgleich sie sich dafür schämte, nahm Therese es den Leuten insgeheim übel, weil sie sie daran hinderten, mit Carol allein zu sein.

»Liebling, hast du schon jemals daran gedacht, daß du auch einmal einundsiebzig sein wirst?«

»Nein«, sagte Therese.

Aber an anderen Tagen fuhren sie allein in die Berge, wählten aufs Geratewohl eine Straße, die sie gerade sahen. Einmal kamen sie in einen kleinen Ort, der ihnen gefiel, und sie verbrachten die Nacht ohne Pyjamas und Zahnbürsten, ohne Vergangenheit und Zukunft, und diese Nacht wurde zu einer dieser Inseln in der Zeit, die vollkommen und unversehrt irgendwo im Herzen oder im Gedächtnis aufgehoben sind. Oder vielleicht war es auch nichts anderes als Glück, das vollkommene Glück, dachte Therese, das so selten sein mußte, daß nur sehr wenige Menschen es je kennenlernten. Aber wenn es Glück war, dann hatte es die üblichen Grenzen überschritten und war zu etwas anderem geworden, zu etwas ungeheuer Belastendem, so daß fast schon das Gewicht einer Kaffeetasse in ihrer Hand, die Geschwindigkeit, mit der eine Katze durch den Garten lief, das stumme Zusammenprallen zweier Wolken, ihr mehr zu sein schien, als sie ertragen konnte. Und genausowenig wie sie einen Monat zuvor hatte verstehen können, daß sie plötzlich vor Glückseligkeit jauchzte, verstand sie nun nicht, wie diese so jäh wieder umschlagen konnte. Ihr war häufiger nach Weinen als nach Lachen zumute, und sie fürchtete allen Ernstes, daß ihr etwas fehlte. Zuweilen graute ihr, als müßte sie mit einem gebrochenen Rückgrat umherlaufen. Und wenn sie sich spontan Carol anvertrauen wollte, lösten sich die Wörter, ehe sie überhaupt anfing, in Furcht und in ihrem üblichen Mißtrauen gegenüber ihren eigenen Reaktionen auf, in der Angst, daß ihre Reaktionen anders als die aller übrigen wären und daß deshalb nicht einmal Carol sie verstehen könnte.

Morgens fuhren sie meistens irgendwo in die Berge hinauf und ließen den Wagen stehen, um einen Hang hinaufzuklettern. Sie fuhren ziellos durch die Haarnadelkurven, die wie weiße Kreidestriche eine Bergspitze mit der anderen verbanden. Aus einiger Entfernung sah man, wie Wolken die Berge umlagerten und die herausragenden Gipfel durch den Weltraum dahinzuschweben schienen, dem Himmel um einiges näher als der Erde. Thereses Lieblingsplatz war auf der Autostraße oberhalb von Cripple Creek, wo der Weg sich plötzlich an den Rand einer gewaltigen Bodensenke klammerte. Hunderte von

Metern darunter lag das winzige Kunterbunt der verlassenen Grubenstadt. Da spielten sich Auge und Verstand gegenseitig einen Streich, denn es war unmöglich, sich eine nüchterne Vorstellung von den Verhältnissen da unten zu machen, unmöglich, ihr mit irgendwelchen menschlichen Maßen beizukommen. Ihre eigene Hand konnte auf Armeslänge winzig klein oder auch riesengroß erscheinen. Und die Grubenstadt da unten nahm nur einen Bruchteil der großen Erdmulde ein, so wie eine einzige Erfahrung, ein einziges ganz gewöhnliches Vorkommnis sich nur in einem bestimmten, nicht meßbaren Bereich des Geistes abspielte. Ihr Blick, der im Raum verschwamm, kehrte zu der Stelle zurück, die aussah wie eine Schachtel Streichhölzer, über die ein Auto gefahren war, verweilte auf dem von Menschenhand gestifteten heillosen Durcheinander, in dem das Städtchen dalag.

Therese war ständig auf der Hut vor dem Mann mit den tiefen Furchen zu beiden Seiten des Mundes, Carol keinen Moment. Sie hatte ihn noch nicht einmal erwähnt seit ihrem zweiten Tag in Colorado Springs, und inzwischen waren zehn Tage vergangen. Weil das Restaurant des Hotels berühmt war, füllten allabendlich neue Gesichter den großen Speisesaal, die Therese verstohlen beäugte – nicht eigentlich, weil sie ihn erwartete, sondern weil ihr die Vorsicht inzwischen zur Gewohnheit geworden war. Aber Carol achtete nur auf Walter, ihren Kellner, der sie fragte, was für einen Cocktail sie an diesem Abend trinken wollten. Viele Leute aber schauten sich nach Carol um, weil sie fast immer die attraktivste Frau im ganzen Raum war. Und Therese war so beglückt darüber, mit ihr zusammen zu sein, so stolz auf sie, daß sie für niemanden Augen hatte als für Carol. Während sie sich in die Speisekarte vertiefte, trat ihr Carol unter dem Tisch leise aber nachdrücklich auf den Fuß, um sie zum Lachen zu bringen.

»Was hältst du von Island im Sommer?« fragte sie dann zum Beispiel, denn sie hatten es sich zur Regel gemacht, über Reisen zu sprechen, sollten sie einmal, wenn sie sich zu Tisch setzten, sonst nichts zu reden haben.

»Mußt du immer solche kalte Gegenden aussuchen? Wann werde ich eigentlich arbeiten?«

»Sei nicht so trübsinnig. Sollen wir Mrs. French einladen? Glaubst du, daß sie sich daran stößt, wenn wir Händchen halten?«

Eines Morgens fanden sie drei Briefe vor – von Rindy, von Abby und von Dannie. Es war der zweite Briefe von Abby an Carol, die bis dahin keine weiteren Nachrichten erhalten hatte, obschon sie Abby ihre Routenänderung telegrafiert hatte. Therese bemerkte, daß Carol Rindys Brief als ersten öffnete. Dannie schrieb, daß er immer noch auf das Ergebnis der Einstellungsgespräche wartete, und berichtete, Phil zufolge mache Harkevy das Bühnenbild für das englische Theaterstück *The Faint Heart* im März.

»Hör dir das an«, sagte Carol. »›Hast du Gürteltiere in Colorado gesehen? Kannst du mir eins schicken? Denn das Chamäleon ist verloren gegangen. Daddy und ich haben überall im Haus nach ihm gesucht. Aber wenn du mir ein Gürteltier schickst – das ist zu groß, um verlorenzugehen.‹ Neuer Absatz. ›Ich hab eine Eins in Rechtschreibung, aber nur eine Drei im Rechnen bekommen. Ich kann Rechnen nicht leiden. Ich kann den Lehrer nicht leiden. Ich muß aufhören. Ich umarme dich, viele Grüße an dich und Abby. PS. Vielen Dank für das Lederhemd. Daddy hat mir ein richtig großes Fahrrad zu Weihnachten gekauft, für das ich zu klein bin, hat er gesagt. Ich bin nicht zu klein. Es ist ein sehr schönes Fahrrad.‹ Was soll's, Harge wird mich immer übertrumpfen.« Carol legte den Brief zur Seite und griff nach Abbys.

»Warum hat Rindy dich und Abby grüßen lassen?« fragte Therese. »Glaubt sie, du bist mit Abby zusammen?«

»Nein.« Carols hölzerner Brieföffner blieb auf der Hälfte des Briefumschlages stecken. »Ich nehme an, sie denkt, ich schreibe ihr«, sagte sie und schlitzte den Briefumschlag ganz auf.

»Ich meine, Harge wird ihr doch nichts erzählt haben?«

»Nein, Liebling«, erwiderte Carol, die Abbys Brief las, zerstreut.

Therese stand auf, stellte sich ans Fenster und sah hinaus in die Berge. Sie sollte Harkevy gleich heute nachmittag schreiben, dachte sie, und anfragen, ob er für sie eine Assistentenstelle in seinem Team für März frei hätte. Sie fing an, den Brief im Kopf zu entwerfen. Die Berge starrten zurück wie majestätische rote Löwen, die ihren Nasenrücken entlangschielten. Zweimal hörte sie Carol lachen, aber sie las ihr nichts laut aus dem Brief vor.

»Nichts Neues?« fragte Therese, als sie fertig war.

»Nichts Neues.«

Carol brachte ihr auf den Straßen am Fuß der Berge, wo fast nie ein Auto vorbeikam, das Fahren bei. Therese lernte es schneller, als sie je zuvor irgend etwas gelernt hatte, und nach einigen Tagen ließ Carol sie durch Colorado Springs fahren. In Denver bestand sie die Fahrprüfung und bekam einen Führerschein. Sie könnte die halbe Strecke bis nach New York fahren, wenn sie wollte, sagte Carol.

Eines Abends saß er zur Essenszeit allein an einem Tisch links hinter Carol. Therese verschluckte sich und legte die Gabel hin. Ihr Herz pochte, als wollte es sich den Weg aus ihrer Brust hinaushämmern. Wie hatte sie das Essen nur halbwegs hinter sich bringen können, ohne ihn zu sehen? Sie sah zu Carol auf und sah, daß Carol sie beobachtete, ihre grauen Augen, die nicht mehr ganz so ruhig waren wie noch einen Augenblick zuvor, forschten in ihrem Gesicht. Carol hatte mitten in einem Satz aufgehört zu sprechen.

»Rauch mal eine Zigarette«, sagte Carol und zündete ihr eine an. »Er hat keine Ahnung, daß du ihn wiedererkennst – oder?«

»Nein.«

»Gut, laß es ihn ja nicht merken.« Carol lächelte ihr zu, zündete sich selbst eine Zigarette an und blickte in die dem Detektiv entgegengesetzte Richtung. »Reg dich nur nicht auf«, fügte sie im gleichen Ton hinzu.

Das war leichter gesagt als getan, auch sich vorzustellen, sie müßte ihn ignorieren, wenn er ihr das nächste Mal begegnete, aber weshalb sollte sie ihn ansehen, wenn es doch war, als feuerte ihr jemand eine Kugel mitten ins Gesicht?

»Kein überbackener Alaska-Lachs heute abend? Das bricht mir das Herz«, sagte Carol nach einem Blick auf die Speisekarte. »Weißt du, was wir bestellen werden?« Sie rief den Kellner. »Walter!«

Walter eilte diensteifrig lächelnd wie jeden Abend herbei: »Ja, Madam.«

»Zwei Rémy Martin, bitte, Walter«, bestellte Carol.

Der Cognac half nur sehr wenig, wenn überhaupt. Der Detektiv sah nicht ein einziges Mal zu ihnen herüber. Er las in einem Buch, das er gegen den metallenen Serviettenring gelehnt hatte, und selbst jetzt überkamen Therese starke Zweifel wie in dem Café außerhalb von Salt Lake City, ob er wirklich der Detektiv war – eine Ungewißheit, die irgendwie furchtbarer war als die sichere Gewißheit.

»Müssen wir an ihm vorbei, Carol?« fragte Therese. Eine Tür in ihrem Rücken führte in die Bar.

»Ja. Genau da gehen wir hinaus.« Carol lächelte und zog die Augenbrauen leicht in die Höhe, wie an jedem anderen Abend. »Erwartest du, daß er einen Revolver zieht?«

Therese folgte ihr, sie ging in etwa zwanzig Zentimeter Abstand an dem Mann vorbei, dessen Kopf über das Buch gebeugt war. Sie sah, wie Carol vor ihr sich liebenswürdig zu Mrs. French hinunterbeugte, die allein an einem Tisch saß.

»Warum haben Sie sich nicht zu uns gesetzt?« fragte Carol, und Therese fiel ein, daß die beiden Frauen, an deren Tisch Mrs. French gewöhnlich aß, heute abgereist waren.

Carol blieb wahrhaftig ein paar Minuten stehen und plauderte mit Mrs. French. Therese konnte nur staunen, fühlte sich aber selbst außerstande, stehenzubleiben, und ging weiter, um vor dem Lift auf Carol zu warten.

Oben fand Carol das kleine Gerät, das an einer Ecke unter dem Nachttisch befestigt war. Sie nahm die Schere und brauchte beide Hände, um den Draht durchzuschneiden, der unter dem Teppich verschwand.

»Haben die Leute im Hotel ihn hier hereingelassen?« fragte Therese schreckerfüllt.

»Er hatte wahrscheinlich einen Passepartout.« Carol riß das Ding mit einem Ruck vom Tisch ab und ließ es auf den Teppich fallen, einen kleinen schwarzen Kasten, an dem ein Stück Draht hing. »Sieh's dir an – wie eine Ratte«, sagte sie. »Harge wie er leibt und lebt.« Plötzlich stieg ihr die Röte ins Gesicht.

»Wo führt der Draht hin?«

»Zu irgendeinem Zimmer, wo es aufgezeichnet wird. Vermutlich über den Flur hinweg. *Gelobt* seien die Spannteppiche hier!«

Carol stieß das Abhörgerät mit dem Fuß in die Mitte des Zimmers.

Therese blickte auf den kleinen rechteckigen Kasten und dachte daran, daß er in der vergangenen Nacht gierig ihre Worte aufgesogen hatte. »Ich frage mich, wie lange es wohl schon da ist?«

»Wie lange, meinst du, kann er hier sein, ohne daß du ihn gesehen hast?«

»Schlimmstenfalls seit gestern.« Doch sie wußte auch so, daß sie sich irren mochte. Sie konnte unmöglich jedes Gesicht im Hotel wahrgenommen haben.

Und Carol schüttelte den Kopf. »Hätte er wohl fast zwei Wochen gebraucht, um uns von Salt Lake City bis hierher aufzuspüren? Nein, er hat ganz einfach beschlossen, heute abend mit uns zu speisen.« Carol wandte sich, ein Glas Cognac in der Hand, vom Bücherregal zu ihr. Die Röte war aus ihrem Gesicht gewichen. Jetzt lächelte sie Therese sogar ein wenig zu. »Ungeschickter Bursche, was?« Sie setzte sich aufs Bett, stopfte sich ein Kissen in den Rücken und lehnte sich zurück. »Na ja, wir sind ohnehin lange genug hier gewesen, findest du nicht?«

»Wann willst du fahren?«

»Vielleicht morgen. Wir packen in der Früh unsere Siebensachen und fahren nach dem Mittagessen, was meinst du?«

Später gingen sie noch hinunter und fuhren in der Dunkelheit ein Stück nach Westen. Wir werden nicht mehr weit nach Westen fahren, dachte Therese. Sie konnte die Panik nicht ganz unterdrücken, die in ihrem Inneren tobte und die sie etwas anderem zuschrieb, das vorher schon verschwunden war, etwas, das vor langer Zeit geschehen war, nicht jetzt, nicht hier. Sie fühlte sich unbehaglich, Carol nicht. Carol täuschte ihre kühle Unbetroffenheit nicht vor, sie hatte tatsächlich keine Angst. Was könnte er schließlich tun, meinte sie, aber sie wünsche nicht, daß man ihr nachspioniere.

»Noch was«, sagte Carol. »Versuch mal herauszufinden, was für einen Wagen er fährt.«

Als sie an diesem Abend, über die Autokarte gebeugt, so sachlich wie zwei Fremde, ihre morgige Route besprachen, dachte Therese, daß diese Nacht ganz gewiß nicht so sein würde wie die vorige. Doch als sie sich später im Bett einen Gutenachtkuß gaben, spürte Therese, wie sie sich beide plötzlich entspannten, fühlte, wie sich jäh in ihnen etwas regte, so als seien ihre Körper aus Stoffen zusammengesetzt, die, wenn sie aufeinandertrafen, notwendig Verlangen erzeugten.

19

Therese konnte nicht herausbekommen, was für ein Auto er fuhr, denn die Autos standen einzeln in abgeschlossenen Boxen, und obgleich sie diese Garagen von der Veranda aus im Blick hatte, sah sie ihn an diesem Morgen nicht herauskommen. Auch zum Mittagessen sahen sie ihn nicht. Als Mrs. French hörte, daß sie abreisten, ließ sie es sich nicht nehmen, sie zu einem kreislauffördernden Likör auf ihr Zimmer einzuladen. »Sie müssen einen Abschiedstrunk nehmen«, sagte Mrs. French zu Carol. »Und ich hab' noch nichteinmal ihre Adresse!«

Therese entsann sich, daß die beiden ausgemacht hatten, Blumenzwiebeln auszutauschen. Sie erinnerte sich an eine lange Unterhaltung im Auto über Zwiebeln, die ihre Freundschaft besiegelt hatte. Carol war bis ganz zuletzt die Geduld in Person. Niemand, der Carol auf Mrs. Frenchs Sofa sitzen sah mit dem kleinen Glas in der Hand, das Mrs. French dauernd nachfüllte, hätte geglaubt, daß sie es eilig hatte fortzukommen. Als sie sich verabschiedeten, küßte Mrs. French sie beide auf die Wangen.

In Denver fuhren sie auf die Straße, die nach Norden Richtung Wyoming führte. Unterwegs hielten sie zum Kaffeetrinken an einer der schlichten Landkneipen, die sie so mochten, mit einer Theke und einer Musikbox. Sie steckten Münzen in den Schlitz, aber es war nicht mehr dasselbe. Und auch die restliche Reise, das spürte Therese deutlich, würde nie mehr so werden wie vorher, obgleich Carol auch jetzt noch davon sprach, daß sie nach Washington fahren wollten und vielleicht sogar bis Kanada. Carols eigentliches Ziel war New York.

Die erste Nacht verbrachten sie in einem Touristen-Camp, das wie ein Kreis aus kegelförmigen Indianerzelten gebaut war. Während sie sich auszogen, ließ Carol ihren Blick gelangweilt nach oben wandern, wo die Zeltstangen sich kreuzten: »Was für eine Mühe sich doch einige Idioten machen«, und aus irgendeinem Grund fand Therese das unbändig komisch. Sie lachte, bis Carol genug hatte und drohte, ihr ein Wasserglas mit Cognac zu verabreichen, wenn sie nicht aufhörte. Therese stand mit einem Cognacschwenker in der Hand am Fenster und wartete darauf, daß Carol aus der Dusche kam. Sie lachte immer noch, als ein Wagen vor dem großen Empfangs-»Zelt« vorfuhr. Kurz darauf kam der Mann, der in das Büro hineingegangen war, wieder heraus und pirschte auf dem dunklen Gelände zwischen den Zelten herum. Es war sein schleichender Gang, der sie aufmerken ließ und ihr jäh zur Gewißheit brachte, daß er der Detektiv war – ohne daß sie sein Gesicht zu sehen brauchte.

»Carol!« rief sie.

Carol schob den Duschvorhang beiseite, blickte sie an und hörte auf sich abzutrocknen. »Ist es –...«

»Ich weiß nicht, aber ich denke ja«, sagte Therese und sah, wie die Wut sich langsam auf Carols Gesicht ausbreitete und es verhärtete. Dies machte Therese schlagartig nüchtern, so als würde ihr eben klar, daß dies eine Beleidigung für Carol oder für sie war.

»Verdammt!« fauchte Carol und warf das Handtuch auf den Boden. Sie zog ihren Morgenrock über und band sich den Gürtel zu. »Also – was tut er?«

»Sieht so aus, als möchte er hierbleiben.« Therese tat einen Schritt vom Fenster zurück. »Allerdings steht sein Wagen immer noch vor dem Büro. Wenn wir das Licht ausmachen, kann ich sehr viel besser sehen.«

Carol stöhnte. »Ach, laß es. Ich kann nicht.« Und verdrießlich und voller Abscheu: »Ich hab' die Nase voll.«

Therese verzog den Mund zu einem Grinsen und mußte an sich halten, um nicht neuerlich loszuprusten, denn Carol wäre bestimmt wütend geworden, wenn sie gelacht hätte. Dann sah sie, wie der Wagen im Eingang zu einem Garagenzelt gegenüber verschwand. »Ja, er bleibt hier. Es ist eine zweitürige schwarze Limousine.«

Carol setzte sich mit einem Seufzer auf das Bett. Sie lächelte Therese zu, ein müdes, gelangweiltes Lächeln, aus dem Resignation, Hilflosigkeit und Wut sprach. »Dusch dich und zieh dich wieder an!«

»Aber ich kann's absolut nicht beschwören, daß er's ist.«

»Das gerade ist ja die Hölle, Liebling.«

Therese duschte und legte sich angezogen neben Carol. Carol hatte das Licht ausgemacht. Sie rauchte im Dunkeln eine Zigarette nach der andern und redete kein Wort, bis sie endlich ihren Arm berührte und sagte: »Laß uns losfahren.« Es war halb vier, als sie aus dem Camp herausfuhren. Ihre Rechnung hatten sie im voraus bezahlt. Nirgends war Licht, und wenn der Detektiv nicht sein Licht ausgemacht hatte und sie beobachtete, hatte niemand sie bemerkt.

»Was willst du jetzt machen – noch mal irgendwo schlafen?« fragte Carol.

»Nein. Du?«

»Nein. Mal sehen, wieviel Abstand wir schaffen.« Sie startete durch. Die Straße war frei und eben, soweit die Scheinwerfer reichten.

In der Morgendämmerung hielt eine Autobahnstreife sie an, weil sie zu schnell gefahren waren, und Carol mußte zweiundzwanzig Dollar Strafe in einer Stadt mit Namen Central City, Nebraska, zahlen. Sie hatten einen Umweg von dreißig Kilometern gemacht, weil sie der Streife bis in die kleine Stadt folgen mußten, aber Carol nahm alles kommentarlos hin, ganz anders als an dem Tag, an dem Therese miterlebte, wie sie einem Streifenpolizisten schön tat und ihn beschwatzte, ihr die Strafe wegen Geschwindigkeitsüberschreitung zu erlassen – noch dazu einen Verkehrspolizisten aus New Jersey.

»Höchst ärgerlich«, sagte Carol, als sie wieder einstiegen. Und das war alles, was über Stunden aus ihr herauszubringen war.

Therese bot ihr an, sie abzulösen, doch Carol wollte lieber selber fahren.

Vor ihnen dehnte sich die flache Prärie von Nebraska mit gelblichen Weizenstoppeln, dazwischen Flecken brauner Erde und Gestein, das täuschend warm aussah in der Wintersonne. Weil sie jetzt etwas langsamer fuhren, hatte Therese die angstvolle Vorstellung, daß sie überhaupt nicht vorwärtskämen, so als triebe die Erde unter ihnen hinweg und sie stünden still. Sie hielt nach einer weiteren Streife hinter ihnen Ausschau, nach dem Wagen des Detektivs wie auch nach dem namen- und gestaltlosen Ding, das, wie ihr schien, sie seit Colorado Springs verfolgte. Sie beobachtete belanglose Vorgänge am Himmel und auf der Erde, denen ihr Verstand hartnäckig eine Bedeutung zuschrieb: etwa einen Bussard, der langsam seine Kreise über den Himmel zog, die Richtung, in die der Wind ein Unkrautbüschel in die Furchen eines Feldes drückte, oder ob Rauch aus einem Schornstein stieg oder nicht. Gegen acht Uhr lastete eine so unwiderstehliche Müdigkeit auf ihren Augenlidern und vernebelte ihr derart den Kopf, daß sie kaum überrascht war, als sie hinter sich einen Wagen entdeckte wie den, nach dem sie Ausschau hielt: eine dunkle zweitürige Limousine.

»Da ist so ein Wagen hinter uns«, sagte sie, »mit gelbem Kennzeichen.«

Carol schwieg minutenlang, aber sie blickte in den Rückspiegel, und ihr Atem kam stoßweise zwischen ihren geschürzten Lippen hervor. »Ich bezweifle es. Wenn es stimmt, habe ich den Burschen unterschätzt.« Sie drosselte das Tempo. »Würdest du ihn wiedererkennen, wenn ich ihn überholen lasse?«

»Ja.« Genügte inzwischen nicht schon ein flüchtiger Blick auf ihn?

Carol fuhr so langsam, daß sie fast zum Stehen kamen, griff nach der Autokarte, legte sie über das Steuer und betrachtete sie. Der andere Wagen kam näher und fuhr an ihnen vorbei. Er war es.

»Ja«, sagte Therese. Der Mann hatte nicht einmal den Kopf gewendet.

Carol trat aufs Gas. »Bist du ganz sicher?«

»Vollkommen.« Therese sah, wie der Tachometer auf hundert ging und darüber hinaus. »Was willst du tun?«

»Mit ihm reden.«

Als sie den Abstand zum Wagen vor ihnen aufholten, ging Carol mit der Geschwindigkeit herunter, scherte aus und fuhr auf die gleiche Höhe. Der Detektiv wandte den Kopf und sah zu ihnen herüber, der breite, gerade Mund war eine starre Linie, die Augen zwei graue Punkte – ebenso ausdruckslos wie der Mund. Carol machte ihm ein Zeichen, zu verlangsamen. Der Wagen drosselte sein Tempo.

»Kurbel dein Fenster herunter«, wies Carol Therese an.

Der Wagen des Detektivs rollte an den Straßenrand und kam zum Stehen.

Carol hielt neben ihm, mit den Hinterrädern noch auf der Straße, und fragte ihn, über Therese hinweg: »Schätzen Sie unsere Gesellschaft so sehr, oder was ist?«

Der Mann stieg aus und schloß die Wagentür. Nur etwa drei Meter lagen zwischen den beiden Autos. Der Detektiv ging bis zur Hälfte des Abstandes und blieb stehen. Seine toten, kleinen Augen mit dem dunklen Rand um die graue Iris waren wie die leeren, unbeweglichen Augen einer Puppe. Er war nicht mehr jung. Sein wettergegerbtes Gesicht sah mitgenommen aus, dazu war er unrasiert, was die senkrechten Kerben zu beiden Seiten seines Mundes noch vertiefte.

»Ich mache meine Arbeit, Mrs. Aird«, sagte er.

»Das seh' ich. Eine widerliche Arbeit, nicht wahr?«

Der Detektiv klopfte eine Zigarette auf seinem Daumennagel zurecht und zündete sie in dem böigen Wind mit einer Langsamkeit an, die einstudiert wirkte. »Zumindest ist sie fast erledigt.«

»Warum lassen Sie uns dann nicht in Ruhe?« fragte Carol, und ihre Stimme war so angespannt wie ihr Arm, mit dem sie sich auf das Steuer stützte.

»Weil ich den Auftrag habe, Ihnen auf dieser Reise zu folgen. Aber wenn Sie nach New York zurückfahren, brauche ich es nicht mehr zu tun. Ich rate Ihnen zurückzufahren, Mrs. Aird. Fahren Sie jetzt?«

»Nein, ich fahre nicht.«

»Ich habe nämlich eine Information erhalten – eine Information, die, würde ich sagen, es für Sie geraten sein läßt, zurückzufahren und vorsichtig zu sein.«

»Vielen Dank«, gab Carol in zynischem Ton zurück. »Danke für die Mitteilung. Es ist nicht meine Absicht, jetzt schon zurückzufahren. Aber ich kann Ihnen meine Reiseroute geben, so daß sie uns in Ruhe lassen und den versäumten Schlaf nachholen können.«

Der Detektiv sah sie mit einem falschen und leeren Lächeln an, nicht wie ein Mensch, sondern wie ein Automat, den man aufgezogen und in Gang gesetzt hat. »Ich denke, Sie werden nach New York zurückfahren. Ich kann Ihnen nur den guten Rat geben. Es geht um ihr Kind. Ich denke, das wissen Sie?«

»Mein Kind ist mein Eigentum!«

Eine Falte in seiner Wange zuckte. »Ein menschliches Wesen ist kein Eigentum, Mrs. Aird.«

»Werden Sie uns den Rest der Strecke hinterherfahren?«

»Werden Sie nach New York zurückfahren?«

»Nein.«

»Ich denke, Sie tun es doch«, sagte der Detektiv und wandte sich langsam seinem Wagen zu.

Carol trat auf den Anlasser. Trostsuchend griff sie nach Thereses Hand und drückte sie, dann ließ sie den Wagen vorwärtsschießen. Therese saß da, die Ellenbogen auf die Knie gestützt, die Hände gegen die Stirn gepreßt, überwältigt von Schock und Scham, die sie so noch nie erfahren, die sie vor dem Detektiv nur zurückgedrängt hatte.

»Carol!«

Carol weinte still vor sich hin. Therese sah die nach unten gezogenen Mundwinkel, die so gar nicht zu Carol, sondern eher zu der Grimasse eines weinenden Kindes paßten. Ungläubig starrte sie auf eine einzelne Träne, die Carols Wange hinunterkullerte.

»Gib mir eine Zigarette«, bat Carol.

Als Therese sie ihr angezündet hinüberreichte, hatte sie die Träne weggewischt, und es war vorbei. Carol fuhr eine Weile langsam und rauchte die Zigarette.

»Kriech auf den Rücksitz und hol mir den Revolver heraus«, sagte Carol.

Therese blieb einen Augenblick regungslos sitzen.

Carol sah zu ihr hinüber. »Tu's bitte.«

Therese glitt in ihren Hosen behende über die Rückenlehne und zog den marineblauen Koffer auf den Rücksitz. Sie öffnete die Schnallen und holte den Pullover mit dem Revolver heraus.

»Reich ihn mir nach vorne«, sagte Carol ruhig. »Ich möchte ihn in der Seitentasche haben.« Sie streckte die Hand über die Schulter nach hinten, und Therese legte den weißen Griff des Revolvers hinein und kroch wieder auf den Vordersitz.

Der Detektiv folgte ihnen immer noch, im Abstand eines halben Kilometers, hinter einem Pferdewagen, der von einem Seitenweg auf den Highway eingebogen war. Carol hielt Thereses Hand und fuhr mit der Linken. Therese sah auf die sommersprossigen Finger hinunter, die sich mit ihren kühlen Fingerkuppen in ihre Handfläche gruben.

»Ich will noch einmal mit ihm reden«, sagte Carol und gab gleichmäßig Gas. »Wenn du lieber aussteigen willst, lass' ich dich bei der nächsten Tankstelle oder so 'raus und hol' dich dann wieder.«

»Ich möchte dich nicht alleinlassen«, sagte Therese. Carol wollte die Tonbandaufnahmen vom Detektiv fordern, und Therese sah Carol schon verwundet vor sich, malte sich aus, wie der Mann mit der Behendigkeit eines Fachmanns den Revolver zog und auf Carol schoß, ehe diese dazu kam abzudrücken. Aber so etwas konnte nicht passieren, dachte sie und biß die Zähne zusammen. Sie knetete Carols Hand mit ihren Fingern.

»Na gut. Mach dir keine Sorgen, ich will nur mit ihm sprechen.« Plötzlich schwenkte sie vom Highway nach links ab und in eine Nebenstraße ein. Der Weg führte zwischen leicht ansteigenden Feldern hindurch, machte eine Biegung und ging weiter durch Wälder. Carol fuhr schnell, obgleich die Straße schlecht war. »Er kommt uns nach, nicht wahr?«

»Ja.«

Dann tauchte, eingebettet in die wogenden Hügel, ein

Farmhaus auf, und danach kam nichts als felsiges, mit Gestrüpp bedecktes Land und die Straße, die in den Kurven immer wieder vor ihnen verschwand. Als die Straße sich nun einen Hügelabhang hinunterschlängelte, scherte Carol nach einer Kurve aus und brachte den Wagen unbekümmert noch halb auf der Fahrbahn zum Stehen.

Sie griff in die Seitentasche und zog den Revolver heraus. Sie klappte ihn auf, und Therese konnte die Patronen erkennen. Dann starrte Carol geradeaus, durch die Windschutzscheibe, und ließ die Hand mit dem Revolver in den Schoß sinken. »Ich sollte es lieber lassen«, und dann noch einmal »lieber lassen«, und sie steckte den Revolver in die Seitentasche zurück. Darauf parkte sie den Wagen fein säuberlich, parallel zum Hügel. »Bleib drin«, sagte sie zu Therese und stieg aus.

Therese hörte das Auto des Detektivs näherkommen. Carol ging langsam dem Brummen entgegen, der Wagen kam um die Kurve, nicht rasch, aber die Bremsen quietschten, und Carol trat zur Seite. Therese öffnete die Wagentür einen Spalt und beugte sich aus dem Fenster.

Der Mann stieg aus. »Was soll das?« Er sprach laut gegen den Wind an.

»Was glauben Sie wohl?« Carol ging ihm ein Stück entgegen. »Ich möchte alles, was Sie über mich haben – die Tonbänder und was auch immer.«

Der Detektiv hob kaum die Brauen über den blassen starren Augen. Er lehnte am vorderen Kotflügel seines Fahrzeugs, und sein dünner Mund zeigte ein aufgesetztes Lächeln. Er blickte rasch auf Therese und dann wieder auf Carol. »Alles ist abgeschickt. Ich habe nichts außer ein paar Notizen. Daten und Orte.«

»Gut. Die möchte ich haben.«

»Sie meinen, Sie wollen sie kaufen?«

»Das habe ich nicht gesagt, ich sagte, ich wollte sie haben. Ziehen Sie es vor, sie zu verkaufen?«

»Ich bin nicht jemand, der sich kaufen läßt.«

»Warum tun Sie es dann, wenn nicht des Geldes wegen? Was verlangen Sie für das, was Sie haben?«

Er verschränkte die Arme. »Ich habe Ihnen gesagt, alles ist abgeschickt. Sie würden Ihr Geld verschwenden!«

»Ich glaube nicht, daß Sie die Tonbänder von Colorado Springs schon abgeschickt haben«, sagte Carol.

»Nein?« fragte er sarkastisch zurück.

»Nein. Ich gebe Ihnen, was Sie dafür verlangen.«

Er betrachtete Carol von oben bis unten, warf Therese einen Blick zu, und wieder verzog sich sein Mund.

»Holen Sie's her – Tonbänder, Berichte und was Sie sonst noch haben«, sagte Carol, und der Mann setzte sich in Bewegung.

Er ging um seinen Wagen herum zum Kofferraum, und Therese hörte seine Schlüssel klirren, als er ihn aufschloß. Unfähig, noch länger sitzenzubleiben, stieg sie aus, ging auf Carol zu und blieb wenige Schritte vor ihr stehen. Der Detektiv kramte etwas aus seinem großen Koffer. Als er sich aufrichtete, streifte ihm der Kofferraumdeckel den Hut vom Kopf, und er trat auf den Hutrand, damit der Wind ihn nicht wegwehte. Dabei hielt er etwas in der Hand, doch es war zu klein, als daß Therese ausmachen konnte, was es war.

»Da sind zwei«, sagte er. »Ich schätze, sie sind fünfhundert wert. Sie wären mehr wert, wenn da nicht noch weitere in New York wären.«

»Sie sind ein geschickter Kaufmann. Ich glaube Ihnen nicht«, sagte Carol.

»Wieso denn? Man hatte es eilig in New York.« Er hob seinen Hut auf und schloß den Gepäckraum. »Doch ihr Bedarf ist jetzt gedeckt. Ich sagte Ihnen ja, es wäre besser, Sie gingen nach New York zurück, Mrs. Aird.« Er trat seine Zigarette im Straßenschmutz aus. »Fahren Sie also jetzt nach New York zurück?«

»Ich ändere meine Pläne nicht«, sagte Carol.

Der Detektiv zuckte die Achseln. »Ich stehe auf keiner Seite. Je schneller Sie nach New York zurückgehen, desto schneller sind wir quitt.«

»Wir können gleich miteinander quitt sein. Sobald Sie mir die Dinger da gegeben haben, können Sie in der gleichen Richtung weiterfahren.«

Der Detektiv streckte ihr langsam die zur Faust geschlossene Hand entgegen, als handele es sich um ein Ratespiel und es könnte geradesogut nichts darin sein. »Sind Sie bereit, mir fünfhundert hierfür zu geben?« fragte er.

Carol sah auf seine Hand, dann öffnete sie ihre Umhängetasche. Sie zog ihre Brieftasche heraus, dann ihr Scheckbuch.

»Ich ziehe Bargeld vor«, sagte er.

»Ich habe keins.«

Er zuckte wieder die Achseln. »Also gut. Ich nehme den Scheck.«

Carol legte das Scheckheft zum Schreiben auf den Kotflügel seines Wagens.

Als er sich jetzt herüberbeugte, um Carol über die Schulter zu sehen, konnte Therese den kleinen schwarzen Gegenstand in seiner Hand erkennen. Sie ging näher. Der Mann buchstabierte seinen Namen. Als Carol ihm den Scheck gab, ließ er die beiden kleinen Schachteln in ihre Hand fallen.

»Wie lange sammeln Sie die schon?« fragte Carol.

»Spielen Sie sie ab, dann wissen Sie's.«

»Ich bin nicht hergekommen, um Witze zu machen!« sagte Carol heiser.

Der Mann faltete grinsend den Scheck zusammen. »Sagen Sie nicht, daß ich Sie nicht gewarnt hätte. Was Sie von mir bekommen haben, ist nicht das ganze Material. Der Rest befindet sich in New York.«

Carol schloß ihre Tasche und wandte sich, ohne Therese anzusehen, zu ihrem Wagen. Dann blieb sie stehen und drehte sich noch einmal zu dem Detektiv um. »Wenn die in New York alles haben, was sie wollten, können Sie doch jetzt den Bettel hinwerfen. Versprechen Sie mir das?«

Er stand da, die Hand auf der Autotür, und beobachtete sie. »Ich hab' meinen Auftrag noch nicht erfüllt, Mrs. Aird, ich arbeite immer noch für mein Büro. Es sei denn, Sie nehmen ein Flugzeug nach Hause. Oder irgendwo anders hin. Geben Sie mir Bescheid. Ich muß meinem Büro irgend etwas liefern – nachdem ich die letzten paar Tage in Colorado Springs nicht habe –, etwas Aufregenderes als das.«

»Ach, sollen die doch etwas Aufregendes erfinden!«

Der Detektiv grinste und entblößte dabei die Zähne. Dann stieg er wieder in seinen Wagen. Er legte den Rückwärtsgang ein, lehnte den Kopf aus dem Fenster, und nach einem Blick zurück riß er den Wagen herum und lenkte ihn Richtung Autobahn.

Das Brummen seines Motors war bald nicht mehr zu hören. Carol ging langsam zu ihrem Wagen und setzte sich hinters Steuer. Dort saß sie und starrte durch die Windschutzscheibe auf den dürren Erdhaufen wenige Meter vor ihr. Ihr Gesicht war blutleer, als sei sie bewußtlos.

Therese eilte zum Wagen. Sie legte den Arm um Carols Schulter, fühlte den Stoff des Mantels unter ihren Fingern und kam sich so nutzlos vor wie irgendeine Fremde.

»Ach, ich glaube, das meiste ist Bluff«, sagte Carol plötzlich.

Doch ihr Gesicht war jetzt aschfahl, ihre Stimme kraftlos.

Carol öffnete die Hand und betrachtete die beiden runden kleinen Schachteln. »Dieser Platz hier eignet sich so gut wie jeder andere.« Sie stieg aus, und Therese folgte ihrem Beispiel. Carol machte die Schachtel auf und nahm das aufgerollte Band heraus, das aussah wie Zelluloid. »Winzig, wie? Das brennt doch bestimmt. Komm, wir verbrennen es!«

Therese zündete im Schutz des Wagens ein Streichholz an. Das Band brannte rasch, Therese ließ es auf den Boden fallen, und da löschte der Wind die Flamme. Kein Grund zur Aufregung, meinte Carol, die bereits wieder rauchend am Steuer saß, sie könnten die Reste in einen Fluß werfen.

»Wie spät ist es?« erkundigte sie sich.

»Zwanzig vor zwölf.« Therese stieg wieder ein, und Carol fuhr sofort los, die Straße zurück zum Highway.

»Ich werde Abby aus Omaha anrufen und dann meinen Anwalt …« Therese schaute auf die Karte. Omaha war die nächste große Stadt, wenn sie sich etwas südlich hielten. Carol sah müde aus, und ihr beharrliches Schweigen war für Therese das Zeichen, daß ihr Zorn noch nicht verraucht war. Der Wagen holperte über eine Wurzel, und Therese hörte, wie die Bierdose polternd unter den Vordersitz rollte – die Bierdose, die sie am ersten Tag vergeblich zu öffnen versucht hatten. Sie war hungrig, ihr war seit Stunden schon ganz flau vor Hunger.

»Soll ich dich nicht ablösen?«

»Also gut«, willigte Carol ein und sank matt und schicksalsergeben gegen die Polster. Sie trat auf die Bremse.

Therese schlüpfte vor ihr vorbei ans Steuer. »Was hieltest du davon, wenn wir erst mal frühstückten?«

»Ich kann nichts essen.«

»Wie wär's mit einem Drink?«

»In Omaha, bitte.«

Therese ließ den Tachometer auf achtzig Stundenkilometer steigen und hielt ihn dann knapp unter hundert. Erst fuhren sie auf der A 30, dann nahmen sie die Zweihundertfünfundsiebziger nach Omaha. Eine zweitklassige Landstraße. »Du glaubst ihm nicht, was die Tonbänder in New York angeht, nicht wahr?«

»Sprich nicht mehr davon – es macht mich krank!«

Therese hielt das Steuer zuerst krampfhaft fest, dann gab sie sich einen Ruck und entspannte sich. Sie fühlte, daß ihnen viel Leid bevorstand, es hing gleichsam über ihnen wie ein Damoklesschwert, dessen Spitze sich geradewegs auf sie herabsenkte und in die sie geradewegs hineinfuhren. Sie sah das Gesicht des Detektivs vor sich, dessen Ausdruck sie eben noch nur vage zu deuten vermochte. Nun begriff sie plötzlich, was sie an diesem Lächeln gestört hatte. Sein Grinsen war voller Heimtücke gewesen, auch wenn er gesagt hatte, er sei nicht Partei; und dahinter hatte sie sein ureigenes Bedürfnis gespürt, sie zu trennen, sobald er wußte, daß sie zusammengehörten. Der Detektiv hatte ihr gezeigt, was sie bisher nur undeutlich ahnte, nämlich, daß die ganze Welt sich gegen sie verschworen hatte, und plötzlich war das, was sie und Carol verband, nicht mehr ein Gefühl der Glückseligkeit oder Liebe, sondern ein Ungeheuer, das zwischen ihnen stand und sie beide in seinen Fäusten gefangenhielt.

»Ich muß die ganze Zeit an diesen Scheck denken«, sagte Carol.

Eine neue Last fiel auf ihre Seele. »Glaubst du, daß sie das Haus durchsuchen werden?« fragte Therese.

»Möglich. Durchaus möglich.«

»Ich glaube nicht, daß sie ihn finden werden. Er war unter dem Tischläufer.« Aber da war dieser Brief in dem Buch. Ein seltsamer Stolz hob ihre Stimmung für einen Augenblick und schwand wieder dahin. Es war ein schöner Brief, und sie wünschte, daß sie ihn fanden und nicht den Scheck, obgleich beides als Belastungsmaterial vermutlich das gleiche Gewicht hätte und sie das eine wie das andere in den Schmutz ziehen würden. Diesen Brief, den sie Carol nie gegeben, diesen Scheck, den sie nie eingelöst hatte. Es war wahrscheinlicher, daß sie den Brief fanden.

Therese brachte es nicht über sich, Carol etwas von dem Brief zu sagen, und sie wußte nicht, war es schiere Feigheit oder der Wunsch, Carol gerade jetzt Weiteres zu ersparen. Vor ihnen tauchte eine Brücke auf. »Da vorne ist ein Fluß«, sagte sie. »Was meinst du?«

»Der kommt gerade recht.« Carol reichte ihr die beiden Schächtelchen. Sie hatte das eine halbverkohlte Band wieder zurückgelegt.

Therese stieg aus, schleuderte sie einfach über das Geländer und wandte sich ab. Sie schaute den jungen Mann im Overall an, der von der anderen Seite her über die Brücke kam, voller Widerwillen gegen ihre eigene sinnlose Feindseligkeit ihm gegenüber.

Carol telefonierte von einem Hotel in Omaha aus. Abby war nicht zu Hause, und Carol ließ ihr ausrichten, sie werde sie um sechs Uhr abends anrufen, denn dann wurde sie zurückerwartet. Carol meinte, es sei sinnlos, jetzt ihren Rechtsanwalt anzurufen, weil er bis etwa zwei Uhr ihrer Zeit zum Mittagessen fort sei. Sie wollte sich etwas erfrischen und etwas trinken.

Sie tranken in völligem Schweigen zwei Old Fashioned in der Bar des Hotels. Therese wollte mit Carol zusammen einen zweiten bestellen, worauf Carol meinte, sie sollte lieber etwas essen. Doch der Kellner teilte Carol mit, daß kein Essen an der Bar serviert werde.

»Sie möchte aber etwas essen«, sagte Carol bestimmt.

»Der Speisesaal befindet sich hinter der Halle, Madam, und es gibt auch ein Café...«

»Ich kann doch warten, Carol«, protestierte Therese.

»Würden Sie mir bitte die Speisekarte bringen? Sie

zieht es vor, hier zu essen«, sagte Carol und sah den Kellner an.

Der Kellner zögerte, dann sagte er: »Ja, Madam«, und ging die Speisekarte holen.

Während Therese Rühreier mit Würstchen aß, war Carol bei ihrem dritten Drink. Endlich fragte sie matt, das Gesicht in den Händen vergraben: »Liebling, kannst du mir denn verzeihen?«

Der Ton, mit dem sie sie vorbrachte, schmerzte Therese mehr als die Frage selbst. »Ich liebe dich doch, Carol.«

»Aber siehst du, was das bedeutet?«

»Ja.« Doch der Augenblick der Schicksalsergebenheit vorhin im Wagen, dachte sie, war eben nur ein Augenblick gewesen, so wie es jetzt nur eine bestimmte Situation war. »Ich sehe nicht ein, wieso es das immer bedeuten soll. Ich sehe nicht ein, daß dies alles zerstören kann«, sagte sie ernst.

Carol nahm die Hand vom Gesicht und lehnte sich zurück. Und trotz der Müdigkeit sah sie aus, wie Therese sie immer vor sich hatte: diese Augen, die zärtlich und hart zugleich blicken konnten, wenn sie prüfend auf ihr ruhten, der intelligente rote Mund, der sanft und entschlossen war, auch wenn die Oberlippe jetzt kaum merklich zitterte.

»Siehst du das ein?« fragte Therese, und es wurde ihr plötzlich klar, daß es eine große Frage war – ebenso entscheidend wie die, die Carol ihr ohne Worte in jenem Zimmer in Waterloo gestellt hatte. Im Grunde die gleiche Frage.

»Nein. Ich glaube, du hast recht«, sagte Carol. »Du machst es mir bewußt.«

Carol ging telefonieren. Es war drei Uhr. Therese beglich die Rechnung, wartete und fragte sich, wann es vorbei sein würde, ob die tröstliche Nachricht von Carols Rechtsanwalt oder von Abby kam oder ob es erst noch schlimmer kommen würde, ehe es besser wurde. Carol war schon eine halbe Stunde fort.

»Mein Anwalt hat nichts gehört«, berichtete sie, als sie zurückkam. »Und ich habe ihm nichts erzählt. Ich kann nicht. Ich muß ihm schreiben.«

»Das dachte ich mir.«

»Ach ja – wirklich?« Carol lächelte erstmals an diesem Tag. »Was hältst du davon, wenn wir uns hier ein Zimmer nehmen? Mir ist nicht mehr nach Fahren zumute.«

Carol ließ sich ihr Mittagessen aufs Zimmer bringen. Sie legten sich hin, um ein wenig zu schlafen, aber als Therese um Viertel vor fünf aufwachte, war Carol fort. Therese ließ den Blick im Zimmer umherschweifen, entdeckte Carols schwarze Handschuhe auf dem Toilettentisch und ihre Mocassins nebeneinander unter dem Lehnsessel. Therese seufzte, sie zitterte, der Schlaf hatte sie nicht erfrischt. Sie öffnete das Fenster und sah hinunter. Es war der siebente oder achte Stock, sie konnte sich nicht erinnern welcher. Eine Straßenbahn kroch am Hotel vorbei, und die Leute auf dem Gehweg waren in alle Richtungen unterwegs, wie Kopffüßler, und plötzlich schoß ihr durch den Kopf zu springen. Ihr Blick hob sich zu den kümmerlichen grauen Häusersilhouetten, und sie mußte die Augen schließen. Als sie sich umdrehte, stand Carol an der Tür und beobachtete sie.

»Wo warst du?«

»Ich hab' diesen verdammten Brief geschrieben.«

Sie kam auf Therese zu und nahm sie fest in die Arme. Therese fühlte Carols Nägel in ihrem Rücken durch das Jackett.

Als Carol wieder ans Telefon ging, verließ Therese das Zimmer und schlenderte durch die Hotelhalle zu den Aufzügen. Sie setzte sich in die Nähe der Rezeption und las einen Artikel in der *Corngrower's Gazette* über Maisschädlinge. Sie überlegte, was Abby wohl über Getreidekäfer wußte. Sie hatte die Uhr im Blick, und nach fünfundzwanzig Minuten ging sie wieder nach oben.

Carol lag auf dem Bett und rauchte eine Zigarette. Therese wartete darauf, daß sie etwas sagte.

»Liebling, ich muß nach New York zurück«, sagte Carol.

Therese hatte es genau gewußt. Sie stand am Fuß des Bettes. »Was hat Abby sonst noch gesagt?«

»Sie hat diesen Bob Haversham wiedergesehen.« Carol stützte sich auf den Ellenbogen. »Aber er weiß zu diesem Zeitpunkt sicherlich nicht so viel wie ich. Niemand scheint irgend etwas zu wissen, außer daß sich da ein Unheil zusammenbraut. Es kann nicht viel passieren, bis ich da bin. Aber ich muß hin.«

»Natürlich.« Bob Haversham war dieser Freund von Abby, der in Harges Firma in Newark arbeitete. Kein enger Freund – weder von Abby noch von Harge. Nichts als ein schwaches Bindeglied zwischen den beiden, die einzige Person, die etwas erfahren konnte von dem, was Harge tat, indem er vielleicht einen Detektiv erkannte oder ein Telefongespräch in Harges Büro zum Teil mithörte. Es war so gut wie überhaupt nichts wert, fand Therese.

»Abby versucht den Scheck zu finden«, sagte Carol, setzte sich aufs Bett und langte nach ihren Mokassins.

»Hat sie einen Schlüssel?«

»Ich wünschte, sie hätte einen. Sie muß sich ihn von Florence holen. Aber das wird schon gehen. Ich hab' ihr geraten, sie soll Florence sagen, daß ich ein paar Sachen nachgeschickt haben will.«

»Kannst du ihr sagen, sie möchte auch noch einen Brief mitnehmen? Ich habe einen Brief an dich in meinem Zimmer liegenlassen. Es tut mir leid, daß ich es dir nicht eher gesagt habe. Ich wußte nicht, daß du Abby bitten würdest hinzugehen.«

Carol sah sie stirnrunzelnd an. »Sonst noch was?«

»Nein. Entschuldige, daß ich's dir nicht eher gesagt habe.«

Carol seufzte und stand auf. »Ach, komm, wir wollen uns keinen Kummer mehr machen. Ich bezweifle, daß sie sich mit dem Haus befassen werden, aber ich werde Abby das mit dem Brief jedenfalls sagen. Wo liegt er?«

»Im *Oxford Book of English Verse.* Ich glaube, ich habe das Buch auf dem Schreibtisch liegenlassen.« Sie sah, wie Carol ihren Blick im ganzen Zimmer umherschweifen ließ, alles ansah, nur nicht sie.

»Ich möchte doch nicht hier übernachten«, sagte Carol.

Eine halbe Stunde später waren sie im Wagen und unterwegs nach Osten. Carol wollte Des Moines noch am gleichen Abend erreichen. Nachdem sie mehr als eine

Stunde geschwiegen hatten, hielt sie plötzlich am Straßenrand, senkte den Kopf und sagte: »Verdammt!«

Therese konnte die dunklen Ringe unter Carols Augen im Lichtschein der vorüberfahrenden Autos erkennen. Carol hatte in der vergangenen Nacht kein Auge zugetan. »Laß uns bis zu der letzten Stadt zurückfahren«, sagte Therese, »es sind noch rund 120 Kilometer bis Des Moines.«

»Möchtest du nach Arizona fahren?« fragte Carol sie, so als brauchten sie nur umzukehren.

»Ach Carol – warum müssen wir davon reden?« Ein Gefühl der Verzweiflung überkam sie plötzlich. Ihre Hände zitterten, als sie eine Zigarette anzündete. Sie reichte sie Carol hinüber und steckte sich auch eine an.

»Weil ich darüber reden will. Kannst du dir noch drei weitere Wochen frei nehmen?«

»Natürlich.« Natürlich, natürlich. Auf was sonst kam es an als darauf, mit Carol zusammen zu sein – irgendwo, irgendwie? Das Stück, wofür Harkevy die Bühnenbilder machte, lief im März an, Harkevy könnte sie weiterempfehlen, aber die Jobs waren ungewiß, Carol nicht.

»Ich bräuchte in New York nicht länger als höchstens eine Woche zu bleiben, denn die Scheidung ist geregelt, hat Fred, mein Anwalt, mir heute gesagt. Warum sollten wir also nicht noch ein paar Wochen in Arizona verbringen oder in New Mexico? Ich will nicht den Rest des Winters in New York herumhängen.« Carol fuhr langsam. Ihre Augen waren verändert. Sie waren wieder lebendig, wie ihre Stimme.

»Natürlich fände ich das schön. Wo auch immer.«

»Gut. Also weiter. Laß uns nach Des Moines fahren. Würdest du mich eine Weile ablösen?«

Sie tauschten die Plätze. Es war kurz vor Mitternacht, als sie in Des Moines angekommen waren und ein Zimmer gefunden hatten.

»Was spricht eigentlich dafür, daß du mit nach New York fährst?« fragte Carol. »Du könntest den Wagen behalten und irgendwo auf mich warten – etwa in Tuscon oder Santa Fe – und ich würde dahin zurückfliegen.«

»Und ich müßte dich verlassen?« Therese wandte sich vom Spiegel um, vor dem sie ihr Haar bürstete.

Carol lächelte. »Was meinst du mit ›mich verlassen‹?«

Therese fühlte sich überrumpelt. Und jetzt bemerkte sie zudem einen Ausdruck in ihrem Gesicht, der ihr, obgleich Carol sie eindringlich ansah, das Gefühl gab, ausgeschlossen zu sein, als hätte Carol sie irgendwo in eine entfernte Ecke ihres Bewußtseins zurückgedrängt, um Platz zu machen für Wichtigeres. »Ich meinte einfach, dich jetzt zu verlassen«, sagte Therese und wandte sich wieder dem Spiegel zu. »Nein, vielleicht ist es eine gute Idee: Es geht rascher so für dich.«

»Ich dachte, du bleibst vielleicht lieber irgendwo im Westen. Es sei denn, du möchtest etwas in New York erledigen während der paar Tage.« Carols Stimme klang gleichmütig.

»Nein, das möchte ich nicht.« Sie fürchtete die kalten Tage in Manhattan, wenn Carol zu viel zu tun hatte, um sie zu sehen. Und sie dachte an den Detektiv. Wenn Carol nach New York flog, würde sie nicht mehr von dem Gedanken verfolgt sein, daß er ihr nachspürte. Sie versuchte es sich jetzt schon vorzustellen: Carol, die allein im Osten ankam und mit ewas konfrontiert wurde, worauf sie sich nicht vorbereiten konnte. Sie stellte sich vor, sie wäre in Santa Fe und wartete auf einen Telefonanruf, wartete auf einen Brief von Carol. Aber über dreitausend Kilometer von Carol entfernt zu sein – das ließ sich nicht so leicht vorstellen. »Nur eine Woche, Carol?« fragte sie und warf das lange feine Haar nach einer Seite. Sie hatte zugenommen, aber ihr Gesicht war schmaler geworden, bemerkte sie plötzlich, und es gefiel ihr. Sie sah älter aus.

Im Spiegel sah sie, wie Carol hinter sie trat, und es gab keine Antwort, nichts als die Freude, daß Carol ihre Arme um sie schlang, und das machte es ihr unmöglich zu denken. Therese drehte sich schneller herum, als sie beabsichtigt hatte, blieb an der Ecke des Toilettentisches stehen und sah Carol an, plötzlich verwirrt durch die Flüchtigkeit alles dessen, was sie da besprachen – Zeit und Raum –, und durch den einen Meter, der sie jetzt trennte, und die 3200 Kilometer, die sie bald trennen würden. Sie fuhr sich noch einmal mit der Bürste durchs Haar. »Nur etwa eine Woche?«

»Wie ich schon sagte«, erwiderte Carol, und ihre Augen lächelten, aber Therese hörte die gleiche Härte aus Carols Antwort heraus, die in ihrer eigenen Frage gelegen hatte, so als lieferten sie sich einen Schlagabtausch. »Wenn es dir lästig ist, den Wagen zu behalten, kann ich ihn nach Osten fahren lassen.«

»Es ist mir nicht lästig.«

»Und mach dir keine Sorgen wegen des Detektivs. Ich werde Harge telegraphieren, daß ich auf dem Wege bin.«

»Deswegen mache ich mir keine Sorgen.« Wie konnte

Carol nur so kalt sein, fragte sich Therese, und an alles mögliche denken, nur nicht an ihren Abschied? Sie legte die Haarbürste auf den Toilettentisch.

»Therese, glaubst du, daß das alles ein Vergnügen für mich ist?«

Und da dachte Therese an die Detektive, die Scheidung, die Feindseligkeit – an alles, womit Carol konfrontiert werden würde. Carol berührte erst ihre Wange, preßte dann beide Handflächen fest gegen ihre beiden Wangen, so daß ihr Mund sich öffnete wie bei einem Fisch und Therese lachen mußte. Therese stand immer noch neben dem Toilettentisch und sah ihr zu, sie verfolgte jede Bewegung ihrer Hände, ihrer Füße, als sie sich die Strümpfe auszog und wieder in die Mokassins schlüpfte. Danach gab es keine Worte mehr. Was sollten sie sich noch mit Worten erklären oder fragen oder versprechen? Sie brauchten sich nichteinmal in die Augen zu sehen. Therese sah, wie Carol den Telefonhörer aufnahm, und dann lag sie mit dem Gesicht nach unten auf dem Bett, während Carol ihren Flug für den nächsten Tag buchte: ein Ticket, einfacher Flug, morgen, elf Uhr vormittags.

»Wo, denkst du, wirst du hinfahren?« fragte Carol sie.

»Ich weiß nicht. Vielleicht Sioux Falls.«

»South Dakota?« Carol lächelte ihr zu. »Würdest du Santa Fe nicht vorziehen? Dort ist es wärmer.«

»Ich warte lieber und sehe es mir mit dir an.«

»Nicht Colorado Springs?«

»Nein!« Therese lachte, stand auf und ging mit ihrer Zahnbürste ins Badezimmer. »Ich such' mir vielleicht sogar einen Job für eine Woche.«

»Was für einen Job?«

»Irgendeinen. Nur um nicht immer an dich denken zu müssen, verstehst du.«

»Ich will aber, daß du an mich denkst. Keinen Job in einem Warenhaus.«

»Nein.« Therese blieb in der Badezimmertür stehen und sah, wie Carol ihren Slip auszog und ihren Morgenrock überstreifte.

»Und zerbrich dir nicht wieder den Kopf über Geld, hörst du?«

Therese steckte die Hände in die Taschen ihres Morgenrocks und stellte einen Fuß auf den andern. »Wenn ich pleite bin, ist's mir egal. Ich fange erst an mich aufzuregen, wenn es verbraucht ist.«

»Ich geb' dir morgen ein paar Hunderter für den Wagen.« Carol gab ihr im Vorbeigehen einen Nasenstüber. »Und du darfst den Wagen nicht dazu benutzen, Fremde mitzunehmen.« Damit ging Carol ins Badezimmer und drehte die Dusche auf.

Therese kam hinter ihr her. »Ich dachte, ich war dabei, dieses Badezimmer zu benutzen.«

»Jetzt benutze ich es, aber ich laß dich herein.«

»Oh, vielen Dank.« Auch Therese zog ihren Morgenrock aus.

»Nun?« sagte Carol.

»Nun?« Therese stellte sich unter die Dusche.

»Du hast Nerven!« Carol stellte sich dazu und drehte Therese einen Arm auf den Rücken. Aber Therese kicherte.

Therese wollte sie umarmen, sie küssen, aber ihr freier

Arm griff krampfhaft nach Carol, zog ihren Kopf zu sich heran und unter den Wasserstrahl, und es hörte sich schrecklich an – wie wenn ein Fuß ausrutschte.

»Hör auf, wir fallen!« schrie Carol. »Um Himmelswillen, können denn zwei Menschen nicht in Frieden miteinander duschen?«

20

In Sioux Falls fuhr Therese bis vor ein Hotel, in dem sie schon einmal mit Carol übernachtet hatte, das ›Warrior‹. Es war halb zehn Uhr abends. Carol mußte vor etwa einer Stunde zu Hause angekommen sein. Sie hatten ausgemacht, daß Therese sie um Mitternacht anrufen würde.

Sie nahm sich ein Zimmer, ließ ihre Koffer hinauftragen, dann beschloß sie, einen Spaziergang durch die Hauptstraße zu machen. Es gab auch ein Kino, und es fiel ihr ein, daß sie niemals mit Carol im Kino gewesen war. Sie ging hinein. Aber sie war nicht in der Stimmung, dem Film zu folgen, obgleich eine Frau darin vorkam, deren Stimme sie an Carols erinnerte, ganz anders als die flachen, nasalen Stimmen, die sie um sich herum hörte. Sie dachte an Carol, die nun dreitausend Kilometer weit weg war, dachte daran, daß sie heute allein schlafen würde, und sie stand auf und trat wieder auf die Straße hinaus. Da war der Drugstore, in welchem Carol damals Erfrischungstüchlein und eine Tube Zahnpasta gekauft hatte. Und da war die Ecke, wo Carol aufgesehen und die Straßennamen gelesen hatte: Fünfte und Nebraska Straße. Sie kaufte ein Päckchen Zigaretten im gleichen Drugstore, ging zum Hotel zurück, saß rauchend in der Halle, genoß die erste Zigarette, seit Carol fort war, genoß den vergessenen Zustand des Alleinseins. Es war nur ein physischer Zustand. In Wahrheit fühlte sie sich nicht wirklich allein. Eine Weile las sie in ein paar Zeitungen, dann holte sie die Briefe von Dannie und Phil, die während der letzten Tage in Colorado Springs gekommen waren, aus ihrer Handtasche und überflog sie.

Ich habe Richard vorgestern abend ganz allein im ›Palermo‹ getroffen, schrieb Phil. *Ich habe nach dir gefragt, und er sagte, er würde dir nicht mehr schreiben. Ich schließe daraus, daß es zwischen euch ein wenig gekracht hat, aber ich bin dann nicht weiter in ihn gedrungen. Er war nicht in der Stimmung zu reden. Und wir können ja in letzter Zeit auch nicht allzu gut miteinander, wie du weißt... Hab' dich einem Engel namens Francis Puckett eingeredet, der fünfzigtausend zusammenbringen will, wenn ein gewisses Stück im April aus Frankreich herüberkommt. Ich halte dich auf dem laufenden, denn es gibt noch keinen Produzenten dafür... Dannie läßt herzlich grüßen, wie ich sicher annehme. Er wird vermutlich bald irgendwo anders hinziehen, ich seh's ihm an, und dann muß ich mich nach einem neuen Winterquartier umsehen oder einen anderen Zimmergenossen finden... Hast du die Zeitungsausschnitte zu* Small Rain *bekommen, die ich dir geschickt habe?*

Alles Liebe, Phil

Auch Dannies Brief war kurz:

Liebe Therese,
es besteht die Möglichkeit, daß ich Ende des Monats an die Westküste komme, um einen Job in Kalifornien anzunehmen. Ich muß mich entscheiden zwischen diesem (einem

Labor-Job) und einem Angebot in einem Chemieunternehmen in Maryland. Wenn ich dich in Colorado oder anderswo kurz sehen könnte, würde ich etwas früher losfahren. Wahrscheinlich nehm' ich die Stelle in Kalifornien. Wenn deine Freundin nichts dagegen hat, wäre es schön, irgendwo ein paar Tage mit dir zu verbringen. Bis zum 28. Februar werde ich jedenfalls in New York sein.

Herzlichst, Dannie

Sie hatte ihm nicht geantwortet. Sie würde ihm morgen, sobald sie ein Zimmer irgendwo hier in der Stadt gefunden hatte, ihre Adresse schicken; was ihr nächstes Ziel anging, so mußte sie mit Carol darüber reden. Und wann würde Carol in der Lage sein, das zu sagen? Sie fragte sich, was Carol wohl heute abend schon in New Jersey vorgefunden hatte, und ihr Mut sank. Sie griff nach einer Zeitung und sah auf das Datum – fünfzehnter Februar. Neunundzwanzig Tage, seit sie New York mit Carol verlassen hatte. Konnten es nur so wenige Tage sein?

Oben in ihrem Zimmer meldete sie das Gespräch zu Carol an, badete und schlüpfte in ihren Pyjama. Da klingelte das Telefon.

»Hal-loo«, sagte Carol, so als habe sie lange gewartet. »Wie heißt das Hotel?«

»›The Warrior‹. Aber ich werde hier nicht bleiben.«

»Du hast keinen Fremden von der Straße aufgelesen?«

Therese lachte. Carols langsame Stimme ließ sie erschauern, als hätte Carol sie berührt. »Was gibt's Neues?« fragte Therese.

»Heute abend? Nichts. Das Haus ist eiskalt, und Florence kann nicht vor übermorgen herkommen. Abby ist hier. Willst du ihr guten Tag sagen?«

»Sie steht nicht etwa neben dir?«

»Nein, nein. Oben im grünen Zimmer bei geschlossener Tür.«

»Ich möchte jetzt eigentlich nicht mit ihr sprechen.«

Carol wollte alles wissen, was sie an diesem Tag unternommen hatte, wie die Straßen waren, und ob sie den gelben Pyjama anhatte oder den blauen.

»Es wird mir schwerfallen, heute ohne dich einzuschlafen.«

»Ja.« Da, wie aus heiterem Himmel kamen Therese die Tränen.

»Kannst du nicht mal was anderes sagen als immer nur ja?«

»Ich liebe dich.«

Carol pfiff. Dann Schweigen. »Abby hat den Scheck gefunden, Liebling, aber keinen Brief. Sie hat mein Telegramm nicht bekommen, aber Brief ist jedenfalls keiner da.«

»Habt Ihr das Buch gefunden?«

»Wir haben es gefunden, aber drin ist nichts.«

Therese überlegte, ob der Brief nicht doch in ihrer Wohnung sein mochte. Aber sie hatte den Brief an einer bestimmten Stelle des Buches vor Augen. »Glaubst du, jemand hat das Haus durchsucht?«

»Nein. Das kann ich an verschiedenen Dingen erkennen. Mach dir bitte keine Sorgen deswegen, hörst du?«

Kurz danach schlüpfte Therese ins Bett und schaltete das Licht aus. Carol hatte sie gebeten, sie morgen abend wieder anzurufen. Eine Weile noch klang ihr Carols Stimme im Ohr, dann merkte sie, wie sie melancholisch wurde. Da lag sie, die Arme am Körper, mit einem Gefühl von leerem Raum um sich herum, wie aufgebahrt. Später schlief sie ein.

Am andern Morgen fand Therese in einem Haus in einer der Straßen hügelan ein Zimmer, das ihr zusagte. Es war ein großes Vorderzimmer, mit einem Erker voller Pflanzen und weißen Vorhängen an den Fenstern, mit einem Himmelbett und auf dem Fußboden einem ovalen bestickten Teppich. Die Vermieterin verkündete, das Zimmer koste sieben Dollar die Woche, doch Therese war sich nicht sicher, ob sie eine Woche bleiben würde, und meinte, sie wolle lieber den Tagessatz zahlen.

»Das kommt auf dasselbe heraus«, sagte die Frau. »Wo kommen Sie her?«

»Aus New York.«

»Wollen Sie länger bleiben?«

»Nein, ich warte hier bloß auf eine Freundin. Ist Platz in den Garagen da hinten? Ich bin mit dem Wagen gekommen.«

Die Frau sagte, es seien zwei Garagen frei und sie verlange dafür nichts, da sie auch bei ihr wohnte. Sie war noch nicht alt, aber sie ging ein wenig gebückt und wirkte zerbrechlich. Sie hieß Mrs. Elizabeth Cooper. Sie hätte seit fünfzehn Jahren Untermieter, erzählte sie, und zwei von den dreien, mit denen sie angefangen hätte, seien immer noch da.

Gleichentags machte Therese die Bekanntschaft von Dutch Huber und seiner Frau, die das Speiselokal neben der örtlichen Leihbibliothek betrieben. Er war ein hagerer Mann um die Fünfzig mit kleinen, neugierigen blauen Augen. Seine Frau Edna war dick, kochte und sprach weitaus weniger als er. Dutch hatte vor Jahren eine Zeitlang in New York gearbeitet. Er stellte ihr Fragen über Stadtteile, die sie zufällig überhaupt nicht kannte, während sie welche nannte, von denen Dutch nie gehört oder die er vergessen hatte, und irgendwie mußten sie beide über diese sich zäh hinziehende Unterhaltung lachen. Dutch fragte sie, ob sie mit ihm und seiner Frau zum Motorradrennen fahren wollte, das am Sonnabend ein paar Meilen vor der Stadt stattfinden sollte, und Therese sagte zu.

Sie kaufte Pappe und Leim und arbeitete an dem ersten Modell, das sie Harkevy zu zeigen beabsichtigte, wenn sie nach New York zurückkam. Sie hatte es fast fertig, als sie um halb zwölf zum ›Warrior‹ hinunterging, um Carol anzurufen.

Carol war nicht zu Hause, und niemand ging ans Telefon. Therese versuchte es bis ein Uhr, dann ging sie zurück zu Mrs. Coopers Haus.

Sie erreichte Carol am nächsten Morgen gegen halb elf. Carol erzählte, wie sie tags zuvor alles mit ihrem Rechtsanwalt durchgesprochen hätte, daß aber weder sie noch ihr Rechtsanwalt etwas unternehmen könnten, ehe sie nicht wüßten, was Harges nächster Schritt wäre. Carol war etwas kurz angebunden, weil sie eine Verabredung zum Mittagessen in New York hatte und vorher noch einen Brief schreiben mußte. Zum ersten Mal schien sie Angst vor dem zu haben, was Harge tat. Sie hatte zweimal versucht, ihn anzurufen, ohne ihn erreichen zu können. Aber es war vor allem ihre brüske Art, die Therese irritierte.

»Du hast dir's doch nicht irgendwie anders überlegt?« fragte Therese.

»Aber natürlich nicht, Liebling. Morgen abend gebe ich eine Party. Du wirst mir fehlen.«

Beim Hinausgehen stolperte Therese über die Hotelschwelle, und da spürte sie, wie die erste große Woge von Einsamkeit sie überrollte. Was würde sie morgen abend tun? In der Bücherei lesen, bis diese um neun Uhr schloß? An einem weiteren Bühnenbild arbeiten? Sie ging die Namen der Leute durch, die zu Carols Party kommen sollten: Max und Clara Tibbet, die eine Gärtnerei an einer Autobahn in der Gegend betrieben und denen Therese einmal begegnet war, Carols Freundin Tessie, die sie nicht kannte, und dann noch Stanley McVeigh, der Mann, mit dem Carol an dem Abend zusammen war, an dem sie anschließend nach Chinatown gingen. Abby hatte Carol nicht erwähnt.

Und Carol hatte sie nicht gebeten, morgen wieder anzurufen.

Während sie weiterging, erinnerte sie sich plötzlich an den Augenblick, als sie Carol zuletzt gesehen hatte, und es war ihr, als stiege Carol eben jetzt erst im Flughafen Des Moines vor ihren Augen ins Flugzeug, Carol, wie sie ihr von der Passagiertür aus zuwinkte, schon klein und weit weg, denn Therese mußte hinter dem Drahtzaun bleiben, der quer über das Flugfeld lief. Die Gangway war bereits weggerollt worden, aber da blieben immer noch ein paar Sekunden, bis sich die Tür schloß, und da war Carol wieder aufgetaucht, gerade lange genug, um sekundenlang in der Tür stehen zu bleiben, sie in der Menge zu entdekken und ihr eine Kußhand zuzuwerfen. Aber es bedeutete ihr unsinnig viel, daß sie noch einmal an die Tür gekommen war.

Am Sonnabend fuhr Therese zum Motorradrennen hinaus und nahm Dutch und Edna mit, weil Carols Wagen größer war. Hinterher luden die beiden sie zum Abendessen zu sich nach Hause ein, aber sie lehnte ab. Von Carol war an diesem Tag kein Brief gekommen, und sie hatte zumindest eine kurze Nachricht erwartet. Der Sonntag deprimierte sie, und auch die Ausfahrt am Nachmittag den Sioux River entlang nach Dell Rapids vermochte ihre innerliche Verkrampfung nicht zu lösen.

Am Montag vormittag saß sie in der Bibliothek und las ein Drama nach dem andern. Gegen zwei Uhr, als der Andrang zu Dutchs Mittagstisch abflaute, ging sie hinüber und trank einen Tee und unterhielt sich mit Dutch, während sie in der Musikbox die Songs spielte, die sie und Carol immer gespielt hatten. Sie hatte Dutch erzählt, daß der Wagen der Freundin gehörte, auf die sie wartete. Und nach und nach führten Dutchs Zwischenfragen dazu, ihm zu erzählen, daß Carol in New Jersey lebte, daß sie vermutlich herfliegen würde und daß sie vorhatten, nach New Mexico zu fahren.

»Tatsächlich?« erkundigte sich Dutch und drehte sich zu ihr um, während er ein Glas blankrieb.

Ein merkwürdiges Bedauern stieg in Therese auf, daß sie Carols Namen genannt hatte, und sie nahm sich vor, nicht wieder von Carol zu sprechen, mit niemandem hier.

Am Dienstag kam ein Brief von Carol, nur eine kurze Notiz, aber sie besagte, daß Fred, ihr Rechtsanwalt, optimistisch sei und es so aussehe, als ob sie sich ab jetzt nur noch um die Scheidung kümmern müßte und sie vermutlich am vierundzwanzigsten Februar abreisen würde. Therese freute sich, als sie das las. Sie mußte hinaus und die frohe Nachricht mit jemandem feiern, aber da war niemand, und so blieb ihr nichts anderes übrig, als einen Spaziergang zu machen und bei einem einsamen Drink an der Bar des ›Warrior‹ an Carol zu denken, die nun bereits seit fünf Tagen weit fort war. Es gab niemanden, den sie jetzt um sich haben wollte, ausgenommen vielleicht Dannie. Oder Stella Overton. Stella war eine vergnügte Person, und auch wenn sie mit Stella nicht über Carol hätte reden wollen – mit wem konnte sie das schon? –, hätte es ihr doch wohlgetan, sie zu sehen. Sie hatte Stella schon vor Tagen eine Karte schreiben wollen, hatte es aber immer noch nicht getan.

Spät in der Nacht schrieb sie an Carol.

Die Neuigkeiten sind wunderbar. Ich feierte sie mit einem einsamen Daiquiri im ›Warrior‹. Ich bin ja nicht altmodisch – aber wußtest du, daß ein Drink die Wirkung von dreien hat, wenn du allein bist?... Ich liebe diese Stadt, weil mich alles an dich erinnert. Ich weiß, du magst sie nicht mehr als jede andere Stadt, aber darum geht es nicht. Ich meine, du bist hier so gegenwärtig, wie ich's gerade ertragen kann, wenn du nicht da bist...

Und Carol schrieb:

Ich habe Florence nie gemocht. Das möchte ich gleich vorausschicken. Es scheint so, daß Florence dein Briefchen an mich gefunden und Harge verschachert hat – zu einem stolzen Preis. Sie ist auch dafür verantwortlich, daß Harge wußte, wo wir, oder zumindest, wo ich hinfahren würde – das steht für mich außer Frage. Ich weiß nicht, was ich im Haus habe rumliegen lassen oder was sie mitgehört hat. Ich dachte, ich sei ziemlich verschwiegen gewesen, aber wenn sich Harge die Mühe gemacht hat, sie zu bestechen – und ich bin sicher, daß er's getan hat –, ist nicht abzusehen, was da noch alles kommt. Seit Chicago waren sie uns jedenfalls auf den Fersen. Mein Liebling, ich hatte ja keine Ahnung, wie weit diese ganze Sache geht. Damit du dir die Szene in ungefähr vorstellen kannst: niemand sagt mir irgend etwas, es wird nur plötzlich etwas aufgedeckt. Wenn einer die Fakten kennt, so ist es Harge. Ich habe mit ihm telefoniert, und er weigert sich, mir irgend etwas zu sagen, was natürlich darauf berechnet ist, mich derart unter Druck zu setzen, daß ich die Flinte ins Korn werfe, noch ehe der Kampf begonnen hat. Die werden mich noch kennenlernen, alle miteinander, wenn die glauben, ich laß mich ins Bockshorn jagen. Der Kampf geht natürlich um Rindy; ja, Liebling, ich fürchte, es wird dazu kommen, und dann kann ich nicht am vierundzwanzigsten fort. Soviel hat Harge mir gesagt, als er heute morgen am Telefon plötzlich den Brief erwähnte. Ich schätze, der Brief könnte seine stärkste Waffe sein (die Abhörerei lief erst ab Colorado Springs, soweit ich das richtig sehe), deshalb ließ er es mich auch wissen. Aber ich kann mir denken, was das für ein Brief ist, der ja noch vor unserem Aufbruch geschrieben wurde, und selbst was

Harge da hineinlesen kann, hat seine Grenzen. Harge versucht nur zu drohen – auf seine Art, mit Schweigen –, und er hofft, daß ich wegen Rindy am Ende doch die Waffen strecke. Das werde ich nicht tun, also wird es zu einer Kraftprobe kommen. Aber Fred ist auf alles vorbereitet. Er ist wunderbar, der einzige Mensch, der aufrichtig mit mir redet, aber leider weiß er von allen am wenigsten.

Du fragst, ob ich dich vermisse. Ich denke an deine Stimme, deine Hände, deine Augen, wenn du mich direkt anschaust. Ich denke an deinen Mut, den ich dir nicht zugetraut hatte, und er gibt mir Mut. Willst du mich anrufen, Liebling? Ich mag dich nicht anrufen, wenn dein Telefon draußen auf dem Flur ist. Ruf mich mit R-Gespräch möglichst gegen sieben Uhr abends an, das ist sechs Uhr deiner Zeit.

Und Therese war im Begriff, sie am gleichen Tag anzurufen, als ein Telegramm kam:

RUF MICH FÜRS ERSTE NICHT AN. ERKLÄRE ES SPÄTER. ALLES LIEBE, DARLING. CAROL.

Mrs. Cooper beobachtete sie, während sie es im Flur las. »Von Ihrer Freundin?« fragte sie.

»Ja.«

»Hoffentlich nichts Schlimmes?« Mrs. Cooper hatte eine Art, Menschen zu belauern, daß Therese betont den Kopf hob.

»Nein, sie kommt später«, sagte sie. »Sie ist aufgehalten worden.«

21

Albert Kennedy – seine Freunde nannten ihn Bert – bewohnte ein Zimmer nach hinten hinaus und war einer von Mrs. Coopers ersten Mietern. Er war fünfundvierzig, in San Francisco geboren und hatte mehr von einem New Yorker als sonst jemand, den Therese in der Stadt getroffen hatte. Allein diese Tatsache veranlaßte sie, ihm aus dem Weg zu gehen. Er hatte sie häufig eingeladen, mit ihm ins Kino zu gehen, aber sie hatte es nur einmal getan. Sie war unruhig und zog es vor, allein umherzuwandern, meistens nur, um sich umzuschauen und nachzudenken, denn es war zu kalt und zu windig, um draußen zu zeichnen. Und die Szenen, die ihr zuerst gefallen hatten, waren inzwischen zu verbraucht, um sie zu zeichnen, verbraucht durch zu viel Anschaun, zu langes Warten. Therese ging fast jeden Abend in die Bibliothek, saß an einem der langen Tische über einem halben Dutzend Büchern und ging dann auf Umwegen nach Hause.

Sie kam nur zurück, um nach einer Weile wieder fortzugehen, stemmte sich den heftigen Windböen entgegen oder ließ sich von ihnen durch Straßen treiben, durch die sie sonst nicht gegangen wäre. In einem erleuchteten Fenster sah sie ein Mädchen am Klavier sitzen, im nächsten einen lachenden Mann, im dritten eine Frau, die sich über ihre Näharbeit beugte. Das erinnerte sie daran, daß sie Carol nicht einmal anrufen konnte, sie gestand sich ein, daß sie nichteinmal wußte, was Carol in diesem Augenblick tat, sie fühlte sich leerer als der Wind. Carol schrieb in ihren Briefen nicht alles, verschwieg ihr das Schlimmste.

In der Bibliothek blätterte sie in Bildbänden über Europa, Marmorbrunnen auf Sizilien, griechische Ruinen im Sonnenlicht, und sie fragte sich, ob sie und Carol wirklich einmal dort hinkämen. Es gab immer noch so vieles, was sie nicht getan hatten, wie eben einmal den Atlantik überqueren. Ob sie einmal einen Morgen haben würden, irgendwo, wenn sie den Kopf vom Kissen heben und Carols Gesicht sehen konnte und wissen würde, daß dieser Tag ihnen gehörte und daß nichts sie trennen würde.

Und dann blieb sie plötzlich in einer Straße, in der sie noch nie gewesen war, wie angewurzelt vor einem Antiquitätenladen stehen. Aus dem dunklen Schaufenster sprang ihr ein Gegenstand in die Augen und rührte ihr ans Herz. Therese starrte ihn an, als hätte sie damit endlich gefunden, wonach sie unbewußt gesucht hatte. Es war ein winziger Kerzenhalter aus Porzellan, und er war mit kleinen Rauten in leuchtend königsblauer, tiefroter und grüner Emailfarbe bemalt, die mit Blattgold umrandet waren und unter der dünnen Staubschicht wie Seidenstickerei hervorschimmerten. Am Rand war ein goldener Ring befestigt, für den Finger. Wer mochte diesen zierlichen Kerzenhalter gefertigt haben und für wen, überlegte sie?

Am nächsten Morgen kam sie zurück und kaufte ihn, um ihn Carol zu schenken.

Am gleichen Morgen war ein Brief von Richard angekommen, den die Post von Colorado Springs hierher weitergeleitet hatte. Therese setzte sich auf eine Steinbank in der Straße, wo sich die Bibliothek befand, und öffnete ihn. Er war auf Geschäftspapier geschrieben: Die Semco-Bottled-Gas-Company. Kocht – heizt – eist. Richards Name stand oben drüber, als Geschäftsführer der Filiale in Port Jefferson.

Liebe Therese,
Ich habe es Dannie zu verdanken, daß ich weiß, wo du bist. Du magst diesen Brief überflüssig finden, und vielleicht ist er das für dich. Vielleicht befindest du dich ja immer noch in dem vernebelten Zustand, in dem du warst, als wir uns an jenem Abend in der Cafeteria unterhielten. Aber es scheint mir notwendig, eins klarzumachen, und zwar, daß ich nicht mehr so empfinde wie noch vor zwei Wochen. Der Brief, den ich dir zuletzt schrieb, war nur eine letzte krampfhafte Anstrengung, und ich wußte, daß es hoffnungslos war, als ich ihn schrieb, und ich wußte auch, daß du nicht antworten würdest, und wollte das auch gar nicht. Ich wußte da, daß ich aufgehört hatte, dich zu lieben, und nun ist das Gefühl, das ich vor allem für dich empfinde, Abscheu. Daß du dieser Frau anhängst und alle anderen ausschließt, diese ganze Beziehung, die inzwischen bestimmt schmutzig und pathologisch geworden ist, ekelt mich an. Ich weiß, daß sie nicht dauern wird, das hab' ich von Anfang an gesagt. Bedauerlich ist nur, daß du später selbst angewidert davon sein wirst – in dem Maße, wie du dein Leben jetzt mit ihr vertust. Diese Beziehung ist bodenlos und infantil, so als lebte man von Lotosblumen oder irgendwelchen ekligen Bonbons statt vom Brot und Fleisch des wirklichen Lebens. Ich habe oft an die Fragen gedacht,

die du mir an dem Tag gestellt hast, als wir den Drachen steigen ließen. Ich wünschte, ich hätte gehandelt, ehe es zu spät war, denn ich liebte dich damals noch genug, um den Versuch zu machen, dich zu retten.

Die Leute fragen mich immer noch nach dir. Was erwartest du, daß ich ihnen sage? Ich habe die Absicht, ihnen die Wahrheit zu sagen. Nur so kann ich alles loswerden, und ich kann es nicht länger ertragen, es mit mir herumzuschleppen. Ich habe ein paar Sachen, die du bei uns im Haus hattest, an deine Wohnung zurückgeschickt. Die leiseste Erinnerung, der kleinste Kontakt mit dir, deprimiert mich, und ich will die Finger von dir und allem, was mit dir zusammenhängt, lassen. Aber ich rede vernünftig, und sehr wahrscheinlich verstehst du kein Wort davon.

Ausgenommen vielleicht dies: Ich will nichts mehr mit dir zu tun haben.

Richard

Sie sah Richards schmale, weiche Lippen vor sich, wie er sie beim Schreiben dieses Briefes zusammengepreßt haben mochte – zu einer geraden Linie, die doch das leise Zucken der Oberlippe nicht ganz unterdrücken konnte. Sie sah sein Gesicht einen Augenblick deutlich vor sich, dann entschwand es ihr mit einem kleinen Ruck, aber das ganze gedämpft und in weiter Ferne, wie der Nachklang von Richards heftigem Brief. Sie erhob sich, steckte den Brief in den Umschlag zurück und ging weiter. Sie hoffte, es werde ihm gelingen, sich von ihr zu »reinigen«. Aber sie konnte ihn sich lebhaft vorstellen, wie er die anderen über sie aufklärte, so leidenschaftlich wie sie ihn in New York vor ihrer Abreise erlebt hatte. Sie stellte sich vor, wie Richard es an einem Abend in der ›Palermo-Bar‹ Phil erzählte, wie er es den Kellys erzählte. Es konnte ihr egal sein, was immer er sagte.

Sie fragte sich, was Carol jetzt um zehn – elf in New Jersey – wohl machte. Lauschte sie den Anschuldigungen irgendeines Fremden? Dachte sie an sie – blieb überhaupt Zeit dafür?

Es war ein strahlend schöner Tag, kalt, fast windstill und sonnig. Sie könnte den Wagen nehmen und irgendwohin fahren. Sie hatte den Wagen schon drei Tage nicht benutzt. Plötzlich merkte sie, daß sie ihn nicht benutzen mochte. Der Tag, an dem sie ihn aus der Garage geholt und mit fast 160 Sachen über die Straße nach Dell Rapids gejagt hatte, voller Jubel über einen Brief von Carol, schien sehr weit zurückzuliegen.

Mr. Bowen, ein anderer Untermieter, war auf der vorderen Veranda, als sie zu Mrs. Coopers Haus zurückkam. Er saß in der Sonne, die Beine in eine Decke gewickelt und die Mütze über die Augen gezogen, als schliefe er, doch da rief er: »Heda – wie geht's meinem Mädchen?«

Sie blieb stehen und plauderte ein wenig mit ihm, erkundigte sich nach seiner Arthritis und versuchte so zuvorkommend zu sein, wie Carol es immer mit Mrs. French gewesen war. Sie fanden etwas zum Lachen, und ein Lächeln lag noch auf ihrem Gesicht, als sie nach oben in ihr Zimmer ging. Der Anblick der Geranie wischte es fort.

Sie goß sie und setzte sie auf das Ende des Fensterbretts, wo sie am längsten Sonne haben würde. Sogar die kleinsten Blättchen hatten braune Spitzen. Carol hatte sie ihr in

Des Moines kurz vor ihrem Abflug gekauft. Der Efeutopf war schon eingegangen – der Verkäufer hatte sie gewarnt, er sei empfindlich, aber Carol hatte ihn unbedingt haben wollen –, und Therese bezweifelte, daß die Geranie durchkommen würde. Mrs. Coopers kunterbunte Pflanzensammlung dagegen im Erkerfenster blühte und gedieh.

»Da mache ich meine ewigen Rundgänge durch die Stadt«, schrieb Therese an Carol, »dabei wünschte ich, immer nur in einer Richtung weiterzugehen, nach Osten, und schließlich bei dir anzukommen. Wann kannst du fahren, Carol? Oder soll ich zu dir kommen? Ich kann es wirklich nicht ertragen, so lange von dir fort zu sein ...«

Am nächsten Morgen hatte sie die Antwort. Ein Scheck flatterte aus Carols Brief in Mrs. Coopers Diele. Es war ein Scheck über zweihundertfünfzig Dollar. Carols Brief – die langen Schwünge ihrer Schrift wirkten flüchtiger und leerer, die T-Striche dehnten die Wortlängen noch aus – besagte, daß es ihr unmöglich wäre, in den nächsten beiden Wochen zu kommen, und auch dann nicht sicher. Den Scheck hatte sie beigelegt, damit Therese nach New York zurückfliegen und den Wagen nach Osten fahren lassen konnte.

»Mir wäre wohler, wenn du das Flugzeug nähmst. Komm jetzt und warte nicht länger«, lautete der letzte Absatz.

Carol hatte den Brief in Eile geschrieben, sich vermutlich einen Augenblick abgerungen, um ihn zu schreiben, aber es lag eine Kälte darin, die Therese erschreckte. Sie ging hinunter und wanderte wie benommen bis zur Ecke der Straße und warf den Brief, den sie gestern abend geschrieben hatte, trotzdem in den Briefkasten, einen schweren Brief mit drei Flugpostklebern darauf. In zwölf Stunden könnte sie Carol sehen. Der Gedanke brachte ihr keine Beruhigung. Sollte sie jetzt gleich fahren oder erst am Nachmittag? Was hatte man Carol angetan? Sie überlegte, ob es sie verärgern würde, wenn sie anrief, ob dadurch eine ohnehin schon angespannte Situation sich zur Katastrophe auswachsen würde?

Irgendwo an einem Tisch, Kaffee und Orangensaft vor sich, kramte sie später den anderen Brief hervor. In der linken oberen Ecke konnte sie mit Mühe die krakelige Handschrift entziffern. Er war von Mrs. Robichek.

Liebe Therese,
Vielen Dank für die köstliche Wurst, die ich vergangenen Monat erhielt. Sie sind ein nettes, liebes Mädchen, und ich nehme diesen Brief zum Anlaß, um Ihnen vielmals zu danken. Es war nett von Ihnen, daß Sie auf Ihrer langen Fahrt an mich gedacht haben. Ich freue mich an den hübschen Postkarten, besonders an der großen aus Sioux Falls. Ich hatte nie die Gelegenheit, viel zu reisen, außer bis nach Pennsylvania. Sie sind ein Glückskind, so jung und hübsch und freundlich! Was mich angeht, so arbeite ich immer noch. Das Warenhaus ist wie immer. Alles ist wie immer, nur ist es kälter. Bitte besuchen Sie mich, wenn Sie zurückkommen. Dann koche ich ein schönes Essen für Sie – nichts aus dem Lebensmittelladen an der Ecke. Nochmals vielen Dank für die Wurst. Ich habe viele Tage davon gelebt, wirklich etwas Besonderes und Feines. Mit besten Grüßen
Ihre Ruby Robichek

Therese glitt vom Stuhl, ließ etwas Geld auf der Theke zurück und lief hinaus. Sie rannte los, den ganzen Weg bis zum ›Warrior‹-Hotel, wählte Carols Nummer und wartete, den Hörer am Ohr, bis sie das Telefon in Carols Haus klingeln hörte. Niemand ging dran. Sie ließ es zwanzigmal klingeln, und immer noch ging niemand dran. Sie dachte daran, Carols Rechtsanwalt, Fred Haymes, anzurufen, entschied sich dann aber dagegen. Auch Abby mochte sie nicht anrufen.

An diesem Tag regnete es. Therese lag auf dem Bett in ihrem Zimmer, starrte an die Decke und wartete darauf, daß es drei Uhr wurde, dann wollte sie versuchen, Carol noch einmal anzurufen. Gegen Mittag brachte ihr Mrs. Cooper ein Tablett mit Essen. Sie dachte, sie sei krank. Aber Therese konnte es nicht anrühren und wußte nicht, wohin damit. Um fünf Uhr versuchte Therese immer noch Carol zu erreichen. Endlich hörte das Klingeln auf, und in der Leitung entstand ein Durcheinander, Stimmen vom Amt, und die ersten Worte, die Therese von Carol hörte, waren: »Ja, verdammt noch mal!« Therese fühlte, wie der Schmerz in ihren Armen nachließ.

»Hallo«, bellte Carol noch einmal.

»Hallo?« Die Verbindung war schlecht. »Ich habe den Brief bekommen, den mit dem Scheck. Was ist passiert, Carol? ... Wie bitte?«

Und eine abgekämpfte Stimme wiederholte durch das Knacken der Störung: *»Ich glaube, dieser Apparat wird abgehört, Therese* ... Geht es dir gut? Kommst du nach Hause? Ich kann jetzt nicht sehr lange sprechen.«

Therese runzelte stumm die Stirn. »Ja, ich denke, ich

kann heute hier wegkommen.« Dann brach es aus ihr heraus: »Was ist, Carol? Ich kann es wirklich nicht ertragen, nichts zu wissen!«

»*Therese!*« Carol dehnte den Namen über alles, was Therese redete, als wollte sie es löschen. »Wirst du nach Hause kommen, damit ich mit dir reden kann?«

Therese glaubte, Carol ungeduldig seufzen zu hören.

»Aber ich muß es jetzt wissen. Kannst du mich überhaupt sehen, wenn ich zurückkomme?«

»Du mußt selbst wissen, was du tust, Therese.«

War das die Art, wie sie miteinander redeten? Benutzten sie solche Ausdrücke? »Aber sag – kannst du?«

»Ich weiß es nicht«, sagte Carol.

Es überlief sie kalt den Arm hinunter bis in die Finger hinein, die den Hörer hielten. Sie hatte das Gefühl, daß Carol sie haßte. Weil es ihre Schuld war, dieser dumme Schnitzer mit dem Brief, den Florence gefunden hatte. Irgend etwas war geschehen, wer weiß, vielleicht konnte oder wollte Carol sie gar nicht wiedersehen. »Haben die Verhandlungen vor Gericht schon angefangen?«

»Die sind vorbei. Ich hab's dir geschrieben. Ich kann jetzt nicht länger sprechen. Auf Wiedersehen, Therese.« Carol wartete darauf, daß Therese etwas sagte. »Ich muß jetzt auflegen.«

Therese legte den Hörer langsam auf die Gabel zurück.

Sie stand in der Hotelhalle und starrte auf die verschwommenen Gestalten beim Empfang. Sie zog Carols Brief wieder aus der Tasche und las ihn noch einmal, aber Carols Stimme, die ungeduldig fragte: »Wirst du nach Hause kommen, damit ich mit dir reden kann?« war ihr näher. Sie zog den Scheck heraus, betrachtete ihn verkehrt herum und zerriß ihn langsam. Die Papierschnipsel warf sie in einen Spucknapf aus Messing.

Die Tränen kamen erst, als sie wieder im Haus war und ihr Zimmer sah, das Doppelbett mit der Mulde in der Mitte, den Stapel mit Carols Briefen auf dem Schreibtisch. Hier konnte sie nicht eine Nacht länger bleiben.

Sie würde für eine Nacht ins Hotel ziehen, und wenn der Brief, den Carol erwähnt hatte, am nächsten Morgen nicht da war, würde sie dennoch fahren. Therese zog ihren Koffer vom Schrank herunter und klappte ihn auf dem Bett auf. Aus einer der Seitentaschen lugte die zusammengefaltete Ecke eines weißen Taschentuchs hervor. Therese nahm es heraus und führte es an ihre Nase, dabei erinnerte sie sich an den Morgen in Des Moines, als Carol es mit einem Tupfer Parfüm dahineingesteckt hatte, an die spöttische Bemerkung, die sie dabei gemacht hatte und über die Therese gelacht hatte. Nun stand sie da, eine Hand auf der Lehne eines Stuhls, die andere zur Faust geballt, die sich hilflos hob und senkte. Und was sie empfand, war ebenso verschwommen wie der Schreibtisch und die Briefe vor ihren Augen, die sie stirnrunzelnd betrachtete. Dann streckte sie ihre Hand plötzlich nach einem Brief aus, der hinten auf dem Schreibtisch gegen ein Buch gelehnt stand. Sie hatte ihn erst nicht gesehen, obgleich er deutlich sichtbar war. Therese riß ihn auf. Das war der Brief, den Carol gemeint hatte. Es war ein langer Brief, die Tinte war auf einigen Seiten blaß – und auf anderen dunkelblau, und es waren Wörter ausgestrichen. Sie überflog zuerst die erste Seite, dann las sie sie noch einmal.

Mein Liebling,

Ich brauche nichteinmal vor Gericht zu erscheinen. Mir wurde in einer privaten Sitzung vorgeführt, was Harge gegen mich vorzubringen gedenkt. Sie haben tatsächlich ein paar Bänder, hauptsächlich von Waterloo, und es wäre nutzlos, es dabei noch mit dem Gericht aufzunehmen. Ich würde mich schämen, nicht meinetwegen sonderbarerweise, sondern meines Kindes wegen, ganz zu schweigen davon, daß ich nicht will, daß du vor Gericht erscheinen mußt. Alles ging ganz glatt heute morgen. Ich kapitulierte ganz einfach. Das Wichtigste wäre jetzt, was ich in Zukunft tun würde, sagten die Anwälte. Davon hinge es ab, ob ich mein Kind je wiedersehen würde, denn Harge wird nun mit Leichtigkeit das alleinige Sorgerecht erhalten. Die Frage war, ob ich aufhören würde, mich mit dir (und mit anderen »deines Schlages«, wie sie es ausdrückten!) einzulassen. Es wurde nicht ganz so klar fomuliert. Ein Dutzend Gesichter rissen den Mund auf und sprachen wie die Richter vom Jüngsten Gericht – erinnerten mich an meine Pflichten, meine Position, meine Zukunft. (Wie haben sie die Zukunft für mich geregelt? Werden sie sie in einem halben Jahr überprüfen?) Ich sagte, ich würde dich nicht wiedersehen. Ich frage mich, ob du es verstehen kannst, Therese, du bist so jung und hast niemals eine Mutter gekannt, die dich verzweifelt geliebt hat. Für dieses Versprechen bedenken sie mich mit ihrer wundervollen Belohnung – dem Vorzug, mein Kind ein paar Wochen im Jahr sehen zu dürfen.

Stunden später.

Abby ist hier. Wir sprechen von dir – sie grüßt dich herzlich, ich auch. Abby erinnert mich an alles, was ich schon weiß: daß du sehr jung bist und mich bewunderst. Abby findet, ich sollte dir diesen Brief nicht schreiben, sondern dir alles sagen, wenn du kommst. Wir haben uns gerade ziemlich darüber gestritten. Ich habe ihr gesagt, sie kenne dich nicht so gut wie ich, und ich denke jetzt, sie kennt mich auch nicht so gut wie du in mancher Hinsicht, nämlich, was das Gefühl angeht. Ich bin heute nicht sehr glücklich, meine Süße. Ich trinke meine Whiskys, und du würdest sagen, daß sie mich deprimiert machen, ich weiß. Aber ich war auf diese Tage hier nicht vorbereitet nach den Wochen mit dir – es waren glückliche Wochen – du wußtest das besser als ich. Obgleich alles, was wir miteinander erlebt haben, nur ein Anfang ist. Ich wollte in diesem Brief den Versuch machen, dir zu sagen, daß du den Rest gar nicht kennst und vielleicht nie kennen wirst, das heißt nicht kennen sollst – nicht dafür bestimmt bist. Wir haben uns nie gestritten, sind niemals aus einem solchen Streit mit dem Wissen hervorgegangen, daß wir nichts anderes wollten, als zusammenzusein – ob im Himmel oder in der Hölle. Ich weiß nicht, ob ich dir je so wichtig war. Aber das gehört alles dazu, und was wir miteinander erlebt und erfahren haben, ist nur ein Anfang. Und es war eine so kurze Zeit. Aus diesem Grunde wird alles nicht so tief gehen bei dir. Du sagst, du liebst mich, wie ich bin, auch wenn ich fluche. Ich sage, ich liebe dich immer, den Menschen, der du bist, und den, der du werden wirst. Ich würde es vor Gericht sagen, wenn es diesen Leuten etwas bedeuten oder irgend etwas ändern könnte, denn es sind nicht diese Worte, die ich fürchte. Ich denke, daß ich dir diesen Brief schicken muß, Liebling, und daß du verstehen wirst, warum, auch warum ich den Anwälten gestern gesagt habe, daß ich dich nicht wiedersehen werde, warum ich es tun mußte. Und ich glaube, ich würde dich unterschätzen, wenn ich annähme, du könntest es nicht verstehen oder würdest einen Aufschub vorziehen.

Therese ließ den Brief sinken, stand auf und ging langsam zum Schreibtisch hinüber. Ja, sie verstand, warum Carol ihr den Brief geschickt hatte: weil sie ihr Kind mehr liebte als sie. Und deswegen waren auch die Anwälte imstande gewesen, ihren Widerstand zu brechen, sie zu zwingen, genau das zu tun, was sie wollten. Therese konnte sich eine Carol, die zu etwas gezwungen wurde, nicht vorstellen. Dennoch – hier stand es in Carols eigener Handschrift. Es war eine Kapitulation, und Therese konnte sich keine Situation vorstellen, wo es um sie ging und man sie Carol abgerungen hätte. Für einen Augenblick kam Therese die phantastische Erkenntnis, daß Carol ihr nur einen Teil ihrer selbst überlassen hatte, und plötzlich zerbarst die ganze Wirklichkeit dieser letzten Wochen wie eine ungeheuerliche Lüge und fiel in sich zusammen. Im nächsten Augenblick aber mochte Therese das nicht glauben. Dennoch blieb die Tatsache bestehen, daß Carol sich für ihr Kind entschieden hatte. Sie starrte Richards Brief auf dem Tisch an, und sie spürte, wie alles, was sie ihm sagen wollte, was sie ihm niemals gesagt hatte, zu einem Sturzbach in ihrem Inneren anschwoll. Was maßte er sich an, sich darin zu ergehen, wen sie liebte und wie? Was wußte er von ihr? Was hatte er je von ihr gewußt?

... *übertrieben und gleichzeitig bagatellisiert* (las sie auf einer anderen Seite in Carols Brief). *Aber zwischen dem sinnlichen Vergnügen eines Kusses und dem, was ein Mann und eine Frau im Bett treiben, scheint mir nur ein gradueller Unterschied zu bestehen. Ein Kuß, zum Beispiel, sollte nicht bagatellisiert, sein Wert von niemand anderem beurteilt werden. Ich frage mich, ob diese Männer ihre Lust danach bewerten, ob das, was sie im Bett treiben, ein Kind zur Folge hat, und ob das Ganze dann lustvoller ist für sie? Schließlich geht es ja um Sinnlichkeit, und was hat es für einen Sinn, das Vergnügen an einer Eiswaffel mit dem Vergnügen an einem Fußballspiel zu vergleichen oder ein Beethoven-Quartett mit der Mona Lisa. Ich muß das den Philosophen überlassen. Ihre Einstellung hingegen war, daß ich irgendwie verrückt oder blind sein müßte (wozu, dachte ich, eine Art Bedauern kam, daß eine halbwegs attraktive Frau für Männer vermutlich nicht verfügbar ist). Dann brachte jemand das Wort »Ästhetik« in die Auseinandersetzung ein – gegen mich gerichtet natürlich. Ich fragte sie, ob sie darüber wirklich diskutieren wollten – es brachte den einzigen Lacher in der ganzen Gegenüberstellung. Aber den wichtigsten Punkt habe ich nicht erwähnt, und auch sonst dachte niemand daran – nämlich, daß die Beziehung zwischen zwei Männern oder zwei Frauen so absolut und so vollkommen sein kann wie niemals zwischen Mann und Frau, und daß einige Menschen eben das wollen, so wie andere die Unruhe und Ungewißheit vorziehen, wie sie zwischen Männern und Frauen herrscht. Gestern wurde auch gesagt – oder zumindest stillschweigend angenommen –, daß mein gegenwärtiger Weg mich in die Niederungen menschlichen Lasters und menschlicher Entartung führen werde. Ja, ich bin ein gutes Stück gesunken, seit sie mir dich weggenommen haben. Und es ist schon richtig: wenn ich so weitermachte, bespitzelt und angegriffen würde, niemals einen Menschen lange genug besitzen dürfte, so daß die Kenntnis dieses Menschen oberflächlich bliebe – das wäre Entartung. Gegen die eigene Natur leben – so wird Entartung definiert.*

Liebling, ich schütte das alles vor dir aus (die nächsten Zeilen waren durchgestrichen). *Du wirst deine Zukunft zweifellos besser handhaben als ich meine. Nimm mich als abschreckendes Beispiel. Wenn du jetzt verletzt bist, mehr als du glaubst ertragen zu können, und wenn es dazu führt, jetzt oder eines späteren Tages, daß du mich haßt – und eben das habe ich Abby gesagt –, dann werde ich es nicht bedauern. Ich wäre dann die Person gewesen, der zu begegnen dir bestimmt war, wie du gesagt hast, und zwar die einzige, und du kannst das alles endgültig hinter dir lassen. Wenn du es aber trotz all des Scheiterns und der Düsternis jetzt nicht tust, mich nicht haßt, dann weiß ich, daß das, was du an jenem Nachmittag gesagt hast, wahr ist: Es* muß *nicht so sein. Ich möchte so sehr gern einmal mit dir sprechen, wenn du zurück bist – wenn du es willst –, es sei denn, du bist nicht imstande dazu.*

Deine Pflanzen gedeihen immer noch auf der rückwärtigen Veranda. Ich gieße sie jeden Tag…

Therese konnte nicht weiterlesen. Sie hörte, wie vor ihrer Tür jemand zögerlich die Treppe hinunterstieg und dann forscher unten über den Flur schritt. Als die Schritte verklungen waren, öffnete sie die Tür und kämpfte einen Augenblick lang mit dem Impuls, einfach aus dem Hause zu gehen und alles hinter sich zu lassen. Dann ging sie in die Diele hinunter zu Mrs. Coopers Tür im hinteren Teil des Hauses.

Mrs. Cooper streckte auf ihr Klopfen den Kopf heraus, und Therese sagte, wie sie es sich überlegt hatte, daß sie am Abend wegfahren würde. Sie beobachtete Mrs. Coopers Gesicht, das ihr nicht zuzuhören schien, sondern nur auf ihren Gesichtsausdruck reagierte. Mrs. Cooper erschien ihr plötzlich als ihr eigenes Spiegelbild, von dem sie sich nicht abwenden konnte.

»Das tut mir aber leid, Miss Belivet. Es tut mir leid, wenn ihre Pläne fehlgeschlagen sind«, sagte sie, während ihr Gesicht nur Schrecken und Neugier widerspiegelte.

Dann ging Therese wieder hinauf in ihr Zimmer und fing an zu packen. Auf den Boden des Koffers legte sie die zusammengefalteten Pappmodelle, darauf ihre Bücher. Nach ein paar Minuten hörte sie, wie Mrs. Cooper sich vorsichtig ihrer Tür näherte, als trüge sie etwas, und Therese dachte, daß, wenn sie wieder mit einem Essenstablett kam, sie laut schreien würde. Mrs. Cooper klopfte.

»Wohin soll ich Ihre Post schicken, Schätzchen, für den Fall, daß noch weitere Briefe kommen?« fragte sie.

»Das weiß ich noch nicht. Ich werd' es Ihnen schreiben.« Therese fühlte sich schwindelig, ihr war leicht übel, als sie sich aufrichtete.

»Sie fahren doch nicht so spät in der Nacht noch nach New York zurück?« Für Mrs. Cooper war alles nach sechs Uhr »Nacht«.

»Nein«, sagte Therese. »Ich will nur ein Stück weit fahren.« Sie brannte darauf, allein zu sein. Sie betrachtete Mrs. Coopers Hand am Taillenband der graukarierten Schürze, die rissigen, weichen Hausschuhe, die papierdünn abgetragen waren auf diesen Fluren, die jahrelang, ehe sie hergekommen war, über diese Flure gegangen waren und die noch Jahre, nachdem sie fort wäre, denselben Fußspuren folgen würden.

»Nun gut. Geben Sie mir bestimmt Bescheid, wie's gegangen ist?«

»Ja.«

Sie fuhr zu einem anderen Hotel, nicht in das, von dem aus sie Carol immer angerufen hatte. Im Zimmer hielt es sie nicht, und so machte sie einen Spaziergang, alle Straßen meidend, durch die sie mit Carol gekommen war. Sie hätte eigentlich auch in eine andere Stadt fahren können, dachte sie und blieb stehen, schon halb entschlossen, zum Wagen zurückzukehren. Dann lief sie doch weiter und kümmerte sich nicht mehr darum, wo sie war. Sie ging bis ihr kalt wurde, und da war die Bibliothek der nächste Ort, wohin sie flüchten konnte, um sich aufzuwärmen. Sie kam an Dutchs Speiselokal vorbei und warf einen Blick hinein. Dutch sah sie, duckte auf seine ihr inzwischen vertraute Art den Kopf, als versperrte ihm ein unsichtbarer Balken die Sicht durch das Fenster, und winkte ihr zu. Unwillkürlich winkte ihre Hand zurück, und plötzlich mußte sie an ihr Zimmer in New York denken, wo das Kleid immer noch auf der Couch lag und die Ecke des Teppichs hochgeschlagen war. Wenn sie nur von hier aus den Teppich geradeziehen könnte, dachte sie. Sie starrte die schmale, gediegen aussehende Allee mit ihren Kugellampen entlang. Eine einsame Gestalt kam ihr auf dem Gehweg entgegen. Therese stieg die Treppen zur Bibliothek hinauf.

Miss Graham, die Bibliothekarin, grüßte sie wie immer, doch an diesem Abend ging Therese nicht in den Hauptlesesaal, in dem bereits zwei oder drei Leute saßen, auch der kahlköpfige Mann mit der schwarzgeranderen Brille am Mitteltisch; wie oft hatte sie hier in diesem Raum gesessen mit einem Brief von Carol in der Tasche! Mit Carol neben sich. Sie stieg die Treppe hinauf, vorbei an dem Raum mit den Geschichts- und Kunstbüchern im zweiten Stock bis in den dritten, wo sie noch nie gewesen war. Da war ein einziger großer, verstaubt wirkender Raum mit verglasten Bücherschränken ringsum, einigen Ölgemälden und ein paar Marmorbüsten auf Sockeln.

Therese setzte sich an einen der Tische, und ihr Körper entspannte sich schmerzhaft. Sie legte die Arme auf den Tisch und den Kopf auf die Arme. Mit einem Mal fühlte sie sich matt und schläfrig, aber in der nächsten Sekunde stieß sie den Stuhl zurück und stand auf. Ihr stellten sich vor Schreck die Haare auf. Irgendwie hatte sie bis zu diesem Augenblick so getan, als wäre Carol nicht fort, als würde sie, sobald sie nach New York zurückkam, Carol sehen, und alles würde so sein wie vorher. Sie blickte sich nervös im Raum um, auf der Suche nach etwas, das alles widerlegen, alles wieder in Ordnung bringen würde. Einen Augenblick hatte sie das Gefühl, als müßte ihr Körper in Stücke springen oder sich durch die Glasscheiben der langen Fenster am Ende des Raumes stürzen. Sie starrte auf die bleiche Büste Homers, dessen prüfend hochgezogene Augenbrauen vom Staub nachgezeichnet waren. Sie wandte sich zur Tür, und da fiel ihr Blick zum ersten Mal auf das Bild über dem Türsturz.

Es war nur ähnlich, es war nicht das gleiche Bild, nein, nicht das gleiche, aber die Ähnlichkeit hatte sie bis ins Innerste getroffen und vertiefte sich noch; da wurde ihre Erinnerung lebendig, und diese gaukelte ihr vor es sei doch genau das gleiche Bild, nur viel größer als das, welches sie als kleines Kind unzählige Male auf dem Flur zum Musikzimmer gesehen hatte, ehe es eines Tages abgenommen worden war – das Bild einer lächelnden Frau in reichverziertem Hofgewand, die Hand an der Kehle, das stolze Haupt halb abgewandt, als habe der Maler sie in der Bewegung festgehalten, so daß sogar die Perlengehänge in ihren Ohren noch nachzuzittern schienen. Sie kannte die breiten, kräftig modellierten Wangen, die vollen korallfarbenen Lippen, die sich in einem Mundwinkel zu einem Lächeln verzogen, die wie im Spott halbgesenkten Lider, die kräftige, nicht sehr hohe Stirn, die sich über den lebhaften Augen wölbte, die alles im voraus wußten und die mitfühlend und spöttisch zugleich blicken konnten. Es war Carol. Jetzt, in diesem langen Augenblick, da sie nicht wegzusehen vermochte, lächelte der Mund, und die Augen betrachteten sie mit blankem Spott, der letzte Schleier war gelüftet und enthüllte nichts als Hohn und Schadenfreude – die vollkommene Befriedigung über den vollendeten Betrug.

Therese schauderte, schnappte nach Luft und rannte unter dem Bild hindurch ins Treppenhaus, die Stufen hinunter. Im Flur des Erdgeschosses rief ihr Miss Graham etwas zu, es klang wie eine besorgte Frage, und Therese hörte ihre eigene Erwiderung wie das Gestammel einer Idiotin, denn sie keuchte immer noch, rang nach Atem und stürzte an Miss Graham vorbei aus dem Gebäude.

22

Etwa auf der Mitte des Häuserblocks stieß sie die Tür zu einem Café auf, aber da wurde gerade ein Song gespielt, den sie überall mit Carol gehört hatte, und sie ließ die Tür wieder zufallen und lief weiter. Die Musik lebte, aber die Welt war tot. Auch der Song würde eines Tages sterben – wie aber würde die Welt wieder lebendig werden?

Wie sollte sie ihre ganze Würze zurückgewinnen?

Sie ging ins Hotel. Oben in ihrem Zimmer feuchtete sie ein Handtuch mit kaltem Wasser an, um es sich auf die Augen zu legen. Das Zimmer war kalt, und so zog sie Kleid und Schuhe aus und kroch ins Bett.

Draußen schrie eine schrille Stimme, von der Leere verzerrt: »Achtung! ›Chicago Sun-Times‹!«

Danach Stille. Sie kämpfte gegen den Schlaf an, während bleierne Müdigkeit sie wie eine Art Trunkenheit befiel. Dann wurden draußen auf dem Korridor Stimmen laut, es ging um ein verschwundenes Gepäckstück. Und als sie so dalag mit dem nach Medizin riechenden Handtuch über den geschwollenen Augen, wurde sie von einem Gefühl der Vergänglichkeit überwältigt. Die Stimmen zankten sich, und sie spürte, wie ihr Mut und ihr Wille dahinschwanden, und voller Panik versuchte sie, an die Welt da draußen zu denken, an Dannie und Mrs. Robichek, an Frances Cotter bei der Pelican Press und an Mrs. Osborne und auch an ihr eigenes Zimmer, das sie immer noch in New York hatte.

Aber ihr Verstand weigerte sich, alles genau wahrzunehmen oder aufzugeben, er war jetzt eins mit ihrem Herzen und weigerte sich, Carol aufzugeben. In ihrer Erinnerung verschwammen Gesichter wie die Stimmen da draußen. Auch die Gesichter von Schwester Alicia und ihrer Mutter waren dabei. Da war der letzte Raum, in dem sie während der Schulzeit geschlafen hatte. Der Morgen, an dem sie schon sehr früh aus dem Schlafsaal davongeschlichen und über den Rasen gerannt war wie ein junges, vom Frühling närrisch gemachtes Tier und gesehen hatte, wie Schwester Alicia gleichfalls wie närrisch über ein Feld gelaufen war, daß ihre weißen Schuhe wie Enten aus dem hohen Gras hervorleuchteten, und Therese erst nach ein paar Minuten begriffen hatte, daß Schwester Alicia einem entwischten Küken nachlief. Da war schließlich der Augenblick im Haus einer Freundin ihrer Mutter, als sie nach einem Stück Kuchen gelangt und dabei den Teller auf den Boden gekippt hatte und ihre Mutter sie ins Gesicht geschlagen hatte. Wieder sah sie das Bild auf dem Flur in der Schule vor sich, es atmete und bewegte sich jetzt wie Carol, spöttisch und grausam und fertig mit ihr, so als sei eine langgeplante böse Absicht endlich ausgeführt worden. Thereses Körper verspannte sich. Die Stimmen auf dem Korridor zankten rücksichtslos weiter und drangen mit dem scharfen beunruhigenden Knacken einer zerberstenden Eisdecke an ihr Ohr.

»Was haben Sie denn damit angestellt...«

»Nein...«

»Wenn Sie es getan hätten, würde der Koffer unten im Gepäckraum sein... Aber ich sagte Ihnen bereits...«

»Aber Sie wollen, daß ich meinen Koffer vergesse, damit Sie Ihren Job behalten können!«

Ihr Verstand nahm den Sinn Satz für Satz auf, wie ein langsamer Dolmetscher, der hinterherhinkt und schließlich nicht mehr mitkommt.

Sie setzte sich im Bett auf, das Ende eines schlechten Traums noch im Kopf. Das Zimmer war fast dunkel, die Schatten in den Ecken hatten sich vertieft, waren undurchdringlich geworden. Sie tastete nach dem Lichtschalter und zwinkerte geblendet. Sie ließ fünfundzwanzig Cents in das Radio an der Wand fallen und drehte es beim ersten Laut ganz auf. Erst kam eine Männerstimme, dann wurde Musik gesendet, ein rhythmisches, orientalisch klingendes Stück, das in der Plattensammlung für die Musikerziehung in der Schule gewesen war. »Auf dem persischen Markt«, erinnerte sie sich automatisch, und der schwingende Rhythmus, der sie immer an ein schreitendes Kamel hatte denken lassen, versetzte sie zurück in das kleine Musikzimmer im Heim mit Bildern aus Verdi-Opern an den Wänden über der hohen Holzverkleidung. Sie hatte das Stück gelegentlich in New York gehört, jedoch niemals mit Carol zusammen, hatte es weder gehört noch daran gedacht, seit sie Carol kannte. Und nun war diese Musik wie eine Brücke, die sich durch die Zeit spannte, ohne die Zeit dazwischen zu berühren. Sie nahm Carols Brieföffner vom Tisch, das Holzmesser, das beim Packen irgendwie in ihren Koffer geraten war. Sie umklammerte mit den Fingern den Griff, während sie mit dem Daumen die Schneide entlangfuhr, doch schien der konkrete Gegenstand mit Carol nichts zu tun zu haben, sie ihr nicht näherzubringen; er vermochte sie nicht heraufzubeschwören wie die Musik eben, die sie doch nie zusammen gehört hatten. Mit einer Spur von Feindseligkeit dachte sie an Carol – wie an einen fernen Ort des Schweigens und der Stille.

Therese wusch sich über dem Waschbecken das Gesicht mit kaltem Wasser. Sie sollte sich einen Job suchen, möglichst morgen schon. Das hatte sie vorgehabt, als sie hier haltgemacht hatte, und nicht, in Hotelzimmern zu weinen. Sie sollte Mrs. Cooper schon aus reiner Höflichkeit die Hoteladresse schicken. Es war eins der Dinge, die sie erledigen mußte, auch wenn sie nicht wollte. Ob es einen Sinn hatte, Harkevy nach seinen höflichen, aber deutlichen Zeilen, die sie in Sioux Falls bekommen hatte, noch einmal zu schreiben? »... ich würde Sie bei Ihrer Rückkehr nach New York gerne sehen«, hatte sein Bescheid gelautet, »aber ich kann Ihnen unmöglich etwas fürs kommende Frühjahr versprechen. Ich empfehle Ihnen, Mr. Ned Bernstein, den Koproduzenten, aufzusuchen, sobald Sie zurück sind. Er kann Ihnen besser als ich sagen, was sich in den Entwurfsateliers tut...« Nein, sie würde ihm nicht noch einmal schreiben.

Unten im Hotel kaufte sie eine Ansichtskarte vom Michigan-See und schrieb einen freundlichen Satz an Mrs. Robichek. Es kam ihr zwar verlogen vor, doch auf dem Rückweg vom Briefkasten wurde sie sich plötzlich ihrer eigenen Kraft bewußt, ihrer elastischen Zehen, des jugendlichen Überschwangs, der ihr das Blut in die Wangen trieb, während sie schneller ging, und sie wußte, daß sie frei und glücklich war, verglichen mit Mrs. Robichek, und daß das, was sie geschrieben hatte, nicht verlogen war, weil sie es sich leisten konnte, ihr so aufmunternd zu schreiben. Sie war nicht verkrümmt und halb erblindet, litt keine Schmerzen. Vor dem Schaufenster eines Warenhauses zog sie sich rasch die Lippen nach. Mit einem hastigen Schritt stemmte sie sich gegen einen Windstoß, in dem sie zu straucheln drohte, doch trotz des kalten Windes konnte sie den ersten Keim des Frühlings spüren, wie ein warmes junges Herz. Morgen würde sie sich nach einem Job umsehen. Sie sollte es schaffen, von dem zu leben, was sie noch übrig hatte, und alles, was sie verdiente, für ihre Rückreise nach New York zu sparen. Sie könnte sich natürlich auch den Rest ihres Geldes telegraphisch von ihrer Bank überweisen lassen, doch das kam für sie nicht in Frage. Sie wollte zwei Wochen unter Leuten arbeiten, die sie nicht kannte, wie es Millionen andere auch taten. Sie wollte in die Haut einer anderen schlüpfen. Sie meldete sich auf eine Anzeige, in der eine Sekretärin für Empfang und Registratur gesucht wurde. Man schien mit ihr einverstanden zu sein, und so verbrachte sie den ganzen ersten Morgen damit, sich mit der Ablage vertraut zu machen. Dann, nach dem Mittagessen, kam einer ihrer Vorgesetzten und ließ sie wissen, daß er jemand mit Stenographiekenntnissen brauche. Die konnte Therese nicht aufweisen. In der Schule hatte sie Schreibmaschineschreiben gelernt, aber nicht Stenographie, also war es nichts damit.

Am gleichen Nachmittag ging sie erneut die Anzeigen durch, in denen Aushilfen gesucht wurden. Dann erinnerte sie sich an den Anschlag am Zaun des Holzlagers unweit ihres Hotels. »Junge Dame gesucht für allgemeine Büroarbeit und Lager. Vierzig Dollar die Woche.« Wenn sie keine Stenographie verlangten, könnte sie genügen. Es war gegen vier Uhr, als sie in die windige Straße einbog, in der sich das Holzlager befand. Sie reckte den Kopf und ließ sich vom Wind das Haar aus dem Gesicht wehen. Und sie erinnerte sich, daß Carol gesagt hatte: »Ich sehe dich gern gehen. Wenn ich dich aus einiger Entfernung sehe, habe ich das Gefühl, daß du gut zehn Zentimeter groß bist und über meine Handfläche spazierst.« Sie meinte, Carols leise Stimme im Raunen des Windes zu hören, und plötzlich wurde sie ganz steif vor Bitterkeit und Angst. Sie ging schneller, lief ein paar Schritte, als könnte sie dadurch diesem Chaos von Liebe, Haß und Verletztheit, in welches ihr Verstand plötzlich hineingestolpert war, entrinnen.

An der einen Seite des Lagerplatzes stand eine Holzbaracke – das Büro. Sie trat ein und wurde von einem Mr. Zambrowski empfangen, einem bedächtigen, kahlköpfigen Mann mit einer goldenen Uhrkette, die über seinem Bauch spannte. Noch ehe Therese ihn wegen der Stenographie fragen konnte, kam er von sich aus darauf zu sprechen, daß er das nicht brauchte. Er sagte, er würde es heute für den Rest des Nachmittags und morgen mit ihr versuchen. Am nächsten Morgen bewarben sich noch zwei andere junge Frauen um die Stelle, doch Mr. Zambrowski teilte ihr noch vor Mittag mit, daß sie sie bekäme.

»Wenn es Ihnen nichts ausmacht, um acht Uhr früh hier zu sein«, sagte Mr. Zambrowski.

»Das macht mir nichts aus.« Sie war heute zwar erst um neun Uhr dagewesen, aber sie wäre auch um vier Uhr morgens gekommen, wenn er sie darum gebeten hätte.

Ihre Arbeitszeit ging von acht Uhr bis vier Uhr dreißig, und ihre Arbeit bestand ganz einfach darin, die Ladungen aus dem Sägewerk yardweise mit den Aufträgen zu vergleichen und den Empfang schriftlich zu bestätigen. Viel Holz bekam sie von ihrem Schreibtisch im Büro aus nicht zu sehen, aber der Holzgeruch lag in der Luft, so frisch, als hätten die Sägen eben erst die Oberfläche der weißen Tannenbretter freigelegt, und sie konnte das Rucken und Rattern der Laster hören, wenn sie in den Hof einfuhren. Sie mochte die Arbeit, mochte Mr. Zambrowski und die Holzfäller und Lastwagenfahrer, die ins Büro kamen, um sich die Hände am Feuer zu wärmen. Einer der Holzfäller, ein attraktiver junger Mann mit einem goldenen Stoppelbart, lud sie mehrmals zum Essen in die Cafeteria unten in der Stadt ein. Er bat sie auch um eine Verabredung für Samstagabend, aber Therese wollte noch nicht einen ganzen Abend mit ihm noch mit irgendeinem anderem verbringen.

Eines Nachts rief Abby an.

»Wissen Sie, daß ich zweimal in Dakota anrufen mußte, um Sie ausfindig zu machen?« fragte Abby gereizt. »Was machen Sie da? Wann kommen Sie zurück?«

Abbys Stimme brachte ihr Carol so nahe, als sei sie selbst am Apparat. Erneut schnürte es ihr die Kehle zu, und einen Augenblick lang konnte sie nichts antworten.

»Therese?«

»Ist Carol bei Ihnen?«

»Sie ist in Vermont. Sie war krank«, sagte Abby mit rauher Stimme, und da war kein Lächeln herauszuhören. »Sie erholt sich da.«

»Ist sie zu krank, um mich anzurufen? Warum sagen Sie's mir nicht, Abby? Geht es ihr besser oder schlechter?«

»Besser. Warum haben Sie nicht versucht anzurufen und sich zu erkundigen?«

Thereses Finger krampften sich um den Hörer. Ja, warum hatte sie es nicht getan? Weil sie an ein Bild gedacht hatte statt an Carol.

»Was ist los mit ihr? Ist sie –«

»Das ist eine kluge Frage. Carol hat Ihnen doch geschrieben, was passiert ist?«

»Ja.«

»Na also – erwarten Sie, daß sie wie ein Gummiball gleich wieder in die Höhe springt? Oder Ihnen durch ganz Amerika nachjagt? Glauben Sie, daß dies ein Versteckspiel ist?«

Die ganze Unterhaltung mit Abby damals beim Mittagessen stürzte wieder auf sie ein. So wie Abby es sah, war alles ihre Schuld. Der Brief, den Florence gefunden hatte, hatte den letzten Ausschlag gegeben.

»Wann kommen Sie zurück?« fragte Abby.

»In etwa zehn Tagen. Es sei denn, Carol braucht den Wagen früher.«

»Den braucht sie nicht. Sie wird in zehn Tagen noch nicht wieder zu Hause sein.«

Es kostete Therese Überwindung, den nächsten Satz auszusprechen: »Was ist mit dem Brief, den ich geschrieben habe, hat man ihn vor- oder nachher gefunden?«

»Vor oder nach was?«

»Nachdem man das Detektivbüro auf uns angesetzt hatte.«

»Er wurde nachher gefunden«, sagte Abby mit einem Seufzer.

Therese biß die Zähne zusammen. Aber es war nicht wichtig, was Abby von ihr dachte, nur was Carol dachte. »Wo ist sie in Vermont?«

»Wenn ich Sie wäre, würde ich sie nicht anrufen.«

»Aber Sie sind nicht ich, und ich möchte sie anrufen.«

»Lassen Sie es. Soviel kann ich Ihnen sagen: Ich kann ihr jede Nachricht überbringen – darauf kommt es an.« Und dann folgte ein kaltes Schweigen. »Carol möchte wissen, ob Sie Geld brauchen und was mit dem Wagen ist.«

»Ich brauche kein Geld, und der Wagen ist in Ordnung.« Sie mußte noch eine Frage stellen. »Was weiß Rindy über dies alles?«

»Sie weiß, was das Wort Scheidung bedeutet. Und sie wollte bei Carol bleiben. Das macht es für Carol nicht leichter.«

Sehr gut, sehr gut, wollte Therese sagen. Sie würde Carol nicht durch Telefonanrufe, Schreiben oder irgendwelche Nachrichten beunruhigen, es sei denn, es ginge um den Wagen. Sie zitterte am ganzen Leib, als sie den Hörer auflegte. Und sie griff sofort wieder danach. »Hier ist Zimmer sechshundertelf«, sagte sie. »Ich möchte keine Ferngespräche mehr annehmen – gar keine.«

Sie blickte auf Carols Brieföffner auf dem Nachttisch, und nun stand er für Carol, die Person aus Fleisch und Blut, Carol mit den Sommersprossen und der kleinen fehlenden Ecke an einem Zahn. Schuldete sie Carol, der Person, etwas? Hatte Carol nicht mit ihr gespielt, wie Richard gesagt hatte? Sie erinnerte sich an Carols Worte: »Wenn du Mann und Kind hast, ist es etwas anders.«

Stirnrunzelnd starrte sie erneut auf den Brieföffner und begriff nicht, warum es plötzlich wieder nur ein Brieföffner war, warum es für sie gleichgültig war, ob sie ihn behielt oder wegwarf.

Zwei Tage später kam ein Brief von Abby, der einen Scheck über hundertfünfzig Dollar enthielt, die, wie Abby vermerkte, »nicht der Rede wert« waren. Abby schrieb weiter, daß sie mit Carol gesprochen hätte und daß Carol gern von ihr hören würde, und Therese notierte Carols Adresse. Es war ein recht kühler Brief, aber die Geste mit dem Scheck war nicht kühl. Carol hatte sie nicht veranlaßt, das wußte Therese.

»Danke für den Scheck«, schrieb Therese zurück. »Es ist wahnsinnig nett von Ihnen, aber ich werde ihn nicht verwenden, ich brauche ihn nicht. Sie bitten mich, Carol zu schreiben. Ich glaube nicht, daß ich es kann oder es tun sollte.«

Als sie eines Nachmittags von der Arbeit ins Hotel zurückkam, saß Dannie unten in der Halle. Sie konnte es nicht ganz glauben, daß er dieser dunkeläugige junge Mann war, der sich lächelnd aus seinem Sessel erhob und langsam auf sie zukam. Dann aber war sein schwarzer Wuschelkopf, den der hochgestellte Mantelkragen noch etwas mehr zerzauste, war sein breites Lächeln ihr gleich wieder so vertraut, als hätte sie ihn erst am Tag zuvor gesehen.

»Hallo, Therese«, sagte er. »Überrascht?«

»Ja, ungeheuer. Ich hatte dich aufgegeben. Kein Wort von dir – seit zwei Wochen.« Sie erinnerte sich, daß der achtundzwanzigste der Tag war, an dem er New York verlassen wollte. Und es war der Tag, an dem sie nach Chicago gekommen war.

»Ich hätte *dich* fast aufgegeben«, sagte Dannie lachend. »Ich bin in New York aufgehalten worden. Zum Glück, scheint mir, denn ich hab versucht, dich anzurufen, und deine Vermieterin hat mir deine Adresse gegeben.« Dannie faßte sie unter den Ellenbogen, und sie gingen langsam auf die Aufzüge zu. »Du siehst wunderbar aus, Therese.«

»Wirklich? Ich freu' mich ganz schrecklich, dich zu sehen.« Ein Fahrstuhl hielt offen vor ihnen. »Willst du raufkommen?«

»Laß uns irgendwo was essen. Oder ist es zu früh? Ich habe heute nichts zu Mittag gegessen.«

»Dann ist's bestimmt nicht zu früh.«

Sie gingen in ein Restaurant, von dem Therese wußte, daß seine Spezialität Steaks waren. Dannie bestellte sogar Cocktails, obgleich er sonst nie trank.

»Du bist ganz allein hier?« fragte er. »Deine Vermieterin in Sioux Falls sagte mir, du seist allein abgereist.«

»Carol konnte schließlich doch nicht kommen.«

»Ach ja. Und da hast du dich entschlossen, länger zu bleiben?«

»Ja.«

»Bis wann?«

»Bis etwa jetzt. Ich fahre nächste Woche zurück.«

Dannie hörte ihr zu, und seine warmen, dunklen Augen blickten ihr unverwandt, und gar nicht überrascht, ins Gesicht. »Warum gehst du nicht nach Westen statt nach Osten und verbringst eine Weile in Kalifornien. Ich hab' einen Job in Oakland. Ich muß übermorgen dort sein.«

»Was für einen Job?«

»In der Forschung – genau, was ich gern wollte. Ich habe besser abgeschnitten bei meinen Examen, als ich gedacht hatte.«

»Warst du Klassenbester?«

»Ich weiß nicht. Ich bezweifle es. Die Methode der Bewertung war anders. Du hast meine Frage nicht beantwortet.«

»Ich möchte nach New York zurück, Dannie.«

»Ach so.« Er lächelte, betrachtete ihr Haar, ihre Lippen, und es fiel Therese ein, daß Dannie sie niemals so zurechtgemacht gesehen hatte. »Du siehst mit einem Mal erwachsen aus«, sagte er. »Du hast eine andere Frisur, stimmt's?«

»Ja, etwas.«

»Du siehst nicht mehr so verschreckt aus. Nichteinmal mehr ganz so ernsthaft.«

»Das freut mich.« Sie fühlte sich ein wenig befangen ihm gegenüber, aber zugleich seltsam vertraut mit ihm. Es war eine Vertrautheit, die etwas enthielt, das sie bei Richard nie empfunden hatte. Etwas Spannendes, das sie genoß. Ein wenig Würze eben, dachte sie. Sie sah Dannies Hand auf dem Tisch, den kräftigen Daumenmuskel. Sie erinnerte sich, wie er ihr die Hände auf die Schulter gelegt hatte, an jenem Tag in seinem Zimmer. Es war eine angenehme Erinnerung.

»Sag, hast du mich ein bißchen vermißt, Terry?«

»Natürlich.«

»Hast du dir je überlegt, ob du etwas für mich übrig hast – so viel wie für Richard, zum Beispiel?« fragte er mit einer Spur Erstaunen in seiner Stimme, so als wäre das auch für ihn eine ganz abwegige Frage.

»Ich weiß nicht«, sagte sie rasch.

»Aber du denkst nicht mehr an Richard – oder?«

»Das mußt du doch wissen.«

»Wer ist es dann? Carol?«

Sie fühlte sich plötzlich nackt ihm gegenüber. »Ja. Sie war es.«

»Aber jetzt nicht mehr?«

Therese war verblüfft, daß er alles so ohne jede Überraschung und ohne jedes Gehabe sagen konnte. »Nein. Es ist – ich kann mit niemand darüber sprechen, Dannie«, sagte sie abschließend, und ihre Stimme klang tief und ruhig in ihren Ohren, wie die Stimme einer anderen.

»Willst du sie nicht vergessen, wenn es vorbei ist?«

»Ich weiß es nicht. Wie meinst du das genau?«

»Ich meine, tut es dir leid?«

»Nein. Würde ich es wieder tun? Ja.«

»Meinst du, mit jemand anderem oder mit ihr?«

»Mit ihr«, sagte Therese. Ihre Mundwinkel verzogen sich zu einem Lächeln.

»Aber das Ende war ein Fiasko.«

»Ja. Das heißt, ich würde auch das Ende nochmal durchstehen.«

»Und du tust es immer noch.«

Therese sagte nichts.

»Wirst du sie wiedersehen? Stört es dich, wenn ich dir all diese Fragen stelle?«

»Es stört mich nicht«, sagte sie. »Nein, ich werde sie nicht wiedersehen. Ich will nicht.«

»Aber jemand anders?«

»Eine andere Frau?« Therese schüttelte den Kopf. »Nein.«

Dannie sah sie an und lächelte. »Das zählt. Oder vielmehr, das macht, daß es nicht so zählt.«

»Was meinst du damit?«

»Ich meine, daß du so jung bist, Therese. Du wirst dich verändern, du wirst vergessen.«

Sie fühlte sich nicht jung. »Hat Richard mit dir gesprochen?«

»Nein. Einmal, an einem Abend, wollte er das wohl, aber ich hab' ihn unterbrochen, ehe er richtig loslegen konnte.«

Sie spürte das bittere Lächeln auf ihrem Mund, und sie zog an ihrer heruntergerauchten Zigarette und drückte sie dann aus. »Ich hoffe, er findet jemand, der ihm zuhört. Er braucht Zuhörer.«

»Er hat das Gefühl, du hast ihn sitzengelassen. Er leidet an gekränkter Eitelkeit. Glaub nur nie, daß ich wie Richard bin. Ich finde, die Leute müssen selbst wissen, was für sie gut ist und wie sie ihr Leben gestalten möchten.«

Etwas kam ihr in den Sinn, was Carol einmal gesagt hatte. Jeder Erwachsene hat Geheimnisse. Beiläufig dahingesagt, wie immer bei Carol, hatte es sich ihrem Verstand doch unauslöschlich eingeprägt, wie die Adresse, die sie einst bei Frankenberg auf den Zettel schrieb. Es drängte sie, Dannie alles zu erzählen – von dem Bild in der Bibliothek, dem Bild in der Schule. Und über Carol, die kein Bild war, sondern eine Frau mit einem Kind und einem

Mann, mit Sommersprossen auf den Händen und der Gewohnheit zu fluchen und von einem Moment auf den andern melancholisch zu werden, mit der schlechten Gewohnheit, mit dem Kopf durch die Wand zu gehen. Eine Frau, die weit mehr ertragen hatte in New York als sie selbst in South Dakota. Sie blickte in Dannies Augen, auf sein Kinn mit dem Grübchen. Sie wußte, daß sie bis zu diesem Augenblick unter einem Zauber gestanden hatte, der sie daran hinderte, irgend jemand auf der Welt wahrzunehmen außer Carol.

»Sag, woran denkst du?« fragte er.

»An das, was du einmal in New York gesagt hast – über das Benutzen und Wegwerfen von Dingen.«

»Hat sie das mit dir getan?«

Therese lächelte. »Ich werde es tun.«

»Dann versuch jemand zu finden, den du nie wegwerfen möchtest.«

»Der einem nicht zum Hals heraushängt.«

»Wirst du mir schreiben?«

»Ja, natürlich.«

»Schreib mir in drei Monaten.«

»In drei Monaten?« Da wußte sie mit einem Mal, was er meinte.

»Nicht vorher?«

»Nein.« Er sah sie ruhig an. »Das ist eine faire Bedenkzeit, findest du nicht?«

»Ja, gut. Ich verspreche es.«

»Versprich mir noch etwas. Nimm dir morgen frei, damit du mit mir zusammen sein kannst. Ich habe bis morgen um neun Uhr abends Zeit.«

»Ich kann nicht, Dannie. Die Arbeit muß erledigt werden – ich muß ihm ohnehin schon sagen, daß ich Ende nächster Woche fahre.« Das war nicht der Grund, wie sie wußte. Und vielleicht wußte es auch Dannie, der sie ansah. Sie wollte nicht morgen den ganzen Tag mit ihm zusammensein, es wäre zu intensiv, er würde sie zu sehr an sie selbst erinnern, und sie war noch nicht bereit dazu.

Dannie kam am nächsten Tag gegen Mittag in das Holzlager. Sie hatten zusammen essen wollen, aber sie gingen statt dessen die ganze Stunde auf dem Lake Shore Drive auf und ab und redeten miteinander. Am Abend um neun nahm Dannie ein Flugzeug nach Westen.

Eine Woche später fuhr Therese nach New York ab. Sie hatte die Absicht, sobald wie möglich aus Mrs. Osbornes Haus wegzuziehen. Sie wollte einige der Leute aufsuchen, vor denen sie im vergangenen Herbst weggelaufen war, und sie würde andere Menschen kennenlernen, neue Menschen. Sie würde im Frühjahr zur Abendschule gehen. Und sie würde ihre Garderobe von grundauf erneuern. Was sie jetzt hatte, die Kleider, die in New York in ihrem Schrank hingen, erschienen ihr zu jugendlich, wie Kleider, die ihr vor Jahren gehört hatten. In Chicago hatte sie sich in den Modehäusern umgeschaut und war begierig gewesen auf Kleider, die sie sich nicht kaufen konnte. Alles, was sie sich leisten konnte, war ein neuer Haarschnitt.

23

Als Therese ihr altes Zimmer betrat, war das erste, was ihr auffiel, daß die Ecke des Teppichs glatt lag. Und wie klein und traurig das Zimmer aussah! Und dennoch war es ihres, mit dem winzigen Radio auf dem Bücherregal und den Kissen auf der Bettcouch, so persönlich wie eine handschriftliche Notiz, die sie vor langem geschrieben und vergessen hatte. Auch die Bühnenbildmodelle an den Wänden, die sie bewußt anzusehen vermied, gehörten dazu.

Sie ging zur Bank und hob die Hälfte der ihr verbleibenden zweihundert Dollar ab und kaufte davon ein schwarzes Kleid und ein Paar Schuhe.

Morgen wollte sie Abby anrufen, dachte sie, und sich wegen Carols Wagen mit ihr absprechen, aber nicht heute.

Am gleichen Nachmittag noch verabredete sie sich mit Ned Bernstein, dem Koproduzenten der englischen Show, für die Harkevy die Bühnenentwürfe machen sollte. Sie nahm drei der Modelle, die sie im Westen gemacht hatte, und auch die Fotos von *Small Rain* mit, um sie ihm zu zeigen. Eine Assistentenstelle bei Harkevy brachte nicht genug ein, um davon zu leben, aber es gab andere Verdienstquellen als im Warenhaus zu arbeiten, zum Beispiel beim Fernsehen.

Mr. Bernstein betrachtete ihre Arbeiten ohne besonderes Interesse. Therese sagte, sie hätte noch nicht mit Mr.

Harkevy gesprochen, und fragte ihn, ob er eine Ahnung hätte, ob er noch Helfer nähme. Mr. Bernstein sagte, das sei Harkevys Sache, aber soweit er wisse, brauche er keine Assistenten mehr. Er konnte auch nicht sagen, ob andere Bühnenwerkstätten zur Zeit jemanden brauchten. Therese dachte an das Sechzig-Dollar-Kleid und die restlichen hundert Dollar auf der Bank. Außerdem hatte sie Mrs. Osborne gesagt, sie könne ihre Wohnung jederzeit zeigen, denn sie zöge um. Therese hatte noch keine Vorstellung, wohin. Sie verabschiedete sich und dankte Mr. Bernstein lächelnd dafür, daß er sich die Mühe gemacht hatte, sich ihre Arbeiten anzusehen.

»Wie wäre es mit dem Fernsehen?« fragte er. »Haben Sie mal versucht, auf diesem Weg einen Anfang zu machen? Es ist leichter, da hineinzukommen.«

»Ich treffe mich heute nachmittag mit jemand von Dumont.« Mr. Donahue hatte ihr damals im Januar eine Reihe von Namen genannt, und Mr. Bernstein fügte ihnen noch einige hinzu.

Dann rief sie in Harkevys Büro an. Harkevy meinte, er sei gerade im Begriff wegzugehen, doch sie könnte ihre Modelle heute bei ihm im Studio abgeben, und dann würde er sie sich morgen früh ansehen.

»Übrigens, morgen um fünf Uhr gibt das Theater eine Cocktailparty im ›St. Regis‹ für Genevieve Cranell. Möchten Sie nicht kommen?« sagte Harkevy mit seinem Staccato-Akzent, der seine leise Stimme so mathematisch präzise machte, »jedenfalls würden wir uns dann bestimmt morgen sehen. Können Sie kommen?«

»Ja. Ich komme gern. Wo im ›St. Regis‹?«

Er las von der Einladungskarte ab: »Suite D. Von fünf bis sieben Uhr. Ich werde gegen sechs Uhr dasein.«

Sie verließ die Telefonzelle so glücklich, als hätte Harkevy ihr gerade eine Zusammenarbeit angetragen. Sie ging die zwölf Straßen bis zu seinem Studio zu Fuß und übergab ihre Modelle einem jungen Mann. Es war ein anderer als im Januar. Harkevy wechselte seine Assistenten häufig. Sie warf einen ehrfurchtsvollen Blick auf seinen Arbeitsraum, ehe sie die Tür hinter sich schloß. Vielleicht ließ er sie bald kommen. Vielleicht bekam sie schon morgen Bescheid. Von einem Drugstore am Broadway aus rief sie Abby in New Jersey an. Abbys Stimme klang ganz anders als in Chicago. Carol muß es viel besser gehen, dachte Therese. Aber sie fragte nicht nach ihr, ihr Anruf galt dem Wagen.

»Ich kann ihn holen kommen, wenn Sie möchten«, sagte Abby. »Rufen Sie Carol doch selbst an. Ich weiß, Sie würde gern von Ihnen hören.«

»Also –« Therese wollte Carol nicht anrufen. Doch wovor fürchtete sie sich eigentlich? Vor Carols Stimme? Vor Carol selbst? »Also gut. Ich werde ihr den Wagen bringen, es sei denn, sie will es nicht. In dem Falle rufe ich zurück.«

»Wann? Heute nachmittag?«

»Ja. In wenigen Minuten.«

Therese trat einen Moment vor die Tür des Drugstores und sah sinnend auf die Camel-Reklame mit dem riesigen Gesicht, das Rauchringe groß wie Krapfen herauspaffte, auf die niedrigen, verdrossen wirkenden Taxis, die wie Haie in dem Nachmittagsstau herummanövrierten, auf das vertraute Kunterbunt von Restaurant- und Barschildern, Marquisen und Schaufenstern, die rötlichbraun gescheckte Straße, wie es sie in New York zu Hunderten gab. Sie erinnerte sich daran, wie sie einmal durch eine Straße auf der Upper Westside gegangen war, an die Backsteinfassaden, die Generationen von Menschen gesehen hatten und hinter denen Leben anfingen und endeten, und sie erinnerte sich an das bedrückende Gefühl, das sie ihr vermittelt, und auch daran, wie eilig sie es gehabt hatte, wieder auf die Avenue zurückzukommen. Das war noch keine drei Monate her. Jetzt erfaßte sie beim Anblick einer ähnlichen Straße ein Taumel, daß sie sich am liebsten in das Gewimmel vorwärtshastender und -schiebender Menschen hineingestürzt und den Gehweg mit seinen Schildern und den Marquisen über den Theatereingängen entlanggeeilt wäre. Sie drehte sich um und ging zur Telefonzelle zurück.

Einen Augenblick später hörte sie Carols Stimme.

»Wann bist du angekommen, Therese?«

Ein kurzer, bebender Schreck beim ersten Ton ihrer Stimme und dann nichts mehr. »Gestern.«

»Wie geht es dir? Siehst du noch genauso aus?« Carol klang gehemmt, so als wäre jemand bei ihr, aber Therese war ganz sicher, daß da niemand war.

»Nicht ganz. Und du?«

Carol wartete. »Du klingst verändert.«

»Ich bin es.«

»Kann ich dich sehen? Oder magst du nicht. Einmal.« Es war Carols Stimme, aber es waren nicht ihre Worte. Die Worte waren tastend und unsicher. »Wie wär's mit heute nachmittag? Hast du den Wagen bei dir?«

»Heute nachmittag muß ich eine Reihe von Leuten treffen. Da wird keine Zeit bleiben.« Wann hätte sie Carol je abgesagt, wenn Carol sie sehen wollte? »Möchtest du, daß ich den Wagen morgen zu dir hinausfahre?«

»Nein, ich kann ihn mir holen kommen. Ich bin kein Krüppel. Hat der Wagen sich anständig benommen?«

»Er ist ganz in Ordnung«, sagte Therese. »Keinerlei Schrammen.«

»Und du?« fragte Carol, aber Therese antwortete nicht. »Seh ich dich morgen? Hast du irgendwann am Nachmittag Zeit?«

Sie verabredeten, sich um halb fünf in der Bar des ›Ritz Tower‹ in der siebenundfünfzigsten Straße zu treffen, und dann legten sie auf.

Carol kam eine Viertelstunde zu spät. Therese wartete an einem Tisch auf sie, von dem aus sie die Glastüren zur Bar im Blickfeld hatte, dann endlich sah sie, wie Carol eine der Türen aufstieß, und die Spannung in ihr brach mit einem matten, kleinen Schmerz zusammen. Carol trug denselben Pelzmantel, dieselben Wildlederpumps, wie an dem Tag, als Therese sie zum ersten Mal gesehen hatte, aber jetzt umrahmte ein roter Schal den hochgereckten blonden Kopf. Therese sah ein überraschtes Lächeln über Carols schmaler gewordenes Gesicht huschen, als sie ihrer ansichtig wurde.

»Hallo«, sagte Therese.

»Ich hab' dich erst gar nicht erkannt.« Und Carol blieb einen Augenblick am Tisch stehen und blickte auf sie herunter, ehe sie sich setzte. »Nett von dir, daß du gekommen bist.«

»Sag bitte das nicht.«

Der Kellner kam, und Carol bestellte einen Tee, und mechanisch bestellte Therese das gleiche.

»Haßt du mich, Therese?«

»Nein.« Therese nahm den leisen Duft von Carols Parfüm wahr, die vertraute Süße, die ihr nun merkwürdig unvertraut vorkam, weil sie nicht hervorrief, was sie einst hervorgerufen hatte. Sie legte die zerdrückte Streichholzschachtel aus der Hand. »Wie könnte ich dich hassen, Carol?«

»Ich denke schon, daß du es könntest. Und eine Weile war es auch so, nicht wahr?« Carol sagte das, als teile sie ihr eine Tatsache mit.

»Dich hassen? Nein.« Nicht gerade hassen, hätte sie sagen können. Aber sie wußte, daß Carol es aus ihrem Gesicht ablas.

»Und jetzt? Du bist ganz erwachsen geworden – mit erwachsenem Haar und erwachsenen Kleidern.«

Therese sah in ihre grauen Augen, die ernst geworden waren, versonnen, trotz der selbstsicheren Haltung des stolzen Kopfes, und sie wandte den Blick wieder ab, unfähig diese Augen auszuloten. Sie ist schön, dachte Therese, und empfand schmerzlich den Verlust. »Ich habe einiges gelernt«, sagte Therese.

»Was?«

»Daß ich –« Sie stockte, ihr Verstand trat auf der Stelle, weil sich die Erinnerung an das Porträt in Sioux Falls davorschob.

»Weißt du, daß du wunderbar aussiehst«, sagte Carol, »plötzlich bist du ganz da. Ist das die Folge deiner Trennung von mir?«

»Nein«, sagte Therese rasch. Sie sah stirnrunzelnd in ihren Tee, den sie nicht wollte. Carols Formulierung »du bist ganz da« ließ sie an Geborenwerden denken, und das verwirrte sie. Ja, sie war geboren worden, seit sie Carol verlassen hatte, in dem Augenblick, als sie das Bild in der Bibliothek gesehen hatte, und ihr unterdrückter Schrei war wie der erste Schrei eines Kindes gewesen, das gegen seinen Willen in die Welt hinausgezerrt wird. Sie sah Carol an. »In der Bibliothek in Sioux Falls gab es ein Bild«, sagte sie. Und dann erzählte sie Carol davon, ganz einfach und sachlich, als erzähle sie eine Geschichte, die jemand anderem zugestoßen war.

Und Carol hörte ihr zu, ohne den Blick von ihr abzuwenden. Sie beobachtete sie, wie sie vielleicht jemanden beobachtet hätte, dem sie nicht helfen konnte. »Sonderbar«, sagte Carol ruhig. »Und zum Fürchten.«

»Ja, das war's.« Therese wußte, daß Carol verstand. Sie sah Mitgefühl in Carols Augen, und sie lächelte, aber Carol lächelte nicht zurück. Sie sah sie noch eindringlicher an. »Woran denkst du?« fragte Therese.

Carol nahm sich eine Zigarette. »Was meinst du wohl? An jenen Tag im Warenhaus.«

Therese mußte wieder lächeln. »Es war so wunderbar, als du zu mir herüberkamst. Warum bist du gerade zu mir gekommen?«

Carol wartete. »Aus einem ganz banalen Grund. Weil du die einzige Verkäuferin warst, die nicht alle Hände voll zu tun hatte. Außerdem hattest du keinen Kittel an, erinnere ich mich.«

Therese brach in Lachen aus. Carol lächelte nur, aber

plötzlich war sie wieder sie selbst, wie in Colorado Springs, ehe alles passierte. Mit einem Male fiel Therese der Kerzenhalter in ihrer Tasche ein. »Ich hab' dir was mitgebracht«, sagte sie, und reichte ihn Carol hinüber. »Ich habe ihn in Sioux Falls gefunden.«

»Ich finde ihn reizend«, sagte Carol. »Er sieht ganz aus wie du.«

»Danke. Ich dachte, er hat Ähnlichkeit mit *dir*.« Therese sah auf Carols Hand, deren Daumen und Mittelfinger den zierlichen Kerzenhalter hielten, wie sie einst Untertassen gehalten hatten – in Colorado, Chicago und anderen, vergessenen, Orten. Therese schloß die Augen.

»Ich liebe dich«, sagte Carol.

Therese öffnete die Augen, sah aber nicht auf.

»Ich weiß, deine Gefühle für mich sind nicht mehr dieselben. Nicht wahr?«

Therese wollte es spontan abstreiten, aber konnte sie das? Sie empfand nicht mehr das Gleiche für Carol. »Ich weiß es nicht, Carol.«

»Das ist dasselbe.« Carols Stimme kam leise, erwartungsvoll, erwartete Bestätigung oder Verneinung.

Therese starrte auf die Toastdreiecke auf dem Teller zwischen ihnen. Sie dachte an Rindy. Sie hatte die Frage nach ihr vor sich hergeschoben. »Hast du Rindy gesehen?«

Carol seufzte. Therese sah, wie ihre Hand den Kerzenhalter losließ. »Ja, letzten Sonntag, etwa für eine Stunde. Voraussichtlich darf sie mich ein paar Nachmittage im Jahr besuchen, alle Jubeljahre einmal. Ich habe auf der ganzen Strecke verloren.«

»Ich dachte, du sagtest, ein paar Wochen im Jahr.«

»Nun ja, es ist noch einiges andere passiert – privat zwischen Harge und mir. Ich weigerte mich, eine Reihe von Versprechen abzugeben, wie er es wollte. Und die Familie kam natürlich auch noch ins Spiel. Ich lehnte es ab, nach einer Liste von Vorschriften zu leben, die sie aufgestellt hatten – wie ein Schuldverzeichnis –, auch wenn es bedeutete, daß sie Rindy völlig von mir fernhalten – so als sei ich ein Ungeheuer. Und das bedeutete es dann. Harge hat den Anwälten alles gesagt – alles, was sie noch nicht wußten.«

»Großer Gott«, flüsterte Therese. Sie konnte sich vorstellen, was es bedeutete, wenn Rindy an einem Nachmittag zu Besuch kam, begleitet von einer »umsichtigen« Gouvernante, die man über Carol unterrichtet hatte und der vermutlich eingeschärft worden war, sie dürfe das Kind nicht aus den Augen lassen. Rindy würde das Ganze bald durchschauen. Wo lag dann noch das Vergnügen eines solchen Besuchs? Harge – Therese mochte seinen Namen nicht aussprechen. »Sogar das Gericht war milder.«

»Tatsächlich habe ich auch vor Gericht nichts versprochen. Ich hab' mich auch da geweigert.«

Therese mußte wider Willen lächeln, weil sie froh war, daß Carol sich geweigert hatte, daß sie noch so viel Stolz gehabt hatte.

»Aber es war eigentlich kein Gericht, eher ein Gespräch am runden Tisch. Weißt du, wie die Aufnahme in Waterloo zustande gekommen ist? Er hat eine Eisenspitze durch die Wand getrieben, vermutlich gleich, nachdem wir angekommen waren.«

»Eine *Eisenspitze*?«

»Ich erinnere mich, daß ich gehört habe, wie jemand irgend etwas einhämmerte. Ich glaube, es war, als wir gerade aus der Dusche kamen. Erinnerst du dich?«

»Nein.«

Carol lächelte. »Eine Eisenspitze nimmt die Laute auf wie eine Wanze. Er hatte das Zimmer neben uns.«

Therese konnte sich an das Hämmern nicht erinnern, aber die Gewalttätigkeit des Ganzen kam wieder in ihr hoch, niederschmetternd, zerstörend –

»Es ist alles vorbei«, sagte Carol. »Weißt du, ich würde Rindy fast lieber gar nicht mehr sehen. Ich werde niemals verlangen, sie zu sehen, wenn sie mich nicht mehr sehen will. Ich werde es ihr überlassen.«

»Ich kann mir nicht vorstellen, daß sie dich jemals nicht mehr sehen will.«

Carol zog die Augenbrauen hoch. »Läßt sich auf irgendeine Weise voraussagen, wie Harge sie beeinflussen wird?«

Therese schwieg. Sie sah von Carol fort und auf eine Uhr an der Wand. Es war nach halb sechs. Sie sollte vor sechs Uhr auf der Cocktailparty sein, überlegte sie, wenn sie überhaupt hingehen wollte. Sie hatte sich dafür angezogen – ihr neues schwarzes Kleid mit einem weißen Schal, die neuen Schuhe, die schwarzen Handschuhe. Wie unwichtig erschien ihr jetzt ihr Aufzug. Plötzlich dachte sie an die grünen Wollhandschuhe von Schwester Alicia. Ob sie wohl immer noch in dem alten Seidenpapier auf dem Boden ihres Koffers lagen? Sie wollte sie wegwerfen.

»Man kommt über vieles hinweg«, sagte Carol.

»Ja.«

»Harge und ich verkaufen das Haus, und ich habe mir eine Wohnung oben in der Madison Avenue genommen. Und, ob du's glaubst oder nicht, ich hab' einen Job. Ich werde als Einkäuferin für ein Möbelhaus auf der Madison Avenue arbeiten. Einige meiner Vorfahren müssen Tischler gewesen sein.« Sie sah Therese an. »Immerhin, so hab' ich mein Auskommen, und es wird mir gefallen. Die Wohnung ist schön groß – groß genug für zwei. Ich hatte gehofft, daß du dort mit mir zusammenleben wirst, aber ich schätze, du willst nicht.«

Thereses Herz tat einen Sprung, genau wie damals, als Carol sie im Warenhaus angerufen hatte. Unwillkürlich regte sich etwas in ihr und löste ein Glücksgefühl und Stolz in ihr aus. Sie war stolz, daß Carol den Mut hatte, so zu handeln, so zu sprechen, daß Carol immer den Mut haben würde. Sie erinnerte sich, wie mutig Carol dem Detektiv auf der Landstraße entgegengetreten war. Therese versuchte, ihr Herzklopfen zu unterdrücken. Carol hatte sie nichteinmal angesehen. Carol fuhr mit ihrem Zigarettenstummel im Aschenbecher herum. Mit Carol leben? Einstmals war das unmöglich gewesen, und sie hatte es sich mehr als alles in der Welt gewünscht. Mit ihr zu leben und alles mit ihr zu teilen, jahraus, jahrein, zusammen spazierenzugehen und zu lesen, zusammen zu reisen. Und sie erinnerte sich an die Tage, als sie Carol haßte, als sie sich vorstellte, Carol würde sie das fragen und sie würde nein sagen.

»Würdest du das wollen?« Carol sah sie an.

Therese fühlte, daß sie auf einem schmalen Grat wandelte. Der Haß war verschwunden. Nur die Entscheidung lag vor ihr, wie ein gespanntes Drahtseil, nichts, das sie zog oder schob. Sie balancierte zwischen Carol und einem großen Fragezeichen. Mit Carol würde es jetzt anders sein, weil sie sich beide verändert hatten. Diese neue Welt würde für sie ebenso unbekannt sein wie die vergangene es damals gewesen war, als sie sie das erste Mal betreten hatte. Jetzt gab es keine Hindernisse mehr. Therese dachte an Carols Parfüm, das ihr heute nichts mehr bedeutete. Sie könnten eine neue Seite aufschlagen, würde Carol sagen.

»Nun?« fragte Carol lächelnd, ungeduldig.

»Nein«, sagte Therese. »Nein, ich glaube nicht.« Weil du mich wieder betrügen würdest. Das war es, was sie in Sioux Falls gedacht hatte, was sie hatte schreiben und sagen wollen. Aber Carol hatte sie nicht betrogen. Carol liebte sie mehr als ihr Kind. Das war mit ein Grund, warum sie nichts versprochen hatte. Sie spielte hoch jetzt, wie sie an dem Tag auf der Straße hoch gespielt hatte, um alles von dem Detektiv zu bekommen, und auch damals hatte sie verloren. Und jetzt sah sie, wie kaum merklich ein Schatten über Carols Gesicht huschte, sah die kleinen Anzeichen von Erstaunen und Schreck, die so unauffällig waren, daß vielleicht nur sie allein sie wahrnehmen konnte, und für einen Moment vermochte sie nichts mehr zu denken.

»Das ist also deine Entscheidung«, sagte Carol.

»Ja.«

Carol starrte auf ihr Feuerzeug auf dem Tisch. »Das wär's also.«

Therese sah sie an und wünschte sich immer noch, ihre Hände auszustrecken und Carols Haar zu berühren und mit den Fingern darüberzustreichen. Hatte Carol denn nicht die Unentschlossenheit aus ihrer Stimme herausgehört? Plötzlich wollte Therese weglaufen, aus der Tür stürzen, den Gehweg entlang. Es war Viertel vor sechs. »Ich muß zu einer Cocktailparty. Es ist wichtig, weil ich vielleicht einen Job kriege. Harkevy wird dasein.« Harkevy gab ihr bestimmt irgendeine Arbeit. Am Mittag hatte sie ihn angerufen und sich nach den Modellen erkundigt, die sie in seinem Studio gelassen hatte, und sie hatten ihm alle gefallen. »Ich hab' gestern auch einen Fernsehauftrag bekommen.«

Carol hob den Kopf und lächelte. »Mein kleines großes Tier, jetzt siehst du aus, als ob du etwas Gutes machen könntest. Weißt du, daß sogar deine Stimme anders klingt?«

»Wirklich?« Therese zögerte, es fiel ihr immer schwerer, sitzen zu bleiben. »Carol, du könntest mit zu der Party kommen, wenn du möchtest. Es ist eine große Party in einer Hotelsuite – eine Begrüßungsparty für eine Frau, die in Harkevys Stück die Hauptrolle spielt. Ich bin sicher, niemand hätte etwas dagegen, wenn ich jemanden mitbringe.« Sie wußte nicht genau, warum sie Carol fragte, warum sie wohl annahm, daß Carol lieber als sie jetzt zu einer Cocktailparty gehen wollte.

Carol schüttelte den Kopf. »Nein, danke, Liebling, da gehst du besser allein hin. Ich habe übrigens in ein paar Minuten eine Verabredung im ›Elysée‹.«

Therese griff nach Handschuhen und Handtasche. Sie blickte auf Carols Hände – der Ehering fehlte jetzt –, auf die blassen Sommersprossen auf den Handrücken und in

Carols Augen. Sie hatte das Gefühl, als würde sie sie nie wiedersehen. In zwei Minuten oder weniger würden sie sich auf dem Gehweg trennen. »Der Wagen steht links, wenn du aus der Tür kommst. Und hier sind die Schlüssel.«

»Ich weiß, ich hab' ihn gesehen.«

»Bleibst du noch hier? Ich kümmere mich um die Rechnung.«

»Das überlaß nur mir«, sagte Carol. »Geh los, wenn du mußt.«

Therese stand auf. Sie konnte Carol nicht einfach hier am Tisch sitzen lassen, mit ihren beiden Teetassen und den ausgedrückten Zigaretten im Aschenbecher. »Bleib nicht hier. Komm mit mir raus.«

Carol sah mit einem fragenden Erstaunen im Gesicht zu ihr auf. »Gut«, sagte sie. »Du hast noch ein paar Sachen bei mir im Haus. Soll ich ...«

»Ist nicht wichtig«, unterbrach Therese sie.

»Und deine Blumen. Deine Pflanzen.« Carol bezahlte die Rechnung, die der Kellner gebracht hatte. »Was ist aus den Blumen geworden, die ich dir geschenkt habe?«

»Die Blumen – sind verwelkt.«

Für eine Sekunde begegneten sich ihre Blicke noch einmal, und dann wandte Therese den Kopf ab.

Sie trennten sich auf dem Gehweg an der Ecke Park Avenue und Siebenundfünfzigste Straße. Therese schaffte es gerade noch über die Avenue, ehe die Ampel auf Grün schaltete und eine Meute von Autos losließ, hinter denen Carols Bild verschwamm, als sie sich drüben nach ihr umwandte. Carol entfernte sich langsam, am Eingang des

›Ritz Tower‹ vorbei und weiter. So sollte es sein, dachte Therese, nicht mit einem gefühlvollen Händedruck, ohne jeden Blick zurück. Dann, als sie sah, wie Carol die Hand nach der Wagentür ausstreckte, fiel ihr die Bierdose wieder ein, die immer noch unter dem Vordersitz lag, ihr Scheppern, als sie bei der Einfahrt nach New York die Rampe aus dem Lincolntunnel hochgefahren war. Da hatte sie gedacht, daß sie sie rausholen wollte, ehe sie Carol den Wagen zurückgäbe, aber sie hatte es vergessen. Therese eilte weiter ins Hotel.

Durch beide Eingänge strömten bereits Leute in die Halle, und ein Kellner hatte Mühe, seinen Servierwagen mit den Eiskübeln in den Salon zu rollen. Die Räume waren voller Lärm, und Therese konnte weder Bernstein noch Harkevy irgendwo entdecken. Sie kannte niemanden, keine Menschenseele. Außer einem Gesicht, das einem Mann gehörte, mit dem sie sich vor Monaten irgendwo über eine Stelle unterhalten hatte, aus der dann nichts geworden war. Therese drehte sich um. Ein Mann drückte ihr ein hohes Glas in die Hand.

»Mademoiselle«, sagte er mit schwungvoller Gebärde, »stand Ihr Sinn nach so was?«

»Danke.« Sie blieb nicht bei ihm. Sie meinte, Mr. Bernstein gegenüber in der Ecke zu sehen. Einige Frauen mit großen Hüten versperrten ihr den Weg.

»Sind Sie Schauspielerin?« fragte derselbe Mann und drängte sich mit ihr durch die Menge.

»Nein, Bühnenbildnerin.«

Es war wirklich Mr. Bernstein, und Therese schlängelte sich zwischen verschiedenen Gruppen von Leuten zu ihm durch. Mr. Bernstein stand von der Heizung auf, wo er gesessen hatte, und streckte ihr herzlich seine plumpe Hand entgegen. »Miss Belivet!« rief er laut. »Mrs. Crawford, die Maskenbildnerin –«

»Nur keine Fachsimpelei!« kreischte Mrs. Crawford.

»Mr. Stevens, Mr. Fenelon«, stellte Mr. Bernstein weiter vor und weiter und weiter, bis sie einem Dutzend Leute zugenickt und mindestens der Hälfte die Hand gedrückt hatte. »Und Ivor – Ivor!« rief Mr. Bernstein.

Harkevy, ein schlanker Mann mit einem schmalen Gesicht und einem kleinen Schnurrbart, lächelte ihr zu, und schüttelte ihr die Hand. »Hallo«, sagte er, »ich freue mich, Sie wiederzusehen. Ja, Ihre Arbeiten gefallen mir. Ich merke Ihre Besorgnis.« Er lachte ein wenig.

»Genügt es, um einzusteigen?« fragte sie.

»Sie wollen es wissen. Ja, Sie können einsteigen. Kommen Sie morgen früh um elf Uhr zu mir ins Studio. Können Sie das einrichten?«

»Ja.«

»Wir sehen uns später. Ich muß diese Herrschaften noch verabschieden.« Und er ging fort.

Therese setzte ihren Drink auf einer Tischecke ab und suchte in ihrer Handtasche nach einer Zigarette. Es war geschafft. Sie warf einen Blick zur Tür hinüber. Eine Frau mit hochgekämmtem, blondem Haar und strahlendblauen Augen hatte gerade den Raum betreten und löste allgemeine Aufregung aus. Mit schnellen, entschiedenen Gesten begrüßte sie die Leute und schüttelte Hände, und da begriff Therese, daß es Genevieve Cranell war, die englische Schauspielerin, die im Stück die Hauptrolle spielen würde. Sie sah anders aus als auf den wenigen Standfotos, die Therese von ihr kannte. Sie hatte ein Gesicht, das in Bewegung sein mußte, um attraktiv zu wirken.

»Hallo allerseits!« rief sie schließlich in die Runde, und Therese merkte, wie ihr Blick einen Moment auf ihr ruhte, während Therese ein ähnliches Gefühl durchfuhr wie damals, als sie Carol zum ersten Mal gesehen hatte, und in den blauen Augen der Frau flackerte dasselbe Interesse auf wie sicher damals auch bei ihr. Heute war es Therese, die dem Blick standhielt, und die andere Frau, die wegsah und sich abwandte.

Therese schaute auf das Glas in ihrer Hand und spürte eine plötzliche Hitze in ihrem Gesicht und in den Fingerspitzen und ein Brausen in ihrem Innern, das weder nur von ihrem Blut noch bloß von ihren Gedanken herrührte. Sie wußte, noch ehe sie einander vorgestellt waren, daß diese Frau wie Carol war. Und sie war schön. Und sie sah nicht aus wie das Bild in der Bibliothek. Therese nippte lächelnd an ihrem Drink. Dann nahm sie einen kräftigen Schluck, um sich zu fassen.

»Eine Blume, Madam?« Ein Kellner präsentierte ihr ein Tablett voller weißer Orchideen.

»Vielen Dank.« Therese nahm eine. Sie hatte einige Mühe mit der Nadel, und irgend jemand – Mr. Fenelon oder Mr. Stevens – kam ihr zu Hilfe. »Danke vielmals«, sagte sie.

Genevieve Cranell kam, Mr. Bernstein im Schlepptau, auf sie zu. Die Schauspielerin begrüßte den Mann neben Therese, als kenne sie ihn sehr gut.

»Darf ich Sie mit Miss Cranell bekanntmachen?« fragte Mr. Bernstein Therese.

Therese schaute die Frau an. »Mein Name ist Therese Belivet.« Sie nahm die Hand, die ihr die Frau entgegenstreckte.

»Guten Abend – Sie also sind die Bühnenbildabteilung?«

»Nein. Nur ein Teil davon.« Sie fühlte den Händedruck noch, als die Frau ihre Hand schon losgelassen hatte. Und eine wilde, törichte Erregung erfaßte sie.

»Ob mir wohl jemand einen Drink bringt?« fragte Miss Cranell in die Runde. Mr. Bernstein bemühte sich. Er machte sie mit den andern Leuten um sie herum bekannt. Therese hörte, wie sie jemandem erzählte, sie sei gerade aus dem Flugzeug gestiegen und ihr Gepäck liege noch in einem Haufen beim Empfang. Während sie sprach, sah Therese, wie sie einige Male über die Schultern der Männer hinweg zu ihr herüberblickte. Therese fand diesen neckischen Hinterkopf, den unbekümmerten Schwung ihrer Stupsnase auf erregende Weise anziehend – übrigens der einzige unbekümmerte Zug in ihrem schmalen, klassischen Gesicht. Ihre Lippen waren ziemlich schmal. Sie machte einen ausgesprochen lebhaften und zugleich gelassenen Eindruck. Und doch hatte Therese das dunkle Gefühl, daß Genevieve Cranell sich nicht noch einmal ihr zuwenden würde, vielleicht aus dem einfachen Grunde, weil sie es vermutlich gern täte.

Therese bewegte sich auf einen Wandspiegel zu, warf einen Blick hinein, um zu sehen, ob Haar und Lippenstift noch in Ordnung waren.

»Therese«, sagte eine Stimme in ihrer Nähe, »trinken Sie gern Champagner?«

Therese drehte sich um und stand Genevieve Cranell gegenüber. »O ja.«

»Dann trollen Sie sich doch in ein paar Minuten auf Nr. sechshundertneunzehn. Das ist meine Suite. Wir veranstalten dort eine Party im kleinsten Kreis.«

»Ich fühle mich sehr geehrt«, sagte Therese.

»Also verschwenden Sie Ihren Durst nicht an Whiskys. Wo haben Sie dieses entzückende Kleid gefunden?«

»Bei Bonwit Teller – es war sündhaft teuer.«

Genevieve Cranell lachte. Sie trug ein blaues Wollkostüm, das wirklich sündhaft teuer aussah. »Sie sehen so jung aus, ich denke, Sie verübeln es mir nicht, wenn ich Sie frage, wie alt Sie sind?«

»Ich bin einundzwanzig.«

Sie verdrehte die Augen. »Unglaublich. Kann man wirklich erst einundzwanzig sein?«

Die Leute beobachteten die Schauspielerin. Therese war geschmeichelt, ungeheuer geschmeichelt, und dieses Geschmeicheltsein kam ihren Gefühlen für Genevieve Cranell – oder dem, was sie für sie hätte fühlen können – in die Quere.

Miss Cranell hielt ihr ihr Zigarettenetui hin. »Zunächst dachte ich, Sie seien noch minderjährig.«

»Ist das ein Verbrechen?«

Die Schauspielerin sah sie an, ihre blauen Augen lächelten ihr über die Flamme ihres Feuerzeugs zu. Dann, als die Frau den Kopf wandte, um sich selbst eine Zigarette anzuzünden, wußte Therese plötzlich, daß Genevieve Cranell ihr niemals etwas bedeuten würde, nichts außer in dieser halben Stunde auf einer Cocktailparty, daß die Erregung, die sie jetzt empfand, nicht anhalten würde und zu anderer Zeit und an anderem Ort auch nicht wieder aufflammen würde. Woher wußte sie das? Therese starrte auf die strenge Linie ihrer blonden Augenbrauen, während der erste Rauch aus ihrer Zigarette stieg, aber da kam keine Antwort. Und plötzlich hatte Therese das Gefühl von etwas Tragischem, erfüllte sie fast ein Bedauern.

»Sind sie New Yorkerin?» fragte Miss Cranell.

»Vivy!«

Neue Leute, die gerade in der Tür erschienen waren, scharten sich um Genevieve Cranell und führten sie fort. Therese trank ihr Glas leer und spürte, wie der Scotch beruhigende Wärme in ihr aufsteigen ließ. Sie unterhielt sich mit einem Mann, den sie tags zuvor flüchtig in Mr. Bernsteins Büro kennengelernt hatte, und mit einem anderen, den sie überhaupt nicht kannte, dabei blickte sie quer durch den Raum zur Tür, in diesem Augenblick ein leeres Rechteck, und sie dachte an Carol. Es sähe Carol ähnlich, doch noch zu kommen und sie noch einmal zu fragen. Vielmehr, das sähe der alten Carol ähnlich, nicht der von heute. Carol hatte jetzt ihre Verabredung im ›Elysée‹. Mit Abby? Mit Stanley McVeigh? Therese blickte weg von der Tür, als fürchtete sie, Carol würde erscheinen, und sie müßte noch einmal »Nein« sagen. Therese ließ sich einen weiteren Whisky geben und fühlte, wie die Leere in ihrem Inneren sich allmählich mit der Erkenntnis füllte, daß sie Genevieve Cranell oft sehen könnte, wenn sie nur wollte, von ihr vielleicht auch geliebt würde, ohne daß sie sich selbst ganz auf sie einlassen müßte.

Einer der Männer neben ihr fragte: »Wer hat das Bühnenbild für *The Lost Messiah* gemacht, Therese? Erinnern Sie sich?«

»Blanchard?« erwiderte sie wie aus dem Nichts, denn sie war in Gedanken immer noch bei Genevieve Cranell, und mit einem Gefühl des Widerwillens, der Scham über das, was ihr gerade in den Sinn gekommen war und was sie, wie sie wußte, nie sein würde. Sie lauschte der Unterhaltung über Blanchard und noch jemanden, beteiligte sich sogar daran, aber ihr Bewußtsein war in einem wirren Knäuel verstrickt, in dem sich ein Dutzend Fäden kreuzten und verknoteten. Einer war Dannie. Einer war Carol. Einer Genevieve Cranell. Ein Faden ging immer weiter und weiter, doch ihr Verstand trat im Kreuzungspunkt auf der Stelle. Sie beugte sich nach vorn, um sich Feuer geben zu lassen, fühlte, wie sie noch tiefer in dieses Gespinst hineingeriet und griff nach Dannie. Aber der starke schwarze Faden führte nirgendwohin. Sie wußte es, als prophezeite ihr eine innere Stimme, daß sie mit Dannie nicht weiterkommen würde. Und wieder erfaßte die Einsamkeit sie wie ein kalter Windstoß, so unerklärlich wie der plötzliche Tränenschleier, der ihren Blick trübte, als sie den Kopf hob und wieder zur Tür hinüberschaute.

»Nicht vergessen!« Genevieve Cranell stand neben ihr, berührte leicht ihren Arm und sagte rasch: »Sechshundertneunzehn. Wir ziehen jetzt um.« Schon im Weggehen drehte sie sich um und kam zurück. »Sie kommen doch? Harkevy kommt auch.«

Therese schüttelte den Kopf. »Vielen Dank, ich – ich glaubte, ich könnte kommen, aber mir ist eingefallen, daß ich noch woanders hin muß.«

Die Frau blickte sie fragend an. »Was ist los, Therese? Ist irgend etwas falsch gelaufen?«

»Nein.« Therese lächelte und ging auf die Tür zu. »Vielen Dank, daß Sie mich eingeladen haben. Wir sehen uns bestimmt mal wieder.«

»Bestimmt«, sagte die Schauspielerin.

Therese ging in das Zimmer neben dem Salon und nahm ihren Mantel von dem Haufen auf dem Bett. Sie eilte den Korridor entlang zum Treppenhaus, an den Leuten vorbei, die auf den Aufzug warteten, unter ihnen Genevieve Cranell, und ihr war gleich, ob sie sah, wie sie auf der breiten Treppe entschwand, so, als liefe sie vor etwas davon. Therese lächelte in sich hinein. Die Luft kühlte angenehm ihre Stirn, und der Wind strich ihr wie Federn um die Ohren, wie ein sanfter Flügelschlag, und sie hatte das Gefühl, als flöge sie über die Straßen und die Bordsteine – Carol entgegen. Und vielleicht wußte Carol es in diesem Augenblick schon, denn Carol hatte so etwas immer vorhergewußt. Sie rannte über eine weitere Straße und stand vor dem ›Elysée‹.

Der Oberkellner im Foyer sprach sie an, und sie sagte: »Ich suche jemanden«, und ging weiter zur Bar.

Im Eingang blieb sie stehen und ließ den Blick über die Leute an den Tischen im Raum schweifen, in dem jemand Klavier spielte. Das Licht war gedämpft, und sie sah sie nicht gleich, da sie ganz hinten im Schatten saß. Auch Carol sah sie nicht. Ihr gegenüber saß ein Mann, von dem Therese nicht wußte, wer er war. Carol hob langsam die Hand und strich sich das Haar aus dem Gesicht, und Therese lächelte, weil das eine typische Geste von Carol war und weil sie Carol liebte und immer lieben würde. Auf andere Weise jetzt, weil sie sich verändert hatte. Und es war, als begegnete sie Carol zum ersten Mal, und doch war es Carol und niemand sonst. Es würde immer Carol sein – in tausend Städten, in tausend Häusern, in fremden Ländern, wohin sie zusammen reisen würden, im Himmel und in der Hölle. Therese wartete. Dann, als sie drauf und dran war, zu ihr zu gehen, entdeckte Carol sie. Einen Augenblick schien sie ihr ungläubig entgegenzustarren, während Therese sah, wie das Lächeln sich langsam ausbreitete, ehe sie plötzlich den Arm hob und Therese so schnell und erwartungsvoll zuwinkte, wie sie es an ihr noch nie gesehen hatte. Und Therese ging auf sie zu.

Nachwort

Der Einfall zu diesem Buch kam mir Ende 1948. Damals lebte ich in New York. Ich hatte gerade den Roman *Zwei Fremde im Zug* beendet, der aber erst 1949 erscheinen sollte. Weihnachten stand vor der Tür, ich war irgendwie deprimiert und hatte auch kein Geld. Um etwas zu verdienen, nahm ich für die Zeit des Weihnachtsgeschäfts für etwa vier Wochen einen Job als Verkäuferin in einem großen Warenhaus in Manhattan an. Ich stand es, glaube ich, zweieinhalb Wochen durch.

Im Warenhaus wurde ich der Spielzeugabteilung zugeteilt, genauer, ich kam zu den Puppen. Es gab vielerlei Arten von Puppen, teure und nicht so teure, mit echtem und mit künstlichem Haar, und die Größe und die Kleider waren von allergrößter Wichtigkeit. Kinder, deren Nasen knapp bis zum Rand der gläsernen Schaukästen reichten, schoben sich mit Mutter oder Vater oder mit beiden nach vorn, geblendet von dieser Fülle nagelneuer Puppen, die weinen, die Augen öffnen und schließen und stehen konnten und natürlich dauernd umgezogen werden wollten. Es herrschte ein fürchterlicher Andrang, und ich und die übrigen vier oder fünf jungen Frauen, die mit mir hinter dem langen Ladentisch standen, kamen von halb neun bis zur Mittagspause nicht zum Sitzen. Und auch dann nicht unbedingt! Am Nachmittag war es nicht anders.

Eines Morgens tauchte eine blondhaarige Frau im Pelzmantel in diesem lauten Verkaufsrummel auf. Sie ließ sich, offensichtlich unentschlossen, zu dem Ladentisch mit den Puppen treiben – sollte sie eine Puppe kaufen oder lieber etwas anderes? – Und ich meine, mich zu erinnern, daß sie zerstreut mit ihren Handschuhen leicht in die eine Hand schlug. Vielleicht fiel sie mir auf, weil sie allein oder weil ein Nerzmantel eine Seltenheit war oder auch wegen ihres leuchtenden hellblonden Haars. Immer noch in Gedanken verloren, wählte sie unter den zwei oder drei Puppen, die ich ihr gezeigt hatte, eine aus, und ich schrieb ihren Namen und ihre Adresse auf die Quittung, denn die Puppe sollte in einen Nachbarstaat geschickt werden. Es war reine Routine, die Frau zahlte und ging. Doch ich fühlte mich merkwürdig benommen, wie knapp vor einer Ohnmacht, zugleich aber auch erhoben, so als hätte ich eine Vision gehabt.

Ich kehrte wie immer nach der Arbeit in meine kleine Wohnung zurück, wo ich allein lebte. Am gleichen Abend notierte ich mir eine Idee, eine Handlung, eine Story über die elegante blonde Frau im Pelzmantel. Ich schrieb etwa acht Seiten mit der Hand in mein Notizbuch von damals. Es war die vollständige Geschichte von *Carol. Roman einer ungewöhnlichen Liebe*. Sie floß mir aus der Feder, irgendwoher – Anfang, Mitte und Ende. Ich brauchte zwei Stunden dafür, vielleicht noch weniger.

Am nächsten Morgen fühlte ich mich noch sonderbarer, und ich merkte, daß ich Fieber hatte. Es muß ein Sonntag gewesen sein, denn ich erinnere mich, daß ich morgens mit der Untergrundbahn fuhr (damals arbeitete man auch Sonnabend vormittags und während des Weihnachtsgeschäfts noch den Nachmittag dazu). Ich erinnere mich auch, daß ich beinahe ohnmächtig wurde, als ich da in der U-Bahn an meinem Haltegriff hing. Die Freundin, mit der ich verabredet war, verstand etwas von Medizin, und ich sagte ihr, daß ich mich ziemlich elend fühlte und morgens beim Duschen eine kleine Blase auf meinem Bauch entdeckt hätte. Meine Freundin warf bloß einen Blick auf die Blase und sagte: »Windpocken.« Dummerweise hatte ich diese Kinderkrankheit nie gehabt, obgleich ich sonst so ziemlich alles hatte. Die Windpocken sind für Erwachsene nicht angenehm, da das Fieber auf bis zu 39 Grad oder noch mehr steigt. Schlimmer noch: Gesicht, Körper, Oberarme, ja, Ohren und Nasenflügel sind mit Pusteln übersät, und die Pusteln jucken und gehen auf, und man darf im Schlaf nicht kratzen, sonst bleiben Narben und Löcher zurück. Vier Wochen lang läuft man mit blutenden Stellen im Gesicht herum, für alle sichtbar, und sieht aus, als hätte man eine volle Ladung aus einer Schrotflinte abgekriegt.

Ich mußte dem Warenhaus am Montag Bescheid geben, daß ich nicht mehr zur Arbeit kommen könnte. Eins der rotznasigen kleinen Kinder hatte mir wohl den Krankheitskeim weitergegeben, mir aber in gewisser Weise auch den Keim für ein Buch vermittelt. Fieber wirkt phantasieanregend. Ich fing nicht sofort an, das Buch zu schreiben. Ich lasse eine Idee lieber ein paar Wochen lang vor sich hin »köcheln«. Und außerdem meinten mein Verleger und auch mein Agent, nachdem *Zwei Fremde im Zug* erschienen und kurz danach an Alfred Hitchcock verkauft worden war, der einen Film daraus machen wollte: »Schreiben Sie ein nächstes Buch vom gleichen Typ, das stärkt Ihren Ruf als ...« Ja, als was? *Zwei Fremde im Zug* war bei Harper & Bros., wie das Verlagshaus damals hieß, in der Thriller-Reihe erschienen. So war ich also über Nacht zur Thrillerautorin geworden, obgleich mein erstes Buch meiner Ansicht nach keiner besonderen Kategorie angehörte, sondern einfach eine spannende Geschichte war. Wenn ich nun einen Roman über eine lesbische Beziehung schrieb – würde ich dann als Autorin lesbischer Bücher etikettiert werden? Das war immerhin möglich, auch wenn ich nie wieder in meinem Leben ein ähnliches Buch schreiben würde. Also entschied ich mich, das Buch unter einem Pseudonym erscheinen zu lassen. 1951 war das Buch fertig. Ich konnte es nicht einfach für zehn Monate beiseite schieben und etwas anderes machen, einzig weil es aus kommerziellen Erwägungen heraus klug gewesen wäre, einen weiteren Thriller zu schreiben.

Harper & Bros. lehnten *Carol* ab, also mußte ich zu meinem Bedauern einen anderen amerikanischen Verleger finden. Ich hasse es, den Verleger zu wechseln. Als *Carol* 1952 als gebundenes Buch erschien, erhielt es einige ernsthafte und ganz respektable Rezensionen. Der eigentliche Erfolg aber kam ein Jahr später mit der Taschenbuchausgabe, von der fast eine Million Exemplare verkauft wurden und die sicherlich von noch mehr Leuten gelesen wurde. Die Fan-Post war an Claire Morgan zu Händen des Taschenbuchverlags adressiert. Ich erinnere mich, daß ich über Monate mehrmals wöchentlich Umschläge mit bis zu zehn, fünfzehn Briefen zugeschickt bekam. Eine ganze Menge davon habe ich beantwortet, aber ohne Formbrief waren sie nicht alle zu bewältigen, wozu es aber nie kam.

Die junge Heldin meines Buches mag manchen heute wie ein schüchternes junges Ding vorkommen, doch muß man sich vorstellen, daß die Bars, in denen Homosexuelle verkehrten, damals dunkle Eingänge in Manhattan waren und daß ihre Gäste, um sich ja nicht verdächtig zu machen, lieber eine Station vor oder nach der ausstiegen, von der aus die betreffende Bar bequem zu erreichen gewesen wäre. *Carol* fand ein so starkes Echo, weil der Roman mit einem Happy-End für die beiden Heldinnen aufhört oder weil sie zumindest versuchen wollen, künftig zusammenzuleben. Bis zu diesem Buch mußten weibliche wie männliche Homosexuelle in amerikanischen Romanen für ihre abseitigen Neigungen büßen, indem sie sich die Pulsadern aufschnitten, sich in einem Swimmingpool ertränkten oder indem sie zu heterosexuellen Beziehungen »überwechselten«, wie man das damals nannte, oder allein, elend und gemieden, in qualvolle Depressionen fielen. Viele der Briefe, die ich bekam, enthielten Aussagen wie: »Ihr Buch ist das erste dieser Art, das gut ausgeht! Wir begehen keineswegs alle Selbstmord, und vielen von uns geht es sehr gut.« Andere schrieben: »Danke, daß Sie diese Geschichte geschrieben haben. Sie ist meiner eigenen nicht unähnlich...« Oder: »Ich bin achtzehn und lebe in einer Kleinstadt. Ich fühle mich einsam, weil ich mich mit niemandem aussprechen kann...« Manchmal riet ich den Schreibern oder Schreiberinnen dazu, in eine größere Stadt zu ziehen, wo die Chance, mehr Menschen kennenzulernen, größer ist. Soweit ich mich entsinne, kamen ebenso viele Briefe von Männern wie von Frauen, was ich als gutes Omen für mein Buch ansah. Und das erwies sich als richtig. Über die Jahre erhielt ich immer wieder Briefe, sogar jetzt noch kommt ein- oder zweimal im Jahr ein Brief von einem Leser oder einer Leserin. Ich habe nie wieder ein Buch dieser Art geschrieben. Mein darauffolgendes war *Der Stümper*. Ich selbst vermeide Etiketten, aber die amerikanischen Verleger schätzen sie über alles.

Patricia Highsmith

Patricia Highsmith im Diogenes Verlag

Suspense
oder Wie man einen Thriller schreibt
Aus dem Amerikanischen von Anne Uhde
Broschur

Carol
Roman einer ungewöhnlichen Liebe. Deutsch von Kyra Stromberg. Leinen

Der Stümper
Roman. Deutsch von Barbara Bortfeldt
detebe 20136

Zwei Fremde im Zug
Roman. Deutsch von Anne Uhde
detebe 20173

Der Geschichtenerzähler
Roman. Deutsch von Anne Uhde
detebe 20174

Der süße Wahn
Roman. Deutsch von Christian Spiel
detebe 20175

Die zwei Gesichter des Januars
Roman. Deutsch von Anne Uhde
detebe 20176

Der Schrei der Eule
Roman. Deutsch von Gisela Stege
detebe 20341

Tiefe Wasser
Roman. Deutsch von Eva Gärtner und Anne Uhde. detebe 20342

Die gläserne Zelle
Roman. Deutsch von Gisela Stege und Anne Uhde. detebe 20343

Das Zittern des Fälschers
Roman. Deutsch von Anne Uhde
detebe 20344

Lösegeld für einen Hund
Roman. Deutsch von Anne Uhde
detebe 20345

Der talentierte Mr. Ripley
Roman. Deutsch von Barbara Bortfeldt
detebe 20481

Ripley Under Ground
Roman. Deutsch von Anne Uhde
detebe 20482

Ripley's Game
Roman. Deutsch von Anne Uhde
detebe 20346

Der Schneckenforscher
Gesammelte Geschichten. Vorwort von Graham Greene. Deutsch von Anne Uhde
detebe 20347

Ein Spiel für die Lebenden
Roman. Deutsch von Anne Uhde
detebe 20348

Kleine Geschichten für Weiberfeinde
Deutsch von W. E. Richartz. Mit Zeichnungen von Roland Topor. detebe 20349

Kleine Mordgeschichten für Tierfreunde
Deutsch von Anne Uhde. detebe 20483

Venedig kann sehr kalt sein
Roman. Deutsch von Anne Uhde
detebe 20484

Ediths Tagebuch
Roman. Deutsch von Anne Uhde
detebe 20485

Der Junge, der Ripley folgte
Roman. Deutsch von Anne Uhde
detebe 20649

Leise, leise im Wind
Erzählungen. Deutsch von Anne Uhde
detebe 21012

Keiner von uns
Erzählungen. Deutsch von Anne Uhde
detebe 21179

Leute, die an die Tür klopfen
Roman. Deutsch von Anne Uhde
detebe 21349

Nixen auf dem Golfplatz
Erzählungen. Deutsch von Anne Uhde
detebe 21517

Elsie's Lebenslust
Roman. Deutsch von Otto Bayer
detebe 21660

Meistererzählungen
Ausgewählt von Patricia Highsmith. Deutsch von Anne Uhde, Walter E. Richartz und Wulf Teichmann. detebe 21723

Geschichten von natürlichen und unnatürlichen Katastrophen
Deutsch von Otto Bayer. detebe 21868

Als Ergänzungsband liegt vor:
Über Patricia Highsmith
Essays und Zeugnisse von Graham Greene bis Peter Handke. Mit Bibliographie, Filmographie und zahlreichen Fotos. Herausgegeben von Franz Cavigelli und Fritz Senn
detebe 20818